David Wellington a grandi en Pennsylvanie. Par la suite, il a vécu à Syracuse, à Denver et à New York, où il réside toujours en compagnie de sa femme Elisabeth.
Il est l'auteur de la série *Vampire Story*, disponible chez Milady. Mais pour lui tout a commencé en 2004, quand il a écrit une première histoire de zombies et l'a publiée sur le blog d'un ami en postant, trois fois par semaine, de courts chapitres. Ce récit est rapidement devenu culte et a été finalement édité sous forme de livre aux États-Unis. Deux romans ont suivi pour former la série *Zombie Story* dont vous tenez entre vos mains le premier épisode.
David Wellington apporte de la chair fraîche dans le monde des zombies et du sang neuf au mythe des vampires.

Du même auteur, chez Milady :

Vampire Story :
1. *13 balles dans la peau*
2. *99 cercueils*
3. *Vampire zero*

Zombie Story :
1. *Zombie Island*
2. *Zombie Nation*
3. *Zombie Planet*

www.milady.fr

David Wellington

ZOMBIE ISLAND

ZOMBIE STORY - 1

Traduit de l'anglais (États-Unis) par François Truchaud

Milady

Milady est un label des éditions Bragelonne

Titre original : *Monster Island: A Zombie Novel*

Publié pour la première fois aux États-Unis par Running Press,
un membre du groupe Perseus Books.

ISBN : 978-2-8112-0347-4

Bragelonne – Milady
35, rue de la Bienfaisance – 75008 Paris

E-mail : info@milady.fr
Site Internet : www.milady.fr

Première partie

1.

Osman se pencha sur le bastingage et cracha dans la mer grise avant de se retourner pour crier des ordres à son second, Yusuf. Le GPS avait lâché deux semaines auparavant en pleine mer, et avec le brouillard nous aurions de la chance si nous ne heurtions pas à pleine vitesse la rive de Manhattan. Sans feux d'entrée du port pour nous guider et sans radio, il pouvait se fier uniquement à son intuition et se contenter d'estimer sa route. Il me décocha un regard anxieux.

— *Naga amus*, Dekalb, dit-il.

« Tais-toi. » Je n'avais pourtant pas dit un seul mot.

Il courut d'un côté du pont vers l'autre, en écartant d'une poussée les filles sur son passage. Je le distinguais à peine à travers la brume quand il atteignit le bastingage à tribord ; des volutes visqueuses d'humidité entouraient ses pieds, éclaboussaient le bois et le verre du gaillard d'avant de toutes petites gouttes de rosée. Les filles jacassaient et poussaient des cris aigus comme elles le faisaient toujours, mais, dans le brouillard oppressant, elles ressemblaient à des charognards se querellant pour des morceaux de choix.

Yusuf cria quelque chose depuis la timonerie, quelque chose qu'Osman n'avait manifestement pas envie d'entendre.

— *Hooyaa da was!* cria le capitaine en réponse. (Puis, en anglais :) Vapeur un quart ! Réduis la vapeur à un quart !

Il avait probablement perçu quelque chose au sein de l'obscurité.

Pour une raison ou pour une autre, je me tournai afin de regarder devant et à bâbord. La seule chose qu'il y avait de ce côté, c'était trois des passagères. Avec leurs uniformes, elles ressemblaient à un groupe de filles ayant très mal tourné. Foulards de tête gris, blazers d'école bleu marine, jupes écossaises, bottes de combat. Des AK-47 en bandoulière. Âgées de seize ans et armées jusqu'aux dents, elles font partie de la Glorieuse Armée des jeunes filles de la République des femmes libres de Somalie. L'une d'elles leva le bras et montra quelque chose. Elle me regarda comme pour obtenir une confirmation, mais je ne voyais absolument rien là-bas. Puis je la vis, et la saluai d'un joyeux signe de tête : une main qui se dressait très haut au-dessus de la mer. Une énorme main verte et boursouflée brandissait une torche gigantesque, l'or sur le dessus apparaissant terne dans le brouillard.

— C'est New York, oui, monsieur Dekalb ? C'est la célèbre statue de la Liberté ?

Ayaan ne regardait pas dans ma direction, mais elle ne regardait pas non plus vers la statue. De toutes les filles, c'était elle qui se débrouillait le mieux en anglais et elle m'avait servi d'interprète durant la traversée, mais nous n'étions pas des amis proches pour autant. Ayaan n'était l'amie proche de personne, à moins que l'on ait besoin de son arme. Elle avait la réputation d'être un tireur d'élite avec son AK, et une tueuse impitoyable. Pourtant, elle me faisait toujours penser à ma fille, Sarah, et aux dingues avec qui je l'avais laissée à Mogadiscio. Au moins, Sarah aurait à se préoccuper uniquement de dangers humains. J'avais l'assurance personnelle de Mama Halima, le seigneur de la guerre dirigeant la RFLS, qu'elle serait protégée du surnaturel. Ayaan ne tint aucun compte de mon regard posé sur elle.

— Ils nous ont montré la photographie de la statue à la madrasa. Ils nous ont fait cracher sur la photographie.

Je lui accordai aussi peu d'attention que je le pouvais et regardai la statue surgir du brouillard. Dame Liberté semblait normale, à peu près telle que je l'avais quittée cinq ans auparavant, la dernière fois que j'étais venu à New York. Longtemps avant le début de l'Épidémie. Je suppose que je m'étais attendu à remarquer quelque chose, des signes de dommages ou de délabrement, mais elle était déjà couverte de vert-de-gris longtemps avant ma naissance. Dans le lointain, à travers la brume, je distinguais le fronton, le socle en forme d'étoile de la statue. C'était fou de constater à quel point cela semblait réel, incroyablement parfait et sans défauts. En Afrique, j'avais vu tant d'horreurs que je crois que j'avais oublié à quoi l'Occident ressemblait avec son chatoiement de normalité et de santé.

— *Fiir!* cria l'une des filles accoudées au bastingage.

Aayan et moi nous approchâmes et regardâmes à travers la brume. Nous distinguions à présent la plus grande partie de Liberty Island et, au-delà, l'ombre d'Ellis Island. Les filles, agitées, montraient du doigt l'allée contournant la statue et les gens qui s'y trouvaient. Des vêtements américains, des cheveux américains exposés aux éléments. Peut-être des touristes. Peut-être pas.

— Osman ! criai-je. Osman, nous sommes trop près !

Mais le capitaine me hurla de nouveau de la fermer. Sur l'île, je voyais des centaines de personnes, des centaines. Elles nous faisaient des signes, leurs bras bougeaient avec raideur comme dans un film muet. Les gens se bousculaient entre eux vers le parapet, pour s'approcher de nous. Comme le chalutier tanguait plus près, je vis qu'ils rampaient les uns sur les autres dans leur désir éperdu de nous toucher, de monter à bord.

Je pensai qu'ils se portaient peut-être bien, qu'ils étaient peut-être venus sur Liberty Island pour se réfugier et être en sécurité, et qu'ils nous attendaient, espérant être secourus, puis je sentis leur odeur et je compris. Je compris qu'ils n'allaient pas bien du tout. *Donnez-moi vos déchets fatigués, vos pauvres déchets pitoyables*, répétait à maintes reprises mon cerveau, comme un mantra. Mon cerveau ne s'arrêtait pas. *Donnez-moi vos masses entassées. Des masses entassées avides de respirer.*

L'un d'eux bascula par-dessus le parapet, peut-être poussé par la foule houleuse derrière lui. C'était une femme avec un ciré rouge vif, les cheveux emmêlés et collés sur un côté de sa tête. Elle tenta éperdument de nager comme les chiens vers le chalutier, mais elle était gênée parce qu'elle levait continuellement les bras, tendait une main bleuâtre pour essayer de nous agripper. Elle nous voulait tellement. Elle voulait nous atteindre, nous toucher.

Donnez-moi vos restes fatigués, tellement fatigués. Je ne supportais pas cela, ignorant ce que j'avais pensé être en mesure d'accomplir en venant ici. J'étais incapable d'en regarder une autre. Une autre personne morte qui cherchait à agripper mon visage.

L'une des filles se mit à tirer une rafale contrôlée, trois coups. « Bam bam bam », fendant l'eau grise. « Bam bam bam » et les balles traversèrent le ciré rouge, déchiquetèrent le cou de la femme. « Bam bam bam » et sa tête éclata comme un melon trop mûr ; elle coula, disparut sous l'eau sans même une éclaboussure ou une bulle, et, toujours pressés contre le parapet sur Liberty Island, une centaine d'autres tendaient les mains vers nous. Tendaient des mains squelettiques implorantes pour nous saisir, pour prendre ce qui était à eux.

Vos masses entassées. Donnez-moi vos morts, pensai-je. Le bateau donna de la bande comme Osman virait finalement de bord, contournait la bordure de Liberty Island, nous évitant d'échouer sur les rochers. *Donnez-moi vos morts pitoyables, impatients de nous dévorer, vos masses dépenaillées. Donnez-moi.* C'était ce qu'ils pensaient, non ? Les morts-vivants là-bas sur l'île. S'il subsistait une lueur d'intelligence dans leurs cerveaux, un semblant de pensée possible pour des neurones pourris, c'était celle-ci : *donnez-moi. Donnez-moi votre vie, votre chaleur, votre chair. Donnez-moi.*

2.

Une lumière fragmentée et des ombres pâles tournoyaient devant les yeux de Gary. Il ne se rappelait pas les avoir ouverts, il parvenait à peine à se souvenir de les avoir fermés à un moment. Lentement, il fut à même de comprendre l'image. Il vit qu'il regardait un amoncellement fondu de cubes de glace au-dessus de lui. Quelque chose de dur et d'insistant insufflait de l'air dans ses poumons en un pompage cadencé qui n'était pas trop douloureux. Non, son corps était à moitié gelé et il ne ressentait aucune douleur. Mais c'était extrêmement inconfortable.

Il leva les mains si rapidement que des taches dansèrent devant ses yeux et avec des doigts engourdis par le froid, il saisit le masque collé sur son visage, l'arracha puis tira, tira sur un tube d'une longueur incroyable sortant de sa poitrine, de quelque part de très profond, avec une sensation de traction puis de déchirement, mais il n'y avait toujours aucune douleur.

Il parcourut du regard les carreaux de la salle de bains, la baignoire remplie de glace et d'une eau jaunâtre. Les tubes fixés sur son bras gauche. Il les arracha également, laissant une profonde rainure dans son bras là où le shunt déchirait sa peau caoutchouteuse mouillée. Pas une seule goutte de sang ne suinta de la blessure.

Non. Non, bien sûr que non.

Gary entreprit un examen minutieux de ses facultés. Les taches qui dansaient devant ses yeux au rythme du tintement ne partaient pas. Il y avait un bourdonnement à l'arrière de sa tête. Cela lui donna envie de tendre la main vers le téléphone. Cette impulsion n'était pas un signe de dommage cérébral, juste un réflexe pavlovien, bien sûr. On entend une sonnerie dans cette fréquence particulière, et on se précipite pour répondre, comme on l'a fait toute sa vie. Il n'y avait plus de téléphones, bien sûr. Il n'entendrait plus jamais un téléphone sonner. Il devrait désapprendre ce comportement.

Ses jambes semblaient un peu faibles. Pas de quoi paniquer. Son cerveau… avait survécu, s'en était sorti quasi indemne. Cela avait marché ! Cependant, avant qu'il puisse fêter cela, il devait apaiser son amour-propre. Il s'approcha du lavabo d'un pas traînant, s'appuya sur la porcelaine des deux mains. Leva les yeux et se regarda dans le miroir.

Un brin cyanosé, peut-être. Une coloration bleue sur sa mâchoire, sur ses tempes. Très pâle. Ses yeux étaient injectés de sang, là où des capillaires avaient éclaté… cela cicatriserait peut-être, avec le temps. S'il pouvait encore cicatriser. Une veine sous sa joue gauche était morte et gonflée, si bleue qu'elle était presque noire. Il scruta, tata, tira sur la peau de son visage avec ses doigts, et trouva d'autres caillots et des occlusions, un réseau de veines mortes semblable à une toile. *Comme des veines dans un bloc de marbre,* pensa-t-il, *ou dans un beau morceau de Stilton*. Sans les veines, un bloc de marbre est juste du granit. Sans les veines bleues, un morceau de Stilton est juste un fromage ordinaire. Les veines mortes donnaient à son visage un certain caractère, peut-être une certaine gravité.

C'était mieux que ce qu'il avait espéré.

Il pressa son poignet avec deux doigts, ne trouva pas de pouls. Il ferma les yeux, écouta, et se rendit compte pour la première fois qu'il ne respirait pas. Des besoins primordiaux submergèrent son cortex reptilien, des terreurs innées de noyade et de suffocation, et sa poitrine fut prise de spasmes, se fléchit, essaya d'aspirer de l'air, mais en vain.

Saisi de panique – il savait que c'était de la panique, il était incapable de se maîtriser –, il renversa l'appareil de dialyse volé et l'entendit se briser sur le carrelage tandis qu'il sortait éperdument de la salle de bains confinée, cherchant désespérément à atteindre la lumière et l'air. Ses jambes se tordirent sous lui, menaçant de le faire tomber d'un instant à l'autre, ses bras se tendaient, les muscles se raidissaient, aussi durs que des câbles d'acier, sous sa peau froide.

Il avança en titubant jusqu'à ce que ses jambes cèdent, jusqu'à ce qu'il tombe violemment sur la moquette épaisse. Son corps se soulevait, frissonnait, essayait de respirer, d'aspirer la moindre bouffée d'air. Juste l'instinct, criait-il dans son esprit, c'est juste un réflexe, et cela va s'arrêter, cela va s'arrêter bientôt. Sa joue frottait sur la moquette en un mouvement de va-et-vient et il sentait la chaleur de la friction tandis que son corps était parcouru de spasmes.

Finalement, son organisme se calma, son corps se soumit. Ses poumons cessèrent de bouger et il resta immobile, épuisé. Il était plus ou moins affamé. Il leva les yeux, regarda vers le ciel très bleu au-delà de la fenêtre. Les nuages blancs et cotonneux défilaient.

Tout allait bien se passer.

3.

Six semaines auparavant :

Sarah dormait enfin sous la couverture élimée qu'on lui avait donnée après que j'eus protesté suffisamment longtemps. Elle apprenait à dormir en toutes circonstances. Bonne petite. Je passais un bras autour d'elle, la protégeant, qu'il y ait ou non un danger immédiat. C'était devenu instinctif de mettre le plus possible de mon corps entre elle et le monde. Même avant l'Épidémie, je l'avais fait. Nous avions vu des choses en Afrique que personne ne devrait jamais voir, découvert en nous des ressources qui n'auraient jamais dû s'y trouver. J'avais fait des choses… peu importe. J'avais réussi à nous faire quitter Nairobi. J'avais réussi à nous faire franchir la frontière vers la Somalie. Nous avions été trois et à présent nous n'étions plus que deux. Mais nous avions réussi. La mère de Sarah n'était plus là, mais nous avions réussi. Nous étions arrivés en Somalie, pour être arrêtés par une bande de mercenaires à un barrage routier et jetés dans cette cellule avec un groupe d'autres Occidentaux. Nous croupissions là, à attendre le bon vouloir du seigneur de la guerre local.

Et merde. Je ne me reprochais pas ce que j'avais fait. Nous étions en vie. Nous étions toujours parmi les vivants. Nous faisions partie de la minorité heureuse.

— Je ne comprends pas, déclara Toshiro.

Une manche de son costume était déchirée à l'épaule et laissait apparaître un bon centimètre de rembourrage duveteux, mais le nœud de sa cravate était toujours impeccable. Même dans la chaleur de la cellule, il restait un salarié. Il agita son téléphone cellulaire autour de lui.

— J'obtiens un signal parfait. Quatre barres ! Pourquoi est-ce que je n'arrive pas à joindre Yokohama ? Personne au bureau ne répond. Dans l'ancienne économie, nous ne laissions jamais cela se produire !

Dans le coin opposé, les routards allemands se cramponnaient l'un à l'autre et essayaient de ne pas le regarder. Ils savaient aussi bien que moi ce qui était arrivé à Yokohama mais, durant ces premiers jours affreux de l'Épidémie, on n'en parlait pas. C'était moins une affaire de déni que d'ampleur. Autant que nous le sachions, toute l'Europe avait disparu. C'était peut-être aussi bien de ne plus être là-bas. La Russie avait disparu. Le temps que vous vous demandiez ce qu'était devenue l'Amérique, il n'y avait plus de place pour cette question dans votre cerveau. Un monde sans une Amérique, cela ne pouvait pas se produire : l'économie mondiale s'effondrerait. Tous les seigneurs de la guerre à deux balles et les dictateurs du tiers-monde connaîtraient un jour mémorable. C'était impossible, tout simplement. Cela signifierait le chaos mondial. Cela signifierait la fin de l'Histoire telle que nous la connaissions.

Et c'était exactement ce qu'il s'était produit.

Les pays civilisés, ceux avec des parlements bicaméraux, des forces de police honnêtes, une bonne infrastructure, des lois, l'opulence et des privilèges, tout l'Occident… ils étaient tous incapables de résister aux morts qui arrivaient. Seuls les pots de chambre du monde pouvaient le faire. Les endroits les plus dangereux. Les pays instables, les états féodaux, les trous perdus livrés à l'anarchie, des endroits où on n'osait pas sortir de chez soi sans une arme, où les gardes du corps étaient des accessoires ordinaires. Au bout du compte, ces endroits s'en sortaient infiniment mieux.

D'après ce que nous avions entendu dire, le dernier refuge de l'humanité était le Moyen-Orient. L'Afghanistan et le Pakistan s'entendaient très bien. La Somalie n'avait même pas de gouvernement. Il y avait plus de mercenaires, dans ce pays, que d'ouvriers agricoles. La Somalie s'en sortait plutôt bien. J'avais été inspecteur aux armements, pour les Nations unies. Nous avions une carte du monde dans mon bureau de Nairobi. Elle représentait tous les pays, nuancés de diverses couleurs qui indiquaient la quantité d'armes par habitant dans chacun d'eux. À présent, on pouvait retirer la légende de cette carte et en mettre une nouvelle à la place : « Densité de la population mondiale ».

— Quatre barres ! gémit Toshiro. J'ai participé à la mise en place de ce réseau, il est entièrement digital ! Dekalb, vous avez certainement des nouvelles pour moi, oui ? Vous savez certainement ce qu'il se passe ? Il faut absolument que je sois connecté de nouveau. Vous devez m'aider. Vous représentez les Nations unies. Vous devez aider quiconque vous le demande !

Je secouai la tête, mais sans beaucoup de conviction. J'étais si fatigué, j'avais si chaud. J'étais si déshydraté dans cette cellule exiguë. Nous n'avions jamais manqué d'eau au Kenya, avant l'Épidémie, tous les trois. Quand soudain, les morts commencèrent à revenir à la vie. À Nairobi, avec notre valet de chambre, notre chauffeur et notre jardinier, il y avait une fontaine dans notre petit monde confiné et nous la faisions fonctionner d'un bout à l'autre de l'année. Même si elle savait que c'était pour son bien, Sarah n'avait jamais voulu partir pour aller à l'Internat international de Genève l'année suivante, elle aimait trop l'Afrique.

Bon Dieu. Genève. J'avais un tas d'amis là-bas, des collègues au bureau de surveillance des Nations unies. À quoi ressemblait Genève, à présent ? La Suisse avait des armes. Pas suffisamment. Genève avait probablement disparu.

La porte s'ouvrit et une lumière chaude se déversa sur nous tous. La silhouette d'une jeune fille fit un geste dans ma direction. Durant une seconde, je ne compris pas : j'avais pensé que j'allais moisir dans cette cellule pour un bon bout de temps. Puis je me levai en chancelant et pris Sarah dans mes bras.

— Dekalb ! Vous devez leur demander pour ma connexion ! Allez au diable, si vous ne le faites pas !

Je hochai la tête, comme une sorte d'adieu, de consentement. Je suivis la fille soldat hors de la cellule et vers la cour colorée par le soleil qui brillait au-dessus. La puanteur des corps qui brûlaient était prenante, mais c'était mieux que la puanteur du seau d'aisances dans la cellule. Sarah enfouit son visage contre ma poitrine et je la serrai dans mes bras. J'ignorais ce qui allait se passer à présent. C'était peut-être notre tour d'avoir de la nourriture, la première depuis deux jours. La fille soldat me conduisait peut-être à une salle de torture ou à un centre pour réfugiés, avec des douches chaudes, des lits propres et un genre de promesse pour l'avenir. Ce pouvait être une comparution pour une exécution.

Si Genève n'existait plus, il en allait de même pour la convention de Genève.

— Viens ! dit la jeune fille.

J'obtempérai.

4.

Toujours six semaines auparavant :

Un hélicoptère de fabrication chinoise soulevait un nuage de poussière dans la cour avec son rotor qui tournait paresseusement. Celui qui venait d'arriver devait être un personnage important : je n'avais pas vu un seul avion d'aucune sorte depuis des semaines. À l'ombre des baraquements, des femmes serrées les unes contre les autres, portant des *khimars* et des robes humbles, étaient occupées à moudre du grain avec des mortiers.

La fille soldat me fit passer devant deux « véhicules techniques » : des camions pick-up de marchandises avec des mitrailleuses lourdes, montées sur l'arrière ouvert du véhicule. Un dispositif vicieux typique de la Somalie. Normalement, les équipages des véhicules techniques étaient composés de mercenaires, mais les camions légers avaient été peints à la hâte aux couleurs de Mama Halima : bleu clair et jaune comme un œuf de Pâques. Les camions appartenaient à présent à la République des femmes libres. Des filles soldats flânaient autour des camionnettes, leurs fusils en bandoulière, mâchant distraitement du *quat* en attendant l'ordre d'abattre quelqu'un.

Après les techniques, nous contournâmes un bûcher funéraire. Il était bien plus important qu'il ne l'avait été quand Sarah et moi avions été amenés ici. Les soldats avaient enveloppé les corps dans des draps blancs, puis les avaient remplis de crottes de chameau pour augmenter la vitesse de combustion. L'essence était trop précieuse pour qu'on la gaspille. La fumée provenant du feu était abominable et je sentis Sarah se crisper contre ma poitrine, mais notre guide ne broncha même pas.

Je m'efforçai de faire appel à mon identité, m'efforçai de puiser de la force dans mon indignation professionnelle. Et merde. Des enfants soldats. Des gosses âgés de dix ans à peine – des bébés – tirés de leur école et à qui on donnait des armes, des drogues pour qu'ils soient heureux et qu'ils aillent se battre dans des guerres qu'ils étaient parfaitement incapables de comprendre. J'avais travaillé si dur pour proscrire cette obscénité et à présent je dépendais d'eux pour la sécurité de ma fille.

Nous entrâmes dans un bâtiment de brique bas qui avait subi de lourds tirs d'artillerie et n'avait jamais été réparé. La poussière tourbillonnait dans la lumière du soleil entrant à flots à travers le toit effondré. Tout au fond d'un couloir sombre, nous arrivâmes dans une sorte de poste de commandement. Des armes étaient posées sur le sol, soigneusement triées par piles, tandis qu'un monceau de téléphones cellulaires et de transistors encombrait une table en bois où une femme en treillis militaire était assise, regardant distraitement une feuille de papier. Un peu plus jeune que moi, elle avait peut-être vingt-cinq ans, et ne portait pas de foulard sur la tête. Dans le monde islamique, c'était un message. On s'attendait à ce que je le comprenne immédiatement. Elle ne leva pas les yeux comme elle s'adressait à moi.

— Vous êtes Dekalb. Travaillant pour les Nations unies, dit-elle en lisant une liste d'un trait. Et c'est votre fille.

Elle fit un geste et notre guide alla s'asseoir à côté d'elle.

Je ne pris pas la peine d'acquiescer.

— Vous avez des ressortissants étrangers dans cette cellule qui sont traités d'une façon inhumaine. J'ai une liste de réclamations.

— Cela ne m'intéresse pas, commença-t-elle.

Je l'interrompis.

— Il nous faut de la nourriture, pour commencer. Une nourriture acceptable. De meilleures conditions d'hygiène. Et ce n'est pas tout.

Elle posa sur mon estomac un regard qui me fit l'effet d'un coup de couteau. On ne plaisantait pas avec cette femme.

— Si cela est toujours possible, il faut qu'on nous permette de contacter nos divers consulats. Nous avons besoin de…

— Votre fille est noire. (Elle ne m'avait regardé à aucun moment. Elle avait regardé Sarah. Ma bouche se remplit d'un goût amer.) Mais vous êtes blanc. Sa mère ?

Je respirai péniblement par le nez pendant une minute.

— Kenyane. Morte. (À ce moment-là, elle me regarda dans les yeux, et cela sortit.) Nous l'avons trouvée, enfin, une nuit, je l'ai trouvée en train de fouiller dans nos ordures, elle avait eu de la fièvre mais nous pensions qu'elle se rétablirait. Je l'ai emmenée à l'intérieur mais je l'ai surveillée constamment. Je ne pouvais pas…

— Vous saviez qu'elle était l'un des morts.

— Oui.

— Vous vous êtes occupé d'elle comme il le fallait ?

Mon corps se crispa à cette pensée.

— Nous… je l'ai enfermée à clé dans la salle de bains. Ensuite nous sommes partis. Les domestiques n'étaient plus là, le quartier était à moitié désert. La police était invisible. Même l'armée ne pouvait pas tenir encore très longtemps.

— Ils n'ont pas tenu. La ville de Nairobi a été envahie deux jours après votre départ, selon nos services de renseignements.

La femme soupira, un son horriblement humain. Je pouvais comprendre cette femme en tant que bureaucrate implacable. Je pouvais la comprendre en tant que soldat. Je ne le supporterais pas si elle exprimait la moindre compassion. Je la suppliai en silence de ne pas me prendre en pitié.

J'étais un sacré veinard.

— Nous ne pouvons pas vous donner à manger et cette position est impossible à défendre, aussi nous ne pouvons pas non plus vous laisser ici, déclara-t-elle. Et je n'ai pas le temps de discuter avec vous de votre liste de réclamations. Notre unité lève le camp cette nuit, cela fait partie d'un repli stratégique. Si vous voulez venir avec nous, vous avez cinq minutes pour justifier que nous vous prenions en charge. Vous travailliez pour les Nations unies. Humanitaire ? Il nous faut des vivres et du matériel médical, plus que tout autre chose.

— Non. J'étais inspecteur aux armements. Et pour Sarah ?

— Votre fille ? Nous l'emmènerons. Mama Halima aime toutes les orphelines d'Afrique.

Cela ressemblait à un slogan politique. Le fait que Sarah ne soit pas une orpheline n'avait pas besoin d'être clarifié : si j'échouais là, elle le serait. Ce fut à ce moment-là que je compris ce que cela signifiait, être l'un des vivants. Cela signifiait faire tout ce qu'on pouvait pour ne pas être l'un des morts.

— Il y a une cache d'armes – des armes légères, principalement, des armes antiblindés – juste de l'autre côté de la frontière. Je peux vous y conduire, vous montrer où creuser. Nous manquions d'argent et du matériel nécessaire pour détruire la cache quand nous l'avions trouvée. Nous avions mis les armes dans un bunker souterrain scellé, dans l'espoir de les détruire un jour. Quelle connerie de notre part.

— Des armes, dit-elle. (Elle jeta un regard à la pile de fusils sur le sol devant moi.) Des armes, nous en avons. Nous ne courons pas le risque de manquer de munitions.

Alors je serrai Sarah suffisamment fort pour la réveiller. Elle s'essuya le nez sur ma chemise et leva les yeux vers moi mais ne dit rien. Bonne petite.

L'officier croisa mon regard.

— Votre fille sera protégée. Nourrie. Et elle recevra une instruction.

— Dans une madrasa ?

Elle acquiesça. À ma connaissance, c'était ce que proposait habituellement le système éducatif somali. La récitation quotidienne du Coran et des prières sans fin. Au moins elle apprendrait à lire. Je sentis quelque chose prendre alors place dans mon cœur, une tension si ferme que je ne pourrais jamais la relâcher… Le fait de savoir que c'était le mieux que Sarah pouvait espérer, et que toute protestation de ma part, toute suggestion que ce n'était peut-être pas suffisant, n'était pas réaliste et aurait des effets négatifs.

Dans deux ans, quand elle serait suffisamment âgée pour tenir un fusil, ma fille deviendrait un enfant soldat et c'était le mieux que je pouvais lui offrir.

— Les prisonniers, dis-je, en terminant avec cette chaîne d'idées. (Je devais me montrer dur à présent.) Vous devez nous laisser des armes quand vous partirez. Donnez-nous une chance de nous battre.

— Entendu. Mais je n'en ai pas encore fini avec vous. (Elle jeta de nouveau un regard à sa feuille de papier.) Vous travailliez pour les Nations unies. Vous faisiez partie de la communauté d'assistance internationale.

— Je le suppose, répondis-je.

— Vous pouvez peut-être m'aider à trouver quelque chose. Quelque chose dont nous avons éperdument besoin.

Elle continua à parler, mais durant un moment je fus incapable d'entendre quoi que ce soit. J'étais trop occupé à imaginer ma propre mort. Quand je me rendis compte qu'elle n'allait pas me tuer, je l'écoutai attentivement.

— Il s'agit de Mama Halima, vous comprenez.

Elle posa sa feuille de papier et me regarda, me regarda vraiment. Non comme si j'étais une tâche désagréable qu'elle devait gérer, mais comme un être humain.

— Elle est victime d'un état beaucoup trop répandu en Afrique. Elle est devenue dépendante de certains produits chimiques. Des produits chimiques dont nous manquons cruellement.

Des drogues. Le seigneur de la guerre local était accro, et avait besoin d'une mule pour aller lui chercher son approvisionnement en dope. Quelqu'un de suffisamment désespéré pour aller lui chercher son fix. Je le ferais, bien sûr. Pas de problème.

— De quel genre de « produits chimiques » parlons-nous ? Héroïne, cocaïne ?

Elle pinça les lèvres comme si elle se demandait si elle n'avait pas fait une erreur en me choisissant pour cette mission.

— Non. Plutôt AZT.

5.

Cinq semaines auparavant :

Mama Halima était atteinte du sida, un état bien trop répandu en Afrique, effectivement. Il m'incombait de trouver les médicaments dont elle avait besoin, le cocktail de pilules qui pouvait maintenir sa charge virale très basse et lui éviter de montrer sa faiblesse. Cela signifiait une nouvelle vie pour Sarah, et peut-être même pour moi. On me demanda de répertorier des hôpitaux et des lieux de stockage de vivres, les quartiers généraux des organisations d'assistance médicale internationales et les cliniques installées par l'Organisation mondiale de la santé. Je fis ce que je pouvais, bien sûr. Je marquai des croix sur ses cartes, puis on m'emmena aux endroits que j'avais indiqués et on me laissa en vie pendant que j'assistais aux pillages.

En Égypte, dans l'obscurité, des coups de feu claquèrent, un par un. Au-delà des barbelés, des corps tournoyaient et tombaient. Je n'étais pas obligé de m'approcher suffisamment pour voir leurs visages. J'étais content de cela.

Dans le vent vif venant du désert, les tentes s'agitaient sur leurs mâts en aluminium et des rides les parcouraient. Au sommet de chacune, une croix rouge avait été peinte pour qu'elle soit visible du ciel. À l'intérieur, à la lueur de lampes au kérosène, des filles guère plus âgées que Sarah renversaient caisse après caisse, répandant leur contenu sur le sol de terre battue. Des sacs plastique remplis d'antibiotiques, de médicaments antidouleur rangés dans des étuis en aluminium, de l'insuline dans des seringues hypodermiques préchargées. Je faisais le tri parmi ces trésors, lisais les inscriptions imprimées en caractères gras sur chaque étiquette. La Croix-Rouge avait abandonné cet endroit et laissé sur place une véritable caverne d'Ali Baba. Combien de personnes, là-bas, dans la nuit africaine mouraient en cet instant même, faute de quelques comprimés d'érythromycine ?

Une jeune fille âgée de dix-huit ans en uniforme militaire écarta le rabat de la tente et scruta mon visage. Accroupi au milieu des produits pharmaceutiques éparpillés, je secouai la tête.

— Toujours rien, lui dis-je.

Quatre semaines auparavant :

À deux jours de route de Dar es Salaam, nous trouvâmes un hôpital de campagne installé par Médecins sans frontières dans les vestiges d'un camp fortifié. Le poste d'assistance était situé en contrebas d'une colline envahie par la végétation. Des arbres abritaient l'entrée étroite style bunker. Des nids de mitrailleuses montaient la garde, à présent abandonnés à la pluie. À l'intérieur du poste, sous terre, nous balayâmes avec des torches chaque recoin, éclairâmes chaque salle d'opération, chaque pièce de consultation. Dans la pénombre spectrale, le faisceau de ma torche accrochait continuellement des choses, des ombres aux formes humaines, des lueurs, des reflets de mon propre visage sur des pots de chambre, des lavabos bon marché.

Il n'y avait rien là-bas. Pas une seule pilule, pas la moindre pincée de poudres médicinales. Des professionnels avaient mis l'endroit à sac, tout emporté, ne laissant que la peur et des ombres. Nous retournâmes vers la lumière du soleil et brusquement les filles soldats autour de moi saisirent leurs armes. Quelque chose n'allait pas, elles le sentaient.

Je ne remarquais absolument rien. Puis je perçus quelque chose : un bruit, le craquement de brindilles brisées sous le poids d'un pied humain. Un instant plus tard, je sentis l'odeur.

J'avais commencé à apprendre un peu de somali. Je compris que le commandant des filles leur disait de me protéger à tout prix. Je n'étais pas flatté outre mesure. On m'avait fait remarquer plus d'une fois que j'étais le seul à savoir où se trouvaient les médicaments.

Nous repartîmes vers l'eau en une formation déployée, avec moi au milieu. De temps en temps, quelqu'un tirait un coup de feu. Je ne voyais absolument rien à travers les arbres. Nous arrivâmes à bon port.

Trois semaines auparavant :

— Combien de millions de personnes en Afrique sont-elles atteintes du sida ? demandai-je vivement. Combien d'entre elles ont eu la même idée que nous ?

— Dans votre intérêt, Dekalb, aucune, je l'espère.

Ifiyah, le commandant des filles soldats, fit un geste de la main compliqué. Derrière elle, les troupes se mirent en ligne. Derrière nous, le quartier général d'Oxfam à Maputo était sombre et déserté. Comme n'importe quel autre putain de bâtiment en Afrique. Nous avions vu quelques survivants au Kenya, six jours auparavant. Il n'y en avait pas au Mozambique, du moins pas à notre connaissance. Nous étions venus par hélicoptère et tandis que nous survolions la jungle nous n'avions repéré aucun mouvement, absolument aucun.

Les morts étaient là-bas. Ils étaient probablement plus près que je ne l'aurais voulu. Notre plan – mon plan – avait été d'investir le centre d'Oxfam en frappant vite et fort, et de repartir avant qu'un salopard de mort-vivant sente notre odeur et se pointe pour s'offrir un casse-croûte. Cependant, un seul regard à l'intérieur des installations à Maputo nous avait convaincus que nous perdions notre temps. L'endroit avait été ravagé par le feu. Il ne restait rien des réserves à l'intérieur, uniquement des cendres froides et quelques braises.

— Il n'y a pas de médicaments pour le traitement du sida, criai-je dans le dos d'Ifiyah comme elle s'éloignait. (Son fusil oscilla sur son épaule mais elle ne se retourna pas pour me regarder.) Pas ici. Plus maintenant.

J'étais trop fatigué pour avoir cette discussion. J'avais dormi trois heures environ par nuit. Non parce que je n'avais pas eu la possibilité de dormir plus longtemps. Par pure terreur.

— Alors que suggérez-vous maintenant ? me demanda-t-elle, d'une voix dangereusement douce.

— Je ne sais pas. Je ne connais pas d'autres endroits où chercher, pas en Afrique.

Même le site d'Oxfam avait été limite. Oxfam était un organisme d'aménagement et ils n'avaient pas de stocks de produits pharmaceutiques. Il n'y a qu'un seul endroit que je connais qui a ce que vous cherchez.

— Un endroit dont vous êtes sûr ? Pourquoi ne pas l'avoir dit plus tôt ?

— Parce qu'il se trouve à la moitié d'un monde d'ici, répondis-je.

C'était de l'humour noir, je le savais. C'était la piètre consolation que j'avais à offrir, la garantie que ce qu'elle voulait existait, même si c'était dans un endroit impossible à atteindre.

Je n'avais pas pensé une seule seconde qu'elle me prendrait au mot.

— Le bâtiment des Nations unies, ajoutai-je.

— Quel bâtiment des Nations unies, dites ? Nous en avons vu un si grand nombre, vous et moi, en quinze jours.

Elle me regarda de côté comme si elle savait que je plaisantais, mais elle n'avait pas compris.

— Non, non, le siège central des Nations unies. Le bâtiment du Secrétariat, à New York. Il y a des installations médicales au quatrième étage. J'allais là-bas tous les ans pour me faire vacciner contre la grippe. Cela ressemble à un hôpital miniature. Ils ont des médicaments pour toutes les affections possibles et imaginables, n'importe quoi qu'un délégué pourrait attraper. Il y a une salle de soins chroniques. Des médicaments pour le VIH que vous n'imagineriez même pas.

Elle grimaça un sourire et sembla hésiter, mais juste une seconde.

— Entendu, dit-elle.

— Allons, je plaisantais, lui dis-je une heure plus tard quand nous remontâmes dans les hélicoptères et repartîmes vers Mogadiscio. Nous ne pouvons pas aller à New York pour chercher ces médicaments. C'est complètement dingue.

— Je ferais avec joie des choses dingues pour la sauver, déclara Ifiyah, le regard calme et assuré. Je ferais le tour du monde, oui. Et j'affronterais le visage de la mort, oui.

— Mais réfléchissez une seconde ! On ne peut plus aller à New York par avion. Il n'y a aucun endroit sûr où atterrir.

— Alors nous prendrons des bateaux.

Je secouai la tête.

— Même ainsi, même ainsi… Combien de morts y a-t-il à Manhattan à présent ?

— Nous pouvons les combattre, répondit-elle.

Aussi simple que ça.

— Vous en avez déjà affronté des dizaines. Peut-être une centaine. Ils seront dix millions à New York.

J'espérais que cela lui ferait peur. Cela me foutait une peur bleue. Elle se contenta de hausser les épaules.

— Vous avez déjà entendu parler de l'infibulation ? me demanda-t-elle. Oui ? C'est une pratique courante en Somalie. Du moins, ça l'était.

Je secouai la tête, je ne voulais pas que mon attention soit détournée. Je savais où cela allait nous amener et je ne voulais pas laisser la conversation dérailler.

— Je sais en quoi consiste l'infibulation, c'est un genre de circoncision pour la femme…

Ifiyah m'interrompit.

— La circoncision du clitoris est seulement la première partie. Ensuite les hommes prennent le vagin et ils le cousent hermétiquement. Ils laissent un petit trou pour permettre à l'urine et aux menstrues de passer. Quand la fille se marie, les fils sont arrachés, et de cette façon son mari peut la baiser comme il le désire. De nombreuses jeunes filles ont des infections grâce à cet adorable procédé. Nous avons ici un nombre bien plus élevé de femmes qui meurent en couches que dans la plupart des pays. Un nombre bien plus élevé de jeunes filles qui meurent lors de leurs premières règles.

— C'est affreux. J'ai consacré ma vie à combattre des actes de barbarie de ce genre, lui certifiai-je, essayant de ne pas lâcher pied.

Elle n'avait aucune envie d'entendre cela.

— Mama Halima tue tout homme qui essaie de faire cela. Elle a rendu cette pratique illégale. C'était trop tard pour moi, mais pas pour mes sœurs *kumayo.* (Elle montra d'un geste ample les filles sanglées dans leurs sièges.) Elles ne comprennent pas votre barbarie. Alors si vous me posez la question, je vais faire la chose insensée et aller en Amérique pour trouver ces pilules et sauver Mama Halima. Je pense que vous avez la réponse maintenant.

Que pouvais-je faire après cela sinon baisser la tête d'un air honteux ?

6.

Actuellement :

Gary était assis sur le sol de sa kitchenette, entouré de papillotes et de boîtes toutes vides. Il lécha l'intérieur d'un emballage qui avait contenu une barre de céréales, et lécha les dernières miettes. Il ne restait plus rien.

Il était plus affamé que jamais.

Il sentait des ballonnements au niveau de son estomac. Il savait qu'il était rassasié, comme il ne l'avait jamais été de son vivant. Cela semblait ne faire aucune différence. Faire partie des morts signifiait être toujours affamé, manifestement. Cela impliquait d'avoir toujours cette faim qui vous tenaillait et que l'on ne pouvait jamais satisfaire. Cela expliquait tant de choses. Il s'était demandé – dans son ancienne vie – pourquoi ils avaient attaqué des gens, même des personnes qu'ils connaissaient, des personnes qu'ils aimaient. Peut-être avaient-ils essayé de s'en empêcher. Mais la faim était trop grande, tout simplement. Le besoin de manger, de dévorer, était terrifiant et irrépressible. Était-ce à cela qu'il s'était condamné ?

Alors même qu'il se posait cette question, il se mit debout, et ses mains se tendirent vers les placards. Ses doigts étaient maladroits, désormais. Cela l'inquiétait. Avait-il endommagé trop gravement son système nerveux ? Ses doigts lui obéirent suffisamment pour ouvrir la porte.

Les placards étaient quasiment vides et il sentit un gouffre s'ouvrir en lui, un endroit désespérément sombre qui avait besoin d'être rempli. De la nourriture. Il avait besoin de nourriture.

Il avait cru en avoir fini avec les choses de la vie. Cela avait été le point important. L'ère de l'humanité était terminée et le temps de l'*Homo mortis* était arrivé. L'hôpital avait été livré au chaos, des patients à l'agonie se levant pour empoigner les policiers sains qui déchargeaient leurs armes dans les couloirs, et le courant électrique fluctuant follement. Il avait franchi la porte de la salle des urgences en poussant un chariot de linge rempli de matériel coûteux et personne n'avait essayé de l'arrêter.

Sur l'étagère, il trouva une boîte de rigatoni et la prit. La cuisinière à gaz ne marchait pas. Comment allait-il les faire cuire ? Son ongle déchira néanmoins le rabat du carton. Prendre ses désirs pour des réalités.

Il n'y avait pas eu d'autre choix. Soit on les rejoignait, soit on les nourrissait... Et ils arrivaient continuellement : on pouvait courir et se cacher, mais ils étaient partout. Ils étaient de plus en plus nombreux chaque jour et il y avait de moins en moins d'endroits où se réfugier, quelques secteurs de la ville que la garde nationale protégeait étaient mis en quarantaine. Même lorsqu'ils avaient instauré le protocole approprié pour se débarrasser des morts. Le maire avait baissé les bras, disait-on. À l'évidence, il ne se montrait plus en public. La seule chose qu'on pouvait voir à la télévision, c'était des annonces régulières du CDC [1] indiquant comment il fallait trépaner vos êtres chers. Des feux brûlaient partout au-delà des lignes de police. De la

1. *Center Disease Control* : le Centre de contrôle des maladies, situé à Atlanta (*NdT*)

fumée et des cris. Comme le 11 septembre, mais dans tous les quartiers de la ville en même temps.

Gary sortit une nouille de la boîte et la fourra entre ses lèvres. Il pouvait peut-être la sucer jusqu'à ce qu'elle devienne molle, pensa-t-il.

Ce ne serait peut-être pas si moche, avait-il pensé. On devait mourir de toute façon, alors mourir et revenir... Le plus affreux était de perdre son intellect, son intelligence. Tout le reste, il pouvait faire avec mais il ne supportait pas l'idée d'être un cadavre sans esprit arpentant la terre pour toujours. Mais cela ne se passait peut-être pas nécessairement ainsi. La stupidité des morts résultait de dommages cérébraux organiques – exact ? – provoqués par l'anoxie. Le moment critique survenait entre l'instant où l'on s'arrêtait de respirer et celui où l'on se réveillait de nouveau, c'était à ce moment que cela devait se produire, la rupture entre l'humain rationnel pensant et l'animal mort stupide. Si l'on parvenait à recevoir de l'oxygène en permanence, alimenté par un appareil à respiration artificielle, branché sur un appareil de dialyse pour faire circuler votre sang, qui amenait cet oxygène indispensable vers votre cerveau, ouais. Tous les appareils raccordés à une batterie si jamais le réseau électrique tombait en panne.

Ses dents mordirent avec force, son estomac peu disposé à attendre que la salive ait eu raison de la nouille. Il mâcha vigoureusement, brisant le rigatoni en fragments aussi durs et acérés que des petits couteaux. Il mit une autre nouille dans sa bouche. Et une autre.

Une fois, il avait observé un hélicoptère du gouvernement, le premier qu'il voyait depuis une semaine, s'écraser quelque part dans le parc avec le même bruit que celui provoqué par un accident de voiture. Pendant des heures il avait observé la fumée noire monter de cet endroit, la pointe des flammes orange qui dansaient au-dessus de la ligne d'horizon. Aucune équipe de secours n'était venue. Personne non plus pour éteindre le feu. Il avait alors su que le moment était arrivé. Un morceau de nouille s'enfonça profondément dans sa lèvre inférieure et lui transperça la peau.

Avec un tressaillement, il se rendit compte de ce qu'il faisait et cracha les fragments de nouille dans l'évier sec. Il explora avec ses doigts la partie interne de ses lèvres et sentit une centaine de petites lacérations. Il aurait pu se blesser grièvement, pourtant c'était à peine s'il avait senti quelque chose. La douleur avait été si lointaine, juste une faible lueur à l'horizon.

Il allait devenir dingue à rester cloîtré ici. Il avait besoin de sortir de son appartement. Il avait besoin de trouver davantage de nourriture. Une vraie nourriture.

De la viande.

7.

— Epivir. Ziagen. Retrovir. (Osman parcourut la liste en secouant la tête.) Ce sont des médicaments pour le traitement du sida.

J'acquiesçai, mais j'écoutais à peine. Yusuf fit contourner quelques pointes à ce brave *Aruwelo* et Manhattan surgit du brouillard qui se dissipait. Cela ressemblait à une chaîne de montagnes cubiste s'élevant au-dessus de l'eau. À une forteresse qui s'écroulait. Mais Manhattan avait toujours eu cet aspect. Je m'attendais à voir un genre de dégâts manifestes, une cicatrice laissée par l'Épidémie. Il n'y avait rien. Seul le silence, le calme parfait sur l'eau, vous disait que quelque chose de grave s'était produit ici.

Osman éclata de rire.

— Mais Mama Halima n'a pas le sida. Vous devez vous tromper.

Alors que nous nous approchions de la ville, j'avais estimé qu'il m'incombait d'expliquer à Osman pourquoi nous avions traversé la moitié de la planète pour arriver dans une ville hantée. Yusuf et lui – et bien sûr les filles soldats – allaient mettre leur vie en danger pour que je puisse mener à bien ma mission. Ils méritaient de savoir.

— Ce sont mes ordres. Interprétez-les comme vous voudrez.

Mama Halima était la seule chose qui se trouvait entre la famille d'Osman et une horde de morts-vivants. S'il avait envie de penser qu'elle était hors d'atteinte du VIH, grand bien lui fasse. J'aurais voulu être en mesure de ne pas tenir compte des faits moi-même, Sarah dépendait également d'Halima. L'unité de la Somalie était préservée uniquement par le charisme haineux d'une femme. Si Halima mourait là, des factions rivales revendiqueraient son héritage. Des caractères fougueux s'emporteraient, de vieilles inimitiés referaient surface. La Somalie serait déchirée. Combien de temps un pays en proie à une guerre civile pouvait-il résister aux morts ?

Yusuf longea Battery Park et nous passâmes devant les quais des ferries de Staten Island. Tous les bateaux avaient disparu, à présent, très vraisemblablement réquisitionnés par des réfugiés. Nous poursuivîmes à une vitesse de croisière sur une centaine de mètres après les quais et nous nous dirigeâmes vers le nord-est, droit vers l'East River, passant à proximité de Governors Island, sur notre droite. Brooklyn était une ombre marron à l'est.

— Cependant, c'est de la folie. On peut trouver ces médicaments n'importe où. Laissez-moi vous emmener autre part, proposa Osman, d'un air infiniment raisonnable.

— J'ai déjà entendu ça, soupirai-je. Quand elles m'ont arrêté, elles avaient déjà ratissé toutes les villes en Afrique, envoyé des unités suicide à Nairobi, Brazzaville et Johannesburg. J'ai suggéré une demi-douzaine d'autres endroits : des camps de réfugiés, des postes médicaux des Nations unies dont elles ne connaissaient peut-être pas l'existence. Tous avaient été dévastés ou détruits. Alors j'ai eu cette idée géniale. Je ne pensais pas que cela se produirait vraiment.

Les agents de Mama Halima avaient supposé que l'on pouvait trouver des médicaments pour le traitement du sida sur le comptoir de n'importe quel Duane Reade à New York. Pourtant, à ma connaissance, il n'y avait qu'un seul endroit dans le monde où j'étais certain de trouver tout ce qui figurait sur la liste. Au quatrième étage du bâtiment du secrétariat des Nations unies, dans les bureaux médicaux. Et le Secrétariat donnait sur l'eau, on pouvait y accéder par bateau.

Les troupes de Mama Halima n'avaient pas perdu de temps. Elles avaient réquisitionné le bateau d'Osman, peint un nouveau nom sur sa proue, et nous étions partis. Si cette mission ne plaisait pas à Osman – et elle ne lui plaisait pas – il était trop intelligent pour exprimer cette opinion.

Yusuf augmenta un peu la vapeur comme nous nous dirigions vers le nord et nous engagions dans le chenal principal de l'East River. Il gouverna le bateau droit vers la masse sombre et compacte du pont de Brooklyn, toujours enveloppé de brume. Osman frotta son visage rasé de frais, comme s'il était sur le point d'avoir une idée brillante.

— Je crois savoir, dit-il finalement. Je crois savoir de quoi il s'agit.

Je le regardai, dans l'expectative.

— Elle veut les médicaments pour les donner à *d'autres personnes*. Des gens qui sont atteints du sida. C'est une femme très généreuse, Mama Halima.

Je me contentai de hausser les épaules et me dirigeai vers l'avant du chalutier où plusieurs filles étaient rassemblées et montraient du doigt les buildings que nous dépassions, à l'image de touristes cherchant l'Empire State et le building Chrysler. Je gardai les yeux rivés sur la berge, sur les innombrables pilotis et quais qui formaient le port maritime de

South Street. Ils étaient abandonnés, dépouillés de tout ce qui pouvait flotter. Ici et là, j'apercevais des gens qui allaient et venaient sur les jetées. Des morts, je le savais, mais dans la brume, je pouvais faire semblant que ce n'était pas le cas. Autrement j'aurais sursauté chaque fois que l'un d'eux bougeait.

Tout serait terminé dans deux heures, me dis-je. On entre, on prend les médicaments, on s'en va. Ensuite je pourrais rentrer et revoir Sarah. Recommencer ma vie d'une manière ou d'une autre, je suppose. La survie était la priorité du jour. Ensuite nous pourrions commencer à réfléchir à la façon de gérer la situation. La partie la plus dure et la plus longue serait la reconstruction.

Mon estomac n'arrêtait pas de bouger par saccades, comme si j'aspirais mes intestins, mais j'étais incapable de détendre mes muscles.

Les filles se mirent à jacasser avec excitation et je suivis leurs regards comme elles se penchaient sur le bastingage. Ce n'était rien, juste une balise flottante jaune. Quelqu'un y avait peint en noir quelque chose, un dessin rudimentaire que je crus reconnaître. Oh. Ouais. Le symbole international du risque biologique. Osman me rejoignit et agrippa mon biceps. Il le vit à son tour et cria à Yusuf de réduire la vitesse.

— Ce n'est rien, lui dis-je. Juste un avertissement. Nous savons déjà que cet endroit est dangereux.

Il secoua la tête, mais ne dit rien. Je supposai qu'il en savait plus sur la signalisation maritime que moi. Il montra du doigt une ombre sur l'eau et dit à Yusuf d'arrêter complètement les machines.

— Ce n'est rien, répétai-je.

J'étais peut-être moi-même prédisposé au déni. Le chalutier se dirigea vers le nord, désormais si silencieux que nous entendions l'eau clapoter contre la coque. L'ombre sur l'eau commença à se résorber. Elle formait une ligne en travers de l'estuaire, une tache foncée ourlée de minuscules vagues blanches. Il y avait un genre de gros bâtiment sur une jetée qui s'avançait, et au-delà l'eau changeait de texture. Nous nous rapprochions régulièrement, portés par la seule force d'inertie, puis Osman donna l'ordre de renverser la vapeur. Nous étions bien trop près, en cas d'obstacle. La tache foncée prit forme comme nous cabotions, se transformant en amas, en amoncellements de choses jetées à l'eau, de petites choses en quantité et qui s'étaient déposées en tas.

Des corps.

Je ne les distinguais pas très bien. Je n'y tenais pas du tout. Osman me tendit des jumelles et je regardai néanmoins. L'East River était obstruée par des cadavres humains. Ma bouche était sèche, mais je me forçai à déglutir et à regarder de nouveau. Sur le front de chaque cadavre (j'en vérifiai une dizaine pour être sûr) il y avait une blessure rouge boursouflée. Pas une blessure par balle. Cela ressemblait plus à quelque chose que l'on ferait avec un pic à glace.

Elles avaient su... les autorités de New York avaient su ce qui arrivait à leurs morts. Elles avaient certainement su et elles essayaient de stopper cela ou du moins de le ralentir. On détruit le cerveau et le cadavre est neutralisé, c'était la leçon que nous avions tous apprise, et à un tel prix! En Somalie, ils brûlaient ensuite les corps et les enterraient dans des fosses, mais ici, dans une ville de millions d'habitants, il n'y avait eu aucun endroit où les mettre. Les autorités avaient dû simplement jeter les corps dans le fleuve en espérant que le courant les emporterait, mais il y en avait eu trop pour que même la mer les accepte.

Des milliers. Des dizaines de milliers et cela n'avait pas suffi, le travail ne pouvant peut-être pas être fait assez vite. La tâche avait dû être ardue, répugnante. Je la sentais dans mes bras, comme si je l'avais faite moi-même. Transpercer les os et la matière grise avec une pointe de fer, à maintes et maintes reprises. Et cela avait été certainement dangereux, également : un corps que vous vous apprêtiez à neutraliser pouvait se redresser brusquement et saisir votre bras, votre visage et, un instant plus tard, vous compreniez que vous alliez vous retrouver sur la pile vous-même. Qui s'était chargé de cette tâche ? La garde nationale ? Les sapeurs-pompiers ?

— Dekalb, fit Osman dans un souffle. Dekalb. Nous ne pouvons pas passer. Il n'y a aucun moyen de passer.

Je regardai vers le nord, au-delà de la masse flottante des cadavres. Elle s'étendait aussi loin que je pouvais voir, bien après le pont de Brooklyn. Il avait raison. D'ici, je n'apercevais pas le bâtiment des Nations unies, même s'il était très proche. Ma poitrine commença à se soulever, des sanglots peut-être, ou l'envie de vomir, je ne saurais le dire. Les médicaments, ma seule chance de revoir Sarah, étaient juste là-bas, mais ils auraient pu aussi bien se trouver à un million de kilomètres de distance.

Yusuf vira de bord et repartit vers la baie tandis qu'Osman et moi tentions de trouver ce que nous allions faire à présent. On pouvait remonter l'Hudson et tourner, suivre la Harlem River, contourner Manhattan, puis redescendre l'East River. Osman rejeta ce plan immédiatement.

— La Harlem River, dit-il en montrant un étroit ruban bleu sur ses cartes, n'est pas assez profonde. Trop de risques de nous échouer.

— C'est la meilleure chance que nous ayons, répondis-je, les bras serrés sur mon estomac tandis que j'examinais les cartes.

— Je regrette, dit-il, mais ce n'est pas possible. Il y a peut-être autre chose. Un autre endroit, un hôpital. Ou un drugstore.

Je regardai les cartes encore et encore. Je connaissais cette ville. Je la connaissais mieux que tous ceux qui se trouvaient sur le bateau. Pourquoi étais-je incapable de penser à quoi que ce soit ?

8.

Revenu au rayon de produits surgelés de la petite bodega, dans l'obscurité, au fond, Gary trouva finalement ce qu'il cherchait derrière le verre lisse et clair. Il emporta le carton de steaks pour hamburgers et le posa sur le comptoir en plastique à côté du présentoir des briquets jetables et de la machine du loto. Ils avaient été frais au toucher dans le congélateur… complètement décongelés et avec un peu de moisissure duveteuse blanche sur le dessus, mais toujours bons, selon lui. Ils lui semblaient bons, en tout cas. Il était *affamé.* Il envisagea différentes façons de les faire cuire jusqu'à ce qu'il trouve le courage de prendre juste une bouchée de viande crue et de tenter sa chance.

Sa bouche se remplit de salive et il se força à mâcher, à savourer même si ses yeux pleuraient. La tension dans son estomac et la faim qui grouillait commencèrent à se calmer, et il s'appuya sur le comptoir des deux mains. Cela lui avait pris toute la matinée pour trouver un petit morceau de viande. Il s'était aventuré très loin de son appartement, au nord jusqu'à West Village. Mais dans toutes les boucheries et tous les magasins d'alimentation il n'avait trouvé que des congélateurs self-service pillés et des crocs de boucher vides qui oscillaient sur leurs chaînes. À l'évidence il n'était pas le premier à être attiré dans des endroits où on trouvait habituellement de la viande. Durant l'heure passée, il avait ratissé toutes les supérettes du quartier et tous les garde-manger des plus petites gargotes, et c'était tout ce qu'il avait trouvé. À en juger par la façon dont son estomac se détendait et dont ses mains avaient cessé de trembler, la balade en avait valu la peine.

Il dévorait son second morceau de viande quand il entendit un bruit derrière lui ; il se retourna pour découvrir qu'il n'était pas seul. Un type corpulent avec une casquette de routier et des favoris était entré dans le magasin en trébuchant et avait fait tomber un présentoir de SlimJims. C'était le premier mort-vivant que Gary voyait de si près. La tête de l'intrus dodelinait sur son cou épais et de la bave coulait de sa lèvre inférieure détendue tandis qu'il regardait Gary avec des yeux qui semblaient incapables d'accommoder tout à fait. Il avait les mêmes veines mortes et la même pâleur bleuâtre que Gary avait vues dans le miroir de sa salle de bains, mais le visage de ce type était flasque et mou, la peau pendait en replis de ses bajoues et de son cou. Il lui manquait un gros morceau de la cuisse gauche. Son jean était couvert d'une croûte de sang séché et, comme il s'avançait lourdement, la jambe se plia sous lui d'une façon tout à fait anormale, menaçant de le faire basculer directement sur la poitrine de Gary.

Lentement, péniblement, Casquette de Routier redressa sa jambe sous lui et fit une embardée vers le comptoir. Sans un mot, le mort s'avança, tendit les mains et saisit les burgers qui restaient. Avant que Gary puisse l'en empêcher, le type corpulent enfourna l'un d'eux dans sa bouche et commença à avancer la main pour en prendre un autre, le dernier des quatre.

— Hé, ça suffit, c'est le mien, dit Gary.

Et il agrippa le dos de la chemise de flanelle du type pour l'éloigner de la nourriture, mais il aurait aussi bien pu essayer de déplacer un réfrigérateur. Il voulut saisir le bras du type et fut repoussé en arrière d'une tape qui l'envoya valdinguer contre un présentoir de boîtes de thon StarKist qui s'entrechoquèrent. Le type se retourna lentement pour faire face à Gary avec des yeux vitreux et ternes. Gary baissa la tête et vit qu'il tenait toujours une partie de la viande pour hamburgers dans la main gauche.

Les mâchoires du type s'ouvrirent largement comme s'il voulait avaler Gary, comme un serpent gobe un œuf. Il ne produisait absolument aucun son. Il fit un pas hésitant sur sa mauvaise jambe et faillit tomber. Puis se redressa. Il serra les poings.

— Non... ne t'approche pas de moi !

Gary voulut se mettre debout mais glissa sur les boîtes de conserves tombées par terre.

Le type poursuivit son chemin.

— N'y pense même pas ! glapit Gary, ce qui sembla absurde même à ses propres oreilles, mais il ne put s'en empêcher. Arrête-toi !

Le type s'immobilisa brusquement. L'expression sur son visage changea, passa de la colère affamée à un désarroi complet. Il regarda autour de lui pendant une minute, et Gary sentit la forme froide du type se dresser devant lui, une ombre morte prête à s'abattre sur lui comme une tonne de briques pour l'écraser, le réduire en bouillie.

Il restait là, ne s'approchait plus.

— Barre-toi et crève ! cria Gary, terrifié.

Sans un son, le type pivota sur son talon valide et sortit de la bodega. Il ne regarda pas derrière lui.

Gary l'observa s'éloigner, puis se remit debout péniblement. Il se sentait de nouveau tout patraque. Presque pris de nausées. Il termina le petit morceau qu'il tenait dans la main, mais celui-ci ne lui fit pas autant de bien que le premier. L'affrontement avec le type lui avait ôté quelque chose. Il se passa une main dans les cheveux, regarda vers le rayon des surgelés. Il était vide à présent. Il se baissa et ramassa tous les SlimJims que le type avait fait tomber par terre. *C'est également de la viande*, pensa-t-il. Peut-être lui feraient-ils du bien.

Alors que Gary sortait de la bodega d'un pas traînant, le tintement dans ses oreilles réapparut brusquement, plus fort que jamais. Il savait qu'il devait partir – quitter le secteur avant que le type revienne à la charge –, mais c'était à peine s'il pouvait tenir debout. Il étreignit sa tête comme le monde tournoyait autour de lui et s'appuya contre le verre froid de la vitrine du magasin. Une explosion de son blanc transperça sa tête, tel un jet d'eau glacée, et il s'avança dans la rue en chancelant. *Merde, que se passe-t-il?* Il sentait ses jambes bouger sous lui, le propulsant à travers l'espace, mais il ne voyait absolument rien, ne parvenait pas à faire accommoder ses yeux.

Que se passait-il ? Sa formation médicale était inadéquate pour décrire ce qui lui arrivait. Anévrisme ? Événement ischémique ? Son cerveau lui donnait l'impression de se dessécher et de rétrécir : était-ce tout ce qu'il obtenait en récompense pour son travail pénible, une demi-journée d'intelligence ? Est-ce qu'il allait la perdre tout de suite ?

Il sentit quelque chose de dur et de métallique heurter ses cuisses et il se força à s'arrêter de bouger. Il baissa la main et sentit un parapet, un parapet métallique qu'il agrippa comme il tombait à genoux. Au prix d'un énorme effort, il força ses yeux à s'ouvrir et se tint agenouillé là, à regarder, encore et encore, avec une intensité éperdue, l'Hudson devant lui. S'il avait fait trois pas de plus, il serait tombé dans le fleuve.

Tout était si net, bien plus clair que cela ne l'avait jamais été de son vivant. Gary leva les yeux vers le New Jersey au-delà de l'eau, vers les collines là-bas, et vit le sol trembler. Il se cramponna au parapet tandis que la terre tanguait sous lui et que des crevasses se formaient dans la roche, des crevasses qui crachaient des vapeurs noires délétères remplissant le monde entier de leur fumée.

Derrière lui, près de la bodega, la casquette de routier du type tomba de sa tête comme il s'affaissait sur le trottoir. Ses mains furent parcourues de spasmes tandis que l'étincelle d'animation le quittait et que ses yeux papillotaient et se fermaient.

9.

— Celui-ci est trop actif, déclara Ayaan en scrutant le quai avec ses jumelles.

Le mort en question portait uniquement un jean collant dont débordait sa chair boursouflée. Il s'agrippait à un pilotis en bois d'une main et frappait l'air de l'autre. Son visage affamé suivait le bateau tandis que nous passions lentement à sa hauteur.

Sur le toit de la timonerie, Mariam demanda son Dragunov et l'une des filles le lui passa. Elle se cala contre la coupole du radar de l'*Arawelo* et regarda à travers le viseur télescopique du fusil. Je mis mes doigts dans mes oreilles un instant avant qu'elle tire. Le mort sur la jetée pivota sur lui-même dans un nuage de matière cervicale qui explosait et tomba dans l'eau.

Seize ans, et Mariam était déjà un tireur d'élite. Quand les filles soldats avaient-elles le temps de s'entraîner ? Je suppose qu'il n'y avait rien d'autre à faire en Somalie. Pas de chaînes de télévision câblées, pas de centres commerciaux.

Osman se racla la gorge et je regardai la carte de nouveau.

— Ici, dis-je.

Je montrai du doigt un « H » bleu sur la carte, juste à quelques blocs de l'Hudson. Je levai les yeux vers la rangée de buildings sur la rive et montrai un endroit entre deux d'entre eux.

—Le centre médical St. Vincent. Ils ont – ou plutôt avaient – une unité de soins pour le VIH. (Je haussai les épaules.) Ce sera dangereux. On ne nous verra pas du bateau pendant au moins une heure. Mais c'est la meilleure option, si nous ne pouvons pas arriver jusqu'aux Nations unies.

Le capitaine se frotta le visage et hocha la tête. Il cria à Yusuf d'approcher le bateau d'une jetée déserte et les filles accoururent sur le pont, mirent leurs armes à l'épaule et vérifièrent leurs chargeurs. Osman et moi nous démenâmes avec une tôle ondulée de trois mètres cinquante de long et de large faisant office de passerelle pour le chalutier.

Les moteurs gémirent et l'eau bouillonna comme Yusuf stoppait le navire dans un choc sourd. Les filles s'élancèrent avant même que nous ayons fini de caler la tôle, le commandant Ifiyah en tête, criant à toutes ses sœurs *kumayo* de la rejoindre. Elles rugirent comme des lions tandis qu'elles couraient prendre leurs positions assignées en deux rangs de douze sur le ponton en bois (Mariam était restée sur le toit de la timonerie avec son Dragunov). Je mis mon sac en bandoulière, serrai la main d'Osman, et m'avançai précautionneusement sur la tôle ondulée comme si j'avais peur de tomber dans l'eau. Je me sentais calme, infiniment plus que lorsque nous avions remonté l'East River. Ayaan m'avait appris un truc : me forcer à vomir avant la bataille pour que je n'en ressente plus le besoin après. Cela n'avait pas été très difficile. La puanteur de la mort et de la pourriture qui provenait de Manhattan s'ajoutait à mon mal de mer habituel et m'avait donné des nausées depuis que nous avions aperçu la statue de la Liberté.

Le bruit de mes pas sur le ponton résonna dans le silence. Je m'avançai pour m'accroupir derrière Ayaan qui ne m'accorda aucune attention. Elle était si concentrée, si parfaitement en paix dans cette démence. Je levai mon AK-47 et essayai d'imiter sa position de tir, mais je compris en sentant le contact de la crosse sur mon épaule que j'avais tout faux.

— *Xaaraan*, dit-elle doucement, mais pas à moi.

Le mot signifiait « impur rituellement », ou plus littéralement « animal de boucherie égorgé improprement ». Je n'avais jamais entendu une description plus appropriée des hommes et des femmes qui venaient dans notre direction sur le ponton. Des visages tordus de façon grotesque sur des corps gonflés couverts de sang qui se penchaient selon des angles anormaux ; les mains aux doigts crochus comme des griffes qui se tendaient vers nous, les dents cassées, les yeux hagards et leur silence. Le silence était le pire de tout. Des gens, des gens réels, faisaient du bruit. Ceux-ci, c'étaient les morts.

— *Diyaar!* cria Ifiyah.

Les filles ouvrirent le feu, fusil après fusil, et à chaque claquement un cadavre tournoyait et s'écroulait sur le ponton. Je vis l'un d'eux touché juste dans les dents. De l'émail dansa dans l'air. Un autre avec des cheveux lui arrivant aux épaules étreignit son ventre mais continua à s'avancer vers nous, il ne courait pas, mais marchait lourdement sur des pieds mal assurés, venait vers nous avec une inexorabilité qui me terrifiait. Une femme avec une veste en jean et des cuissardes noires l'écarta d'une poussée et se dirigea droit vers moi, le vent ébouriffait ses cheveux et laissait voir que ses joues avaient été mangées. Ses mâchoires à nu claquaient dans l'expectative tandis qu'elle levait les bras pour m'agripper. Un petit nuage de fumée s'échappa de son estomac et elle tomba à la renverse, mais d'autres prirent aussitôt sa place.

—*Madaxa!* ordonna Ifiyah.

Visez la tête. Je vis certaines des filles plus jeunes modifier leur position avec nervosité et lever légèrement le canon de leurs fusils. Elles tirèrent de nouveau et les morts s'écroulèrent, heurtèrent le ponton dans un bruit sourd, ou tournoyèrent et tombèrent dans l'eau, ou encore basculèrent en arrière vers la foule qui se pressait autour d'eux et s'avançait plus rapidement. Est-ce qu'ils nous avaient attendus ? Ils étaient si nombreux que même avec le boucan que nous avions fait, je ne parvenais pas à imaginer que nous en avions attiré un si grand nombre aussi vite. À moins que New York, la ville éternellement surpeuplée, abrite *autant* de morts animés. Si c'était le cas, nous étions fichus. Accomplir notre mission serait impossible.

—*Iminka*, fit Ifyah dans un souffle.

Maintenant. Du fait de mon horreur, j'avais à peine remarqué la chose la plus terrifiante de toutes : les morts prenaient le dessus. Quelques mètres seulement nous séparaient de leur marée qui avançait. Les filles ne paniquaient pas, mais je savais que je paniquais, moi : j'hyperventilais et j'étais tout près de chier dans mon pantalon. Dans le même temps, elles réglèrent leurs fusils avec un claquement sonore et ouvrirent le feu sur tir automatique.

Si j'avais trouvé que le carnage était épouvantable auparavant, eh bien, j'étais loin du compte. J'avais déjà vu des fusils d'assaut réglés sur tir automatique. Dans mon travail d'inspecteur aux armements, il y avait eu une multitude de fois où un chef de clan ou un commandant de mercenaires avait voulu m'impressionner en me montrant sa puissance de feu. Toutefois, je n'avais jamais vu des armes d'assaut automatiques dirigées contre des Américains. Cela ne semblait faire aucune différence qu'ils soient déjà morts. La rangée devant moi explosa, leurs têtes réduites en bouillie, leurs cous et leurs torses déchiquetés en des lambeaux fibreux. Ceux derrière eux frissonnèrent et frémirent comme s'ils avaient une violente attaque d'apoplexie tandis que les balles les fauchaient.

Décrire le vacarme de vingt-quatre Kalachnikovs tirant en automatique est impossible, aussi n'essaierai-je pas. Cela vous secoue, littéralement : les vibrations vous donnent l'impression que votre cœur va s'arrêter et le simple volume sonore peut endommager vos organes internes si cela se prolonge. Et cela continua, encore et encore.

Quand ce fut terminé, nous nous tenions devant un monceau de corps immobiles. Une femme avec un chemiser sur lequel était écrit « J'aime New York » aux manches déchirées se dégagea de dessous l'amoncellement et se précipita vers nous, mains tendues, mais l'une des filles – Fathia – s'avança et la frappa à la tête avec la baïonnette fixée au bout de son fusil. Le cadavre s'écroula. Ensuite nous écoutâmes tous le tintement dans nos oreilles pendant un moment, et scrutâmes l'extrémité du ponton, nous attendant à une autre vague, mais elle ne vint pas.

—*Nadiif*, annonça Ifiyah.

Le ponton était dégagé. Les filles se détendirent visiblement et mirent leurs fusils en bandoulière. Quelques-unes rirent bruyamment et frappèrent du pied les corps déchiquetés sur le ponton. Fathia et Ifiyah se tapèrent dans les mains. Toutes les filles souriaient, excepté Ayaan.

Son visage était aussi dur qu'un masque comme elle avançait la main et agrippait le canon de ma Kalachnikov. Je tressaillis, croyant qu'elle voulait se brûler délibérément pour une raison ou pour une autre – le AK-47 est connu pour chauffer après un tir prolongé –, mais elle retira sa main et me montra sa paume indemne.

— Tu n'as pas tiré, déclara-t-elle.

Le dégoût sur son visage était cinglant.

Je me rendis compte brusquement que je n'avais pas fait usage de mon arme une seule fois. J'avais été trop occupé à observer les filles.

— Je ne suis pas un tueur, m'insurgeai-je.

Elle secoua la tête avec amertume.

— Si tu ne te bats pas, alors tu es déjà l'un des *xaaraan*.

Les filles se déployèrent sur le ponton, le commandant Ifiyah marchant en tête tandis qu'elles scrutaient la rive, guettant le moindre mouvement. Ayaan courut prendre sa position à l'avant de la formation. Je me retournai et regardai vers l'*Arawelo*. Osman me fit un signe de la main pour me signifier que tout allait bien.

— Allez avec elles maintenant, Dekalb, dit-il avec un large sourire. Nous restons ici et nous garderons le bateau.

10.

Les filles se déployèrent en éventail dans la rue, communiquant entre elles par signaux de la main. Le canon de leurs Kalachnikovs balayait les coins de la rue, les renfoncements de porte, les centaines de voitures abandonnées sur la chaussée. Je m'étais attendu – enfin, je suppose que je l'avais espéré – à ce que les rues soient dégagées. Nous aurions pu réquisitionner un moyen de transport et rouler jusqu'à l'hôpital.

Aucune chance. Dans la panique de l'Épidémie, le quadrillage habituel de Manhattan s'était changé en un piège mortel. Il y avait des voitures partout, beaucoup d'entre elles étaient cabossées ou endommagées. Elles bordaient chaque trottoir, obstruaient chaque croisement que nous dépassions. J'aperçus un Hummer 2 qui était monté sur le trottoir, son pare-chocs avant rutilant coincé irrémédiablement entre une boîte aux lettres et la devanture en bois brisée d'un bistro déserté. De l'autre côté de la rue, Fathia grimpa sur le toit d'un taxi aux quatre pneus à plat et scruta la rue devant elle en braquant son fusil.

— Par là, dis-je à Ifiyah.

Elle fit signe à ses troupes de nous suivre. Nous longeâmes un petit pâté de maisons sur Horatio Street, et nous passâmes à la hauteur d'une station-service où les volets de la devanture étaient fermés. Des écriteaux en papier avaient été placés autour des pompes et fixés avec du ruban adhésif : « PAS D'ESSENCE, PAS D'ARGENT, PAS DE TOILETTES. QUE DIEU VOUS BÉNISSE ». Au coin de la rue, il y avait la devanture d'un médium (les tubes au néon criards visibles dans la vitrine étaient morts, à présent) et une petite boutique qui avait dû vendre des vêtements pour femmes. La vitrine montrait trois mannequins habillés gaiement et un tas d'étoffes vertes qui ondoyaient.

Ayaan s'arrêta devant la vitrine et jeta un coup d'œil à l'intérieur.

— Tu cherches un nouveau look pour l'été ? lui demandai-je.

Je voulais qu'elle presse le pas. C'était compréhensible, bien sûr, car c'était probablement la première fois qu'Ayaan voyait de vraies toilettes féminines. Elle avait passé la plus grande partie de sa vie en uniforme et l'attrait de la mode occidentale devait…

— J'ai vu un mouvement à l'intérieur, insista-t-elle.

Oh.

Les soldats s'approchèrent, certaines marchant à reculons, leurs fusils braqués, tandis que d'autres les guidaient, une main posée sur leur épaule. Leur discipline était réconfortante. Dans une autre vie, j'aurais sans doute trouvé que la façon dont ces filles travaillaient ensemble était effrayante, mais, désormais, cela signifiait que je survivrais peut-être à cette mission ridicule.

Brusquement, une morte se fraya un chemin à travers les plis de vert dans la vitrine et heurta violemment le verre. C'était une blonde élancée aux traits fins et raffinés. Son visage était seulement grêlé ici et là de toutes petites écorchures qui ressemblaient presque à des paillettes. Elle portait une jolie robe sans manches rouge foncé et, durant un battement de cœur, nous fûmes tous surpris par son élégance.

Puis ses bras minces se levèrent et ses poings commencèrent à marteler le verre. Elle poussa son visage en avant et ses mâchoires s'ouvrirent contre la vitrine comme si elle voulait la découper avec ses dents jaunes et se frayer un chemin pour sortir. Le trou noir de sa bouche formait un cachet parfait sur le verre tandis qu'elle nous jetait des regards avides.

Fathia leva son fusil mais je secouai la tête.

— C'est du verre de sécurité, il est incassable. Elle ne réussira jamais à passer au travers. Mais si tu tires maintenant, le bruit pourrait en attirer d'autres.

Elle regarda son commandant. Ifiyah hocha la tête et nous poursuivîmes notre chemin, laissant la morte derrière nous. Une fois le coin tourné, nous n'entendîmes même plus les coups étouffés de ses poings sur la vitrine.

Dans l'étendue plus large de Greenwich Avenue, nous aperçûmes un camion-citerne dont l'eau continuait à tomber goutte à goutte depuis une rafale de trous causés par des balles. Nouée autour de son crochet d'attelage, une banderole incroyablement longue de rubans de police jaunes claquait au gré du vent. Je saisis une poignée de rubans et lus « ZONE DE QUARANTAINE : LES INTRUS SERONT ABATTUS SANS SOMMATION » avant de les laisser voleter de nouveau. Nous tournâmes à gauche sur la 12e Rue et les filles se déployèrent rapidement. Nous étions arrivés. Ifiyah dit à ses troupes d'établir des zones de tir et de fixer un point de ralliement où opérer leur jonction si elles étaient séparées. Je conduisis Ayaan vers les portes fermées des urgences de St. Vincent et jetai un coup d'œil à l'intérieur.

— C'est sombre, là-dedans, dis-je.

Ma foi, bien sûr que c'était sombre. Est-ce que je m'attendais à ce qu'il y ait du courant six semaines après la fin du monde ?

— Je n'aime pas beaucoup ça.

— Ce n'est pas à toi de décider, rétorqua Ayaan.

Mais il y avait moins de colère dans sa voix que d'habitude. Elle glissa ses doigts minces dans l'interstice entre les deux portes automatiques et tira. Elles bougèrent de deux centimètres, puis se refermèrent. Je regardai Ifiyah : elle leva trois doigts et nous fûmes rejoints rapidement par trois filles âgées de seize ans. À nous cinq nous réussîmes à écarter les portes suffisamment pour qu'elles ne se referment plus et qu'il y ait ainsi une ouverture assez grande pour que nous puissions nous y faufiler.

Ayaan me tendit une torche électrique sortie de son sac *dambiil* et vérifia la sienne en l'allumant et en l'éteignant plusieurs fois. Les trois filles qui nous avaient rejoints effectuèrent la même opération. Je jetai un coup d'œil à Ifiyah pour lui demander l'autorisation de commencer et j'entrai. Le hall d'accueil des urgences était un fouillis de chaises renversées, de téléviseurs à l'écran vide, mais, au moins, une lumière ténue entrait par les portes vitrées et perçait l'obscurité.

Le comptoir des admissions était à moitié enfoui sous une avalanche de brochures sur les maladies cardiaques et les dangers du tabac passif. Je marchai sur les brochures en faisant attention à ne pas glisser et trouvai un plan photocopié fixé au mur.

— Par là, dis-je en montrant une porte battante qui permettait de quitter la salle principale.

L'unité de soins pour le VIH était située loin à l'intérieur du bâtiment. Cela nous prendrait sans doute dix minutes pour y arriver dans le noir et aussi longtemps pour revenir.

Ifiyah nous avait donné quatre-vingt-dix minutes pour effectuer la mission et retourner au bateau.

Je dois faire ceci une seule fois, me dis-je. Juste une fois et ensuite je pourrai rentrer et voir Sarah. La pensée de ma fille âgée de sept ans qui se languissait dans une école religieuse en Somalie fit battre mon cœur à grands coups dans ma poitrine soudain privée d'air.

Je poussai du pied la porte battante et braquai ma torche vers l'obscurité du couloir au-delà. Le cône de lumière accrocha deux lits d'hôpital poussés contre le mur. Un tas de draps maculés sur le sol. Deux rangées de portes, des dizaines, qui pouvaient cacher n'importe quoi.

— Finissons-en, dis-je.

Ayaan pinça les lèvres comme si elle était vexée qu'un civil lui donne des ordres. Mais elle porta son fusil à l'épaule et s'avança dans le couloir.

11.

Gary secoua la tête violemment et se mit debout lentement. Regardant dans la direction de Hoboken, il vit seulement des immeubles vides et des rues silencieuses. Les geysers de gaz toxiques qu'il avait vus jaillir là-bas avaient disparu. Il n'y en avait jamais eu. Juste une hallucination

Il fléchit ses mains, s'observa durant une seconde. Tout était intact et en état de fonctionnement. En fait, il se sentait mieux que jamais : le bourdonnement dans sa tête avait cessé et ses mains ne tremblaient plus comme auparavant. Le plus important, c'était que sa faim avait disparu. Pas complètement : il la sentait se profiler à l'horizon de sa conscience, savait qu'elle reviendrait plus forte que jamais avant longtemps, mais pour le moment, au moins, son estomac était en paix.

Il se retourna lentement, ne sachant pas pendant combien de temps cette nouvelle sensation de bonne santé allait durer ou jusqu'à quel point elle pouvait être fragile. Derrière lui, il vit que rien n'avait changé : New York était toujours la même. Aussi silencieuse. Il aperçut un corps étendu près de la bodega où il s'était battu avec le type à la casquette de routier et décida d'aller l'examiner.

Ce qu'il trouva ne répondait à aucune de ses questions. Casquette de Routier était mort. Pas mort-vivant, pas mort animé : juste mort, étendu là et se décomposant au soleil. Normalement, cela ne se passait pas ainsi. Les morts continuaient à aller et venir jusqu'à ce que l'on détruise leur cerveau, tout le monde savait ça, le vice-président l'avait expliqué en direct à la télévision. Gary ne vit aucune lésion sur la tête du type, pas le moindre signe de traumatisme, mais pour une raison ou pour une autre il s'était juste arrêté. Était tombé et s'était arrêté, de façon définitive, apparemment.

Gary ramassa la casquette et la tourna dans ses mains. Puis il la lâcha en sursautant et s'éloigna rapidement du cadavre à quatre pattes. Il avait oublié qu'il était lui-même l'un des morts. Ce qui avait fait ça au type corpulent, quoi que ce soit, était peut-être toujours dans les parages et il y serait vulnérable tout autant. Et si un sniper attendait sur les toits ? Et si l'apocalypse était finalement terminée et que les morts avaient cessé de revenir à la vie ? Et si un nouveau virus pernicieux avait muté et s'attaquait aux morts ?

Non. Il ne pouvait pas s'agir d'un virus : un virus avait besoin de cellules vivantes pour se reproduire. Une bactérie aurait pu faire ça ou encore plus vraisemblablement un genre d'infection fongueuse, bien sûr, un fongus propagé par des spores dans l'air...

Mais des spores qui survenaient à la seconde même où Gary se trouvait dans une situation critique ? Voilà qui ne tenait pas la route. Gary avait dit au type de foutre le camp et de mourir. Penser qu'un fongus neutralisant par le plus grand des hasards les effets de l'Épidémie avait été transporté ici à ce moment précis était absurde. Pourtant quelque chose avait terrassé Casquette de Routier, quelque chose s'était produit juste après que Gary lui eut dit de...

Gary aurait probablement continué à réfléchir à cette question s'il n'avait pas entendu des détonations. Des armes... Cela voulait dire qu'un survivant se trouvait à proximité. Les morts n'avaient pas la coordination musculaire nécessaire pour utiliser des armes à feu. Un survivant solitaire désespéré devait se battre une dernière fois quelque part vers le nord. Dans le secteur des abattoirs, apparemment. Cela ne durerait pas. Gary devait l'ignorer, retourner à son appartement et commencer à faire des projets pour l'avenir, maintenant qu'il en avait un de nouveau.

Toutefois, il n'avait jamais été capable de résister à sa curiosité. En fait, c'était ce qui l'avait conduit à la fac de médecine, son désir de savoir ce qui faisait marcher les choses.

Il se retrouva en train de courir vers le nord, ce qui n'était pas du tout dans son intérêt, dans la direction des coups de feu. Ils cessèrent brusquement alors qu'il était encore à mi-distance mais il avait estimé qu'ils venaient d'un endroit à proximité du fleuve, peut-être de l'un des pontons.

Il s'avança précautionneusement et faillit se faire descendre. Une jeune Noire portant un uniforme d'écolière et un foulard autour de la tête braquait un fusil dans sa direction. Il se glissa derrière une voiture abandonnée et ferma les yeux, les bras serrés autour de ses genoux, essayant de toutes ses forces de se faire tout petit et insignifiant. Elle n'avait pas eu l'air de plaisanter avec son arme. Comme un soldat ou un policier ou quelque chose. Absurde… mais c'était la journée des absurdités, apparemment.

Il y en avait d'autres avec elle. Toute une équipe, d'après le bruit qu'elles faisaient. Leurs armes cliquetaient tandis qu'elles s'avançaient. Il entendit l'une d'elles parler d'une voix froide et dure, avec un accent. Elle devait être originaire de Brooklyn.

— J'ai vu un mouvement à l'intérieur, dit la fille.

Non. Non, non, non, non, non.

— Si tu tires maintenant, le bruit pourrait en attirer d'autres, dit une autre voix, un homme.

Merci, qui que vous soyez, pensa Gary.

Il attendit dans un silence éperdu durant un long moment, longtemps après les avoir entendus s'éloigner. Apparemment, ils se dirigeaient vers l'ancien lieu de travail de Gary. Au temps pour la curiosité. Il n'avait plus à se préoccuper d'eux. Quand il eut la certitude qu'ils étaient tous partis, il se mit debout et se dirigea aussi vite qu'il le pouvait vers le fleuve, le plus loin possible d'eux. Il essaya de courir mais le mieux qu'il pouvait faire, c'était une marche à petits bonds. Et quand il arriva au fleuve, il trouva une autre surprise.

Il y avait un bateau sur l'Hudson, à une centaine de mètres de la rive. Juste un vieux rafiot avec de la rouille visible sur sa coque et une superstructure en bois avec un gréement de fortune. Le nom du bateau sur la proue était illisible, écrit dans un alphabet que Gary ne reconnut pas : cela ressemblait un peu à l'hébreu, peut-être, et beaucoup à de la calligraphie du Moyen Âge. Il regarda plus attentivement et aperçut des gens à bord. Deux Noirs, accoudés au bastingage, observaient les quais, tandis qu'une fille avec ce même uniforme d'école et ce même foulard sur la tête se tenait sur le toit de la superstructure en bois, un fusil excessivement long dans les mains.

Cette fois, il était suffisamment averti pour garder la tête baissée.

Il y avait… des survivants, pensa-t-il. Des survivants organisés avec un moyen de transport pour quitter Manhattan. Il n'avait aucune idée de ce qu'ils faisaient à New York, mais leur présence signifiait au moins une chose horrible, inéluctable. Sa décision de se changer en l'un des morts revenus à la vie – de devenir cette créature morte-vivante – avait reposé sur le fait que New York n'existait plus, fini, terminé. Qu'il n'y avait plus aucun espoir pour l'espèce humaine.

Apparemment, s'il avait attendu deux jours de plus, il aurait pu être sauvé.

12.

Je fis un pas en avant et ma hanche buta contre quelque chose de dur et de carré qui s'éloigna de moi rapidement. J'entendis le fusil d'Ayaan pivoter dans un claquement et je braquai ma torche vivement, mais la chose que j'avais heurtée dans le noir n'était qu'un meuble sur roulettes. Un chariot en plastique contenant des fournitures médicales. Les couloirs en étaient remplis. Le chariot roula encore sur un ou deux mètres, puis s'immobilisa au milieu du couloir. D'un air penaud, je l'écartai d'une poussée de mon chemin. Je sentis les filles derrière moi – Ayaan et les trois membres de son équipe – se détendre après cette fausse alerte.

Pour ma part, j'en étais incapable. Je n'avais jamais aimé les hôpitaux. Ma foi, qui les aime ? La puanteur chimique du désinfectant qu'ils utilisent. L'utilitarisme affligeant de leur ameublement. Le sentiment oppressant de pourriture et de décomposition. J'avais l'impression que quelque chose se déplaçait sur mes épaules, l'un de ces longs mille-pattes d'aspect humide couverts de poils aussi fins et recourbés que des cils.

Je renversai d'un coup de pied un tas de draps ensanglantés, m'attendant à moitié à ce que quelque chose en dessous se dresse d'un bond et me morde la jambe. Rien. Ayaan me jeta un regard et nous avançâmes. Nous progressions très lentement, par nécessité. Les couloirs de l'hôpital sombre et déserté étaient remplis de choses prêtes à vous faire trébucher, comme je venais de le démontrer, et toutes les dizaines de mètres le couloir était interrompu par des portes battantes. Chaque paire de ces portes pouvait cacher une foule de morts et les filles avaient conçu une tactique pour les ouvrir. Deux d'entre elles s'agenouillaient de chaque côté, leurs fusils braqués, le faisceau de leurs torches convergeant sur les portes. Ayaan se tenait quelques mètres en retrait, prête à une attaque frontale. Ensuite je poussais les portes et je reculais rapidement comme les battants pivotaient. Théoriquement, je pouvais m'écarter avant qu'elles se mettent à tirer si nous trouvions quelque chose. J'avais la certitude que c'était ma punition pour ne pas avoir utilisé mon arme sur les quais.

Nous parcourûmes de cette façon tout le rez-de-chaussée de l'hôpital. Quand nous arrivâmes devant les ascenseurs, la sueur avait traversé ma chemise malgré le froid qui régnait dans les couloirs sombres. Les muscles de mon visage tressautaient continuellement. Chaque fois que nous passions devant une porte latérale légèrement entrebâillée, je sentais ma peau se contracter littéralement sur mon dos. Chaque fois que le couloir bifurquait sur les côtés, j'avais l'impression d'être entré dans un abîme aux proportions cyclopéennes où quelque chose de terrifiant et d'horrible se trouvait peut-être et attendait depuis des années, espérant justement cette occasion pour frapper.

Dans le hall des ascenseurs, je regardai les écriteaux sur les murs, blanchis par la vive lueur de ma torche, et j'essayai de comprendre ce qu'il s'était passé. Je savais que nous nous étions perdus, c'était parfaitement clair. Je savais également que je ne pouvais pas le dire à voix haute. En principe, c'était mon rôle dans cette mission, servir de guide indigène.

Admettre mon échec à ce moment-là aurait pu amener les filles à faire demi-tour vers la sortie et à me laisser seul ici. Seul et perdu, incapable de trouver mon chemin.

Je ne tenais pas du tout à cela.

Ayaan se racla la gorge. Je braquai ma torche sur son visage, et ses yeux brillèrent comme des billes de verre éclairées de l'intérieur. Elle ne semblait pas effrayée, ce que, irrationnellement, je pris pour un signe de mépris à mon égard. Comment pouvait-elle être si calme alors que j'étais sur le point de vomir de terreur ?

Je déplaçai de nouveau le faisceau de ma torche sur les écriteaux aux couleurs codées puis le braquai vers l'escalier de secours.

— Par là, leur dis-je.

Les filles s'élancèrent vers la porte coupe-feu comme si elles donnaient l'assaut à une forteresse ennemie.

Suis-je vraiment un couard? me demandai-je.

Au cours de ma carrière, je m'étais rendu dans une intention précise dans certains des pires endroits sur terre (du moins ils l'avaient été avant que les morts reviennent à la vie et, à présent, tous les endroits se ressemblaient par leur horreur), recherchant activement des criminels de guerre et des psychopathes lourdement armés afin de leur demander de me remettre gentiment leurs armes pour qu'elles soient détruites. À cette époque, je n'avais pas eu vraiment peur, même si j'avais su quand je devais baisser la tête et quand je devais partir avec ou sans ce que j'étais venu chercher. Une fois, au Soudan, je me trouvais dans un convoi transportant des vivres et du matériel sanitaire qui se dirigeait vers un village à l'extrême sud du pays. En l'occurrence, les rebelles décidèrent ce jour-là de prendre le contrôle de cette route. Une centaine d'hommes portant des blouses vertes d'hôpital (ils n'avaient pas les moyens d'acheter des uniformes, mais ils *avaient* les moyens d'acheter une multitude d'armes) nous avaient arrêtés et exigé que nous leur remettions le contenu de nos camions. Il y avait eu une discussion pour savoir s'ils devaient également nous tuer. Finalement, ils nous laissèrent un seul camion et la vie à tous et nous étions repartis dare-dare vers Khartoum. Je me souviens que mon cœur battait un peu plus vite alors. Rien à voir avec cela, cette peur atroce, cette terreur oppressante.

À cette époque, même quand la situation était dramatique, il y avait néanmoins une possibilité de sécurité. Il y avait les Nations unies, la Croix-Rouge, Amnesty International. Il y avait des gens quelque part qui travaillaient jour et nuit pour vous faire libérer ou vous transférer vers des installations médicales propres et bien équipées ou vous exfiltrer par avion et vous mettre en lieu sûr. Depuis l'Épidémie, tout cela avait disparu. Ma citoyenneté américaine ne servait plus à rien ici, elle n'était d'aucune aide, d'aucun soulagement. Même au beau milieu de New York, j'étais désemparé.

Ayaan et son équipe auraient probablement compati : c'était le seul de genre de vie qu'elles aient connu, avant que le monde s'écroule. Alors que nous entrions dans l'escalier de secours et montions les marches, je réfléchis à tout ce que j'avais appris à leur contact, à tout ce que je devais faire pour changer et survivre. Je m'efforçai de ne pas trop les haïr, pour les devancer d'une tête.

« Clang, clang, clang. » Chaque marche de l'escalier ferraillait et cliquetait bruyamment. Les échos se répercutaient dans le puits vertical apparemment sans fin de la cage d'escalier, et le son faisait frissonner l'air froid à travers lequel nous montions. Le bruit était assez fort pour réveiller les morts, enfin s'ils ne l'avaient pas déjà été… et merde. Même des plaisanteries stupides tombaient à plat.

J'étais mort de trouille.

Aussi cela constitua un certain soulagement, quand nous atteignîmes la porte donnant sur le premier étage, et que je braquai ma torche vers un écriteau qui indiquait la direction du centre VIH. Nous avions réussi. Nous étions presque arrivés à notre destination. À présent il ne nous restait plus qu'à prendre les médicaments et à repartir par où nous étions venus.

Nous nous attaquâmes à une autre porte et, exactement comme toutes les autres, il n'y avait rien au-delà, excepté toujours plus d'obscurité et l'odeur désagréable d'hôpital. D'autres chariots et d'autres tas de draps souillés. Rien ne bougeait, rien ne convoitait en silence notre chair. Pas le moindre bruit. Je fis un pas dans le couloir et j'aperçus le comptoir d'accueil du centre VIH juste devant moi dans le faisceau jaune de ma torche. Je fis un autre pas puis je me rendis compte que les filles ne m'avaient pas suivi. Je fis volte-face pour demander pourquoi.

— *Amus!* fit Ayaan d'une voix sifflante.

Je la fermai.

Rien. Le silence. Une absence totale de son si nette que j'entendais ma respiration entrer et sortir de ma poitrine. Et, sous-jacent, quelque chose de terne et d'atonal, et de très, très lointain. Cependant, cela devenait plus fort. Plus fort et plus insistant.

« Clang. Clang. Clang clang clang. Clang. » Exactement le bruit que nos pieds avaient fait sur les marches métalliques, mais sans la cadence de pas. Le bruit qu'un poing produit quand il heurte un morceau de métal sans aucune précision ni intention d'en appuyer le coup. « Clang. Clang clang. » Nous entendîmes quelque chose céder et tinter, peut-être le loquet brisé d'une porte. Une image me vint – pourquoi, je l'ignore –, de poings cognant sur l'intérieur de la porte fermée d'une armoire métallique, et de la porte qui s'ouvrait finalement. *Bien sûr,* pensai-je. Comme la porte métallique d'un réfrigérateur ou d'un entrepôt frigorifique. Ou bien la porte étanche qui isolait une morgue d'hôpital de l'air plus chaud à l'extérieur.

C'était l'autre chose que je détestais à propos des hôpitaux : des gens y mouraient. D'autres personnes étaient emportées là-bas, en attendant. Des personnes mortes.

Pendant un moment, tout fut silencieux. Aucun de nous ne bougeait. Puis nous entendîmes le bruit se reproduire. Lent, douloureusement lent, mais fort. « Clang, clang. » Silence. « Clang, clang. Clang, clang. »

Quelqu'un montait l'escalier derrière nous.

13.

– D'abord, nous trouvons les médicaments, dit Ayaan en pointant son fusil sur moi. Ensuite nous pouvons filer.

Je voulus saisir le canon et l'écarter, certain qu'elle ne tirerait pas sur moi, mais elle fit promptement un pas en arrière et je saisis le vide.

— Ils sont lents. Nous avons largement le temps, ajouta-t-elle.

Dans la lumière de deux torches seulement, je ne distinguais pas très bien son visage. Mais j'entendais parfaitement les morts monter l'escalier derrière nous.

Je passai rapidement près des filles et m'avançai vers le vestibule de la clinique, le faisceau de ma torche transperçant la poussière qui tourbillonnait dans le couloir. Un service avec des chambres doubles s'étendait vers la droite – je n'avais pas de temps pour ça ! – où un poste d'infirmières desservait deux couloirs. *Bouge-toi,* me dis-je, *bouge-toi*, et je m'élançai. J'éclaboussai de lumière toutes les portes que je voyais. Salle de bains. Salle de détente pour les patients. Buanderie. Officine. D'accord. D'accord. Oui.

La porte était munie d'une grosse serrure, le genre qui nécessite un pass pour entrer. Le courant coupé, elle se fermait probablement automatiquement de façon hermétique. Je passai la main le long du chambranle, dans l'espoir qu'il y ait un genre de mécanisme d'ouverture de secours, et je faillis pousser un glapissement quand la porte s'ouvrit lorsque je la touchai.

Non, commençai-je à hurler dans ma tête, puis je chassai cette pensée : cela ne signifiait pas nécessairement quelque chose. La porte *s'ouvrait* peut-être automatiquement quand le courant était coupé. Je m'avançai dans la pièce de la dimension d'un placard et quelque chose crissa sous mon pied. Je dirigeai le faisceau de ma torche vers le sol et vis deux douzaines de pilules orange vif, jaune terne, et de ce rose friable qu'affectionnent tant les laboratoires pharmaceutiques. Relevant les yeux, j'aperçus des armoires vides dont les portes ouvertes pendaient d'un air chagrin.

Pour être sûr, je fouillai dans chaque armoire avec mes doigts rendus maladroits par la tension nerveuse. Je trouvai un flacon de Tylenol dans l'une d'elles. Du Tylenol.

— Des pillards, dis-je à Ayaan comme je revenais en courant vers elle et lui lançais le flacon. (Elle l'attrapa au vol sans détourner les yeux de mon visage.) C'est logique, il y avait des patients ici, des patients vivants. Ils ne pourraient pas survivre très longtemps sans leur traitement. Quand ils ont été évacués, ils ont probablement tout emporté avec eux.

Elle ne bougea pas.

— Il n'y a pas de médicaments ici, lui criai-je.

Je voulus saisir son bras. Elle s'écarta de moi de nouveau.

Le bruit des morts dans la cage d'escalier était devenu assourdissant, leurs pieds lourds martelaient les marches métalliques. Ils seraient ici dans un instant.

— Est-ce qu'il y a une autre pièce où ils gardaient les médicaments ? me demanda Ayaan. Une officine principale ?

Mais j'étais occupé à faire jouer le faisceau de ma torche sur les murs du couloir nord-sud qui partait du poste des infirmières. D'après le plan que j'avais vu au rez-de-chaussée, il y avait un autre escalier à l'extrémité opposée du bâtiment et il était peut-être dégagé. Sans quoi, nous serions obligés de sauter par une fenêtre.

—Ne t'inquiète pas, l'Américain, dit l'une des filles. (Elle régla le levier de sélection de son AK-47 et me sourit gentiment.) Nous les affronterons pour toi.

Je braquai ma torche sur son visage. Son teint d'adolescente de seize ans était gâté uniquement au menton où elle avait un gros bouton infecté.

Cela se produisit comme quelque chose que l'on voit sous l'eau. Avec le genre de grâce lente et liquide d'un cauchemar où l'on tombe et ne heurte jamais le sol.

Comme je regardais avec horreur, une main qui traînait des bandes de peau arrachée se referma sur sa bouche et l'entraîna en arrière vers l'obscurité au-delà de mon cône de lumière. J'entendis son cri étouffé comme la porte de l'escalier se refermait et un bruit semblable à celui d'un drap de lit qu'on déchiquette en lambeaux. Je me mis à courir.

La panique me submergea, des bulles d'adrénaline pétillaient dans mon sang tandis que je remontais le couloir en courant. Dans la lumière de ma torche qui dansait, je voyais des chariots et des monceaux de draps sales partout ; je contournai les chariots et sautai par-dessus les draps, certain que j'allais me briser une jambe de cette façon mais l'option, la seule option, était de m'arrêter et de les laisser me rattraper.

Derrière moi, j'entendis des détonations, le crépitement rapide d'armes automatiques. La discipline dont les filles avaient fait montre sur le ponton avait disparu face à un couloir obscur rempli de morts. Était-ce Ayaan que j'entendais tirer, me demandai-je, ou bien l'avaient-ils déjà eue ? Je fonçai dans le noir et poussai une porte battante pour me retrouver devant d'autres ascenseurs, en face du second escalier de secours.

Je regardai derrière moi. Je poussai la porte et braquai ma torche vers le couloir au-delà, guettant des signes de poursuite.

— Les filles ? appelai-je.

Je savais que cela attirerait les morts, mais je savais également que je ne pouvais pas les abandonner ainsi, pas s'il y avait une chance d'opérer un regroupement avec elles.

— Ayaan ?

Tout là-bas, j'entendis quelqu'un crier en somali. Elle hurlait trop rapidement pour que je sois à même de distinguer les mots avec mon vocabulaire limité. J'écoutai, allongeai la tête en avant comme si je pouvais mieux entendre si je me rapprochais du bruit, mais aucune détonation ni aucun cri ne suivirent. Juste le silence.

— Ayaan ? appelai-je, en sachant que j'étais seul.

Je lui laissai le temps qu'il me fallut pour prendre dix longues respirations, puis j'essayai d'ouvrir la porte donnant sur l'escalier. Elle résista, alors je poussai avec mon épaule et elle finit par bouger, s'ouvrant d'une dizaine de centimètres. Elle devait être bloquée de l'autre côté. Je donnai de furieux coups de pied dans le battant, ce qui sembla ne faire aucune différence.

À mi-distance dans le couloir sur ma droite j'entendis quelque chose qui roulait vers moi. Je braquai vivement ma torche et j'aperçus un chariot sur roulettes qui pivotait lentement puis heurtait le mur. Plus loin dans le couloir ma torche accrocha un monceau de draps maculés de sang séché.

Non. Pas des draps. Une femme dans une blouse d'hôpital en papier bleu. Morte, bien sûr. Ses cheveux étaient si fins et clairsemés qu'ils ressemblaient à des fils argentés attachés sur son cuir chevelu moucheté. Dans la lueur jaune de ma torche, sa peau semblait vert pâle. Elle n'avait plus d'yeux. Je compris en une seconde ce qui s'était passé. En s'avançant dans le couloir vers moi, elle avait trébuché sur le chariot et était tombée par terre. Même si elle ne pouvait pas me voir, elle savait que j'étais là. Peut-être sentait-elle mon odeur.

Lentement, péniblement, elle commença à se relever en s'appuyant contre le mur d'un bras insensible.

Je poussai de nouveau sur la porte qui ne cédait pas, de nouveau sans résultat. J'enfonçai le canon de mon AK-47 dans l'interstice que j'avais pratiqué et tentai de forcer la porte en faisant levier. Je sentis qu'elle cédait un peu… puis encore un peu. La femme était debout à présent et s'avançait vers moi. Elle était voûtée et elle marchait avec une raideur prononcée dans la jambe. Je gardai ma torche braquée sur elle pendant que je poussais et poussais contre le fût de mon fusil. Finalement, la porte s'ouvrit brusquement et je vis ce qui l'avait bloquée : une lourde étagère métallique. À en juger par les taches de sang sur le sol du palier, quelqu'un s'était barricadé dans la cage d'escalier. En vain.

Je ne m'en préoccupai pas. J'écartai l'étagère et dévalai l'escalier, puis je remontai en courant les couloirs du rez-de-chaussée.

14.

Une balle ricocha sur la portière côté passager et la voiture oscilla sur ses pneus. Le pare-brise de la Volkswagen présentait une longue fissure argentée sur toute sa largeur, mais il n'était pas brisé. Gary se mit en position fœtale dans l'espace prévu pour les jambes du conducteur et essaya de ne pas faire de bruit.

Les scouts démentes – ou quoi qu'elles soient – l'avaient repéré et ouvert le feu avant qu'il puisse dire un mot. Il avait voulu s'enfuir mais il était coincé entre deux dangers : le bateau sur le fleuve avec son sniper prêt à tirer sur tout ce qui bougeait, et ces écolières puissamment armées qui avaient investi presque la moitié de West Village. Il serait repéré inévitablement. Il avait tout juste eu le temps de se planquer dans la voiture avant qu'elles commencent à arroser de plomb le secteur. Cependant, il avait la certitude qu'elles ne l'avaient pas pris pour cible, qu'elles se contentaient de tirer à l'aveugle, et qu'elles finiraient par s'en aller, s'il restait parfaitement immobile et ne trahissait pas sa présence. Ce qui, vu son état de santé actuel (de mort-vivant), semblait tout à fait faisable.

S'il n'y avait pas eu cette satanée mouche.

Sa passagère d'infortune bourdonnait avec colère chaque fois que la voiture bougeait. Elle se déplaçait sur le tableau de bord pendant un moment puis s'envolait brusquement et faisait le tour de l'espace clos avant de se poser sur un appuie-tête. Gary était tout à fait désolé de l'impliquer dans le danger qu'il courait. À l'évidence, la mouche avait une excellente raison de se trouver ici. La banquette arrière de la voiture était remplie d'articles d'épicerie putréfiés. La plus grande partie de la nourriture s'était changée depuis longtemps en une moisissure floconneuse blanchâtre mais peut-être la mouche pouvait-elle également en manger. Quoi qu'il en soit, elle semblait dodue et satisfaite. Éclatante de vie : de la vraie vie, pas de ce genre superficiel qui animait Gary. Une sorte d'aura dorée chatoyait autour d'elle, à l'intérieur d'elle, comme si elle brillait d'une lumière du soleil capturée. C'était la première créature vivante (à part les filles armées de flingues) que Gary voyait depuis sa réanimation. Elle était belle, exquise. Inestimable par son immunité à la mort, par le fait de vivre en continuant à respirer.

Il y avait dans l'âme de Gary un besoin profondément ancré, urgent, et tout à fait insoutenable, d'attraper cette mouche, d'une façon ou d'une autre, et de la mettre dans sa bouche.

Une balle atteignit l'un des pneus de la VW et la voiture s'affaissa sur un côté en produisant un fort bruit d'éclatement qui résonna et se répercuta sur les façades de brique des maisons environnantes. Gary, dont la main s'avançait subrepticement vers la mouche, se recroquevilla en une boule encore plus compacte sur le plancher de la voiture et essaya de ne plus penser à quoi que ce soit. Cela ne marcha pas.

La mouche se posa sur le fermoir d'une ceinture de sécurité et déploya brièvement ses ailes prismatiques au soleil. Tout son corps semblait *briller* de la lumière de sa santé. Elle frotta ses pattes l'une contre l'autre, comme un personnage de dessin animé sur le point de s'asseoir devant un hamburger appétissant ; il ne lui manquait plus qu'un minuscule bavoir. Ne serait-ce pas délicieux ? Oh Seigneur, Gary avait *tellement* envie de manger la mouche. *Sa* mouche, avait-il décidé. C'était la *sienne*.

La mouche s'envola de nouveau dans un grand battement d'ailes et la main de Gary se tendit brusquement vers elle. La mouche lui échappa et il leva les bras vers le haut, l'attrapa entre ses paumes mises en coupe. Un instant plus tard, il l'avait enfournée dans sa bouche et il sentit ses ailes s'agiter éperdument contre son palais. Il donna un coup de dent et sentit ses sucs se répandre sur le dessus de sa langue. Une énergie déferla en lui avant même qu'il ait avalé le morceau de choix, une décharge électrique de bien-être qui brûla en lui comme une flamme blanche qui le nourrissait au lieu de le consumer. Si la viande pour hamburger qu'il avait mangée auparavant avait calmé sa faim, la mouche, elle, le rassasiait complètement, l'emplissait d'une euphorie que le corps minuscule de l'insecte ne pouvait expliquer. Il se sentait bien, au chaud, comblé. Si bien.

Cette sensation avait à peine commencé à s'estomper quand il se rendit compte brusquement qu'il s'était redressé et était perché sur les sièges avant de la voiture, parfaitement visible à travers les vitres. Il entendit des détonations et comprit qu'on l'avait découvert. Éperdu, mais se sentant à présent en sécurité et puissant, Gary ouvrit d'une poussée la portière côté conducteur et s'extirpa de la voiture. Il posa ses pieds sur l'asphalte et commença à s'éloigner de la Volkswagen à petits bonds, certain qu'il pourrait se mettre à l'abri s'il se dépêchait un peu, si ses jambes bougeaient un peu plus vite…

La lame d'une baïonnette lui traversa le dos et s'enfonça dans son cœur.

Une bonne chose qu'il ne l'utilise pas.

Il voulut se retourner mais s'aperçut qu'il était pétrifié – littéralement – par la baïonnette. Il leva les mains en l'air, le signe universel de la reddition.

— Ne tirez pas, cria-t-il. Je ne suis pas l'un d'eux !

— *Kumaad tahay ?*

L'une des filles surgit dans son champ de vision et leva son fusil. Elle haletait par suite de ses efforts, ou peut-être de peur, et son arme oscillait. Il voyait le O sombre de la gueule de l'arme dodeliner vers lui, l'intervalle entre une balle et son cerveau. Elle actionna un levier sur le côté de l'arme et recourba son index sur la détente.

— Je vous en prie ! cria Gary. Je vous en prie ! Je ne suis pas comme eux !

— *Joojin !* cria quelqu'un.

Il entendit le bruit de pieds bottés qui survenaient derrière lui.

— *Joojin !*

Le fusil devant lui s'affermit dans les mains de la fille. Avait-elle reçu l'ordre de tirer ou de ne pas tirer ? Le front de Gary commença à devenir brûlant, dans l'attente de la balle.

Une autre fille surgit devant lui. Elle aboya des ordres aux autres et Gary sentit que la baïonnette était retirée de son corps d'une secousse. Les filles discutèrent entre elles – il entendait continuellement le mot « *xaaraan* » – mais, manifestement, leurs ordres étaient de se calmer.

— Tu parles, dit la fille qui avait donné ces ordres.

Elle scruta son visage, visiblement déconcertée par les veines mortes de ses joues.

— Je parle, confirma Gary.

— Tu es *fekar ?*

— Je ne sais pas ce que cela signifie.

Elle hocha la tête et fit un geste compliqué de la main à ses soldats. Gary devina en voyant les épaulettes dorées sur les épaules de sa veste bleu marine qu'elle devait être une sorte d'officier, même si cela n'avait aucun sens. Quelle armée au monde engageait des adolescentes ? Gary ne parvenait pas à se défaire de l'idée qu'il avait été capturé par des écolières au cours d'une sortie qui avait horriblement mal tourné.

— Nous te tuons, si tu dis quelque chose d'anormal, annonça l'officier. (Elle agita son fusil vers lui.) Nous te tuons, si tu fais quelque chose d'anormal. Tu te comportes normalement, peut-être que nous te tuons de toute façon à cause de ton odeur.

— C'est de bonne guerre, fit Gary en baissant lentement les mains.

15.

Je me faufilai par la porte battante des urgences et courus au bas de la rampe pour fauteuils roulants menant au trottoir, m'attendant vaguement à me retrouver seul. Le commandant Ifiyah et son détachement m'attendaient là-bas avec un prisonnier, apparemment. Elles avaient fait s'agenouiller quelqu'un sur le sol, une corde autour du cou.

Peu importait, je devais apprendre à Ifyiah ce qu'il s'était passé. Cela avait été stupide de notre part de croire que nous pouvions trouver les médicaments dont nous avions besoin dans cette ville hantée. Nous devions absolument partir – et tout de suite – avant que quelqu'un d'autre soit tué.

— Ifiyah, criai-je en lui faisant signe de me rejoindre.

Je me penchai en avant, les mains posées sur mes cuisses, et essayai de recouvrer mon souffle.

— Ifiyah ! L'un de tes soldats au moins est mort. L'ennemi est à l'intérieur, et ils viennent nous chercher !

Le commandant se tourna vers moi, affectant une expression de profonde indifférence.

— Trois sont morts, déclara-t-elle.

Je vis à ce moment-là qu'Ayaan se tenait à ses côtés. *Oh, Dieu merci*, pensai-je, *au moins l'une des filles a survécu.*

— Ayaan n'a pas perdu la tête et a fait un carnage de tes ennemis, Dekalb. Il n'y en a plus.

Je me dirigeai vers l'endroit où elles regardaient le prisonnier.

— Formidable ! Néanmoins, nous n'avons aucune raison de rester ici. Il n'y avait pas de médicaments. L'hôpital a été pillé, dis-je à Ifiyah.

Elle se contenta d'acquiescer distraitement : bien sûr, Ayaan le lui avait déjà appris. Un élancement glacé me traversa comme je pensais à ce qu'Ayaan avait peut-être raconté d'autre à son officier commandant. La façon dont je m'étais enfui au premier signe d'ennuis, notamment (même si elles comprendraient certainement qu'il s'agissait de *morts-vivants*), abandonnant mes coéquipières.

Ce fut pendant que je réfléchissais au fait que non seulement Ayaan était dans son droit de faire un rapport dans ce sens, mais qu'elle était également tenue de le faire, et que j'avais déserté mon poste dans cet hôpital, que je pris finalement le temps de jeter un coup d'œil au prisonnier et de voir qu'il était l'un des morts.

Putain de bordel de merde, elles tiennent au bout d'une laisse l'une de ces choses...

Mon cerveau grésilla et s'arrêta de réfléchir alors que mes pieds reculaient rapidement et m'éloignaient du cadavre animé. Pour quelqu'un de son espèce, il ne semblait pas en trop mauvais état : on voyait les veines foncées sous son visage blanc au teint terreux et ses yeux paraissaient plutôt jaunes, mais, à part ça, sa chair était intacte. Cependant, il me montra les dents et je poussai un glapissement effrayé jusqu'à ce que je comprenne qu'il me souriait.

— Dieu merci, vous êtes américain, dit-il.

Ce fut un choc pour mon cerveau. Les morts ne parlaient pas. Ils ne gémissaient pas, ne hurlaient pas, ne pleurnichaient pas. À l'évidence, ils étaient incapables de faire la distinction entre des personnes de nationalités différentes et, en vrais partisans de la diversité, les morts étaient des dévoreurs en toute occasion.

— Il faut que vous m'aidiez, commença à dire la chose.

À ce moment-là, nous entendîmes un coup sourd et nous nous retournâmes pour apercevoir deux des morts – dont la femme sans yeux qui avait failli m'attraper dans l'hôpital – taper furieusement contre la porte des urgences. Il y en avait peut-être d'autres à l'intérieur. Il faisait trop sombre pour le savoir.

— Ifiyah, nous devons absolument retourner au bateau tout de suite, dis-je.

Mais le commandant était arrivé à cette conclusion avant moi. Elle fit des signes de la main à ses équipes et après seulement deux mots aboyés nous nous mîmes en route. Ayaan marchait à mes côtés.

— Je croyais que tu avais dit que tu les avais tous éliminés, lui dis-je, ne me sentant pas très magnanime en ce moment.

— Je le croyais, en effet, répliqua-t-elle.

Elle regarda vers l'hôpital mais la porte tenait bon. Les morts étaient dépourvus des capacités mentales nécessaires pour comprendre qu'ils devaient écarter les battants de la porte au lieu de pousser dessus.

— Les deux qui ont mangé mes sœurs *kumayo* ne sont plus, ajouta-t-elle. Je ne t'ai pas entendu tirer pour nous protéger. Tu n'es pas un homme, Dekalb, hein ? Au moins, nous savons cela.

Mon visage s'empourpra de quelque chose qui était un peu de la colère, un peu de la culpabilité, et énormément de contrariété qu'elle n'ait pas pigé, qu'elle n'ait pas compris ce que j'avais traversé. Cependant, je me gardai bien de dire quoi que ce soit. J'aurais ressemblé à un enfant gâté, même à mes propres yeux. Je grimaçai et allongeai le pas pour m'éloigner d'elle. Je supposai à raison qu'elle était trop disciplinée pour rompre les rangs. J'avançais encore et rattrapai le mort captif et la fille soldat qui tenait sa laisse : c'était Fathia, l'experte en baïonnette.

— Écoutez, parlez-leur en ma faveur, me supplia l'homme quand il me vit.

Comme nous arrivions dans la 14e Rue, je secouai la tête tristement.

— Mais qui êtes-vous ? Vous n'êtes pas l'un d'eux, pas vraiment...

— Oui, tout à fait, admit-il en baissant la tête. Je sais ce que je suis, vous n'avez pas besoin de me ménager. Néanmoins, ce n'est pas tout ce que je suis. J'étais médecin, à l'origine. (Il était incapable de croiser mon regard.) Bon, d'accord, en fait j'étais étudiant en médecine. Mais je pourrais vous aider, vous autres ! Toute armée a besoin de médecins, non ? Oui, comme dans *m*a*s*H* ! Je peux être votre Pierce « Œil de Lynx » !

Le massacre dans l'hôpital avait laissé mon imagination vivace.

— Un médecin. Avez-vous... C'est l'un de vos patients qui vous a attaqué ? Quelqu'un que vous croyiez être toujours vivant ?

— Je m'appelle Gary, à propos, répondit-il en évitant de me regarder.

Il tendit la main mais je ne pus me résoudre à la serrer.

— C'est de bonne guerre, dit-il. Non, ce n'était pas l'un de mes patients. Je me suis fait ça moi-même.

Je blêmis certainement en entendant cela.

— Écoutez… il semblait n'y avoir aucun autre choix. La ville brûlait. New York brûlait de fond en comble. Tous les autres étaient morts. Soit je les rejoignais, soit j'étais leur dîner. D'accord ?

Comme je ne répondais pas, il haussa la voix.

— D'accord ?

— Bien sûr, marmonnai-je.

Cela ne semblait avoir aucun sens et, pourtant si, cela en avait un. J'avais fait des choses affreuses pour survivre à l'Épidémie. J'avais confié ma fille de sept ans à un seigneur de la guerre fondamentaliste. J'avais enfermé à double tour ma femme morte et je l'avais abandonnée. Tout cela parce que cela semblait être le choix logique sur le moment.

— Je suis médecin, ainsi que je l'ai dit, aussi je savais ce qui allait m'arriver. Je savais que mon cerveau allait commencer à mourir à la seconde où je cesserais de respirer. C'est pour cette raison que les morts sont si stupides : entre le moment où ils meurent et celui où ils reviennent à la vie il n'y a plus d'oxygène dans leur cerveau et les cellules meurent, tout simplement. Mais cela ne devait pas nécessairement se passer ainsi. Je pouvais protéger mon cerveau. J'avais le matériel. Et merde, je parie que je suis le type le plus futé de la planète, en ce moment.

— Le plus futé des morts-vivants, rectifiai-je.

— Si cela ne vous fait rien, je préfère le terme *non-vivant*.

Il me décocha un grand sourire pour montrer qu'il plaisantait. Il semblait si désespéré et si seul que j'eus envie de tendre la main vers lui, mais, bon, allons. Même pour un cœur compatissant comme le mien, il y avait des limites.

— Je me suis branché sur un appareil à respiration artificielle et ensuite je me suis plongé dans une baignoire remplie de glace, expliqua Gary. Cela a arrêté mon cœur instantanément mais l'oxygène a continué à alimenter mon cerveau. Quand je me suis réveillé, j'étais toujours capable de penser par moi-même. Je suis toujours capable de me contrôler. Vous pouvez me faire confiance, mon vieux, d'accord ? D'accord ?

Je ne répondis pas. Les soldats s'étaient arrêtés et Ifiyah hurlait des ordres que je ne comprenais pas. J'examinai la rue, essayant de comprendre ce qu'il se passait. Nous étions devant *Western Beef*, la boucherie. On n'aurait pas pu me convaincre d'y entrer, même pour un million de dollars. Deux portes plus loin, il y avait un autre genre d'étalage de viande : un cabaret chic, le *Lotus*. On était dans ce que les New-Yorkais appellent le Meatpacking District[1]. Ironique, n'est-ce pas ?

Ayaan se laissa tomber sur un genou et leva son fusil. Quelqu'un avait-il entendu quelque chose ? Je n'apercevais aucun mouvement parmi les piles de cartons d'emballage devant *Western Beef*. La puanteur était immonde mais que peut-on espérer d'un entrepôt rempli de viande quand le courant ne marche plus ?

La porte du *Lotus* fut ouverte la première. Un homme courtaud et trapu, vêtu d'un complet noir à la mode, sortit dans la rue en trébuchant. Vu d'ici, il aurait pu être simplement ivre, et non mort. Ayaan l'ajusta avec une lenteur et une précision parfaites et lui transperça la tempe gauche. Il s'affaissa en un tas disgracieux de tissu noir, semblable à un corbeau mort.

---

1. Le Meatpacking District est l'ancien quartier des abattoirs à New York. Peu à peu, les entrepôts et commerces de viande ont cédé le terrain à des lieux beaucoup plus branchés : désormais, quelques grossistes de viande, vestiges du passé historique de ce quartier célèbre, côtoient beaucoup de boîtes de nuit, bars, spa, hôtels de luxe, etc. (*NdT*)

— Il y en a peut-être d'autres, dis-je à voix haute.

L'un des commentaires les plus superflus que j'avais jamais faits. La détonation avait fait vibrer l'air autour de nous comme une cloche, résonnant et se répercutant sur les façades en béton et les bâtiments de brique longtemps après que l'homme se soit écroulé. Attirés par le bruit, d'autres arrivèrent.

Des dizaines, des types costauds, solidement bâtis, avec des tabliers blancs, sortirent en trébuchant de *Western Beef*, *Eurotrash*, du cabaret, sans même s'arrêter pour se regarder entre eux. Parfois ils rampaient les uns sur les autres dans leur frénésie d'arriver jusqu'à nous. Les dizaines devinrent des vingtaines.

Et quand on ajoutait les morts qui sortaient en titubant des immeubles de chaque côté, ma foi…

Les vingtaines devinrent des centaines.

16.

Ils remplissaient la rue devant nous, une horde aux pas traînants, aux mâchoires béantes et aux yeux hagards. Certains semblaient intacts, quasiment aussi sains qu'ils avaient dû l'être de leur vivant. À d'autres, il manquait des membres, de la peau, ou même le visage. Leurs vêtements pendaient en lambeaux ou avaient gardé leur pli impeccable, et tous – absolument tous – se dirigeaient vers nous. Ils s'arrêteraient seulement quand nous aurions été mis en pièces.

— Il faut que nous partions, criai-je à Ifiyah.

Je voulus saisir son bras, mais elle me repoussa d'un geste brusque. Avec des mots brefs, elle donna l'ordre à ses filles soldats de se mettre en formation de tir, la même qu'elle avait utilisée sur les quais.

Cette fois, ils étaient bien plus nombreux et leurs mouvements moins gauches. Je ne savais pas si nous pourrions survivre.

— Nous pouvons les distancer, prendre une rue latérale, suggérai-je.

Les morts firent un autre pas vers nous. Et un autre. Ils ne s'arrêteraient pas.

— Ifiyah…

— Ils n'ont pas d'armes, Dekalb, fit le commandant comme si elle chassait un insecte d'une tape. Ils sont si stupides, à être restés tapis ici et à nous attendre, et ils n'ont même pas d'armes.

— Ce n'est pas une embuscade, ils sont incapables d'élaborer ce genre de plan, insistai-je.

Je jetai un coup d'œil à Gary, le mort le plus futé du monde, et il hocha la tête en guise de confirmation.

Mais même Ifiyah s'ingénia à ne m'accorder aucune attention. Contrairement aux autres, elle savait certainement ce qui allait se passer. Elle avait été présente là-bas, dans l'hôpital, quand les filles étaient mortes. Je voyais qu'elle respirait avec peine par le nez, les mâchoires serrées, mais elle ne bougea pas de sa position de tir. Les ordres sont les ordres, je suppose. Les filles ouvrirent le feu, visant uniquement la tête. *Peut-être,* pensai-je, *peut-être est-ce la vérité. Peut-être suis-je un lâche.* Les filles étaient des soldats entraînés et elles ne paniquaient pas. Tenir bon ici était peut-être exactement ce qu'il fallait faire.

— Nous sommes foutus, gémit Gary en tirant sur sa laisse.

Les morts tombaient sans un son un par un, mais d'autres se traînaient tout simplement par-dessus les corps inertes, progressant toujours. Ayaan et Fathia, agenouillées, en repéraient d'autres, éclaircissant les rangs les plus proches de nous, mais, alors même que leurs fusils claquaient et crépitaient, d'autres surgissaient dans la rue. Je me souvenais de cet endroit en des temps plus heureux, combien il avait été animé et bruyant, mais cela n'avait rien à voir avec ceci. Le vacarme que nous faisions avait dû attirer tous les cadavres animés du Village.

— Nous replier maintenant est trop dangereux, cria Ifiyah. Nous ne partirons pas d'ici tant qu'ils ne seront pas tous morts ! Ensuite, *inshallah,* nous serons en sécurité.

J'ignore à qui elle parlait, mais une chose était sûre, elle ne me regardait pas.

Je m'éloignai pour scruter les rues latérales et vis qu'elles étaient également obstruées, non par le mur compact des morts qui se trouvaient entre nous et le fleuve, mais par des dizaines de cadavres disséminés qui venaient vers nous de toutes les directions. À l'ouest – loin du fleuve et par conséquent encore plus loin de la sécurité –, la rue semblait relativement dégagée mais qui sait ce que nous trouverions, même si nous battions en retraite à présent ?

Juste à côté de moi l'un des soldats – une fille efflanquée avec des écorchures aux genoux – régla son fusil sur tir automatique et arrosa de balles la horde qui approchait. Elle était prise de panique et elle tirait si vite qu'à cette distance elle ne pouvait pas espérer atteindre des têtes avec précision. Ifiyah bougea rapidement pour la taper sur les mains et la faire s'arrêter. Elle gaspillait des balles pour rien.

Je vis les yeux de la fille comme elle percevait la froide intensité de la colère de son officier commandant se déverser sur elle. Je m'étais attendu à voir de la peur mais je n'y trouvai que de la honte. Les filles étaient prêtes à mourir ici, si Iliyah en donnait l'ordre : elles étaient certaines que mourir pour une cause juste est préférable à mourir sans honneur.

Personnellement, je préférais vivre même si cela signifiait avoir le mot « LÂCHE » tatoué sur mon front. Quand les morts émergèrent des rues latérales et commencèrent à nous prendre de flanc, je saisis le bras d'Ayaan et lui hurlai dans l'oreille que nous devions absolument nous replier. J'estimais que si quelqu'un était capable de faire entendre raison à Ifiyah, c'était bien elle.

J'eus le souffle coupé comme le fût de son AK-47 me frappait à l'estomac.

— Tu ne me donnes pas d'ordres ! vociféra-t-elle au-dessus du vacarme des fusils. Tu ne donnes aucun ordre, *gaal we'el ! Sedex goor* je te dis ceci et tu continues à pépier comme un oisillon ! *Waad walantahay !*

Les morts venaient rapidement vers nous en une masse compacte tandis que j'essayais de recouvrer mon souffle. Ils s'avançaient droit sur nous, sans jamais s'écarter ni se détourner. Les balles ne les ralentissaient même pas. Ifiyah courait dans un sens et dans un autre, criait des encouragements ou injuriait l'une ou l'autre de ses sœurs *kumayo*. Un mort avec un cardigan vert et des chaussures de golf surgit sur sa gauche, après s'être faufilé à travers les interstices de la ligne de défense des filles. Il tendit les mains vers elle, essaya de saisir sa veste, son foulard, sa chair, et elle le coupa en deux d'une rafale, séparant littéralement son torse de ses jambes en une brume tourbillonnante de peau déchiquetée et de fragments d'os.

— *Sharmutaada ayaa ku dhashay was !* hurla-t-elle, le visage brillant d'exultation.

Le mort au cardigan ne s'arrêta même pas. À la seconde où la moitié supérieure de son corps heurtait le sol, il commença à se traîner vers Ifiyah de nouveau. Le commandant vida le reste de son chargeur dans le corps mais manqua complètement la tête. Avant qu'elle ait le temps de recharger son arme, deux mains squelettiques agrippèrent son genou et des dents brisées s'enfoncèrent profondément dans sa cuisse.

Deux des filles soldats écartèrent le cadavre de la jambe d'Ifiyah. Elles martelèrent la tête du mort avec le talon de leurs bottes de combat jusqu'à ce qu'il ne reste plus que de la graisse et des fragments d'os. Mais il était trop tard. Ifiyah étreignait sa blessure, son fusil oublié, et regardait fixement ses troupes comme si elle cherchait une idée.

— Nous devons trouver un point de ralliement, me dit Ayaan, et tu es notre spécialiste local.

J'étais si absorbé par ce qui venait d'arriver à Ifiyah, que je ne l'avais pas vue venir vers moi et je poussai un glapissement d'effroi.

— Sors-nous de là, Dekalb !

J'acquiesçai et regardai vers l'ouest sur la Quatorzième. Quelques morts seulement venaient vers nous en titubant de cette direction.

— Détachez-le, dis-je en montrant Gary. C'est un médecin. Un *takhtar*. Nous avons besoin de lui.

Elles obtempérèrent. Le mort déclara qu'il ne pouvait pas courir, aussi je désignai deux des filles pour le porter. Si cette tâche leur déplaisait, elles étaient trop bien entraînées pour le dire. Je m'occupai d'Ifiyah moi-même, quelque peu déconcerté de constater qu'elle pesait à peine plus que Sarah, ma fille âgée de sept ans, et nous partîmes en courant, fonçant dans la Quatorzième, nos armes cliquetant contre notre dos. Nous évitâmes les morts, là-bas, comme ils cherchaient à nous saisir. L'une des filles se fit intercepter par un cadavre particulièrement adroit, mais elle le frappa au visage et se dégagea.

À bout de souffle avant même d'avoir fini de longer un pâté de maisons, je ne m'autorisai à ralentir que lorsque nous eûmes dépassé un immeuble couvert d'échafaudages et que la rue déboucha sur l'étendue bordée d'arbres d'Union Square. Je me rendis compte à ce moment-là que je n'avais aucune idée de l'endroit où j'allais. Nous nous éloignions du fleuve et de la sécurité du bateau. Quel genre d'abri contre les morts pouvions-nous trouver ?

17.

Je réclamai une halte et nous nous regroupâmes autour de la statue de Gandhi, à la lisière d'Union Square. Je levai les yeux vers le visage souriant en bronze et émis des excuses silencieuses pour l'avoir entouré d'enfants soldats puissamment armés. Je me souvenais de l'époque où de jeunes hippies mettaient des guirlandes de fleurs autour du cou du pacifiste, mais tout ce que je voyais à présent c'était des rouleaux de fil de fer.

— Ils ont mangé les fleurs, déclara Gary.

Je le regardai.

— Les fleurs ? m'exclamai-je.

— Tout ce qui est vivant. La viande, c'est mieux et la viande vivante est la meilleure de toutes, mais ils rongent l'écorce d'un arbre s'ils le doivent.

Il s'approcha d'un grand chêne voûté et posa une main sur l'une de ses grosses branches. Effectivement, des bandes d'écorce avaient disparu, laissant de gros sillons parallèles dans le bois.

— Mais pourquoi, bon sang ? Pourquoi font-ils cela ?

Gary haussa les épaules et s'assit au pied de l'arbre.

— C'est une compulsion. On ne peut pas y résister très longtemps quand la faim prend le dessus. J'ai une théorie... Enfin, ils devraient tous avoir pourri à présent. Les corps humains se décomposent très vite. Ils devraient être des tas d'os et de bouillasse maintenant, pourtant j'ai l'impression qu'ils sont foutrement bien portants.

Je lui jetai un regard furieux.

— D'accord, d'accord, c'était une connerie. Par « bien portant », je veux dire « en un seul morceau ». Je pense que lorsqu'ils mangent de la viande vivante, cela leur donne une sorte de force vitale ou je ne sais quoi. Une énergie qui les aide à ne pas s'effondrer.

— Foutaises, fis-je dans un souffle.

Je regardai les filles pour voir si elles étaient d'accord avec moi, mais elles auraient pu être elles-mêmes des statues. Elles se taisaient, incapables d'envisager à quel point la situation avait dégénéré. Elles avaient besoin que quelqu'un leur dise quoi faire et désormais, avec le commandant Ifiyah hors de combat, elles ne savaient pas vers qui se tourner.

J'étais à court d'idées. Où pouvions-nous aller ? Notre seule issue était coupée. Nous pouvions nous réfugier dans l'un des immeubles, peut-être le Barnes & Noble sur le côté sud d'Union Square. Au moins nous aurions de quoi lire pour nous distraire pendant que nous allions lentement mourir de faim. J'avais tenu le coup jusqu'ici grâce à l'adrénaline, mais à présent…

Nous n'entendîmes pas les morts arriver. Ils ne faisaient pas de bruit. À travers les arbres du parc, c'était à peine si nous pouvions les voir, mais nous savions d'une manière ou d'une autre que nous étions cernés. Appelez cela la paranoïa du champ de bataille si vous voulez. Nous développions peut-être un sixième sens relatif aux morts. Je donnai l'ordre aux filles de gravir les marches de pierre et de s'avancer dans Union Square proprement dit où nous pourrions nous rendre compte un peu mieux de la situation. Quand nous arrivâmes à l'un des pavillons au-dessus des entrées du métro, les filles levèrent leurs fusils par pure habitude.

— *Wacan... kurta...*, murmura Ifiyah.

Quelque chose à propos de viser la tête. Elle semblait manquer de la force nécessaire pour donner un ordre véritable. Je regardai sa jambe et vis qu'elle continuait à saigner abondamment. J'appelai Gary et lui dis de s'en occuper. Il avait été médecin, autrefois. Enfin, étudiant en médecine, mais cela devrait suffire. Je levai une main pour protéger mes yeux du soleil et scrutai le côté opposé du parc, à l'ouest, cherchai à déceler le moindre mouvement.

Je les repérai très vite. Ils étaient nombreux : plusieurs dizaines, peut-être cinquante cadavres avaient convergé sur nous pendant que nous attendions qu'ils se montrent. Mais que pouvions-nous faire ? Nous allions être coincés ici. Nous avions une horde de morts-vivants qui arrivaient derrière nous. Ils ne se déplaçaient pas beaucoup plus vite que si nous marchions, mais ils n'avaient pas besoin de se reposer et ils finiraient par nous rattraper. Ils étaient beaucoup moins nombreux devant nous. Nous allions être obligés de nous battre pour nous frayer un passage.

— Fathia, dis-je en lui faisant signe de me rejoindre. Là-bas, tu les vois ? Est-ce qu'ils sont à portée de tir ? Chaque balle doit compter.

Elle acquiesça, leva son fusil, et visa. La détonation résonna dans le parc et une branche tomba d'un arbre au loin. Elle tira de nouveau et je vis l'un des morts tressauter. Pourtant, il persista à avancer. Ayaan la remplaça, mais n'obtint pas de meilleurs résultats. J'aurais donné énormément pour une paire de jumelles en ce moment.

Ils s'avancèrent à découvert à proximité de la statue de Lafayette. Des types robustes au crâne rasé... non, des casques, ils portaient des casques. Des bikers ? L'un d'eux tenait dans sa main un gros bâton ou un fusil, et durant une seconde horrible, j'envisageai la possibilité de morts avec des armes. Quoi que ce soit, il le lâcha pour avoir sa main libre afin de nous saisir, même s'il était à une centaine de mètres de distance. Ces créatures ressemblaient à des missiles cherchant de la viande, incapables de ruse ou de subterfuge. Ils nous voulaient tellement qu'ils ne pouvaient rien faire d'autre que *vouloir*.

— Celui-ci.

Je montrai le mort qui se trouvait le plus en avant et trois coups de feu retentirent en une succession rapide. L'une des balles le toucha certainement : je vis des étincelles jaillir de son casque. Pourtant ce fut à peine s'il tressaillit. Je compris brusquement ce que nous regardions. Des policiers antiémeutes.

Bien sûr. Il y avait eu énormément de pillages durant les premiers jours de l'Épidémie. Énormément de panique chez les gens. Ils avaient évidemment fait appel aux flics antiémeutes pour maintenir l'ordre. Et, bien sûr, certains d'entre eux avaient succombé.

— Essayez encore, dis-je.

Toutes deux tirèrent immédiatement. L'ex-policier fit une pirouette comme les balles criblaient sa tête. Il s'affaissa sur le sol et je poussai un soupir de soulagement.

Puis il se releva lentement.

— Le casque, il est certainement blindé, dit Ayaan.

Nom de Dieu, elle devait avoir raison. Seule une balle atteignant la tête pouvait détruire les morts-vivants et ces cadavres portaient des casques anti-balles.

Merde, que pouvions-nous faire ? Les filles continuaient à tirer. Je savais qu'elles gaspillaient des munitions en pure perte, mais que pouvions-nous faire d'autre ? À présent elles essayaient de viser le visage mais les casques étaient munis de visières pour les protéger des balles.

— Donne les ordres, dit l'une des filles en levant les yeux vers moi. Tu es le commandant maintenant. Alors donne les ordres.

Je me frottai la joue frénétiquement tandis que je jetais un regard à la ronde. Il y avait un *Virgin Megastore* sur le côté sud du parc. Je me rappelais y être allé lors de mon dernier séjour à New York et il me semblait me souvenir que le magasin ne comportait que deux entrées. Toutefois, cela prendrait du temps pour y pénétrer et nous barricader. Et nous ne disposions pas de temps, si nous ne réussissions pas à stopper ces *xaaraan*.

— Visez les jambes, suggérai-je. S'ils sont incapables de marcher…

Mais, bien sûr, des flics antiémeutes portaient également des cuirasses.

La horde arrivant de la Quatorzième se rapprochait. Les anciens flics antiémeutes se trouvaient à une cinquantaine de mètres de distance.

— Donne les ordres, insista la fille.

Je me tins là, aussi immobile qu'un bloc de pierre, sans la moindre idée en tête.

18.

Les flics antiémeutes n'étaient plus qu'à une quarantaine de mètres de distance. Nous étions en mesure de les voir distinctement à présent : leurs cuirasses matelassées, leurs casques avec leur visière en plastique transparent laissant voir la peau cyanosée en dessous. Ils se déplaçaient avec hésitation, comme si leurs muscles s'étaient raidis jusqu'à ce qu'ils aient la souplesse du bois sec. Leurs pieds glissaient sur le sol, cherchaient un équilibre qui semblait précaire.

— Ils ne s'arrêtent pas, me dit Gary. Ils ne s'arrêteront jamais.

Je n'avais guère besoin de cette information. Ifiyah, le commandant blessé des enfants soldats qui m'entouraient, avait commis l'erreur de considérer les morts-vivants comme n'importe quelle armée ennemie. Elle avait tenté de les mettre en déroute au moyen de tirs nourris depuis une position de défense. Elle avait pensé qu'on pouvait tous les tuer. Mais il n'y avait pas assez de balles.

Ayaan tira de nouveau et fendit la botte d'un flic. Il trébucha et faillit tomber mais cela ne le neutralisa pas. La seule partie vulnérable de son corps – sa tête – était protégée par un casque que la balle relativement lente d'un AK-47 était incapable de transpercer.

Je le savais mieux que quiconque. Cela aurait pu aussi bien être l'un des problèmes que j'avais eu à résoudre quand je suivais ma formation aux Nations unies. À raison de 710 mètres par seconde – approximativement deux fois la vitesse du son au niveau de la mer par une journée ensoleillée – les balles pouvaient imprimer une force importante sur ces casques, mais elle serait atténuée par les mailles des fibres antibalistiques du Kevlar garnissant l'intérieur. Le genre de chose qu'un inspecteur aux armements des Nations unies était censé savoir. Que la cible soit vivante ou morte-vivante n'avait pas été l'une des variables que nous ayons eu besoin de prendre en compte.

Sur le côté est du parc – c'est-à-dire notre flanc exposé – j'entendis un cri et me tournai pour voir l'une des filles qui me faisait des gestes de la main. Je l'avais envoyée là-bas pour repérer le camp adverse et le signal signifiait que nous avions une horde – une véritable armée de morts-vivants – qui traversait la 6e Avenue, à pas plus de deux blocs de notre position. À une vitesse moyenne de quatre kilomètres par heure (la vitesse de marche standard d'un humain *vivant* est de six kilomètres par heure, mais les morts ont tendance à traînasser), cela nous laissait dix minutes au maximum avant d'être submergés par le nombre. Peut-être – peut-être – étions-nous en mesure de repousser les ex-flics antiémeutes quand nous les affronterions de près mais cela prendrait du temps, et, du temps, nous n'en avions pas.

Je ne pouvais m'appuyer sur rien ce moment, excepté sur ma formation, aussi continuai-je à additionner des chiffres dans ma tête. Cela n'avait aucune importance si mes calculs ne servaient probablement à rien.

Les ex-flics n'étaient plus qu'à trente mètres de distance quand je me secouai finalement. Les filles tiraient sans discontinuer, en vain. Elles n'étaient pas préparées à cela, mentalement. Elles continuaient à mener une guerre de guérilla. Les tactiques de la guérilla supposent que votre adversaire fasse des choix logiques en réponse à vos actions. Les morts ignoraient tout de la logique. Je devais faire quelque chose d'insensé, de vraiment dingue.

Les filles avaient posé leur armement en surplus au pied de la statue de Gandhi, une ironie que je laissai de côté pour le moment. Je ne suis pas certain que je pensais à quoi que ce soit, excepté que je ferais bien d'avoir une arme moi-même. Je ne pouvais plus me servir du AK-47 que l'on m'avait remis sur le bateau : son canon était faussé car je l'avais trop utilisé pour faire levier là-bas à l'hôpital. Si je voulais me battre, j'avais besoin d'une nouvelle arme.

Je n'en avais encore jamais utilisé dans l'intention de blesser quelqu'un. Je connaissais par cœur leurs particularités, leurs schémas et leurs statistiques, mais je n'avais jamais tiré ne serait-ce qu'avec un pistolet dans une situation de combat. Je ne regardai même pas l'arme que je ramassai. Je savais de façon abstraite que c'était un lance-grenades antichar de fabrication russe, un RPG-7V. Je savais que j'avais lu autrefois son manuel d'utilisation. Je savais comment charger une grenade dans l'extrémité avant du canon et comment poser le tube sur mon épaule. J'en savais suffisamment pour ôter le capuchon du mécanisme de visée et pour fermer un œil et regarder dans la visée avec l'autre. J'alignai le réticule sur le casque du flic mort-vivant le plus proche. Puis j'abaissai le tube de façon à tirer sur ses pieds. J'appuyai sur la détente. Je savais comment faire ça, même si je n'avais encore jamais utilisé cette arme.

Les morts étaient à une vingtaine de mètres de distance.

Un cône d'étincelles et de feu d'un mètre de long jaillit de l'arrière du tube. Fathia fit un bond en arrière en criant : le gaz d'échappement lui avait légèrement brûlé la joue. La grenade s'élança. Il n'y avait pas le moindre recul. J'écartai de mon œil le tube à présent vide et regardai la grenade propulsée par une fusée disparaître à l'extrémité d'une colonne de fumée blanche. Elle bougeait si lentement qu'elle semblait suspendue dans l'air. J'observai des ailettes sortir de sa queue, la vis nettement se stabiliser et corriger son mouvement de vrille. Elle toucha le sol juste devant le mort qui venait en tête.

Le bref éclair de lumière blanche fut avalé instantanément par une bouffée de brume grise qui enfla pour se changer en un calmar de fumée furieux et tourbillonnant. Il y eut partout des débris tombant du ciel, des morceaux de béton, des mottes d'herbe, une main sectionnée. Le bruit fut beaucoup moins important que je ne m'y étais attendu. Un vent brûlant souffla sur nous, agita les foulards des filles, m'aveugla de grès et de poussière.

La fumée se dissipa et j'aperçus un cratère d'un mètre de diamètre dans le sol environné de corps déchiquetés, de membres arrachés, d'os mis à nu qui pointaient vers le ciel d'un air accusateur. Deux des anciens flics bougeaient encore, de façon spasmodique surtout, mais se traînant toujours vers nous à l'aide de doigts complètement déformés. D'autres étaient étendus sans mouvement sur le trottoir, victimes des éclats de grenade et de la commotion hydrostatique.

— *Xariif*, murmura Ayaan.

Cela signifiait « astucieux » et c'était la chose la plus gentille qu'elle m'ait jamais dite.

Je mis en bandoulière le tube vide qui continuait à émettre de la fumée aux deux extrémités et fis signe à notre éclaireuse de nous rejoindre. Le temps nous était toujours compté. Une fois que nous nous fûmes regroupés, j'emmenai les filles en une course éperdue dans la 14e Rue vers l'est, vers le *Virgin Megastore*. L'entrée principale, un couloir en forme de triangle aux portes en verre, était solidement verrouillée mais c'était une bonne chose. Une seconde entrée à côté du café du magasin s'ouvrit quand je tirai d'un coup sec sur la poignée en chrome de la porte. Je fis entrer rapidement les filles, en leur disant de se déployer et de sécuriser l'endroit. Gary se présenta le dernier. Je bloquai le passage avec mon bras avant qu'il puisse entrer. Nous étions effrayés, fatigués, et toujours en danger. Cela ne contribuerait guère à leur remonter le moral si les filles devaient regarder Ifiyah mourir. Je voulais demander à Gary ce qui pouvait être fait et quelles étaient nos options.

— Elle va mourir, commençai-je.

Mais il m'interrompit.

— Laissez-moi l'examiner. Je peux peut-être la sauver.

Nous savions tous les deux que c'était peu probable. Personne n'avait jamais survécu après avoir été mordu par les morts-vivants. La bouche du mort qui avait attaqué Ifiyah grouillait probablement de microbes et la gangrène, la septicémie, le typhus avaient probablement été injectés directement dans sa blessure. Ajoutez la commotion et la perte de sang massive et Ifiyah n'avait guère plus de chances de s'en tirer à l'intérieur avec nous qu'à l'extérieur avec les morts.

Néanmoins, elle était vivante, pour le moment. D'accord, j'avais tiré dans une foule une grenade propulsée par une fusée, mais cela n'avait pas complètement changé qui j'étais. S'il y avait une chance pour qu'Ifiyah s'en sorte, je devais à tout le moins la lui donner.

Je soupirai, mais je lui tins la porte ouverte. Gary marmonna un merci comme il s'avançait dans le mégastore plongé dans l'obscurité. Je le suivis et refermai la porte derrière moi.

19.

Nous nous déployâmes pour couvrir le rez-de-chaussée du mégastore, progressant en silence entre les rangées de présentoirs, pointant nos fusils derrière des comptoirs et vers des placards. Le magasin comprenait deux étages, un niveau principal à la façade en verre d'où nous pouvions voir le Square et un sous-sol rempli de DVD. La lumière de l'après-midi éclairait parfaitement l'étage principal mais le niveau inférieur était perdu dans l'obscurité. J'envoyai Ayaan et une équipe de filles là-bas avec des torches électriques pour inspecter. Elles revinrent quelques minutes tard, l'air effrayé, mais il n'y avait rien à signaler. Bien.

Le travail numéro un consistait à sécuriser la porte du café. Nous trouvâmes les clés dans le bureau du gérant et la verrouillâmes, puis nous poussâmes des tables et des chaises contre la porte pour former une barricade. D'autres filles firent de même avec les portes principales. Entre-temps, les morts étaient arrivés. Ils se pressaient contre les vitrines. Ils poussaient et se bousculaient entre eux, essayaient de passer à travers le verre. Ils frappaient dessus avec leurs mains, écrasaient leurs visages dessus. Durant une dizaine de minutes atroces, je pensai que le verre allait se briser sous la pression de leurs corps. Il tint bon. Ils étaient horribles à regarder : leurs visages couverts de plaies blanches et roses, leurs mains tailladées et brisées tandis qu'ils martelaient en vain le verre de leurs poings. Je dis aux filles de s'éloigner des vitrines, d'aller vers l'arrière sombre du magasin, juste pour qu'elles gardent le moral.

Nous installâmes Ifiyah dans le fauteuil en cuir du gérant et Gary utilisa la trousse de premiers secours du café pour panser sa blessure. La peau autour de la morsure semblait exsangue et enflée. Je n'avais pas grand espoir. Le commandant Ifiyah pouvait toujours parler pour le moment et Fathia, son experte en baïonnette, prit sa main et lui posa d'une voix douce une série de questions que je ne compris pas entièrement.

— *See tahay ?* demanda Fathia.

— *Waan xanuunsanahay*, fut la réponse. *Biyo.*

Fathia tendit un bidon à son commandant et la jeune fille blessée but avidement, de l'eau se répandant sur le devant de son blazer. Je me détournai et vis Ayaan qui venait vers moi à travers les allées des présentoirs.

— Dekalb. Nous sommes en sécurité pour le moment, oui ? Certaines des filles aimeraient prier. Cela fait déjà trop longtemps.

Je hochai la tête, surpris qu'elle me le demande. Apparemment, du fait de la vacance de pouvoir occasionnée par la blessure d'Ifiyah, j'étais devenu l'autorité absolue de l'équipe. Je ne savais pas très bien quel sentiment cela m'inspirait. Je ne pensais pas que je désirais vraiment ce genre de responsabilité, mais, en tant qu'Occidental, c'était un soulagement de n'avoir personne sur mon dos, à aboyer des ordres.

Plus de la moitié des filles voulaient prier. Elles placèrent des tapis *derin* tissés à la main sur le sol du mégastore et les orientèrent vers l'est, ma meilleure estimation de la direction de la Mecque. Elles psalmodièrent en arabe pendant que j'observais les autres filles, celles qui étaient moins pieuses, supposai-je. La plupart regardaient par les vitrines les morts à l'extérieur. Se demandaient-elles ce que nous allions faire désormais ? Je sais que c'était mon cas.

Une fille – l'une des plus jeunes, je crois qu'elle s'appelait Leyla– se promenait le long des bacs, une main tenant la bretelle de son AK-47, l'autre sortant des CD des présentoirs. Sa lèvre inférieure s'abaissait ou se relevait tandis qu'elle lisait les titres. Quand elle en trouvait un qui lui plaisait vraiment, elle se courbait comme si elle essayait éperdument de refréner le besoin de faire des bonds sur place. L'observer me fit penser à Sarah. Même si Leyla était beaucoup plus âgée et infiniment plus dangereuse, elle avait néanmoins la fougue, l'énergie à peine contrôlée que j'étais venu à adorer chez ma fille.

Seigneur, Sarah n'avait jamais été aussi loin qu'en ce moment.

—Je ne peux rien faire de plus pour elle, me dit Gary en ôtant ses gants en latex.

Je regardai Ifiyah et vis qu'elle dormait ou bien qu'elle s'était évanouie. Des bandes de tissu déchiré avaient été serrées avec force autour de sa jambe au point que son pied était devenu violet. Un garrot. Même si elle survivait, elle serait probablement amputée.

Gary s'assit par terre et ouvrit le sachet d'un bâtonnet de viande séchée. Tout en le mâchant nonchalamment, il me regardait fixement jusqu'à ce que je commence à sentir le silence entre nous se changer en quelque chose qui devait être apprivoisé. Mais ce fut Gary qui parla le premier.

—Pourquoi êtes-vous venu à New York ? demanda-t-il. Vous aviez de la famille ici ?

Je secouai la tête.

—Il y a longtemps, oui. Mais mes parents sont morts avant... ceci. Ma mère a trouvé la mort dans un accident d'avion et mon père n'a pas supporté de vivre sans elle. Il s'est juste éteint. C'est bizarre... aux obsèques de ma mère, je me souviens avoir pensé à quel point je voulais qu'elle revienne. (Je jetai un regard vers les vitrines.) Je suppose qu'on devrait faire attention à ce que l'on souhaite, hein ?

— Merde, vous êtes sacrément dur, fit Gary en roulant les yeux. Détendez-vous un peu.

Je hochai la tête et m'accroupis à côté de lui. Je me rendis compte que j'étais affamé et acceptai avec reconnaissance l'un de ses en-cas enveloppé dans du plastique.

— Désolé. Je suppose que j'ai très peur. Non, nous sommes venus à Manhattan pour chercher des médicaments. La présidente à vie de la Somalie a le sida, mais des antirétroviraux ne sont pas disponibles en Afrique en ce moment.

— En quoi cela vous concerne-t-il ?

Je sortis la photographie de Sarah de mon portefeuille, mais je ne le laissai pas la toucher, pas avec ces mains mortes. Je la lui montrai puis la regardai à mon tour un moment.

— Elle et moi avons obtenu une citoyenneté à part entière dans l'un des derniers endroits sûrs sur Terre.

Sur la photographie, Sarah, âgée de cinq ans à l'époque, caressait le nez d'un chameau qui s'était montré inexplicablement docile à ce moment. On n'y voyait pas ce qui s'était produit ensuite : l'éternuement humide de l'animal, les petits cris de Sarah tandis qu'elle courait dans un campement rempli de nomades qui souriaient, tapaient dans leurs mains à son intention et lui présentaient des fruits. Cela avait été une bonne journée. J'avais toujours eu tendance à penser à l'Afrique comme à une longue histoire d'horreur – les risques du métier, je suppose –, mais il y avait eu un si grand nombre de bons jours.

— J'aimerais me reposer un moment, si cela ne vous dérange pas, lui dis-je.

Je n'étais pas vraiment fatigué, j'avais plutôt besoin d'introspection, au point que cela devenait difficile d'accommoder sur quelqu'un d'autre. Gary se montra obligeant en allant se réfugier dans un coin poussiéreux du magasin où il pouvait mâcher en paix ses SlimJims.

Pour ma part, je me tournai pour regarder par la vitrine, pas vers les morts, j'étais à peine conscient d'eux, mais vers l'Empire State Building, parfaitement visible au-dessus des arbres à l'extrémité nord d'Union Square. Le gratte-ciel iconique semblait juste se dresser là-bas, indifférent au monde. Je me demandai si l'on trouvait toujours quelque chose dans ses étages supérieurs, à présent. Une sacrée ascension, puisque l'ascenseur ne fonctionnait plus, mais cela en valait peut-être la peine. Quel genre de sécurité, quelle sorte de sérénité pouvaient bien continuer à exister là-haut ? J'avais visité la plate-forme panoramique des quantités de fois, quand j'étais gosse, et je savais qu'on pouvait voir toute la ville de là-haut, mais, dans ma rêverie, tout ce qui était visible n'était que de longues étendues glacées de nuages, formant un voile entre moi et les immondices de la surface.

On m'a dit que ce genre de détachement était très fréquent chez les vétérans. Après un combat périlleux, l'esprit ferme ses facultés une par une et dérive, revivant peut-être sans fin le moment où un copain du peloton a reçu une balle, ou essayant peut-être de se rappeler tous les détails du chaos qui a pris fin, ou peut-être simplement – comme le mien le faisait ici – errant sans aucune pensée ni aucun sentiment. Il y a même une expression aux États-Unis qui désigne ce phénomène, cette indifférence temporaire : le « Thousand Yard Stare », qu'on pourrait traduire par « le regard vide à mille mètres ». La médecine moderne parle parfois de « Réaction au Stress du Combat ». C'est infiniment moins zen qu'il y paraît. C'est plutôt tout l'opposé d'une illumination machinale. Cela revient à être pris au piège à l'intérieur de votre pire souvenir. Habituellement, une victime en sort brusquement dès qu'une nouvelle tâche ou un devoir se présente. Parfois des soldats n'en sortent jamais, et certains dérivent à l'intérieur et au dehors pour le reste de leur vie. Cela s'appelle « le stress post-traumatique », que tout le monde connaît.

Il n'y avait pas de stimulus pour m'en faire sortir, pas en ce moment. Pour moi, je pouvais seulement attendre que les morts à l'extérieur pourrissent. Attendre que l'une des filles ait une idée lumineuse. Attendre que nous mourions tous de faim. J'observai la lumière changer, l'Empire State passer d'une éminence grise à un obélisque rougeâtre, puis à un trait de peinture noire sur le ciel bleu étoilé, comme l'après-midi cédait la place au soir puis à la nuit.

Entre-temps, je dormais, et je rêvai.

20.

– B*aryo*, gémit la fille – le commandant des filles – en s'agitant dans son sommeil.

Gary l'avait attachée avec sa ceinture sur un fauteuil de bureau matelassé pour qu'elle ne tombe pas si elle était prise de convulsions.

Il ne la regardait pas. Il ne le pouvait pas, pour le moment. Il savait qu'elle était en train de mourir, et il savait ce qu'il verrait s'il se retournait et la regardait, et il ne voulait pas voir ça. Aussi laissait-il son regard errer à travers le verre sur la foule des morts, là-bas. Ils se pressaient contre les vitrines aussi fortement qu'auparavant, mais au cours des dernières heures leur acharnement avait diminué un peu. Non qu'ils soient moins affamés, bien sûr, mais la nuit, et l'obscurité, semblaient les calmer un peu. Ils n'avaient pas besoin de dormir. Gary était bien placé pour le savoir. Lui-même ne pouvait pas glisser dans le sommeil : la vieille sensation dont il se souvenait, les yeux qui se fermaient, les membres de plomb, non. Tout cela était terminé pour lui, et pour eux. Pourtant, une sorte de souvenir enraciné de leur vie devait leur dire que, lorsque le soleil se couchait, le moment était venu de se reposer. *Ce serait fascinant d'étudier leur comportement de première main*, pensa Gary. *Quelle chance pour la science !*

— *Daawo*, dit-elle derrière lui.

Il commença à regarder par-dessus son épaule. S'arrêta à temps.

Il aurait tout le temps de vivre parmi les morts et d'apprendre leurs comportements. Il était devenu évident pour lui au cours de ces dernières heures que les Somaliennes ne l'emmèneraient pas quand elles partiraient. Bien sûr qu'elles ne le feraient pas : il était un mort-vivant. Impur à leurs yeux. Pourtant, depuis qu'il avait vu leur bateau sur l'Hudson, il avait senti grandir en lui comme un étrange reste d'espoir d'être secouru. Dans l'effervescence de sa capture, puis de la bataille qui avait suivi, il n'avait pas été en mesure de réfléchir clairement, mais à présent, à présent… il n'y avait pas d'échappatoire possible. Même s'il les aidait autant qu'il le pouvait, faisait de la lèche, les amadouait, elles ne l'emmèneraient jamais loin de New York. Il pourrait s'estimer heureux si elles lui donnaient une petite tape dans le dos pour le remercier. Plus vraisemblablement une balle dans le front serait sa récompense pour ses bons et loyaux services.

— *Maxaa ? Madaya ayaa i xanuunaya… gaajo.*

Gary aurait voulu comprendre ce qu'elle disait. Elle était dans une détresse si grande que ce fut plus fort que lui. Il se retourna et la regarda. Le visage de la fille était devenu de la couleur de la cendre d'une cigarette et ses yeux lui sortaient de la tête. Il se pencha et écarta la couverture de ses jambes. Elles avaient tellement enflé qu'il voyait à peine où étaient ses genoux. Pas uniquement la jambe blessée. L'infection s'était répandue à travers la partie inférieure de son corps. Elle était condamnée.

— *Canjeero*, dit-elle d'une voix plaintive. *Soor. Maya, Hilib. Hilib. Xalaal hilib. Baryo.*

Il sentait la chaleur qui irradiait de son visage. Non, pas de la chaleur. Autre chose. Une sorte d'énergie, mais rien qui soit vraiment palpable. Comme la vibration que l'on ressent quand on se trouve à l'intérieur d'un immeuble et qu'un gros camion passe dans la rue en grondant. Ou la façon dont votre peau se contracte quand on sait que quelqu'un marche juste derrière vous mais que vous ne pouvez pas le voir. Une sensation fantôme, à peine liminale, mais si on tend la main…

Gary tendit la main.

— *Fadlan maya*, gémit la fille, comme si elle percevait ce qu'il faisait. (Puis, avec colère :) *Ka tegid!*

Il ne comprenait pas les mots, mais devinait leur sens. Elle voulait qu'on la laisse tranquille. *Donnez-moi juste une seconde*, pensa-t-il, en sachant qu'il pouvait faire quelque chose pour la calmer. Néanmoins, il devait savoir.

Il l'examina moins avec ses yeux, son nez ou ses oreilles qu'avec les poils sur le dessus de ses bras, la peau derrière les lobes de ses oreilles. Une partie de son corps réagissait à cette énergie étrange qu'elle dégageait. Une énergie qui le faisait recroqueviller les orteils. Comme les vibrations d'un diapason. Elle se lovait autour de la fille et se déroulait dans l'air comme de la fumée, comme des cendres ardentes qui explosent dans un feu de joie. Elle réchauffait sa peau là où elle le touchait, l'irritait un peu d'une façon agréable. Comme le souffle d'une amante sur sa nuque. Gary n'avait jamais eu beaucoup de petites amies, mais il connaissait la sensation d'être touché. D'être caressé. Que lui arrivait-il ?

Pour essayer de comprendre, il s'approcha de l'endroit où Dekalb dormait, avec les autres filles, en bonne santé, emmitouflées dans leurs nattes de couleur tissées. Il se tint immobile et s'efforça de se rendre aussi réceptif que possible. L'énergie était là, chez Dekalb et toutes les filles, mais elle était très différente : une masse compacte qui palpitait sur un registre bas, qui vibrait comme un tambour. Dekalb en possédait un peu plus – il était plus robuste que les filles –, mais l'énergie contenue chez elles semblait plus vibrante, plus excitante d'une manière ou d'une autre.

— *Waan xanuunsanahay*, marmonna la fille blessée.

Gary retourna auprès d'elle, s'accroupit devant elle. Quoi que soit cette énergie, Gary savait, avec certitude, que c'était la vie de cette fille, elle s'écoulait d'elle. La quittait. Elle serait morte dans moins d'une heure, à en juger par le peu d'énergie qui restait en elle. Elle serait gaspillée. Quelle chose étrange à laquelle penser, pourtant il en serait ainsi. Elle allait mourir et elle serait gaspillée.

Gary s'écarta et déchira le sachet en plastique d'un autre SlimJim. Le mâcha d'un air pensif. Il ne pouvait pas… Il ne devait plus la regarder, cela lui donnait de mauvaises idées. Il était capable de se contrôler. C'était l'une des premières choses qu'il avait dites à Dekalb. Il était capable de penser par lui-même. Il n'était pas obligé d'obéir à chaque lubie fugace.

Il appuya une main contre le verre de la vitrine. Les morts à l'extérieur y jetèrent des regards pendant un moment puis recommencèrent à presser leurs visages contre le verre, observant les gens à l'intérieur. Ils désiraient de nouveau, avaient besoin. Il était comme eux, à bien des égards, mais il avait cette grande différence. Sa force de volonté. Sa volonté. Il pouvait résister à n'importe quelle impulsion, s'il essayait de toutes ses forces.

— *Waan xanuunsanahay. Hilib.*

Il envisagea de partir, de rejoindre la foule au-dehors : ils ne lui feraient pas de mal, il ne le pensait pas. Il ne leur était d'aucune utilité. Rien qui pouvait les intéresser. Cependant, il ne savait pas comment il pourrait ouvrir la porte sans laisser des centaines de morts s'engouffrer à l'intérieur, avant qu'il puisse sortir et refermer derrière lui.

Il n'y avait aucune échappatoire. Il était coincé ici, pris au piège, avec les autres.

— *Biyo,* supplia la fille. *Biyo !*

Peut-être, pensa-t-il, *peut-être que ses plaintes vont réveiller les autres.* Dekalb allait peut-être se réveiller et se rendre compte qu'il avait oublié de poster un garde. Les filles allaient peut-être se réveiller et prendre soin de leur commandant, lui donner ce qu'elle voulait. Peut-être mettraient-elles fin à ses souffrances. Mais elles ne bougèrent même pas.

Il mangea un autre SlimJim, les mains tremblantes, mais ce n'était pas la faim qui le perturbait à ce point, pas le genre de faim que les en-cas pouvaient calmer, en tout cas.

— *Takhtar ! Kaaloy dhaqsi !*

La fille semblait presque lucide. Gary se précipita vers le côté opposé du magasin, vers le bureau du gérant. Il trouva un placard, se glissa à l'intérieur et ferma la porte derrière lui. Assis par terre, la tête entre les genoux, il appuya ses mains sur ses oreilles.

Tout allait bien se passer. Il était capable de se contrôler. Tout allait bien se passer.

21.

Dans mon rêve, je conduisais.

Une grosse voiture, huit cylindres, probablement. Intérieur en cuir, chrome sur les roues. Et merde, donnons-lui des ailettes à l'arrière. Un rugissement guttural sonore chaque fois que j'appuyais sur l'accélérateur et l'une de ces radios avec une aiguille lumineuse qui se déplaçait de long en large sur les fréquences, à la recherche de tubes. Mes mains sur le volant dentelé étaient énormes, robustes, brunes.

C'était la nuit et je roulais à travers le désert. Le clair de lune faisait ressortir les broussailles, les herbes folles, les collines de sable ondulées, et les morts. Il faisait sombre dans l'habitacle à l'exception de cette aiguille lumineuse et des reflets qu'elle produisait dans les yeux de Sarah. Dans l'habitacle, dans le noir, Sarah ressemblait exactement à Ayaan mais c'était Sarah. C'était Sarah. Au-dehors, les morts couraient à la hauteur de la voiture, ne se laissaient pas distancer alors que je roulais à plus de 120. J'accélérai encore un peu et je vis Helen qui me souriait sur la gauche, ses jambes se déplaçant follement pour lui permettre de garder la même vitesse que nous. Ses dents tombaient. Sa peau se détachait, elle courait si vite, bientôt elle ne fut plus que des os, pourtant elle continuait à courir. Elle me faisait des signes et je lui répondais de la tête, un gros coude rond sorti de ma vitre ouverte. Mon corps tanguait tandis que la voiture fonçait en grondant.

— Dekalb, dit Sarah, *iga raali noqo*, mais qu'est-ce que c'est ?

Elle regardait fixement ma main sur le volant.

J'actionnai le plafonnier et vis que mes mains étaient couvertes de sang.

— Allons, jeune fille, ce n'est rien, répondis-je d'une voix traînante. Juste un peu de fluide. Je...

Je me réveillai avant de pouvoir terminer cette pensée. J'ouvris les yeux mais il n'y avait rien à voir : sans courant Manhattan était aussi sombre la nuit qu'au fin fond de la campagne. Plus sombre même car les gratte-ciel occultaient la lumière des étoiles. Je m'allongeai sur le côté, ankylosé, mal à l'aise, et gelé jusqu'aux os. Quelque chose d'humide et de poisseux formait une mare sous ma main : la condensation, peut-être.

Je me redressai lentement en poussant un grognement et pliai les genoux pour essayer de me dégourdir les jambes. J'eus l'impression d'entendre quelque chose bouger à proximité, mais je supposai qu'il s'agissait des morts à l'extérieur, attendant que nous sortions pour nous dévorer. Je ne fis pas attention à ce bruit et me levai. Il y avait des toilettes à côté du bureau du gérant et j'y allai, en faisant attention à ne pas marcher sur les filles qui dormaient. Ce n'était pas facile, car mes yeux s'étaient habitués à l'obscurité, mais il y avait tout juste assez de lumière pour me permettre de discerner des ombres individuelles dans la pénombre. J'urinai bruyamment dans les W.-C. secs puis, malgré le fait évident que l'eau ne fonctionnerait pas, je tendis la main vers le levier dans l'obscurité glauque et tirai la chasse d'eau. Chose étrange, elle fonctionna. L'eau se déversa dans la cuvette et emporta mon urine. J'ignorais de quelle sorte de réseau hydrographique Manhattan était doté, mais ce devait être une merveille. Cela faisait des mois que personne n'était venu traîner dans le coin pour la maintenance, et les installations sanitaires dans le *Virgin Megastore* fonctionnaient parfaitement. Une chose si insignifiante, une chose stupide, mais une sacrée compensation. Quelque chose qui continuait à fonctionner. Quelque chose de l'ancien monde, de l'ancienne vie, qui continuait à fonctionner.

Impressionné et soulagé, je retournai au rez-de-chaussée et me demandai s'il restait quelque chose à manger dans la réserve du café. J'en doutais fort mais j'avais suffisamment faim pour effectuer au moins une recherche rapide. À mi-chemin, j'entendis le bruit de nouveau, le mouvement que j'avais entendu immédiatement après m'être réveillé. Cette fois, j'étais certain que c'était *à l'intérieur* du magasin.

La peur, bien sûr, éclaircit l'esprit. L'adrénaline déferla de mes reins et se répandit dans mon corps. Mon dos me donnait des picotements et la peau derrière les lobes de mes oreilles commença à transpirer. Cela aurait pu être un rat, ou l'une des filles bougeant dans son sommeil. Cela aurait pu être un cadavre animé qui, d'une manière ou d'une autre, avait réussi à entrer dans le bâtiment à un moment où nous ne pouvions pas nous occuper de notre défense.

Je sortis la torche électrique de ma poche et l'actionnai.

— Dekalb.

C'était Gary, le mort le plus futé du monde. Je commençai à me retourner et à braquer ma torche dans sa direction.

— Non, je vous en prie, ne regardez pas tout de suite, dit-il aussitôt.

Je l'entendis s'approcher. Peut-être voyait-il dans le noir, il ne se déplaçait pas en trébuchant comme moi.

— Dekalb, dit-il, j'ai besoin de votre aide. J'ai besoin que vous leur expliquiez. Il faut qu'elles comprennent.

— Je ne sais pas de quoi vous parlez, répondis-je.

— Je peux être un atout précieux pour vous, déclara-t-il. (Sa voix était apaisante, quasi hypnotique, dans l'obscurité.) Vous devez trouver ces médicaments pour le sida avant de pouvoir partir, exact ? Je peux me rendre n'importe où dans la ville et être en sécurité. Je peux aller chercher les médicaments dont vous avez besoin et les apporter à votre bateau. Vous pouvez rester sur le bateau, en sécurité, et attendre que je vous rejoigne.

— Gary, commençai-je, avez-vous fait quelque chose…

— N'allez pas là-bas, pas tout de suite. J'ai autre chose : une idée sur la façon dont vous pouvez sortir d'ici indemnes. En ce moment, vous êtes baisés, d'accord ? Si vous franchissez cette porte, vous serez mis en pièces. Vous n'avez pas de vivres, pas de radio. Personne ne viendra à votre secours. Vous avez besoin de ceci. Vous avez besoin de cette solution que j'ai trouvée.

Il avait raison sur ce point.

— Je vous écoute, dis-je.

— Seulement quand vous aurez expliqué aux filles mon comportement. Vous devez les tenir à distance de moi, Dekalb. C'est ce que vous faisiez, d'accord ? Vous avez travaillé pour les Nations unies. Vous serviez de médiateur dans des différends. Vous devez faire la même chose pour moi, vous devez m'aider, allons. Dites que vous allez m'aider.

J'aurais aussi bien pu avoir mangé vingt granités. Mon estomac était rempli de glace.

— Je vais actionner ma torche, Gary, commençai-je.

Il se déplaça si vite qu'il aurait pu me briser la nuque s'il l'avait voulu. Mais il se contenta de saisir ma main et de m'obliger à lâcher ma torche. Je percevais son corps tout près du mien, sentais l'odeur de décomposition de sa chair et autre chose, plus frais, mais pas moins horrible.

— Aidez-moi, Dekalb. Bordel de merde, vous allez m'aider, me chuchota-t-il au visage, et je sentis une odeur de salami. Elle allait mourir, de toute façon.

« CLISH-CLACK ! » Le bruit du levier de sélection d'un AK-47 qui passait de « SÛRETÉ » à « TIR COUP PAR COUP ». C'était Ayaan.

— Dekalb, qu'y a-t-il ? Pourquoi fais-tu tant de bruit ?

Le faisceau de sa torche transperça l'obscurité et me montra le visage de Gary. Il y avait du sang sur son menton, du sang rouge, humide.

Hon, hon ! *Non*, pensai-je, *ce n'était pas prévu*. Non, je n'avais pas prévu cela.

— Je peux aller chercher les médicaments à votre place, Dekalb. Je peux vous faire sortir d'ici !

Je sentais le regard d'Ayaan rivé sur la nuque. Attendant un ordre. Dans une seconde, elle prendrait une décision toute seule et lèverait sa torche pour la braquer sur le coin où nous avions laissé Ifiyah inconsciente dans un fauteuil de bureau.

Je sentais le corps de Gary se convulser de terreur, à quelques centimètres seulement de moi.

Le cône de lumière se déplaça lentement. Nous devions tous les trois avoir vu la traînée de sang sur le sol. Je me souvins de la mare de liquide poisseux dans laquelle je m'étais réveillé et ma gorge se noua. Dans mon rêve, j'avais du sang sur les mains.

— Dekalb ! Au secours !

Révélé par le faisceau de la torche, le corps d'Ifiyah avait subi un changement radical. On avait ôté sa veste et sa chemise. Comme la plus grande partie de son torse. J'apercevais des côtes jaunes qui luisaient dans la lumière ténue. Je ne voyais pas son visage ni son bras gauche… ils étaient peut-être perdus dans les ombres. Peut-être.

— Ayaan, dis-je doucement, réfléchis bien à ce que nous allons faire ici avant de…

J'entendis la balle claquer dans l'air, aussi fort que le tonnerre. Je l'entendis faire voler en éclats le crâne de Gary. Je sentis quelque chose de sec et de poudreux m'asperger le visage et la poitrine comme le corps de Gary basculait loin de moi, tournoyait avant de s'affaisser sur le côté.

J'essayai d'inspirer mais ma respiration était bloquée. Puis, dans un spasme, elle jaillit de ma gorge. Une sorte de geignement.

Je me baissai et récupérai ma torche. L'actionnai et la braquai sur lui.

Le mort le plus futé du monde avait un trou de la largeur d'un doigt dans la tempe gauche. Il n'y avait pas de sang, mais quelque chose de gris qui suintait de la blessure : de la cervelle, supposai-je.

Son corps se crispa et fut parcouru de spasmes un moment. Puis cela cessa.

Deuxième partie

1.

Des doigts fouillaient, tordaient, pressaient la blessure ouverte, une odeur de cannelle, un rire lugubre, lugubre, lugubre, des doigts froids affamés qui fouillaient, attrapaient, arrachaient…

Gary s'en allait. Mourait. Son étincelle, la force qui l'animait, le quittait, se vidait par le trou dans sa tête.

— *Recommence.*

(Il y avait quelqu'un d'autre là. Quelqu'un de fort et de si résolu, si résolu à ne pas laisser Gary renoncer. Il y avait quelqu'un d'autre là.)

L'espace d'un instant, il tomba dans les ténèbres, libre et léger comme l'air. Il ne distinguait même plus le faisceau des torches dans cette cécité paisible et agréable ; il culbuta comme il tombait, jeté de la balustrade, chutant du paradis vers les profondeurs du mégastore. Le choc de son dos heurtant la main courante d'un escalator. Mais à cette vitesse tout était dur, si dur et cassant. Il sentit ses vertèbres se briser, D6, puis D7, D8, toutes disparues, pulvérisées tandis que son corps se repliait sur la main courante comme un canif à ressort ; il ne marcherait plus jamais, ah, ah, ah.

Dans l'obscurité, l'obscurité totale de la cécité, il y avait cette forme, voyez-vous, cette forme blanche d'arbre, comme imprimée sur les rétines de Gary. C'était un éclair, celui du canon d'un fusil d'assaut. C'était la dernière chose qu'il voyait, la dernière qu'il verrait jamais : cela ressemblait à une sorte d'arbre, dont les branches étaient peut-être dessinées par les veines de ses yeux illuminés, tandis qu'elles explosaient sous le choc hydrostatique du coup de feu. Ce n'était peut-être pas des branches, cependant, peut-être...

Gary glissa sur le sol en un tas disgracieux.

des doigts, des doigts, des doigts dans la tourte qui creusaient, la tournaient, l'agitaient en un mouvement de va-et-vient

Suintant de lui, cette non-vie, cette demi-lumière vacillait.

— *Recommence.*

Blanc et gras, presque charnu, l'arbre se dressait hors du sol fertile pour étendre des feuilles brillantes qui barbouillaient le ciel. Son tronc gras et charnu palpitait de vie. Mais non, fracassé, la foudre ou la pluie avait fracassé l'arbre, ce n'était plus qu'un tronc à présent. Gary s'en rendait compte... Les grosses branches brisées et éparpillées autour de la base, ce n'était plus qu'un tronc qui sortait du sol, fracturé, au milieu, un gros nœud semblable à une bouche, ouverte en un éternel *O* de surprise, comme figée dans ce moment. Comme dans ces cartoons où le coyote ne s'est pas encore aperçu qu'il se trouve au-dessus du vide : l'arbre n'est plus qu'une souche.

Tout cela éclaboussait sa vision. La seule chose qu'il était à même de voir. Ses muscles, son corps, cette poupée caoutchouteuse qui continuait à bouger sous lui. Des spasmes agitaient sa tête sur le sol... Il n'était pas encore tout à fait mort, il sentait la balle dans sa tête, si brûlante, si solide comme elle flottait dans le liquide, dans la bouillie de sa cervelle. C'était cela, bien sûr, la fin, *finito*. Le mort meurt, mais deux fois et c'est fini, c'est terminé, bien sûr. Une balle dans la tête. La fin.

(Pas la fin. La personne – le Bienfaiteur – qui était là dans l'obscurité – l'être fort – l'être déterminé dit : « *Ceci n'est pas la fin, tu as encore une chance, mais tu dois la saisir.* »)

L'arbre n'était plus qu'une souche. Pourtant. Il palpitait de vie. Merde, autant palpiter avec lui.

Il avait gardé un peu de contrôle. Une énergie fragile et tremblotante qui était la sienne, celle qu'il devait utiliser même si elle s'effritait. Il sentait qu'il ne pesait presque rien, qu'il était plus léger que l'air… Sa main se porta à sa tempe et trouva la blessure, le trou d'entrée de la balle. De l'humidité sur ses doigts.

Seigneur. Dégoûtant. Le trou était assez large pour enfoncer un doigt dedans.

le son que fait une serpillière quand elle heurte le sol

… mais c'était un souvenir, pas un son réel. Gary explora de nouveau avec son doigt et entendit le même son. Presque comme s'il appuyait sur la touche d'un piano. Il enfonça de nouveau et cette fois… cette fois il sentit quelque chose de réel. Un métal dur qui résistait à son doigt.

La balle.

suçant la vie de quelque part, bordel, tu pouvais la voir bouger comme elle palpitait, comme les fluides s'écoulaient, comme la vie bougeait sous l'écorce blanche et charnue, à l'intérieur du bois fibreux humide, juste une souche, mais prenant la vie de quelque part

Presque terminé à présent. Pourquoi continuer à lutter quand il n'y a plus d'espoir ?

— *recommence.*

(le Bienfaiteur insista.)

ce n'était peut-être pas des branches, mais des racines

La pensée devint fugitive, aussi glissante qu'un poisson dans une rivière… C'est comme lorsque nos doigts cherchent à le saisir, argenté et brillant sous les remous de l'eau, à l'attraper, argentée et dure dans la tête : on est obligé de mettre deux doigts pour ouvrir un peu plus largement, allez, dis « ah », « aaahhh ». Très bien, tu es au moins le petit garçon le plus poli qui ait jamais existé, ravi d'effectuer une opération du cerveau ouvert avec deux doigts dedans. Ça fait mal ? Rien ne fait mal en ce moment, mon vieux, je suis agréablement engourdi, et maintenant j'ai mis deux doigts dedans, mais les images, mec, comme cet arbre, cet ARBRE…

Ses racines s'enfoncent sans fin. Là-haut, dans la lumière du soleil, il y a peut-être des pommes dorées, de petits paquets serrés de force vitale de la couleur de… de… d'une couleur ravissante, tout simplement, mais ne ressemblant à rien qu'on peut voir avec les yeux. Aucune des sept couleurs qu'on nous apprend à l'école.

Était-ce deux douzaines ? Dekalb et les filles, bien sûr, deux douzaines qui attendaient, blotties dans le noir, si effrayées et gelées, affamées et seules, mais elles ne savaient pas, elles ne pouvaient pas savoir à quel point elles étaient magnifiquement vivantes. Là-haut, dans la lumière du soleil… Une métaphore bien sûr parce que c'est sûrement toujours la nuit là-haut, il doit faire noir comme dans un four dans le mégastore ! Mais, dans cet espace métaphorique, cet endroit dont tu t'es enfui parce que tu t'es évanoui – ouais, elle est bien bonne, un mort qui s'évanouit – parce que tu essayais littéralement de retirer une balle de ta tête avec tes doigts, dans cet espace métaphorique, Dekalb et compagnie sont là-haut. Comme dans une journée d'été en comparaison de ce qu'il y a ici en bas, où tu es plongé dans la merde jusqu'au cou, coincé au milieu des morts, des morts, des morts

— *Oui.*

(le Bienfaiteur acquiesça d'un signe de tête.)

parce qu'ils étaient également là, les morts, bien que vaguement perceptibles. Tout en bas dans le sol, dans la boue où les racines creusent sans fin comme des vers aveugles qui cherchent, qui grattent… Qui sont pareils aux doigts qui creusent pour trouver la balle parce que, oh oui, même si tu t'es évanoui, Gary, cela ne signifie pas que tu as cessé d'essayer d'attraper cet anneau en laiton, ce beignet de plomb dans la confusion du monde, arrête ça, au milieu de ta tête en gélatine.

Mais, pensa Gary, *je m'écarte du sujet. Je parlais des morts qui nourrissent l'arbre*. Des petits salopards qui puaient, qui empestaient la force vitale parce qu'elle dégoulinait littéralement d'eux, et dont le dos dégageait une fumée semblable à de la vapeur tandis qu'elle s'évaporait… Non, pas la vie brillante et dorée de Dekalb et compagnie, il s'agissait là de l'ombre de cette énergie – dépourvue de dimension, froide et non chaude, violet foncé et non brillant –, mais c'était néanmoins de l'énergie. Suffisante pour nourrir l'arbre. Suffisante pour nourrir n'importe qui si on pouvait la capter, et oui, Gary le pouvait. Parce que contrairement aux discrets paquets d'énergie de Dekalb et ses drôles de dames, ces fruits mûrs éclatants de force vitale, les morts étaient tous connectés, interconnectés, réunis par un réseau d'obscurité fumante. Il y avait, quoi, sept milliards de personnes avant l'Épidémie, mais, à présent, il n'y avait plus qu'un seul mort, dans un sens. La chose, l'Épidémie, la catastrophe qui avait fait revenir les morts et les reliait entre eux. Elle les unifiait comme une nuée de sauterelles assez compacte pour obscurcir le ciel à la manière d'un nuage : un nombre infini de minuscules gouttelettes d'eau… Mais là où il y a une fin et un commencement, il n'y a pas de réponse… *C'est un* koan *zen ici, il n'y a qu'un seul de nous avec de nombreux corps et je suis sa volonté. Je suis son commandant.*

— *Oui.*

(*il y a une connexion*, dit le Bienfaiteur, *un réseau qui nous relie.*)

Avez-vous oublié Casquette de Routier ? Souvenez-vous de lui. Car Gary, bien sûr, s'en souvenait, de Casquette de Routier qui l'avait attaqué, et à qui il avait dit d'arrêter, et qui lui avait obéi. Et Gary lui avait dit de foutre le camp et de mourir, et voilà que cela s'était produit. Parce que Gary, le seul parmi les morts, était toujours capable de penser. Il était toujours capable d'étendre son esprit. Lui seul avait la force de volonté. Il était connecté à eux tous, il était l'un d'eux, mais lui seul pouvait exploiter cela.

Il aspira l'énergie sombre qui émanait de la foule cernant le mégastore, l'aspira de loin et la sentit se répandre dans ses bras, frissonner dans ses doigts et, oui, oui, oui, c'était foutrement bon, merde, et il l'avait trouvée, il l'avait, et il tirait une telle puissance dans sa main qu'il dut, par un acte de volonté conscient, l'empêcher d'arracher ce putain de truc. Et d'un coup, elle fut dans sa main humide et chaude et il la serra, la pressa, cette saloperie de balle, enfin sortie de sa tête. Les dommages étaient faits, le tissu cérébral déchiré comme une boule de papier toilette mouillée, la peau, les os et les muscles transpercés, les vertèbres brisées, fracassées, mais vous savez quoi ? Rien de tout cela n'avait la moindre importance.

L'arbre palpitait de vie, comme il le ferait pour toujours. *Pour toujours, putain, mec, je vais vivre pour toujours et vous ne pouvez pas m'arrêter*, pensa Gary. Il avait envie de crier cela à cette enfoirée d'Ayaan et à cet enfoiré de Dekalb : *Vous ne pouvez pas m'arrêter, je suis surpuissant.*

Il laissa tomber la balle et elle produisit comme un minuscule tintement de cloche. Venant d'au-dessus, il entendit un chuchotement crispé.

— Qu'est-ce que c'était ?

Il l'entendit. Il entendait de nouveau.

Quand l'aube vint et avec elle la lumière, il voyait de nouveau. Il se tenait debout, dans les ombres, regardait un DVD des jumelles Olsen dans sa main et pouvait lire le texte minuscule au dos de l'étui. Il voyait. Il pouvait se tenir debout et marcher. La vie (une certaine vie, une vie sombre) palpitait en lui si furieusement, si violemment, qu'il était surpris de ne pas briller.

— *Oui.*

(*oui*, dit le Bienfaiteur, *oui.*)

2.

La détonation réveilla les filles, bien sûr. Ayaan se précipita pour jeter son blazer sur la forme ravagée d'Ifiyah pour que les autres ne voient pas ce que Gary lui avait fait. Tous deux, nous soulevâmes le corps sans vie de Gary et le lançâmes par-dessus la balustrade, vers l'obscurité du niveau inférieur. Les filles l'auraient mis en pièces pour ce qu'il avait fait à Ifiyah, et je ne supportais pas cette pensée. En l'occurrence, les filles avaient un million de questions. Je m'efforçai de leur expliquer aussi calmement que je le pouvais qu'elle était morte, ainsi que Gary. Il y eut des gémissements, des pleurs, et quelques-unes des filles dirent des prières pour Ifiyah. Après cela, aucun de nous ne se rendormit.

Quoi que Gary ait fait à Ifiyah, elle ne se réanima pas. Soit il avait mangé son cerveau, soit… et merde, je ne comprenais pas comment l'Épidémie fonctionnait. Tout ce que je savais, c'était qu'elle ne revenait pas à la vie.

Aux premières lueurs du jour j'entendis un bruit, un son grêle, métallique comme une cloche, tintant quelque part.

— Qu'est-ce que c'était ? chuchotai-je.

Je pensai aux clochettes qui tintaient quand on entrait dans une *bodega* de cette ville. Mais nous nous trouvions dans le *Virgin Megastore*, et toutes les portes étaient soigneusement verrouillées, nous avions vérifié. Le bruit ne se reproduisit pas.

J'étais incapable de me détendre, je ne parvenais pas à me sentir à l'aise, même si la fatigue ramollissait mon cerveau et rendait mes pensées aussi lentes et froides que des glaciers s'avançant au cours d'une ère glaciaire, progressant de quelques centimètres chaque année. Cela me donnait cette impression. Je me levai et observai les morts à l'extérieur qui se pressaient contre les vitrines et n'avaient pas l'énergie mentale nécessaire pour élaborer des plans ou envisager des options. Je le remarquai à peine quand l'un d'eux s'affaissa lourdement sur le sol tandis que d'autres s'avançaient aussitôt pour prendre sa place.

Une femme avec une longue blessure ouverte au bras et un sac Yves Saint Laurent qui pendouillait du creux de son coude frappa le verre avec une paume graisseuse puis tomba, son corps soutenu un moment par la foule derrière elle. Elle glissa au bas de la vitrine, sa joue flasque, comprimée contre le verre, formant des rides, puis elle s'écroula sur le trottoir à l'extérieur. Un adolescent avec un tee-shirt blanc grimpa sur elle puis s'affaissa à son tour.

Ici et là, d'autres tombaient, un à un tout d'abord, puis en de grandes masses qui refluaient comme des vagues se retirant d'un rivage. Je saisis mon fusil, pensant qu'il devait s'agir d'une ruse. Mais cela avait été l'erreur commise par Ifiyah, bien sûr, de penser que les morts étaient capables de subterfuge. Autant que je puisse le savoir, ils n'*avaient* pas la subtilité ou la pensée nécessaires pour cela. Alors qu'ils s'affaissaient et refluaient du mégastore, le soleil entra à flots par les vitrines et éclaira les visages des filles.

— Ils *dhimasha*, commandant, dit Fathia, comme si elle me faisait un rapport du front.

Ils sont en train de mourir, c'était visiblement ce qu'elle voulait dire.

Je le voyais par moi-même. Des centaines, peut-être des milliers de morts qui avaient fait le siège du mégastore pour essayer d'arriver jusqu'à nous, ne restait que quelques-uns encore debout, qui se tenaient la tête et erraient sans but dans Union Square. Nous semblions moins les intéresser que ce qui était arrivé à leurs semblables. Très certainement, c'était leur accorder trop de mérite, mais c'était l'impression que cela donnait.

Les qualités de chef, m'avait dit un jour un directeur régional pour le projet de désarmement au Soudan, consistent moins à prendre la meilleure décision qu'à prendre *une* décision.

— Rassemblez vos affaires, nous partons, dis-je aux filles.

Elles obtempérèrent aussitôt. Les tapis de prières furent roulés, les armes vérifiées et mises en bandoulière. Fathia et Leyla, la plus jeune des filles, voulurent prendre le corps d'Ifiyah, mais je secouai la tête. Nous allions marcher très vite et nous ne pouvions pas nous permettre d'être ralentis en portant le commandant mort.

Je déverrouillai la porte, mais Ayaan fut la première à sortir, son arme pivotant de manière désordonnée tandis qu'elle essayait de couvrir tour à tour chacun des traînards. Ils ne réagirent pas du tout à sa présence. Je fis franchir la porte aux autres filles et sortis le dernier. Je m'apprêtais à crier un ordre puis je me retins – le bruit aurait pu sortir les morts de leur transe – et je me contentai de rejoindre Ayaan et de lui donner une tape sur l'épaule. Je lui montrai la direction du fleuve.

C'était tout ce qu'il lui fallait. Elle fit trois rapides signes de la main aux filles et nous nous mîmes à courir.

C'était moins un sprint (chacun de nous portait dix kilos d'équipement au moins) qu'un petit trot, mais il y avait alors urgence. Nous fûmes obligés tout d'abord de sauter par-dessus des monceaux de corps (ou de marcher sur eux à deux reprises), mais, au-delà de la périphérie d'Union Square, les trottoirs étaient dégagés. Nous dépassâmes la 6e Avenue. La 7e. Je ralentis ma course un moment devant Western Beef, me demandant si c'était là que notre chance nous laissait tomber, mais les morts avaient déserté l'endroit. Tous les cadavres animés du Village avaient dû être là-bas au mégastore parce que nous n'en vîmes qu'une poignée, durant notre trajet de retour vers l'Hudson. Une fois que nous eûmes dépassé la 6e Avenue, le charme prit fin : ils s'avancèrent vers nous, aussi résolus qu'auparavant, mais également tout aussi lentement.

Alors que nous courions et évitions leurs mains putréfiées qui cherchaient à nous saisir, j'éprouvai un réel soulagement à la pensée que nous étions revenus en terrain familier. Ce qui avait massacré les morts à Union Square, quoi que ce soit, avait été nécessairement très grand et puissant, et je ne tenais pas du tout à découvrir ce que cela voulait de *moi*.

L'idée que cette force invisible qui avait anéanti les morts puisse être bienveillante ne me vint pas une seconde à l'esprit. Il ne restait rien de vraiment bon ou de pur dans ce monde. On ne pouvait même pas se fier à ce qui en avait l'air.

Arrivés au bord du fleuve, nous nous arrêtâmes sur le quai et fîmes des signes avec les bras. L'*Arawelo* se trouvait à une centaine de mètres de distance et personne n'était visible sur le pont, mais nous étions trop essoufflés pour penser au pire. Au bout d'une minute ou deux, Mariam apparut, sans son blazer et le chapeau de pêche d'Osman rabattu sur les yeux. Elle fit un geste frénétique vers les écoutilles et deux marins émergèrent des ponts inférieurs, avec l'air d'avoir été surpris en train de faire quelque chose de répréhensible.

Je me fichais complètement de ce qu'ils avaient pu faire. Ils approchèrent le bateau du quai et nous lancèrent des cordages afin de l'amarrer. Une minute plus tard, nous étions à bord et nous partions.

Je suppose que quitter le mégastore si précipitamment avait été la bonne décision, parce que nous étions tous revenus indemnes. Les filles me regardaient avec quelque chose de nouveau dans leurs yeux. Mais je n'irais pas jusqu'à appeler cela du respect.

Quand je m'assis finalement, je me rendis compte que j'avais une faim de loup. Je demandai du *canjeero*, un pain plat somali qui était notre nourriture de base sur le bateau. Osman se frotta la tête et me regarda de côté un moment avant de décider ce qu'il allait dire.

— Vous êtes le responsable maintenant, Dekalb ? Vous êtes le *weyn nin ?* (Il parcourut les filles du regard.) Je vois qu'Ifiyah n'est pas revenue.

Je ne fis aucun commentaire. Osman et moi avions développé une sorte de camaraderie décontractée durant la traversée jusqu'à New York. Deux adultes sur un bateau rempli d'enfants, il aurait difficilement pu en être autrement. Cependant, j'avais désormais changé, d'une manière subtile mais tout à fait réelle. J'avais lancé une grenade propulsée par une fusée sur une foule de mes ennemis. J'avais donné l'ordre à des soldats de tirer pour tuer. J'avais conduit les filles vers la sécurité et j'avais également laissé l'un des morts manger leur officier commandant.

— Dites-moi au moins que vous avez trouvé les médicaments et que nous pouvons rentrer chez nous !

Il leva les mains en l'air, cédant à son incrédulité. Mon silence le laissa décontenancé, et il baissa lentement les bras. Nous savions tous les deux que nous ne pouvions pas retourner en Somalie sans les produits pharmaceutiques. Nous n'avions pas réussi à les trouver et en cours de route nous avions perdu quatre des nôtres. Je secouai la tête.

— Eh bien, on est sacrément dans la merde, et comment ! fit Osman.

Et il me fit un doigt d'honneur. Je suppose qu'il y a des limites au respect qui va de pair avec les fonctions de chef.

3.

De fins tatouages bleus le couvraient de la tête aux pieds. Une corde serrée autour de son cou et un brassard fait de fourrure étaient son seul vêtement, pourtant il se tenait là sans honte et baissait les yeux vers Gary avec une sorte de fierté hautaine. Un professeur particulièrement prétentieux qui regarde son élève du haut des escalators.

— Viens à moi, dit-il de nouveau.

Puis il disparut. À sa place apparut l'image d'un temple, ou d'une bibliothèque, ou de quelque chose. Une multitude de marches menait à une façade de colonnes. Gary connaissait cet endroit mais son nom ne lui revint pas.

Il lui fallut deux tentatives pour gravir l'escalator. Son cerveau continuait à cicatriser mais son contrôle des centres moteurs était le plus lent à revenir. La lucidité lui était revenue aussi rapidement et agréablement qu'on passe d'un lieu torride à une pièce climatisée, mais le simple acte de mettre un pied devant l'autre continuait à dépasser ses capacités. Les crises qui avaient torturé son corps et laissé son cerveau pétillant comme une bouteille d'eau de Seltz secouée énergiquement n'arrangeaient guère les choses. Il progressait de quelques mètres seulement et se retrouvait étendu par terre sans la moindre explication sur la façon dont il était arrivé là, ses mains crispées comme des griffes et ses chevilles tordues sous lui.

Il finit par arriver au rez-de-chaussée du mégastore, grimpant les dernières marches sur les mains et les genoux. Il se mit debout avec difficulté et fit une embardée vers la porte, mais ce fut pour être frappé par le spectacle de ce qui se trouvait à l'extérieur.

Des corps – des centaines de corps – dans un état de décomposition avancée obstruaient les trottoirs et étaient affaissés pêle-mêle sur les voitures abandonnées. De la chair putréfiée gisait en monceaux sous le soleil du milieu de la matinée : on ne pouvait plus rien y identifier d'humain.

Merde, pensa Gary. Avait-il réellement fait ces dégâts tout seul ?

Ceux-là ne ressemblaient pas aux morts-vivants qu'il avait vus auparavant. Ceux-là étaient juste… de la viande qui pourrissait, des os jaunes pointant d'une chair déliquescente qui avait la consistance d'un fromage coulant.

Quelque chose bougea dans le Square au nord et il se blottit derrière une Jeep, ne tenant pas du tout à recevoir une balle dans la tête de nouveau. Cependant, il n'avait aucune inquiétude à avoir. C'était l'un des morts. Une femme avec une robe indienne maculée de sang séché et de fluides plus sombres. Elle s'approcha en marchant en canard comme si elle ne pouvait pas plier les genoux et il vit qu'elle était sérieusement endommagée. La plus grande partie de sa peau avait disparu de son visage et une masse d'asticots se nichait dans le creux de ses clavicules, semblable à un foulard qui se tortillait. Seigneur, comment pouvait-elle laisser faire cela ? Certes, les asticots étaient répugnants mais ils étaient *vivants*. Ils auraient pu lui donner l'énergie nécessaire pour réparer son corps. Au lieu de cela, ils se nourrissaient d'*elle*.

D'autres apparurent derrière elle, principalement des hommes. Eux aussi avaient connu des jours meilleurs. Les morts-vivants de New York étaient sujets à avoir quelques blessures sur le corps, bien sûr, et le teint de leur peau était légèrement plus pâle et plus bleu que nécessaire – Gary songea en outre aux veines mortes qui ornaient son propre visage –, mais jamais ils ne s'étaient négligés à ce point. L'un des nouveaux venus n'avait plus de nez, juste un V inversé sombre au milieu du visage. Un autre avait perdu ses paupières et semblait tout regarder avec un étonnement horrifié.

Gary étendit son esprit vers le réseau de mort qui le liait à ces débris au pas traînant. La même connexion qui lui avait permis de drainer leur énergie, qui lui avait donné la force d'extraire la balle de son cerveau. Il sentit son cerveau s'agiter dans sa tête sous l'effort mental, et une douleur blanche fulgurante fusa dans son dos, mais le contact était établi. Il sentait l'énergie sombre qui sortait en fumant de ces épaves et il commençait à comprendre en partie ce qui avait dû se produire. Dans son désespoir il avait aspiré l'énergie de la foule autour du mégastore afin de sauver sa peau et, durant ce processus, il avait accéléré la décomposition de ses victimes. Dans le nouvel ordre des choses, les morts mangeaient les vivants en une tentative vaine pour soutenir leur propre existence qui déclinait, pour alimenter leur non-vie. Gary avait détruit tous ces efforts et ce travail laborieux et à présent les monceaux de cadavres putréfiés à l'extérieur donnaient l'impression d'avoir toujours été morts et de se décomposer depuis le début de l'Épidémie. On ne pouvait pas flouer la mort, comprit Gary, on pouvait seulement la retarder et quand elle finissait par vous rattraper, elle le faisait avec une certaine vengeance.

L'homme sans nez tendit le bras et toucha le visage de Gary avec une main qui ne sentait rien. Les doigts sans vie glissèrent sur sa joue. Gary ne tressaillit pas. Comment le pouvait-il ? Il n'y avait aucune méchanceté dans ce geste. Il avait toute la résonance émotionnelle d'une contraction musculaire.

La plupart des morts-vivants avaient perdu la bataille contre la mort quand Gary avait volé leur essence. Il ne subsistait que d'infimes lambeaux d'énergie chez ceux, peu nombreux, qui avaient été assez forts pour survivre. D'où les morts-vivants brisés et raides qu'il voyait devant lui. Leur état mental était peut-être pire que leur condition physique. Il leur avait volé le restant d'intelligence qui leur permettait de rechercher de la nourriture. Leur faim demeurait, il la percevait bâillant en eux, brûlant plus férocement que jamais –, mais il leur avait volé le savoir, même s'il était rudimentaire, de la façon de l'assouvir. Il avait pris le peu d'esprit qu'ils avaient et, à présent, ils ne se rappelaient plus *comment* manger. Ils étaient seulement à même d'errer sans but tandis que leurs corps tombaient en morceaux.

Gary ne ressentait aucune culpabilité. Cela avait été nécessaire. Il avait été mourant pour une seconde et dernière fois et seule leur énergie volée avait été en mesure de faire continuer à fonctionner sa conscience. Pourquoi, alors, s'identifiait-il si fort à eux, pourquoi éprouvait-il autant d'empathie ? Il était lié à eux, comprit-il. Il était l'un d'eux. Il faisait partie du réseau de la mort. Sa capacité à étendre son esprit et à voler leur énergie le distinguait. Il n'y avait pas une véritable séparation, aucune ligne de partage entre lui et ces lourdauds quasiment sans vie qui titubaient sans but dans la 14e Rue. S'il ratait quelques repas, s'il ne s'alimentait pas régulièrement, il deviendrait exactement comme eux.

Il tomba à genoux comme il comprenait sa véritable nature. Les morts ravagés s'approchèrent, attirés par quelque instinct vacillant de se rassembler, et se tinrent autour de lui jusqu'à ce que leurs visages en décomposition flottent dans son champ de vision. Ils ne l'effrayaient plus.

Il était un mort-vivant. Il était l'un d'eux. Comme leurs mains se tendaient vers lui, il sut qu'ils ne l'attaquaient pas : ils n'avaient plus l'intelligence nécessaire pour commettre une agression. Ils tendaient la main vers lui en un geste de solidarité. Ils savaient ce qu'il était.

Gary était un monstre, lui aussi.

Le mort sans paupières le regardait avec une candeur, une innocence, que Gary était stupéfait de ne jamais avoir vues auparavant. Il n'y avait là aucun mal, aucune horreur. Juste un simple besoin. Leurs visages étaient à quelques centimètres seulement les uns des autres. Gary pencha la tête en avant et approcha son front de celui de l'autre.

Quand il se fut ressaisi, il ordonna à la femme sans visage de l'aider à se mettre debout, et elle obtempéra. *Venez*, leur dit-il, exactement comme son mystérieux bienfaiteur l'avait appelé. Ensemble, le petit groupe, Gary et les morts dénués d'intelligence, prirent la direction du nord vers le centre-ville. C'était si agréable de ne plus être seul.

Gary avait une nouvelle vie, et à présent, un but également. Il allait trouver cet étrange homme tatoué et apprendre ce que celui-ci savait. Gary avait un si grand nombre de questions et, pour quelque raison, il était convaincu que le Bienfaiteur aurait des réponses. Il conduisit son petit groupe en se dirigeant résolument vers le nord, vers le centre-ville. Ils arriveraient au parc bientôt. Était-ce leur destination ? Dans un sens, cela n'avait aucune importance. D'une façon plutôt tranquille, le trajet se termina.

Quand il eut la vision de nouveau, le visage de l'homme était empreint d'inquiétude.

— *Tu te rapproches, mais sois prudent. Je crois qu'on va t'attaquer.*

— *Hein?* demanda Gary.

Mais la vision disparut. Il se tourna pour regarder l'homme sans nez sur sa droite, se demandant si l'autre mort avait vu l'apparition ou si c'était juste une couille dans son système nerveux.

La goule à l'air surpris regardait fixement vers quelque chose à mi-distance. Avant que Gary puisse parler, l'homme s'affaissa sans vie sur le sol. Gary baissa les yeux et vit la blessure par balle à l'arrière de la tête du mort longtemps avant d'entendre la détonation.

La balle suivante toucha le trottoir et fit voler des éclats de béton sur les pieds de Gary. On lui tirait dessus.

— Putain, ça va pas recommencer, gémit-il.

4.

Je me rasai avec un rasoir électrique branché sur une boîte de dérivation dans la timonerie du bateau. Chaque fois que j'actionnais ou débranchais le rasoir, je recevais une petite décharge mais c'était plus sûr que de se servir d'un rasoir à manche sur un bateau qui tanguait et, quand j'eus terminé, je me sentis rassuré à mon sujet et à celui des chances de la mission.

Ce qui ne veut pas dire, pensai-je, tandis que je rinçais le rasoir avec de l'eau puisée dans l'Hudson, *que tout serait facile. Juste que nous n'allions peut-être pas tous mourir.*

Quand j'eus fini, je demandai mes plans de New York. Je les étudiai un long moment, en songeant qu'il devait y avoir une meilleure façon de procéder. Il y avait des hôpitaux partout dans la ville. La plupart se trouvaient sur l'East Side, ce qui signifiait qu'il était impossible d'y accéder à cause de la masse des cadavres humains qui obstruaient l'East River. Tous ces hôpitaux, je le savais, avaient certainement été pillés au cours de l'évacuation.

Néanmoins, il restait un endroit où nous pourrions trouver les médicaments dont nous avions besoin. Le bâtiment des Nations unies. Mon premier choix. Il était également impossible d'y accéder depuis le fleuve.

— Osman, criai-je en me levant, venez regarder ceci.

Je lui montrai mon plan et indiquai notre prochain arrêt : la 42e Rue dans le centre-ville. Il examina le West Side, lisant les noms des buildings.

— Le quartier des théâtres, lut-il à voix haute. Dekalb, vous voulez vous faire engager pour un spectacle ?

Je fis courir un doigt tout le long de la 42e, d'ouest en est. La rue s'étendait sans interruption depuis l'Hudson, passait à proximité du complexe des Nations unies, et aboutissait à FDR Drive.

— C'est une rue importante avec des trottoirs larges, moins de risques de se faire coincer. C'était l'une des rues les plus animées au monde, avant l'Épidémie, elle n'est peut-être pas encombrée d'épaves de voitures. Les autorités ont essayé de la maintenir dégagée quand elles ont évacué les survivants.

Le capitaine se contenta de me regarder. Il ne comprenait pas, ou il ne croyait pas que j'étais disposé à faire ça. Mais tant que je n'aurais pas ces médicaments, je ne pourrais pas rentrer. Je ne reverrais pas ma petite Sarah, ne pourrais pas voir de mes propres yeux qu'elle allait bien. J'étais prêt à faire n'importe quoi pour cela.

— Nous pouvons nous rendre à pied d'ici jusqu'aux Nations unies en deux heures. Trouver les médicaments et revenir. Cela nous prendra moins d'une journée.

— Vous oubliez que les morts sont revenus à la vie, fit Osman. Par millions. C'était une rue très animée, autrefois ? Je peux vous certifier qu'elle le sera toujours.

Je grinçai des dents.

— J'ai une idée sur la façon dont nous pouvons procéder.

À présent que Gary était mort. À présent que nous étions certains que les morts-vivants étaient tous stupides. Suffisamment stupides. Je regardai la ville, mais pas les buildings ou les rues hantées. Là-bas. Je montrai du doigt un quai en bois délabré, rongé par les intempéries, et en métal rouillé qui s'avançait vers le fleuve.

— Notre premier arrêt sera la jetée des Services sanitaires. Ils doivent avoir ce qu'il nous faut.

Osman était peut-être déconcerté, mais il se pencha sur ses manettes et fit avancer le chalutier. Nous accostâmes le long d'une barge d'ordures à moitié remplie, les filles en position le long du bastingage, leurs fusils dépassant comme des rames du flanc du bateau. Sur le toit de la timonerie, Mariam cria qu'elle ne voyait aucun signe de mouvement nulle part sur la jetée.

— On collectait ici les déchets de la ville, dis-je à Ayaan comme nous amarrions le chalutier au flanc de la barge. Très facile d'y accéder depuis le fleuve, mais depuis la rive c'est une forteresse. Ils ne tenaient pas à ce que quelqu'un entre et tombe malade – il y avait des menaces de poursuites judiciaires –, alors l'endroit devrait être toujours sûr.

Elle ne répondit pas. Ce n'était pas nécessaire. Nous savions tous les deux qu'il n'y avait plus d'autorités dans cette ville depuis longtemps. Les morts pouvaient aller n'importe où s'ils étaient suffisamment tenaces. Ils auraient pu sauter dans l'eau puis se hisser en haut du flanc de la barge. Ils auraient pu escalader la clôture sur la rive. Les morts-vivants n'étaient pas de grands grimpeurs, d'après ce que j'avais vu, mais s'il y avait eu quelque chose de vivant sur la jetée – quelque chose qu'ils pouvaient manger –, ils auraient trouvé un moyen.

Cinq des filles sautèrent dans la barge, puis de la poupe directement sur la jetée. Elles se protégeaient entre elles, l'une s'avançant pendant que les autres la couvraient. Je les suivis, comme toujours, légèrement crispé mais pas trop inquiet. La plus grande partie de la jetée était à ciel ouvert, une zone de grues sales, de treuils et d'énormes camions-bennes cabossés. Du métal rouillé partout. Je dis aux filles de faire attention car il était peu probable qu'elles aient reçu des vaccins antitétaniques. Elles hochèrent la tête mais elles étaient trop jeunes pour se préoccuper de ce genre de choses. Tout au bout de la jetée, nous trouvâmes une baraque préfabriquée avec une porte cadenassée. « ÉQUIPEMENT DE SÉCURITÉ » avait été marqué au pochoir à côté de la porte avec une peinture argentée qui avait dégouliné. Exactement ce que je cherchais.

Je trouvai une barre métallique à peu près aussi longue que mon bras et l'enfonçai dans la boucle du cadenas bon marché. Deux tractions et il céda, envoyant des vibrations dans mon bras tandis que des morceaux du cadenas s'envolaient. Ils étincelèrent au soleil près de mes pieds.

À l'intérieur de la baraque, un rayon de lumière s'étendait comme une bande sur le sol. Des grains de poussière tournoyaient dans l'air. Je repérai un bureau avec une petite lampe de lecture, encombré de formulaires à moitié remplis. Un flacon de collyre liquide en cas d'urgence et une grosse trousse de premiers secours. Fathia la prit et l'emporta jusqu'au bateau. Nous en aurions peut-être besoin avant que ceci soit terminé. Tout au fond de la baraque, il y avait une rangée de trois armoires métalliques fraîchement peintes. Je tirai sur la clenche de la plus proche et les filles se mirent à crier. Leyla leva son fusil et envoya une demi-douzaine de balles sur la forme humaine qui basculait de l'armoire.

— Arrête ! criai-je, en sachant que c'était trop tard.

Je ramassai la combinaison jaune vif – vide – sur le sol et passai un doigt dans le trou causé par une balle dans son masque. « NIVEAU A/CAPSULAGE COMPLET », indiquait une étiquette fixée sur la fermeture à glissière de la combinaison de protection. « ÉTANCHE AUX LIQUIDES ET AUX VAPEURS », m'assurait-elle. Eh bien, plus maintenant.

— Je vais en ouvrir une autre. Ne tirez pas cette fois, d'accord ? demandai-je.

Les filles acquiescèrent à l'unisson. Elles semblaient terrifiées, comme si l'armoire suivante pouvait libérer un oiseau magique qui s'envolerait et s'en prendrait à leurs yeux. Mais elle contenait une autre combinaison de protection, ainsi que la troisième armoire. J'en lançai une à Ayaan et elle me regarda d'un air étonné.

— Maintenant, il n'y a plus que deux combinaisons. Devine qui vient de se porter volontaire pour cette mission ? lui demandai-je.

Cruel, je sais. Toutefois, elle n'avait pas particulièrement fait preuve de cordialité à mon égard. Elle était également l'une des seules filles sur qui je pouvais compter pour ne pas paniquer au cas où nous serions confrontés à une foule de morts-vivants, protégés uniquement par trois couches de Tyvek de qualité industrielle. Le Tyvek, bien sûr, étant une forme très high-tech de *papier*.

— Normalement, lui expliquai-je, ces combinaisons protègent des produits contaminés. Cette fois, elles retiendront notre odeur. Les morts n'attaquent pas quelque chose qui a une odeur de plastique et ressemble à un Teletubby.

— Tu le penses, ou tu le sais ? demanda-t-elle en tenant à bout de bras la volumineuse combinaison jaune.

— Je compte là-dessus, dis-je.

C'était le mieux que je pouvais offrir.

Nous emportâmes les combinaisons jusqu'au bateau et dîmes à Osman de se diriger vers le nord jusqu'à la 42e Rue. Il y avait un tas de choses à faire. Nous devions stériliser l'extérieur des combinaisons, lire le livret d'instructions, et ensuite nous entraîner à mettre et à utiliser le système de circulation de l'air de l'appareil respiratoire autonome, et apprendre à revêtir les combinaisons (un travail qui nécessitait deux personnes) sans contaminer la surface. Nous devions nous exercer à nous parler à travers les masques en Mylar et même à marcher sans trébucher sur les jambes trop amples des combinaisons.

J'avais eu droit à un cours accéléré sur la façon d'en utiliser une de niveau B quand je menais une enquête sur les installations nucléaires à usage militaire en Libye. Il y avait eu un séminaire de huit heures avec des présentations PowerPoint et un examen oral comportant trente questions à la fin. J'avais été très attentif, car un trou dans cette combinaison pouvait signifier une exposition à des substances carcinogènes. Cette fois, le plus petit accroc dans la combinaison signifierait à coup sûr être attaqué et dévoré par les morts affamés. Je veillai à ce que nous nous entraînions consciencieusement.

5.

Gary s'écarta et la balle suivante le manqua complètement. Il jeta un regard à ses compagnons – l'homme sans nez et la femme sans visage – et leur fit signe de se disperser et de se mettre à l'abri. Ils lui transmirent leur incapacité à suivre ses ordres – ils étaient dépourvus de l'intelligence nécessaire pour identifier ce qui était abrité et ce qui ne l'était pas – et il perdit une autre seconde à leur dire mentalement de se blottir derrière des voitures abandonnées. La violence du moment avait aiguisé son esprit d'une manière ou d'une autre, donnant un fort contraste à tout ce qui l'entourait.

— Kev – je recharge – dégomme celui-là ! cria un humain vivant.

Gary pivota dans la direction de la voix et aperçut un type robuste aux cheveux frisés bruns coupés court qui se tenait derrière le store d'une boutique. L'homme vivant, nerveux, se démenait avec la culasse d'un fusil de chasse à canon long qui ressemblait à un bâton dans ses mains énormes. Il portait une chemise havane froissée et un badge d'identification qui indiquait « BONJOUR JE M'APPELLE Paul ». Ils étaient au moins deux, en déduisit Gary, ce Paul et un autre qui s'appelait Kev. Gary s'avança plus près du tireur et envoya des instructions à ses compagnons pour qu'ils se déploient et essaient de prendre de flanc les assaillants.

Quelque chose frôla ses yeux en bourdonnant. Un moustique, peut-être, mais quand il suivit sa trajectoire, cela se termina en un cratère dans une vitrine en verre de sécurité à peine plus large que l'ongle de son auriculaire. Pas une balle, décida Gary, mais un projectile, en tout cas.

Il se rendit compte pour la première fois que lui-même était complètement à découvert. Il se réfugia dans l'ombre d'un immeuble et scruta la rue à la recherche de solutions. Il ne pouvait pas courir, ses jambes lui donnaient l'impression d'être des morceaux de bois mort chaque fois qu'il essayait. Il ne pouvait pas riposter. Même s'il avait possédé une arme, ses mains tremblaient bien trop pour cela. Il allait devoir tenter de prendre de flanc ces survivants et de les neutraliser. Se connectant à la longueur d'onde des morts, Gary dit à ses compagnons de s'éloigner dans la rue dans les deux sens. Il fut obligé de leur rappeler de baisser la tête. Il ramassa une canette de soda vide sur la chaussée et la lança de toutes ses forces dans la direction du tireur invisible.

Cela eut le résultat désiré. Le tireur – son badge d'identification indiquait « BONJOUR JE M'APPELLE Kev » – surgit de derrière une boîte aux lettres comme s'il avait été piqué par une abeille.

— Paul ! cria-t-il. Il faut foutre le camp d'ici !

Paul leva son fusil et le pointa dans la direction de Gary, mais ne tira pas.

— Il est là-bas quelque part. Tu le vois ?

— Laisse tomber ! Ils sont partout !

Kev fonça vers le flanc d'une limousine abandonnée et ouvrit la portière à la volée. Il grimpa à l'intérieur du véhicule et Gary ne vit plus que le long canon mince d'un fusil qui dépassait. L'arme ressemblait à un jouet.

Nom d'un chien, ce n'était tout de même pas un flingue à air comprimé ? Gary réprima une envie d'éclater de rire. L'ombre offrait une légère protection, mais Paul semblait prêt à tirer sur tout ce qui bougeait. Le survivant n'avait pas l'intention de s'enfuir, ce qui signifiait que Gary était de nouveau dans une impasse.

Il étendit sa conscience vers l'extérieur, capta le système nerveux des autres morts. Pas uniquement ses compagnons de route. Il avait besoin de renforts. Heureusement, il n'eut pas à étendre sa conscience très loin. Il perçut un groupe de morts juste à quelques blocs de là, rassemblés autour des restes tordus d'un stand de hot-dogs incendié. C'était difficile de maintenir le contact avec ceux-là – contrairement à la femme sans visage ou à l'homme sans nez, ce nouveau groupe avait mangé récemment et était donc plus fort –, mais il savait comment attirer leur attention.

— *Nourriture*, leur chuchota-t-il, *de la nourriture ici. Venez ici, il y a de la nourriture.*

Paul tira et une vitre près de la tête de Gary s'effondra en fragments. Gary pensait que le type robuste tirait au jugé, mais il ne pouvait en être sûr. Les renforts n'arriveraient pas avant plusieurs minutes, trop tard pour être d'une aide quelconque, probablement. Il devait tenter sa chance et attaquer tout seul.

Sans Visage se leva de l'endroit où elle s'était cachée. Paul pivota avec une grâce qu'aucun des morts-vivants ne pouvait égaler et logea une balle au milieu de la poitrine de la femme. Elle se baissa de nouveau, obéissant à l'ordre de Gary, amochée, mais pas mortellement, et Paul porta une main à ses yeux, essayant de voir ce qui s'était passé. Il devait se demander s'il l'avait descendue ou non.

Gary n'avait pas l'intention de se laisser découvrir. Il bougea aussi vite qu'il le pouvait et se faufila derrière des voitures, et, quand Paul regarda de nouveau dans sa direction, Gary avait disparu.

Kev passa la tête hors de la limousine, mais Sans Nez était déjà là. Gary lui envoya un ordre et Sans Nez claqua violemment la portière, repoussant Kev en arrière dans l'habitacle. Cela ne prendrait qu'un moment au survivant pour la rouvrir, mais durant cette seconde Gary se rapprocha un peu plus de Paul.

— Bordel de merde, fit ce dernier en regardant la limousine qui tanguait sur ses pneus affaissés. Qu'est-ce que tu fous, Kev ? Nous avons des types morts, ici, tu as oublié ?

La lunette arrière en verre teinté de la limousine vola en éclats. Le fusil à air comprimé apparut, puis le survivant entreprit de s'extirper du véhicule, son arme pointée devant lui.

— On est dans la merde ! cria Kev. Ils sont organisés !

Gary leur réservait une autre surprise. Il s'était rapproché pendant qu'ils s'interpellaient. Il se tenait désormais directement devant Paul, assez près pour voir les lèvres foncées du survivant former un juron muet. On leva le fusil de chasse et Gary saisit le canon. Alors même que Paul tirait il l'abaissa violemment et la balle explosa contre son sternum. Une douleur – réelle – vibra dans le corps de Gary et sa chemise prit feu là où il avait été touché, mais il ne tressaillit même pas.

Parfaitement calme, il arracha le fusil des mains de Paul et le lança derrière lui dans la rue. Il appela ses compagnons : Sans Nez et Sans Visage s'avancèrent vers Kev. Le fusil à air comprimé claqua à deux reprises et Sans Nez oscilla sur ses pieds comme les petits projectiles ricochaient sur son front mais, un instant plus tard, les deux morts-vivants maintenaient le survivant, qui était de petite taille. Ils n'essayèrent pas de le mordre, mais lui tordirent simplement les bras dans le dos. Gary exprima son approbation et sentit que Sans Visage essayait de sourire, les muscles à nu de son visage esquissant un rictus obscène.

— Bon, tu es foutu maintenant, d'accord ? dit Gary à Paul. Nous pouvons peut-être faire ça en douceur. J'étais médecin…

Le visage de Paul se rembrunit, exprimant de nombreuses, nombreuses questions.

— *Tu* étais médecin ?

Gary éclata de rire.

— Je sais, je sais. Je me battais pour sauver des vies, et maintenant je les supprime. C'est foutrement ironique. Je pourrais juste t'arracher la tête.

Le survivant blêmit et Gary comprit qu'il avait probablement violé une règle tacite de doigté observée entre des prédateurs et leur proie.

— Je promets de faire ça d'une façon aussi indolore que possible, déclara-t-il. (Il se tourna vers Sans Visage et Sans Nez.) Il a bien essayé de nous tuer avec un flingue à air comprimé ?

Ce fut Kev qui répondit.

— Si je t'avais atteint dans les yeux, tu ne rirais pas ! Paul, tu dois m'aider ! Débarrasse-moi de ces choses !

Paul s'humecta les lèvres. Ses yeux brillaient.

— Disons les choses clairement. Tu as l'intention de nous manger tous les deux, exact ?

— Ouais, admit Gary, se demandant où cela allait les mener.

— Et je ne peux absolument rien faire pour te faire changer d'avis.

Gary haussa les épaules.

— Vous *avez* essayé de nous tuer. C'est de bonne guerre, non ?

— Bien sûr, dit Paul. Bon, dans ce cas… Hé, qu'est-ce que c'est ?

Gary suivit du regard le doigt que pointait Paul, et le survivant robuste en profita pour plaquer une main sur son visage et le pousser en arrière violemment. Gary s'étala de tout son long. Le temps qu'il se ressaisisse, il vit seulement le dos de Paul qui fonçait dans la rue, détalant comme un lapin.

Gary ne s'était pas senti aussi humilié depuis les parties de balle au prisonnier à l'école. Mais il eut sa revanche. Une dizaine de morts-vivants vigoureux et bien nourris tournèrent le coin juste à ce moment, répondant à son appel précédent. Paul tenta de les contourner mais une morte aux énormes ongles cassés agrippa son ventre comme il passait près d'elle. Il fit encore quelques pas avant de s'arrêter et de baisser les yeux. Le devant de sa chemise était rouge de sang. Il regarda dans la direction de Gary comme s'il implorait le médecin d'intervenir, juste un instant avant que sa peau fendue éclate et que ses intestins se répandent en fumant sur l'asphalte.

Les morts convergèrent sur lui. Il voulut courir de nouveau, mais l'un d'eux ramassa une boucle de son intestin grêle et entreprit de le mâcher. Paul trébucha et tomba sur le visage. Avec une lenteur douloureuse, les morts le tirèrent sur la chaussée, le ramenant vers eux comme un poisson au bout d'une ligne. Quand il fut assez près – il hurlait, donnait des coups de pied, mais était affaibli par la perte de sang – les morts-vivants s'accroupirent autour de son corps frissonnant et arrachèrent à tour de rôle de gros morceaux de son visage. Finalement, il se tut.

Gary se tourna pour faire face à l'autre survivant. Sans Nez et Sans Visage le regardèrent comme il s'approchait. Lui n'avait d'yeux que pour Kev. Le visage du survivant luisait de sueur et sa bouche ne semblait plus vouloir se fermer.

— Tu… tu as dit que tu ferais ça d'une façon indolore, tu te souviens ?

— Dans la mesure du possible, répondit Gary, mais, tu sais, oups ! (Il leva les bras et baissa les yeux vers ses poches.) J'avais oublié. Je suis à court d'anesthésiques.

Il se jeta en avant et enfonça profondément ses dents dans le cou de Kev, puis secoua la tête une fois qu'il eut une prise solide sur la jugulaire de l'homme afin de lui arracher la gorge en un seul morceau sanglant.

6.

Nous repérâmes l'*Intrépide* à moins d'un kilomètre de distance mais j'étais le seul à savoir ce que c'était jusqu'à ce que nous soyons quasiment sous son ombre gris terne. Une fois qu'Osman eut un bon aperçu du porte-avions désarmé, il commença à se frotter la joue d'un air ravi.

— Nous pourrions… nous pourrions le prendre, à votre avis ?

Je secouai la tête mais il ne se découragea pas pour autant.

— Je ne pense pas qu'il manquerait à votre marine, Dekalb, suggéra-t-il.

Je lui souris.

— Il est à moitié enlisé dans le lit du fleuve. Ils ont été obligés de draguer l'Hudson pour le remorquer jusqu'ici.

Je levai les yeux vers les avions historiques arrimés sur le pont. J'étais conscient de la valeur militaire de ce bâtiment, après tout ce que nous avions traversé, mais, franchement, tout ceci était un nouveau genre de conflit. Les chasseurs à réaction et l'artillerie navale étaient obsolètes, désormais.

Juste au sud du porte-avions, nous accostâmes à la jetée Circle Line, le quai 83 en face de la 42e Rue. Les ferries avaient tous disparu, bien sûr, ainsi que les touristes qui attendaient souvent des heures pour faire la visite du port de New York. Les morts les avaient remplacés, ils franchissaient en foule les barrières d'accès, se bousculaient entre eux pour être les premiers à arriver jusqu'à nous.

Les filles prirent position le long du bastingage pendant qu'Ayaan et moi nous aidions mutuellement à enfiler les combinaisons de protection. C'était une opération qui exigeait deux personnes – une fois dedans, il fallait tirer les fermetures à glissière – mais nous ne pouvions laisser personne d'autre nous toucher. Tout contact humain avec l'extérieur des combinaisons nous aurait contaminés. Cela nous aurait donné une odeur de déjeuner. Osman et Yusuf nous observaient avec une impassibilité qui résultait, je le savais, de leur conviction que nous les quittions pour de bon. Je ne fis pas attention à eux et concentrai mon attention sur Ayaan. Nous enfilâmes nos gants, puis je répandis du chlorure décolorant sur nos mains. Je fixai l'appareil respiratoire autonome d'Ayaan sur son masque et le posai sur sa tête, et elle me rendit le même service. Nous enfilâmes laborieusement les combinaisons et remontâmes les fermetures à glissière hermétiques, puis nous rabattîmes les pattes de protection en Velcro. Je testai mes valves et mes joints d'étanchéité et branchai l'arrivée d'air interne avant que l'intérieur de ma combinaison soit mal ventilé. Nous disposions de douze heures d'autonomie avant d'être obligés de changer les réservoirs, opération qui ne pouvait être effectuée sur le terrain. Un laps de temps très court.

— Prête ? lui demandai-je.

Elle mit en bandoulière son AK-47 stérilisé et régla la bretelle avant d'acquiescer de la tête. À travers la large ouverture de son masque, je vis qu'elle paraissait calme et disciplinée. En d'autres termes, elle était l'Ayaan habituelle.

Sous le commandement de Fathia, les filles pointèrent leurs fusils et tirèrent une brève rafale sur la foule de *xaaraan* qui nous attendait. Quelques-uns tombèrent et d'autres se contentèrent de tourner sur eux-mêmes et de prendre un air décontenancé, un moment avant de revenir à leur faim dévorante. Elles tirèrent une autre salve et les morts s'agitèrent, poussant plus fort sur les barrières d'accès. Certains se faufilèrent au travers et tombèrent dans l'eau. Les tirs eurent le résultat escompté, à savoir détourner leur attention tandis que nous débarquions discrètement. Nous avançant rapidement tout en en faisant attention à ne pas déchirer nos combinaisons sur des éclats de bois, Ayaan et moi abaissâmes une passerelle étroite vers la rive et la franchîmes en hâte. Osman et Yusuf étaient prêts et poussèrent le panneau d'aggloméré dans l'eau dès que nous fûmes sur la terre ferme. Nous ne nous attardâmes pas et nous dirigeâmes en hâte vers le front de mer du côté opposé à l'aire d'attente.

Un mort avec des chaînes en or emmêlées dans les poils frisés de sa poitrine vint vers nous, les bras écartés, agitant ses jambes sous lui comme il essayait de courir. Ayaan braqua son arme mais je posai une main gantée sur le canon et secouai la tête. Elle n'avait guère besoin que je lui remémore notre accord – elle devait tirer uniquement en cas de force majeure, pour éviter d'alerter les morts par le vacarme de ses coups de feu –, mais cela me rassura. En la calmant je me calmai moi-même et j'en avais besoin en ce moment. Je sentais ma peau qui essayait de se dérober au cadavre animé tandis qu'il s'approchait d'un pas lourd.

Il tendit une main et agrippa ma manche et je pensai que c'était terminé, que j'avais fait une sorte d'erreur funeste. Le mort percevait peut-être la force de vie dont Gary avait parlé, peut-être pouvait-il voir à travers les combinaisons. Je m'armai de courage en attendant ce qui allait certainement se produire : la lutte, la morsure, la sensation de ma chair arrachée de mes os. Je fermai les yeux et essayai de penser à Sarah, en lieu sûr.

Le mort m'écarta d'une poussée et passa entre Ayaan et moi en titubant. Nous nous trouvions sur le chemin de son véritable but : les filles sur l'*Arawelo*. J'écoutai pendant une minute ou deux la lourde respiration cyclique de mon appareil autonome, content d'être toujours en vie. Quels que soient les sens spéciaux que les morts avaient peut-être, ils ne pouvaient pas voir à travers les combinaisons. De fait, mon plan avait une chance de réussir.

— Dekalb, dit Ayaan, sa voix brouillée par les couches de plastique qui nous séparaient, nous respirons un air d'emprunt.

Je hochai la tête et nous nous mîmes en route.

Nous traversâmes l'artère du West Side, en nous faufilant précautionneusement entre les voitures abandonnées pour ne pas déchirer les combinaisons, puis les buildings de la 42e Rue nous entourèrent comme les murs d'un labyrinthe. J'avais espéré que la rue ne serait pas obstruée par des voitures et pour une fois j'avais eu raison, à une exception près : un véhicule blindé de transport de troupe était arrêté de biais en plein milieu. Il avait percuté un kiosque à journaux, éparpillant partout des numéros sur papier glacé de *Maxim* et de *Time Out New York*, les pages agitées par une légère brise. J'eus envie de vérifier si le véhicule blindé était en état de fonctionner, mais Ayaan fit remarquer à juste titre que si son arme faisait trop de boucan, le bruit d'un gros moteur diesel démarrant brusquement serait tout à fait inacceptable.

Nous contournâmes prudemment l'arrière ouvert du véhicule. Nous nous souvenions probablement tous les deux des flics antiémeutes cuirassés à Union Square.

Les soldats de la garde nationale ne surgirent pas devant nous, mais il ne nous fallut pas longtemps pour les trouver. Trois d'entre eux, portant toujours leur cuirasse Interceptor et leurs casques antibalistiques, se querellaient autour d'une poubelle à mi-distance du bloc. L'objet de convoitise avait certainement été fouillé des semaines auparavant, pourtant, ils continuaient à se disputer son contenu. L'un d'eux saisit une brassée d'ordures et s'assit lourdement sur le trottoir, reniflant avec avidité et léchant du papier journal jaune desséché et du plastique luisant. Un autre pêcha une vieille canette de soda. La peinture rouge sur le côté avait disparu avec le temps, la laissant argentée et sans signes distinctifs. Espérant peut-être récupérer une dernière gouttelette d'eau sucrée, il enfonça son doigt à l'intérieur de la canette, et l'y coinça. Il secoua sa main violemment, essayant de sortir son doigt, mais celui-ci resta coincé.

Cela semble presque comique, maintenant que je décris cette scène, mais sur le moment, eh bien, on ne se moque pas des morts. C'est moins une question de respect que de peur. Quand on a affronté des cadavres animés, on est obligé de les prendre au sérieux. Ils étaient trop dangereux et trop horribles pour les traiter à la légère.

Sauf, bien sûr, s'ils étaient capables de parler. Cette pensée me fit tressaillir. J'avais commis une grave erreur en faisant confiance à Gary. Je ne m'attardai pas, ne serait-ce que pour regarder les soldats de la garde nationale. Nous poursuivîmes, passâmes devant les théâtres et leurs affiches bariolées vantant des spectacles qui n'avaient plus de sens, désormais. Sous les marquises, les morts grattaient çà et là, à la recherche de nourriture. Nous aperçûmes une femme d'un certain âge, aux cheveux bleus et avec un foulard de couleur autour du cou, allongée face contre terre sur le trottoir. Ses bras osseux étaient enfoncés à l'intérieur de la grille de regard d'un égout et attrapaient des araignées dans l'obscurité en dessous. Toutes les bennes à ordures résonnaient des morts à l'intérieur qui fouillaient, à la recherche d'un dernier morceau de nourriture.

Le plus pathétique de tout, c'était les plus faibles. Pour une raison ou pour une autre ils ne pouvaient pas lutter pour grappiller la moindre nourriture disponible. Certains avaient des membres en moins ou étaient trop petits ou trop maigres pour se battre avec les autres. Beaucoup d'entre eux avaient été des enfants. Ils étaient reconnaissables par la peau flasque et marbrée de leur visage, et par leurs lèvres racornies qui s'étaient desséchées et laissaient leurs dents découvertes en permanence en des grimaces brisées. Ils faisaient tout leur possible pour continuer à se nourrir mais cela ne représentait pas grand-chose. Nous vîmes une fille de l'âge d'Ayaan qui grattait le lichen vert poussant sur un mur de brique. D'autres rongeaient de façon décousue l'écorce d'arbres morts ou mâchaient des touffes d'herbe desséchée, et une pâte verte coulait de leurs mâchoires en action. Ce n'était qu'une question de temps, je le savais, avant que même les morts les plus robustes en soient réduits à des expédients de ce genre. Il y avait une réserve limitée de nourriture dans la ville, même en interprétant largement ce terme. Pour une raison inconnue, ils ne se mangeaient pas entre eux, aussi était-ce tout ce qui leur restait.

Ainsi donc, c'était ça l'avenir. Le reste de l'Histoire dans un nouveau paragraphe : un visage humain qui mâchonnait une botte en cuir, pour toujours. Je gardais la tête baissée et Ayaan faisait de même. Nous ne nous arrêtâmes pas pour réfléchir davantage tandis que nous marchions péniblement vers l'est, respirant de l'air en conserve et écoutant le crissement de nos combinaisons.

7.

Quand Gary atteignit Central Park, l'endroit était devenu un désordre indescriptible. Une mer de boue, interrompue ici et là par une mare d'eau stagnante, rendue huileuse par le chatoiement arc-en-ciel de la pollution chimique. Des fragments d'os, immangeables même selon les critères très imprécis des morts-vivants, s'étaient entassés dans ces dépressions du terrain semblables à des fossés. Il n'y avait d'herbe nulle part, les morts l'avaient dévorée par poignées entières. D'innombrables arbres brisés et affaissés dressaient vers un ciel couvert des branches sombres, telle une supplication. Ils étaient pulpeux et blancs là où l'écorce avait été rongée sur le bois. Sans le réseau de racines des plantes vivantes pour la maintenir compacte, la terre elle-même sous Central Park s'était révoltée, répandue comme de la boue chaque fois qu'il pleuvait. Les larges avenues s'étaient transformées en des rivières remplies d'une eau sombre et tourbillonnante. Les clôtures qui divisaient autrefois le parc en des aires de loisirs distinctes avaient été vaincues par la force impétueuse de l'eau et de la boue et gisaient à présent, tordues et semblables à de longues rangées de fil de fer barbelé qui rouillaient au soleil. Ici et là, des réverbères sortaient de biais du sol boueux telles les pierres tombales d'un vieux cimetière abandonné. Les allées pavées ou sablées qui sillonnaient jadis d'agréables clairières avaient complètement disparu. Un raz de marée de sédiments avait déferlé jusqu'à la 6e Avenue. Ils s'étaient accumulés dans les caniveaux et avaient laissé de larges traînées marron en des cônes soigneusement ramifiés vers le bas de la rue, emportant des voitures et les fracassant contre des immeubles, un bloc plus loin, en des amoncellements de métal tordu et sale et de verre brisé.

Il conduisit Sans Nez et Sans Visage vers l'étendue marron du parc et sentit ses pieds s'enfoncer de deux bons centimètres dans le sol mou. Pendant le temps qu'il avait mis à avancer péniblement dans cette plaine maussade, Gary s'était senti complètement perdu. Il apercevait les buildings de la ville autour de lui dans toutes les directions, excepté vers le nord. La géométrie rudimentaire de la ville déserte ressemblait à celle de chaînes de montagnes abstraites, qui l'oppressaient. Il se sentait seul, mais on l'observait. Le mystérieux bienfaiteur l'attendait quelque part au-delà du mamelon de terre suivant.

Depuis qu'il avait mangé, ses idées étaient plus claires. Il s'était défait de la demi-transe qui l'avait recouvert tel un suaire depuis qu'il avait recouvré ses forces au sous-sol du *Virgin Megastore* et, à présent, il avait le temps de réfléchir à l'endroit où on le conduisait.

Quelqu'un – une créature anonyme – était venu vers lui dans des instants de très grand péril et lui avait appris à s'ouvrir à quelque chose de plus grand que lui-même, à se connecter avec les innombrables systèmes nerveux des hommes et des femmes morts. Grâce à cette connexion, il avait puisé l'énergie nécessaire pour se maintenir animé, même après avoir reçu une balle dans la tête. En échange de ce savoir, le bienfaiteur inconnu avait demandé à Gary de le rejoindre et celui-ci s'était mis en route immédiatement pour lui obéir. Cependant, à présent qu'il pouvait penser un peu plus clairement, il se demandait vers quoi il marchait. Ce ne pouvait pas être une personne vivante : aucun être vivant n'aurait pu avoir accès au réseau de la mort, Gary en avait la certitude, et de toute façon pourquoi quelqu'un de vivant voudrait-il aider un monstre comme Gary à survivre ?

Toutefois, si le bienfaiteur était mort, que pouvait-il bien vouloir de Gary ? Même si l'autre avait préservé son intelligence d'une manière ou d'une autre comme Gary l'avait fait, il partagerait néanmoins la biologie et la psychologie de tous les morts. Les morts n'étaient poussés que par la seule nécessité de se nourrir. Cela semblait absurde, mais Gary était convaincu qu'il se dirigeait vers l'endroit où il serait mangé. Une livraison à domicile de plats à emporter.

Si c'était exact, s'il avait été épargné uniquement pour servir de repas à un mort encore plus futé que lui, Gary était néanmoins incapable de s'arrêter. Il ne cessait de décoller ses pieds de la fange pour faire un autre pas. Derrière lui, Sans Nez et Sans Visage le suivaient sans une plainte ni la moindre question.

Le soleil était monté plus haut dans le ciel lorsqu'ils aperçurent enfin un changement dans la monotonie de l'étendue boueuse du parc. Le zoo apparut sur leur droite, ses bâtiments toujours debout, bien que à moitié enterrés dans une vase épaisse. Accueillant avec reconnaissance cette interruption dans la monotonie visuelle du parc, Gary fit signe à ses compagnons de poursuivre et se dirigea en hâte vers le labyrinthe des pavillons enlisés du zoo.

Il n'y avait plus d'animaux dans les cages, bien sûr, les morts n'en avaient fait qu'une bouchée. Ici et là des lambeaux de fourrure s'étaient pris dans le grillage des enclos ou dans le filigrane élaboré d'une clôture en fer forgé, mais c'était tout. De la même façon, les écriteaux d'explications et les tableaux interactifs étaient enfouis ou avaient été emportés depuis longtemps par un torrent de boue. Seules les barrières demeuraient visibles, un ensemble de cages vides qui découpaient la lumière de l'après-midi en de longues raies. Gary emmena ses compagnons dans de longues allées qui sinuaient entre ce qui avait été jadis des enclos pour babouins et pandas rouges et qui était désormais de simples rigoles de boue.

Désireux de voir quelque chose, il les emmena vers un pavillon orné de têtes sculptées d'éléphants et de girafes. Résolument fantasques à une autre époque, les bas-reliefs étaient devenus à présent des gargouilles hideuses souillées par les pluies abondantes et la rouille qui coulait des yeux des animaux comme des larmes de sang. Gary ne tint pas compte de la sensation glacée que l'endroit lui procurait et toucha les poignées en cuivre patinées de la porte du bâtiment.

Les battants s'ouvrirent brusquement avec une force qui le projeta en arrière sur une dizaine de mètres et le fit tomber sur le dos, son corps desséché traçant un grand sillon dans la boue. Sans Nez et Sans Visage se tournèrent pour le regarder, abasourdis, avec le même saisissement que devait refléter son propre visage. Qu'est-ce qui avait bien pu briser si violemment le calme du parc ?

Un mort nu sortit d'un pas lourd du pavillon des éléphants, ses mollets ressemblant à des poteaux télégraphiques. Il mesurait au moins trois mètres, un monticule tremblotant de chair blafarde sillonnée de veines noires. Il n'y avait pas le moindre soupçon de muscle sur le géant, juste de gros bourrelets de chair molle et pâteuse. Ses mains étaient boursouflées et quasiment inutiles, des ongles dont la taille était à l'échelle humaine profondément enfoncés dans l'extrémité de ses doigts gonflés. Sa tête de dimension normale était posée au milieu de la masse gélatineuse de son corps telle une bernacle obscène. Gary n'avait encore jamais vu quelque chose qui lui ressemble. Il accorda plus d'une seconde fugace à la pensée que c'était peut-être son bienfaiteur – et sa fin –, mais ce ne pouvait pas être le cas. Quand il tira sur les fils du réseau qui le reliait à tous les hommes et les femmes morts, il ne sentit aucune réaction d'intelligence chez cette brute.

Ce qu'il voyait dans son esprit était horrible à regarder – une énergie sombre, infiniment plus que cela ne semblait possible, une nuée d'orages qui se tordait et se convulsait, qui flamboyait et irradiait du géant en de grosses gouttes et pourtant ne diminuait jamais de force – une étoile noire. Il y avait également de la haine là, une haine rouge, primitive, à l'encontre de quiconque osait pénétrer dans l'enceinte du domaine de la brute.

La créature devant Gary n'avait pas commencé sa vie avec cette taille. Elle avait été un homme robuste, mais ni un culturiste ni un athlète : il avait été simplement l'un des premiers parmi les morts-vivants à trouver son chemin jusqu'au zoo. Il avait chassé les morts plus faibles quand ils arrivaient, mené des combats énergiques avec les plus forts et l'avait toujours emporté. Sa taille actuelle était simplement le résultat de ses repas, composés de viande en plus grande quantité et plus consistante que ce dont se nourrissaient tous ceux qui avaient essayé de le défier.

Il n'y avait plus d'éléphants dans le pavillon des éléphants, se rendit compte Gary, ou de girafes, ou d'hippopotames, de rhinocéros ou d'ours. Il était en train de regarder ce qui restait d'eux.

Le géant s'avança vers Sans Visage et Gary lui envoya un ordre urgent de reculer. Elle ne bougea pas assez vite et le géant la frappa sur le côté. Sans Nez tenta de le contourner mais il lui décocha un coup de pied et le projeta contre un mur de brique, produisant un bruit sourd et charnu. La créature voulait Gary à présent, et ne tolérerait aucun retard. Elle allait le déchiqueter, Gary le savait – non pour la nourriture, car les morts ne mangeaient jamais les morts – pour le seul affront d'avoir violé l'espace du géant.

Gary ne pouvait guère tenir tête au géant physiquement. Aussi leva-t-il les mains devant lui et caressa-t-il les fils qui les reliaient tous les deux dans un espace éthéré. C'était douloureux de toucher l'énergie forcenée du géant, mais Gary insista et tira durement, profondément, jusqu'à ce qu'il commence à siphonner cette chaleur insensée qui émanait de la brute.

Le géant était parfaitement incapable de comprendre ce qu'il se passait, mais il le sentit : ce devait être atrocement douloureux. Il inspira à pleins poumons, lutta contre ses bourrelets de graisse massifs pour faire entrer l'air puis expira en une plainte semblable à un klaxon. Gary se boucha les oreilles, de ce fait, il coupa sa connexion avec le géant. Durant un moment, le monde fut silencieux de nouveau. Puis le géant se tourna sur le côté et entreprit d'escalader une cage abandonnée, enfonçant ses doigts profondément dans le treillis métallique. Il s'éloigna de Gary aussi vite qu'il le pouvait.

Gary eut envie d'applaudir pour se féliciter tandis que le géant s'enfuyait à travers la plaine de boue à l'extérieur du zoo. Il faillit le faire, lorsque quelque chose comprima son cerveau endolori, comme pris dans un étau. Le Bienfaiteur, se demandant peut-être pourquoi il avait fait ce détour au lieu de suivre la route qui lui avait été indiquée.

—*Amaideach stocach!* hurla le Bienfaiteur.

La voix était celle de Gary, la même que celle qu'il avait entendue prononçant ses propres pensées, mais infiniment plus forte, déformée au point de ne pouvoir émaner de lui. Quelqu'un d'autre – le Bienfaiteur – criait dans l'oreille de son esprit. Les mots n'avaient aucun sens pour Gary, mais ils le transpercèrent comme une épée de feu et le projetèrent sur le sol où il resta étendu, en proie à une violente attaque, pendant un bon moment.

Quand il fut à même de se relever, il récupéra Sans Nez et Sans Visage (ils semblaient quelque peu dépenaillés après la lutte contre le géant, mais toujours mobiles) et se remit en route vers les quartiers résidentiels de la ville. Il n'avait aucune envie de défier de nouveau le Bienfaiteur.

8.

Nous restâmes au milieu de la chaussée comme nous approchions de la gare routière de Port Authority. C'était probablement le dernier secteur de la ville qui avait été évacué. Nous vîmes des monceaux de bagages – parfois juste des sacs-poubelle fermés avec du ruban adhésif, parfois de grandes piles de sacs à main Prada ou de valises Tumi – entassés sur le trottoir. Partout, des feuillets de papier avaient été collés sur les murs ou voletaient dans les rues telles des raies manta albinos qui donnaient aux gens les recommandations suivantes : « Restez groupés » et « Apprenez par cœur le numéro de votre groupe ! » Vers la fin, la gare routière avait dû être le seul moyen de quitter la ville. Je ne tenais pas du tout à y entrer pour voir ce qu'il était advenu de tous ces réfugiés saisis de panique. *Au mieux ce serait déprimant*, pensai-je, *au pire bouleversant.*

Puis nous dépassâmes la gare routière et arrivâmes à Times Square, où je découvris une nouvelle définition du mot « bouleversant ».

Cela semblera ridicule à certains, je sais, après toute la dévastation que j'avais constatée, mais Times Square était l'endroit le plus épouvantable que je voyais dans ce nouveau New York. Il n'y avait pas de monceaux de cadavres, pas de traces de pillage ou de panique. Il n'y avait qu'une seule chose qui n'allait pas avec ce Times Square.

Il était plongé dans l'obscurité.

Il n'y avait pas de lumières, nulle part, pas une seule ampoule. Je me tournai vers Ayaan, mais elle ne comprit pas, bien sûr, alors je me retournai et levai les yeux vers les vastes façades des buildings autour de moi. J'avais envie de lui expliquer qu'il y avait eu ici des écrans de télévision hauts de six étages. Que les lumières des néons avaient brillé, bougé et miroité avec un tel éclat que la nuit était alors transformée en une brume lumineuse bleue, différente de la lumière du jour, différente du clair de lune, quelque chose qui était complètement transcendant et localisé. Il y avait eu une loi exigeant que chaque building fournisse une certaine quantité de lumière de telle sorte que même le commissariat de police, les entrées du métro et le centre de recrutement militaire étaient illuminés comme les enseignes de Vegas. Mais comment aurait-elle pu comprendre ? Elle n'avait aucun point de comparaison, elle n'avait jamais vu les publicités géantes pour Samsung, Reuters, Quiksilver et McDonald's. Et à présent, elle ne les verrait jamais. Bouche bée, je tournai sur moi-même, si bouleversé que j'étais incapable de réfléchir. Le cœur de New York : c'était ainsi que les guides touristiques appelaient Times Square. Le cœur de New York avait cessé de battre. La ville, comme ses habitants, avait péri et n'existait plus à présent que dans un demi-état cauchemardesque, une non-mort non-vivante. Ayaan dut saisir ma main afin de m'entraîner à sa suite.

Nous passâmes entre les cinémas, puis nous vîmes le musée de Madame Tussaud sur notre droite. Des dizaines de mannequins en cire avaient été sortis dans la rue. Leur peinture avait été effacée par la pluie et leurs visages blancs à moitié fondus nous regardaient d'un air de reproche. Nous apercevions les grandes balafres inégales sur leurs gorges et leurs torses où les morts affamés les avaient mutilés, les prenant à l'évidence pour des êtres humains réels. Je continuai à regarder fixement les formes brisées quand j'entendis quelqu'un parler. Je croisai le regard d'Ayaan. Nous l'avions entendu tous les deux, ce qui signifiait que cette voix ne venait pas de nous.

Nous l'entendîmes de nouveau.

— Hé, les gars ! Par ici !

Le visage d'Ayaan prit une expression sévère. Dans cette ville hantée, la seule personne qui pouvait parler était Gary, mais il était mort depuis longtemps, à présent, enterré sous une avalanche de coffrets de DVD. Nous avions été là-bas, nous l'avions fait. Cela ne ressemblait pas à la voix de Gary, de toute façon. Pouvait-il s'agir d'un autre comme lui ? Si c'était le cas, nous avions de gros ennuis.

— Des gens vivants, mec ! Des survivants ! Venez !

La voix venait de la direction de Broadway. Nous fonçâmes vers l'entrée du métro et constatâmes qu'elle était fermée par des grilles métalliques. Trois hommes se tenaient à l'intérieur. Ils étaient tout à fait vivants et respiraient. Ils étaient couverts de sueur comme s'ils venaient de courir sur une longue distance et ils nous faisaient des signes éperdus.

— Qui..., commençai-je.

Mais, bien sûr, leur identité était évidente. Des survivants. Des New-Yorkais, encore vivants après tout ce temps. Avaient-ils vécu dans le métro depuis que l'Épidémie avait éclaté ? Cela paraissait impossible... et pourtant, ils étaient là. Ils semblaient sous-alimentés et débraillés mais ils n'étaient pas morts. Ils n'étaient pas morts du tout.

— Vous êtes venus à notre secours, mec, cria l'un d'eux.

Il semblait être persuadé du contraire, mais désirer éperdument le croire.

— Ça fait si longtemps, mais on savait que vous alliez venir !

Ayaan me regarda et secoua la tête mais je fis mine de ne pas la voir. Au diable les médicaments, c'étaient des personnes vivantes ! Je risquai un coup d'œil à travers les barreaux. Les hommes étaient armés de pistolets, de fusils et de carabines de chasse, des armes de civils. Chacun d'eux portait un badge d'identification fixé sur sa chemise : « BONJOUR JE M'APPELLE Ray » ; « BONJOUR JE M'APPELLE Angel » ; « BONJOUR JE M'APPELLE Shailesh ». Ray, éperdu, passa une paume moite de sueur à travers les barreaux, puis son bras jusqu'à l'épaule. Il tendit sa main vers moi, non pour me saisir, non pour me mettre en pièces, mais pour m'accueillir. Je la serrai chaleureusement.

Shailesh posa la première question.

— Pourquoi ces combinaisons ? Nous ne sommes pas infectés. On est clean !

— Elles empêchent les morts de sentir notre odeur, expliquai-je en toute hâte. Je suis Dekalb et voici Ayaan. Nous sommes ici depuis deux jours maintenant, mais vous êtes les premiers survivants que nous ayons vus. Combien êtes-vous ici ?

— Près de deux cents, répondit Ray. Tous ceux qui étaient là quand la dernière barricade de la garde a cédé. Écoutez, vous n'en avez pas vu d'autres ? Deux types à nous sont sortis pour aller chercher des vivres. Paul et Kev… vous êtes sûrs que vous ne les avez pas vus ? Ils sont partis depuis trop longtemps.

Je regardai Ayaan comme si elle avait pu être témoin de quelque chose que je n'avais pas vu, mais, bien sûr, nous savions tous ce qui avait dû arriver aux deux hommes.

— Nous avons un bateau sur l'Hudson, leur dis-je. Nous allons trouver un moyen de vous emmener tous jusqu'au fleuve et ensuite vous serez en sécurité. Qui est le responsable ici ? Nous devons réfléchir à la manière d'organiser cela.

J'avais l'intention d'entreprendre cela comme une opération de réfugiés classique des Nations unies, la première étape consistant à s'informer de la hiérarchie sociale existante. Non seulement le patron local, il ou elle, sait comment maintenir l'ordre parmi ses gens, mais il serait vexé si on ne reconnaissait pas son autorité, même si celle-ci n'était que temporaire. Je n'avais jamais pensé que j'appliquerais ce genre de psychologie de groupe à des Américains, mais la procédure devait être la même.

— C'est *el Presidente,* ricana Angel.

À l'évidence il avait un certain mépris à l'égard de l'autorité locale, mais cela s'atténua quand il comprit que le salut était peut-être tout proche.

— Bien sûr, mec, je vais lui parler. Je vais mettre les choses en route. Vous voulez entrer, manger un morceau ? Nous n'avons pas beaucoup de vivres, mais c'est à vous.

Je secouai la tête mais le geste devait être difficile à interpréter à travers mon masque de protection, aussi levai-je les mains en signe de négation.

— N'ouvrez pas la grille. Inutile de vous mettre en danger. Nous allons retourner au bateau maintenant, mais nous reviendrons dans deux heures. D'accord ?

Les trois hommes me regardèrent avec une confiance si totale sur leurs visages que je fus obligé de me détourner pour ne pas m'étrangler. Ayaan se racla la gorge comme nous nous éloignions de l'entrée du métro, essayant d'attirer mon attention. Je savais ce qu'elle allait dire mais je n'avais pas envie de l'entendre.

— Dekalb. L'*Arawelo* est déjà à l'étroit, alors que nous ne sommes que vingt-sept. C'est impossible de prendre à bord deux cents réfugiés.

Elle baissa la voix pour que les survivants ne nous entendent pas discuter. Je fis de même.

— Alors nous ferons plusieurs voyages... ou bien, je ne sais pas, peut-être qu'Osman réalisera son rêve et nous trouverons peut-être un moyen de dégager l'*Intrépide* de la vase. Nom de Dieu, Ayaan ! Nous ne pouvons pas les abandonner.

— Dekalb, dit-elle, beaucoup plus fort.

Je me tournai pour la faire taire, mais elle avait un sujet de discussion différent à l'esprit. La porte latérale d'une benne à ordures venait de s'ouvrir et un mort nu s'en était extirpé. Se déplaçant à quatre pattes, il se dirigea vers nous, humant l'air.

— Il doit sentir l'odeur des survivants, dis-je à Ayaan d'une voix sifflante. Reste parfaitement immobile.

Le mort rampa plus près et se mit debout avec raideur. De son vivant, il avait été atteint d'alopécie. Il avait des petits yeux en vrille. Il vacilla devant moi durant une longue minute désagréable puis se pencha en avant et allongea le cou, reniflant bruyamment dans ma direction. Il semblait trouver ma main droite fascinante.

C'était tout à fait normal de baisser les yeux et de voir ce qui l'excitait à ce point. Je remarquai alors la pellicule d'humidité sur ma paume. De la sueur, sur l'extérieur de mon gant.

Deux autres morts se glissèrent hors de la benne à ordures. J'aperçus un mouvement au bas de la rue. Beaucoup de mouvements.

— Tu as serré la main du survivant ! Tu es contaminé ! s'écria Ayaan.

La bretelle de son fusil s'emmêla tandis qu'elle essayait de prendre l'arme. Mon regard alla de son dos au mort comme ses doigts semblables à des griffes s'abattaient sur moi. Ils glissèrent sur la combinaison en Tyvek sans l'endommager – je sentis les quatre points de contact durs (un pour chacun de ses ongles) – puis ils se prirent dans le joint étanche de mon gant.

J'essayai de me dégager. Mais je m'emmêlai les jambes dans le tissu trop ample de ma combinaison et je faillis tomber. Le mort tira vivement, mon gant sortit complètement et exposa ma main nue à l'air.

Mon étanchéité venait d'être compromise.

9.

De longues banderoles en Mylar battaient violemment entre les colonnes de la façade, leurs messages promotionnels, décolorés par le soleil, devenus illisibles. Claquant, grondant comme le vent s'acharnait dessus, elles étaient la seule chose en mouvement à la ronde. Le Metropolitan Museum of Art se dressait, solitaire, dans la boue du parc, ses portes massives grandes ouvertes.

— J'ai mieux à faire, dit Gary à voix haute. (Il avait peur d'entrer. Sans Nez et Sans Visage ne répondirent pas à son affirmation.) Il faut que je trouve la fille qui a tiré sur moi. Et j'ai également faim.

Mais il ne se détourna pas. Trop de questions s'accumulaient dans sa tête.

Il emmena Sans Nez et Sans Visage en haut des marches jusqu'à la porte et risqua un coup d'œil à l'intérieur. Pendant un moment, il se demanda ce qui pouvait bien se trouver là et qui l'effrayait à ce point. Le hall massif s'élevait vers trois faîtières sales qui diffusaient un soupçon de lumière. Suffisamment pour lui permettre de voir que l'endroit était désert. Gary s'avança dans l'air froid et calme du musée et leva les yeux vers son plafond cintré en forme de voûte, puis regarda l'escalier imposant qui montait depuis le côté opposé du hall, et les comptoirs de la billetterie et des renseignements abandonnés et nus dans la lumière blafarde. Ce n'était pas sa première visite au Met, loin de là, mais sans les foules de touristes et d'habitués vivants, sans les piaillements des enfants qui s'ennuyaient ou les cris harassés des guides, cela donnait l'impression que chacun de ses pas faisait résonner tout l'édifice de pierre comme une tombe.

Il avait plus qu'un vague soupçon de l'endroit où il devait chercher le Bienfaiteur, même si cela n'avait aucun sens. Il se dirigea vers la droite et franchit un cordon de sécurité abandonné. Sans Nez et Sans Visage le suivirent, leurs pieds frottant les dalles. Ils remontèrent un long couloir bordé de peintures de salles funéraires qui montraient des scènes de la vie quotidienne dans l'Égypte ancienne et arrivèrent dans une pièce sombre bordée de vitrines.

L'une des premières choses qu'ils virent était une vitrine contenant une momie emmaillotée dans des bandelettes, semblable à un énorme cocon. Un masque en or les considérait depuis les profondeurs du verre foncé, les traits de son visage figés en une expression de parfaite sérénité tandis qu'il regardait à travers Gary, vers l'éternité. Les yeux énormes ressemblaient à des mares remplies d'un entendement paisible et d'une acceptation ravie de l'immortalité. Il ne pouvait pas s'agir du Bienfaiteur, Gary en avait la certitude. Il posa une main sur le verre.

Le masque percuta violemment le haut de la vitrine. Le corps pâle sans membres se démena violemment en dessous, forme nymphale de quelque chose d'horrible.

Gary se rejeta en arrière. C'était impossible. Pourtant cela se produisait, la momie se contorsionnait dans sa cage en verre. Gary étendit son esprit sur la fréquence de la mort et ressentit l'ombre informe d'une chaleur sombre ; la rage et l'angoisse étaient les seules choses qui permettaient à la momie de fonctionner et même celles-là étaient insuffisantes. Très vite, cette créature allait s'épuiser et succomber à l'entropie. Pourtant c'était manifestement impossible qu'elle ait une quelconque vie dans l'au-delà. Seigneur ! Elle n'arrêtait pas de gigoter ! Le masque en or était cabossé et aplati par les coups violents contre le verre qui avait abîmé et déformé les traits.

Gary avait beau être un mort-vivant lui-même, il était incapable de regarder la chose dans la vitrine. Elle l'obligeait, chaque fois qu'elle se penchait en avant ou heurtait le verre avec son visage, à imaginer à quoi devait ressembler son existence : aveugle, ligotée, affamée – pour toujours, ne sachant pas comment elle était arrivée là, se demandant si elle était même vivante ou morte – ce devait être l'enfer. Il se tourna vers Sans Visage et essaya de lui expliquer.

— Non, non, ce n'est pas juste… Ils enlevaient la cervelle avec un… avec une cuiller ou je ne sais quoi quand ils momifiaient les gens !

— *Ce que tu dis est la vérité*, dit le Bienfaiteur. *Jusque-là.*

Gary leva les yeux, pris de panique. Les mots lui faisaient mal aux dents ; aussi intimes que ses propres pensées, aussi forts que la voix des sirènes.

— *Ils prenaient la cervelle, oui, mais seulement durant certaines dynasties. Avant la xviiie dynastie, cette pratique était inconnue. Quand les Grecs eurent conquis l'Égypte, ils ont proscrit complètement l'excérébration.*

— Comment le savez-vous ?

Gary tourna sur lui-même, cherchant le Bienfaiteur, mais c'était inutile, car la voix semblait venir de partout.

— *Je sais beaucoup de choses, Gary. J'ai vu dans ton cœur. Je connais des choses que tu as oubliées et des choses que tu n'as jamais soupçonnées. Viens à moi, Gary, et je t'enseignerai tout. Viens vite, nous avons beaucoup à faire.*

Gary contourna doucement la vitrine. Il n'avait aucune envie de s'approcher de la chose morte-vivante dans sa sinistre chrysalide, au cas où elle finirait par briser le verre. Il ne tenait pas du tout à s'en approcher. Il emmena Sans Visage et Sans Nez vers les antiquités égyptiennes, traversa des salles chichement éclairées remplies de sarcophages massifs, de statues brisées, de bijoux scarabées et de bandelettes d'embaumement souillées. Chaque fois qu'il se retournait, il apercevait d'autres momies qui se cognaient contre leur prison et, partout où il passait, il voyait des scarabées et des yeux blancs qui le regardaient fixement depuis les murs. Dans une petite alcôve, une momie noircie entourée de cornes squelettiques d'antilopes mortes depuis longtemps se salissait de l'autre côté du verre ; dans une autre, un cercueil en bois peint d'une manière compliquée et incrusté d'or s'agita jusqu'à ce que des éclats en tombent comme de la pluie. Le sentiment de colère, de peur et d'horreur qu'il lisait sur les corps animés de contorsions le poussait à se dérober en pressant ses mains contre ses tempes, incapable qu'il était de supporter leurs tourments.

Ils arrivèrent finalement dans une grande salle où tout un mur vitré laissait entrer une lumière de soleil grise. Sur une plate-forme surélevée se dressait le temple de Dendur, un édifice de forme carrée sculpté de hiéroglyphes, avec une arche monumentale et massive placée sur le devant. Une banquette basse s'étendait devant l'arche et, sur cette plate-forme, quelqu'un avait disposé trois momies qui gesticulaient. Leurs masques en or avaient été arrachés et gisaient en tas à proximité, des objets d'une valeur inestimable jetés pêle-mêle. Accroupie au-dessus des momies, une forme marron travaillait d'une main fébrile à enlever les bandelettes qui ligotaient les morts. C'était le Bienfaiteur, Gary le sut immédiatement. Il redressa la tête et fit signe à Gary de s'approcher.

— *Vois-moi tel que je suis, Gary. Je suis Mael Mag Och, et j'ai besoin de tes yeux.*

Il ne ressemblait en rien à l'apparition qui était venue vers Gary dans le mégastore. Sa peau était du cuir durci et tanné en un marron foncé uniforme, dépourvue de poils et ridée par endroits, à d'autres endroits tendue et étirée sur des os qui sortaient de son corps en des pointes prononcées. Sa tête dodelinait sur son épaule comme s'il était incapable de la relever et, de fait, son cou était manifestement brisé, des fragments de la vertèbre supérieure de sa colonne vertébrale mis à nu sur sa nuque. Il n'avait qu'un bras et ses jambes étaient horriblement dissemblables. L'une semblait robuste et musclée, l'autre atrophiée et squelettique. Il ne portait pas de vêtements, excepté une corde serrée autour de son cou – un nœud coulant, Gary le voyait à présent – et un brassard de fourrure emmêlée autour de son bras.

— Vous n'êtes pas... comme elles, dit Gary en regardant les momies qui se contorsionnaient.

— *Certainement pas aussi âgé ni aussi sage. Approche, viens ici. Non, je ne suis jamais allé en Égypte, mon garçon. Je viens d'une île que tu dois connaître sous le nom d'Écosse. Je t'en prie, regarde ici. C'est l'une des raisons pour lesquelles je t'ai appelé, pour m'aider à voir ceci.*

Gary n'avait aucune idée de ce que cela signifiait, puis il vit de quoi il retournait. Mael Mag Och n'avait pas d'yeux dans sa tête, juste des orbites béantes.

— *Je peux voir ce que tu vois, grâce à l'eididh qui nous fait un. J'ignorais à quel point j'étais devenu laid. Ici.*

Gary regarda l'endroit que Mael Mag Och montrait du doigt.

— *L'eididh* ? demanda-t-il.

— *Ce que tu appelles le réseau, même si c'est infiniment plus que cela.*

Un épais bourrelet de bandelettes souillées se détacha de la momie et un bras apparut, un bras maigre qui se terminait sur cinq doigts osseux. La main saisit le visage de Mael Mag Och, mais était dépourvue de la vitalité nécessaire pour causer le moindre dommage. Le cadavre sans yeux prit une autre bandelette de lin et entreprit de la défaire, ses doigts maniant maladroitement l'étoffe putréfiée.

— *Nous devons les libérer. Ils étaient promis à l'immortalité, Gary. Ces pauvres bougres croyaient qu'ils se réveilleraient au paradis, dans un champ de roseaux. Je ne supporte pas leur stupeur. Aide-moi.*

La douceur, la compassion de l'acte touchèrent Gary d'une façon qu'il n'avait plus cru possible. Il se mit à genoux pour l'aider à retirer les bandelettes et appela Sans Visage et Sans Nez pour qu'ils fassent de même. Avec un si grand nombre de mains, ils délivrèrent très vite la momie de ses liens. Elle se leva lentement de la banquette, une forme squelettique enveloppée de lambeaux de lin. Une broche en or brillante était placée juste au-dessus de son cœur, en forme de scarabée, tandis que d'autres amulettes et porte-bonheur oscillaient à son côté ou étaient suspendus à des cordelettes autour de son cou.

Son visage était toujours dissimulé par les bandelettes à l'exception d'un trou inégal à l'endroit où avait été sa bouche.

— *Leur rituel final a fait cela : le wpt-r, l'« ouverture de la bouche ». Cela a été pratiqué avec un burin et un marteau.*

L'étoffe autour de la blessure était tachée, marron et jaune, par des fluides séchés depuis longtemps.

— Enfoirés de barbares, murmura Mael Mag Och.

La momie s'éloigna d'eux sur des pieds mal assurés, boitilla vers l'arche où elle se pressa contre le grès, comme si elle lisait les hiéroglyphes avec son corps. Gary l'aurait écrasée, lui aurait fracassé la tête s'il l'avait trouvée dans une vitrine toujours emmaillotée dans des bandelettes comme elle l'avait été. Mael Mag Och avait vu la créature animée, la nature humaine, sous les bandelettes.

— Qu'êtes-vous ? demanda Gary.

— *Un humble Draoidh.*

À la façon dont Mael Mag Och prononça ce mot, cela ressemblait à « druide ».

— Bon, d'accord, alors qui êtes-vous ? demanda Gary.

— Ah, maintenant c'est une question facile. Je suis le type qui éteint les lumières quand le monde prend fin.

10.

Le mort-vivant regardait fixement ma main nue comme s'il ne savait pas très bien ce que cela pouvait être. Je reculai prudemment, mais il me suivit, et son nez se fronça sur son visage bleuâtre. Sa bouche s'ouvrit largement et je vis ses dents cassées luisantes de bave, puis il se jeta sur moi et ses bras se refermèrent comme des tenailles pour me saisir autour de la taille. J'essayai de lui faire lâcher prise, mais la combinaison limitait ma mobilité. Je tentai de lever mon genou et de le frapper sous le menton, mais si j'y parvins avec suffisamment de force pour lui faire mal il n'en laissa rien paraître. Ses dents happèrent un repli de ma combinaison et il secoua violemment la tête pour l'arracher. Je courais le danger de tomber à la renverse, ce qui signifierait presque certainement ma mort. Avec le lourd appareil respiratoire autonome sur mon dos, cela me prendrait bien trop longtemps pour me remettre debout. Les deux autres morts sortis de la benne à ordures s'approchaient. Si je perdais l'équilibre là, les trois choses me cloueraient au sol.

Mais où était Ayaan ? Je pivotai le haut du corps et vis qu'elle se colletait avec son fusil. Apparemment, elle ne parvenait pas à le lever, les épaules volumineuses de la combinaison étaient trop épaisses pour lui permettre de le porter à son œil et de viser. Elle pouvait probablement tirer à hauteur de la hanche mais si elle le faisait, elle allait vraisemblablement me toucher en même temps que mon agresseur. J'étais tout seul jusqu'à ce qu'elle puisse trouver une solution.

Ma respiration formait des petits nuages de condensation à l'intérieur de mon masque de protection, limitant ma visibilité tandis que je me contorsionnais et tirais sur le mort-vivant qui m'agrippait. Il me tenait en une étreinte de fer tandis que j'essayais de desserrer ses bras avec mes mains gantées. Chaque fois que je pensais avoir une bonne prise sur lui, une couche de sa peau morte se détachait et mes mains glissaient sur du vide. Ses dents n'avaient pas réussi à perforer le Tyvek de ma combinaison – c'était une matière très solide – mais je savais qu'il finirait par s'en prendre à ma main nue et, alors, ce serait la fin. Même si je m'en sortais après avoir été mordu, je serais la proie d'un certain nombre d'infections secondaires. Je me souvenais encore de la panique dans les yeux vitreux d'Ifiyah tandis que sa jambe enflait et que son cœur commençait à s'emballer.

Le désespoir amena mes doigts à s'enfoncer profondément dans l'aisselle du mort. Finalement, j'eus une certaine force de levier. Les os dans mes mains me donnèrent l'impression qu'ils allaient se rompre comme je l'écartais de moi et brisais finalement son étreinte. Je levai une jambe maladroite et le repoussai. Ses doigts s'agitèrent dans l'air comme des griffes frénétiques. Il atterrit sur le dos et se redressa immédiatement à quatre pattes, manifestement résolu à se jeter sur moi de nouveau. Puis le haut de son crâne explosa en un jet de matière grise pulvérisée.

Je me retournai, les poumons oppressés, et aperçus Ayaan. Elle avait réussi à ouvrir la fermeture à glissière de sa combinaison jusqu'à la taille, libérant ses bras afin d'être en mesure d'utiliser son AK-47 sans être gênée. Tandis que je restais là à la regarder, elle leva l'arme de nouveau et tira deux coups de feu rapides, éliminant les deux morts qui étaient arrivés juste derrière moi.

Nous nous défîmes en hâte des combinaisons à présent inutiles. D'autres morts approchaient, une foule disséminée qui venait de l'est et se déplaçait aussi vite que les morts-vivants en étaient capables. Celui qui venait en tête avait perdu ses deux bras mais ses mâchoires s'activaient avec avidité tandis qu'il s'avançait vers nous. Ils étaient trop nombreux pour que nous puissions les repousser : nous devions nous enfuir.

Je saisis le bras d'Ayaan et nous courûmes vers le nord sur Broadway, mais ils étaient également là, les morts qui relevaient du genre affaibli, pareils à ceux que nous avions vu lécher l'humus sur des murs en stuc. Leurs vêtements pendaient de leurs corps émaciés, leurs cous étaient décharnés et leurs cheveux clairsemés horribles à voir. Ils semblaient infiniment moins pathétiques à présent que nous n'étions plus protégés. Venant du sud, apparut une morte aux longs cheveux noirs portant une robe de mariée complète avec une traîne, ses mains glissées dans des gants maculés de sang, son voile relevé pour nous montrer les grandes dents acérées découvertes par ses lèvres racornies. *Nous devons tenter notre chance,* décidai-je. Nous devions abattre la mariée et espérer qu'il n'y avait pas d'autres morts qui la suivaient. Je ne tenais pas du tout à faire la connaissance des invités au mariage.

Ayaan avait levé son fusil et attendait simplement mon ordre de tirer, quand une tache de lumière orange passa rapidement près de nos pieds et fonça droit vers le groupe le plus important des morts-vivants en miaulant. C'était un chat, un chat tigré, galeux, à moitié mort de faim et à l'air enragé. Un chat *vivant.*

Réflexion faite, je ne me rappelais pas quand j'avais vu un animal vivant pour la dernière fois. Ne serait-ce qu'un chien errant ou même un écureuil en liberté dans les rues de New York. Il ne pouvait pas s'agir d'une coïncidence, mais pour moi c'était un mystère déconcertant.

L'effet du chat sur les morts-vivants fut électrique. Ils nous délaissèrent complètement et se tournèrent à l'unisson pour attraper le félin, leurs mains se tendant pour saisir sa fourrure bigarrée. Le chat esquiva à gauche, feinta à droite et les morts tombèrent les uns sur les autres – littéralement – en essayant de saisir une poignée de l'éclair orange.

Qu'ils aient réussi ou non, je ne l'appris que plus tard. Alors que je restais là, hypnotisé par ce spectacle, Shailesh, l'un des survivants de la station de métro, survint derrière moi et saisit mon bras. Je poussai un cri perçant comme celui d'un enfant.

— Venez vite, dit-il, nous n'avons pas beaucoup d'appâts en réserve, vous savez ?

— Un appât ? m'exclamai-je.

Bien sûr. Le chat. Les survivants avaient dû le lâcher précisément pour détourner l'attention des morts-vivants le temps qu'Ayaan et moi allions nous réfugier à l'intérieur. Suivant notre guide en hâte, nous passâmes en trombe la grille à l'entrée de la station – je l'entendis se refermer bruyamment derrière nous – et nous dévalâmes les marches d'un escalier sombre. Dans l'obscurité, je distinguai des caisses-litières partout, quelques chats à l'air furieux et des chiens qui dormaient en des tas disgracieux. Une seule ampoule à incandescence éclairait les tourniquets. Nous passâmes par-dessus comme Shailesh nous expliquait qu'ils s'étaient bloqués quand les rames de métro avaient cessé de fonctionner.

Au-delà des tourniquets, nous fûmes accueillis par un survivant à la mine sérieuse qui portait un jean délavé, mais d'une propreté irréprochable, et des lunettes à monture métallique. Il tenait dans ses mains un fusil à pompe noir, dont le canon ne nous visait pas. Il bougea l'arme comme nous nous approchions, ses mains la gardant inconsciemment à une hauteur sûre. Tout cela se produisit d'une manière si automatique que je compris qu'il avait certainement reçu une formation militaire. Personne d'autre ne serait aussi discipliné avec une arme à feu. Il y avait une étiquette gommée sur sa chemise blanche déboutonnée, le badge d'identification de plus en plus familier, « Bonjour je m'appelle », mais l'espace blanc en dessous n'avait pas été rempli.

Il se tourna vers Shailesh.

— Nous sommes en sécurité ? demanda-t-il.

Shailesh éclata de rire.

— Hé, mec, rester en vie est la première règle. Ils se jettent sur l'objet le plus rapide qu'ils peuvent voir. Plus il bouge vite, plus ils sont excités ! Tu aurais dû les voir, Jack. On aurait dit un film de Jim Carrey.

Jack n'éleva pas la voix mais ce qu'il dit ensuite amena Shailesh à détourner les yeux.

— Je t'ai demandé si nous étions en sécurité ou non, répéta-t-il.

Notre guide acquiesça docilement.

— Ouais. Écoutez, me dit Shailesh, Jack va vous conduire à l'intérieur. Je dois surveiller la grille, vous savez. Bienvenue à la République, d'accord ?

— Bien sûr, répondis-je, ne comprenant pas très bien. Merci.

Jack me regarda un moment et je compris qu'il me jaugeait. Ayaan bénéficia du même examen, mais il ne prononça aucune parole, excepté :

— Suivez-moi.

11.

L'une des momies – un Ptolémée et un cousin de Cléopâtre, d'après Mael – passa ses mains en partie libérées des bandelettes sur le verre d'une vitrine puis commença à taper dessus avec ses paumes. Mael boitilla vers lui mais ne parvint pas à l'empêcher de briser le verre, qui tomba le long de ses jambes bandées en un torrent de petits cubes verts. De longs éclats se plantèrent dans ses bras et ses mains, mais il n'en tint pas compte tandis qu'il se penchait pour récupérer un vase en argile dans la vitrine. Des hiéroglyphes couvraient la surface du vase et le bouchon en bois sculpté était en forme de tête de faucon. Mael essaya d'éloigner la momie du verre aux arêtes vives, mais le mort-vivant égyptien refusa de s'écarter. Il était bien trop résolu à serrer le vase contre sa poitrine.

C'était la première fois que Gary voyait un mort motivé par autre chose que la faim.

— Qu'y a-t-il de si important dans ce vase ? demanda-t-il.

Un sourire spectral apparut sur les lèvres racornies de Mael.

— *Ses intestins.*

Gary fut seulement à même de faire une grimace de dégoût.

—*Ils ne comprennent pas cet endroit, Gary. Le changement est si grand et a été si rapide. Ils pensent qu'ils sont en enfer alors ils s'accrochent aux choses qu'ils connaissent et comprennent.*

—J'imagine qu'on pourrait dire la même chose de vous.

C'était un sarcasme, mais un sarcasme timide.

—*Peut-être. Je suis un peu plus à l'aise qu'eux. J'ai accès à l'*eididh. *C'est de cette manière que j'ai appris votre langue et tout ce que je sais sur Manhattan.* (Ce sourire fugace de nouveau.)

—J'ai été seulement en mesure de voir l'énergie, la force de vie. Vous pouvez obtenir des informations du réseau ?

—*Oh, oui. Nos souvenirs vont là-bas quand nous mourons, mon garçon. Notre personnalité. Ce que nos amis d'un certain âge ici appelleraient le «* ba *». C'est l'entrepôt de nos espoirs et de nos peurs. Le filet d'Indra. L'enregistrement akashique. Les notions rassemblées de l'espèce humaine. Toi et moi pouvons lire absolument tout là-bas, si nous nous ouvrons à cette possibilité.*

—Vous et moi. Parce que nous pouvons toujours penser. On doit faire un effort conscient pour étendre son esprit vers le réseau. Les autres – les morts là-dehors – ils sont incapables de faire ce bond, pas avec ce qui leur reste de cervelle.

—*En effet.*

—Mais il y a également une différence entre vous et moi. Je le perçois. Votre énergie à vous est plus compacte. Presque comme une personne vivante, mais sombre comme la mienne. Je suis incapable d'expliquer cela clairement.

—*Tu te débrouilles très bien. Les momies et moi, maintenant, ne partageons pas ta faim. Nos corps sont incorruptibles, dans un langage châtié. Nous ne pourrissons pas.* (De nouveau ce sourire crispé.) *Et puis il y a le fait que tu as choisi tout ça. Tu te l'es fait.*

— Je ne peux pas être le seul, cependant. Vous m'avez trouvé de très loin, vous savez certainement s'il y en a d'autres comme nous.

Mael acquiesça.

— *Quelques-uns. Principalement de ma sorte, mais tu n'as pas été le seul à t'abuser de cette façon. Il y a un jeune garçon dans un endroit appelé Russie. Qui promettait beaucoup. Renversé par un véhicule roulant à grande vitesse. Il a survécu pendant des années avec des machines qui faisaient fonctionner son cœur à sa place, mais ses parents n'ont pas laissé les médecins le débrancher. Ils ne pouvaient pas savoir, bien sûr, ce qu'ils créaient. Il y en a un autre ici dans ton pays. En Californie, elle appelle cela. Un professeur de yoga qui s'était caché dans un bar à oxygène. J'ignore ce que ce terme signifie. Elle a eu la même idée lumineuse que toi, mais cela n'a pas marché aussi bien pour elle. Elle s'est réveillée avec des maux de tête atroces et a constaté qu'elle ne se souvenait plus de ses tables de multiplications et de bien d'autres choses. De son nom, par exemple.*

Gary hocha la tête. La Russie. La Californie. Sans une voiture, sans avions, il serait obligé d'aller à pied vers eux. Ils étaient si loin.

— Ils pourraient aussi bien être sur la lune. C'est curieux. Voilà deux jours, je pensais être le seul et tout allait très bien. Puis vous m'avez contacté. Cela m'a fait l'effet d'être encore plus solitaire d'apprendre que je n'étais pas seul.

Il tendit la main à l'intérieur de la vitrine brisée et prit un bijou qui avait la forme d'un dieu à tête de chacal. Le bijou était magnifique, façonné par des mains aimantes. Un objet fabriqué. Tout cela était fini désormais. Il ne restait plus personne pour créer de magnifiques objets. Plus personne pour les apprécier, non plus. Il y avait des survivants, mais ne pas être tués était la seule chose qui les intéressait. Il supposait qu'il ne pouvait pas les blâmer. Il reposa le bijou dans la vitrine.

— Que nous est-il arrivé, Mael ? Qu'est-ce qui a causé l'Épidémie ?

Le druide se gratta le menton. Ce geste indiquait qu'il réfléchissait profondément. Mael était un maître du langage du corps, même avec un seul bras.

— Je sais ce que tu penses que c'était. Une maladie comme la grippe ou la variole. Cependant, ce n'est pas le cas. Les anciens, les pères, que tu appellerais des dieux, nous ont apporté cela comme un châtiment. C'est un jugement.

— Pour quoi ?

— Tu as le choix, mon garçon. Pour ce que vous avez fait à la terre, pourrais-je dire, mais c'est vrai que je suis un vieil adorateur des arbres du passé. Pour ce que vous vous êtes fait entre vous, peut-être. Je sais que ce genre de chose n'est pas très agréable. Dans votre monde, les choses se produisent et c'est tout, hein ? Accidentellement, disons. Par hasard. À mon époque nous pensions différemment. Pour nous, chaque chose qui arrivait avait une cause précise.

» Viens avec moi, Gary. Je dispose de peu de temps pour te parler. Un sombre travail doit être exécuté. Il faut se battre. Massacrer, avant que ceci soit terminé.

— Quoi ? s'exclama Gary.

Ce fut tout ce qu'il trouva à dire.

— Nous y viendrons le moment venu. Laisse-moi d'abord te montrer quelque chose.

Mael le reconduisit à travers l'aile des antiquités égyptiennes du Met. Les momies libérées en avaient pris possession et Gary vit pour la première fois à quel point l'endroit était morbide. Un cimetière à l'envers où les morts étaient exposés à l'intention des écoliers. Gary vit dans une salle une momie qui essayait des bijoux, les colliers en turquoise et en os brillant sur le lin souillé de sa gorge. Dans une autre salle une momie très ancienne, qui n'était guère plus que des guenilles et des os, tentait d'ouvrir un sarcophage massif de ses doigts écartés. Cela donnait l'impression qu'elle voulait retourner dans la tombe.

Mael s'arrêta dans une salle divisée en deux par un paravent. La mise en place des objets n'était qu'à moitié terminée : à l'évidence les conservateurs y travaillaient quand ils avaient abandonné le musée durant l'Épidémie. Les murs avaient été peints en bleu ciel, et en italique blanc au-dessus d'une rangée de vitrines vides était écrit : « LES MOMIES DANS LE MONDE ». Les corps dans cette salle étaient vraiment morts. Les « MOMIES DE LA STEPPE SIBÉRIENNE » n'étaient guère plus que des squelettes incomplets avec des touffes de cheveux attachées à leurs crânes brisés. Les « MOMIES DU PÉROU » présentaient une obscurité creuse derrière leurs orbites enfoncées, leur cerveau ayant pourri depuis longtemps. Au fond de la salle était placée une longue vitrine basse qui avait été brisée de l'intérieur. Du verre crissa sous les pieds de Gary comme il s'en approchait. « MOMIE CELTIQUE TROUVÉE DANS UN MARÉCAGE EN ÉCOSSE », lut-il. Ceci devait être le sépulcre de Mael.

La momie dans cette vitrine, lut Gary sur une plaque sur le mur, vivait à l'époque des Romains. Très vraisemblablement, l'homme a été immolé par les siens. D'après les objets façonnés qui ont été trouvés sur lui, des archéologues pensent que c'était probablement un prêtre ou un roi.

— Un peu des deux, en fait. Également un musicien et un astronome et un guérisseur, quand le besoin s'en faisait sentir. Oui, Gary, j'étais médecin, moi aussi, à mon époque. Tu jugerais probablement mes méthodes rudimentaires, mais, à tout prendre, j'obtenais de bons résultats.

Gary s'accroupit pour examiner la vitrine. C'était une reconstitution de l'aspect que Mael devait avoir eu de son vivant, à peu près identique aux apparitions qui étaient venues vers lui dans le centre-ville. Ils s'étaient trompés pour les tatouages, leur donnant un air plus tribal, plus moderne. À côté, il y avait une photographie de Stonehenge qui, affirmait le musée, n'avait pas été construit par des druides, mais utilisé par eux pour prédire des éclipses solaires.

— Comment êtes-vous mort ? demanda Gary.

— *Ah, c'est une longue histoire.* (Mael s'assit sur une vitrine remplie de crânes en partie conservés et médita un moment avant de poursuivre.) *Nous tirions au sort, voilà comment. Le morceau de pain sans levain brûlé est venu vers moi dans ma vingt-troisième année. C'est de cette façon que nous choisissions ceux qui étaient oints, en prenant de petits morceaux de pain dans un sac. L'été avait été trop froid pour le blé et mon peuple était menacé par la famine. Alors ils m'ont conduit vers les chênes au-dessus de Moin Boglach et ils m'ont pendu jusqu'à ce que je sois étouffé. Lorsqu'ils ont coupé la corde et que j'ai été précipité vers l'eau noire au-dessous de la tourbe, j'avais sur les lèvres une prière pour Teuagh. Le père des tribus, nous l'appelions. Ô Seigneur, fais que les graines poussent. Quelque chose de ce genre. Au fond de l'eau il m'attendait. Il m'a dit à quel point il était déçu. Il m'a dit ce que je devais faire. Ensuite je me suis réveillé ici.*

Gary remarqua pour la première fois que la corde autour du cou de Mael n'était pas un ornement. C'était un nœud coulant.

— Nom de Dieu, fit-il dans un souffle. C'est horrible.

Mael fut saisi de colère comme il répondait, secouant la tête si violemment que Gary fut inquiet à l'idée qu'elle puisse tomber.

— C'était magnifique ! Je fus l'âme de mon île en cet instant, Gary, j'étais l'espoir de ma tribu fait chair suppliciée. J'étais né pour cette agonie. C'était magique.

Gary avança une main et la posa sur le bras de Mael.

— Je suis sincèrement désolé, mais votre mort a été inutile. Teuagh, qui qu'il ait été… Il a été incapable de faire croître les récoltes.

Mael se leva précipitamment et sortit de la salle en boitillant.

— Peut-être bien. Peut-être bien. Heureusement pour moi, ce n'est pas ainsi que l'histoire s'est terminée.

» Mon monde consistait en quelques dizaines de maisons et une parcelle de champ cultivé. Au-delà il n'y avait que la forêt, l'endroit où les êtres immondes rôdaient la nuit. Nous ne possédions pas vos avancées technologiques, mais nous connaissions des choses que vous avez oubliées. Oh oui, des choses vraies, des choses précieuses. Nous connaissions notre place dans le paysage. Nous savions ce que cela signifiait, faire partie de quelque chose de plus grand que nous.

*» Quand je me suis réveillé ici, j'étais aveugle. J'avais perdu des parties de moi. Je ne comprenais pas la langue de mes ravisseurs ni pourquoi ils m'avaient enfermé dans un minuscule cercueil de verre. Je savais seulement que mon sacrifice avait été vain : ça ne marche pas, tu comprends, si le supplicié survit. Le père des tribus avait d'autres projets pour moi, mais je ne les compris pas tout de suite. Cela m'a pris infiniment trop de temps avant que je m'ouvre à l'*eididh *et que je comprenne enfin. J'avais accompli un dessein de mon vivant. J'allais en accomplir un autre dans la mort.*

» Je suis devenu l'être immonde dans la nuit.

» Ce qui nous amène à aujourd'hui, mon garçon, et au moment où je retourne la situation et te demande quelque chose. J'ai un travail à effectuer et une seule main pour le faire. Je pourrais t'utiliser, mon fils. Tu me serais d'une grande aide.

— Un travail ? Quel genre de travail ?

—Et bien, je vais massacrer les survivants.

La voix du druide était empreinte à présent d'une lassitude mélancolique que Gary avait du mal à supporter tandis qu'elle résonnait dans sa tête. Ce n'était pas une tâche qu'il désirait, ce n'était absolument pas quelque chose qu'il avait demandé. C'était un devoir. Gary perçut tout cela dans le ton du druide.

—Je t'ai parlé de jugement. Je suis l'instrument de ce jugement. Je suis ici pour le faire se produire.

—Nom de Dieu. Vous parlez d'un génocide.

Il haussa les épaules.

—Je parle de ce que nous sommes. Je parle de la raison pour laquelle nous avons été ramenés à la vie avec un cerveau dans notre tête : pour terminer ce qui a été commencé.

» À présent, mon garçon. Acceptes-tu ou bien refuses-tu ?

12.

Jack nous emmena dans un long couloir qui n'était éclairé, de manière irrégulière, que par la lumière qui pénétrait par des grilles fixées dans la voûte. De l'autre côté, il y avait des milliers de morts-vivants, et la lumière dans le tunnel changeait continuellement tandis qu'ils erraient sur les trottoirs au-dessus de nous et que leurs ombres cachaient le soleil. Pour quelqu'un qui vivait ici, comme Jack, ces mouvements n'étaient peut-être pas aussi déconcertants. Pour ma part, au bout d'une minute, une sueur glacée s'était accumulée au creux de mes reins. Je me sentais un peu mieux chaque fois qu'Ayaan repérait un mort-vivant marchant au-dessus de nous et levait son fusil en un réflexe spasmodique. À un moment, l'un des morts s'affaissa sur le trottoir et nous regarda à travers la grille, ses ongles griffant le métal. Je perçus la tension nerveuse du corps d'Ayaan alors que je me trouvais à un mètre d'elle. Elle avait la plus grande difficulté à se retenir de tirer, même si la balle aurait vraisemblablement ricoché sur la grille et atteint l'un de nous.

Nous étions des rats dans une cage. Les morts nous avaient pris au piège.

Finalement, juste au moment où je pensais que je ne supporterais pas cela plus longtemps, le couloir aboutit à une large ouverture. Au-delà s'étendait un vaste espace lumineux. Comme nous abordions le coude, j'eus du mal à en croire mes yeux. La station de métro ressemblait au souvenir que j'en avais gardé ou presque. Les piliers blancs constitués de poutres métalliques étaient là, soutenant toujours la voûte basse. Les murs étaient toujours tapissés d'affiches publicitaires derrière un film plastique égratigné par d'innombrables graffitis.

Il y avait encore trop de gens ici, mais ils ne bougeaient pas. Habituellement, cette station aurait été encombrée de grands et houleux flots d'êtres humains, se déplaçant d'un quai à l'autre. À présent, les gens étaient assis par terre par groupes de cinq ou six sur une couverture, ou appuyés mollement contre les murs. Ils refusaient de croiser notre regard. Leurs vêtements étaient bariolés ou de bonne coupe, parfois doublés d'une fourrure valant des milliers de dollars, mais leurs visages étaient tous creusés et pâles. Leurs yeux exprimaient seulement un ennui harassé, résultat d'une vie passée dans la peur. J'avais vu ce regard partout en Afrique.

Je levai les yeux vers la voûte et vis quelque chose de surprenant.

— Vous avez l'électricité, dis-je.

Quelques tubes fluorescents disséminés grésillaient là-haut. La plupart ne fonctionnaient pas, leurs fils mis à nu, mais il y avait suffisamment de lumière pour nous permettre de voir autour de nous.

— Je croyais qu'il n'y avait plus de courant.

— Il y a un système fioul-hydrogène, répondit Jack. Il a été installé après la grande panne d'électricité en 2003, quand les gens se sont retrouvés bloqués dans le noir. Normalement, il devait servir uniquement en cas d'urgence, mais nous l'avons rafistolé.

— Depuis combien de temps êtes-vous ici ? demandai-je. (Cette question ne m'était pas venue à l'esprit auparavant.) Depuis l'évacuation ?

Jack me jeta un coup d'œil de côté.

— Il n'y a pas eu d'évacuation.

Je secouai la tête.

— Nous avons vu des monceaux de bagages sur les trottoirs de Port Authority. Des pancartes disant aux gens de rester groupés.

Il hocha la tête.

— Bien sûr. Parce que les gens sont allés là-bas et ont essayé de quitter la ville, et certains l'ont peut-être fait. Mais il n'y a pas eu d'évacuation de grande ampleur. Réfléchissez un instant. Où les gens seraient-ils allés ? Il n'y a pas un endroit plus sûr que celui-ci. Excepté peut-être celui d'où vous êtes venus. La garde nationale a fermé la ville bloc par bloc, protégeant ceux qu'ils pouvaient, mais c'était une bataille perdue d'avance. Times Square était le dernier endroit où subsistait un semblant d'autorité. Cela a duré jusqu'à il y a un mois environ. Ceux d'entre nous suffisamment intelligents pour comprendre que c'était la fin de la civilisation se sont réfugiés ici. Les autres ont été mangés.

Nous fûmes interrompus avant que je puisse poser d'autres questions. Une femme venait vers nous, une femme vivante (je ressentais toujours le besoin de la qualifier comme telle) portant un manteau long orné du logo Louis Vuitton sur une chemise de grossesse qui proclamait « NE REGARDEZ PAS MAINTENANT ». Malgré l'obscurité de la station de métro, elle portait des lunettes de soleil aux verres couleur fleur de pêcher. Elle devait être enceinte d'au moins six mois, à en juger par la façon dont son ventre bombait la chemise. Son badge d'identification indiquait « Bonjour je m'appelle Allez vous faire foutre ».

— Ce sont nos sauveteurs ? demanda-t-elle à Jack.

Celui-ci haussa les épaules.

— Ils ne sont pas très efficaces. (Apparemment, la nouvelle de nos exploits était déjà parvenue aux survivants.) Néanmoins, cela nous donnera un sujet de conversation. Les récits d'un fiasco abyssal font toujours d'excellents potins.

Jusque-là, la bouche de Jack avait formé une ligne pincée. À présent ses lèvres disparaissaient complètement. Il était hérissé de dégoût ou de haine ou de rage ou d'autre chose mais n'en laissait rien paraître.

— Ils avaient un bon plan, Marisol. Cela montrait une réelle ingéniosité.

— Comme les ceintures de plastique, trésor, mais il n'y en a plus maintenant.

Elle tendit la main et effleura le foulard autour de la tête d'Ayaan.

— Britney Spears rencontre le mollah Omar. Tout à fait ravissant. Je suppose que je devrais vous souhaiter bienvenue à la Grande République, mais ce ne serait pas sincère. Il y a de la nourriture si vous avez faim. Nous pouvons sans doute vous trouver une couverture sans trop de puces dessus si vous voulez faire un petit somme. (Elle soupira et écarta des cheveux défaits de son visage.) Je reviens dans un instant.

Jack nous emmena dans l'un des coins les moins encombrés de la station et s'accroupit. Je m'assis par terre, ravi de cette occasion de me reposer. Ayaan resta debout, tripotant son fusil de temps en temps. Je ne sais pas ce qu'elle pensait de tout ça. À l'évidence, Jack n'avait pas l'intention de nous parler, aussi brisai-je la glace moi-même.

— C'est un joli fusil à pompe, dis-je en montrant son arme.

Il le tint contre lui comme s'il pensait que j'allais essayer de le prendre. Il ne s'agissait probablement que d'un réflexe subsistant de sa formation militaire.

— C'est un SPAS-12, exact ? Je ne l'avais pas reconnu avec ce revêtement.

Il baissa les yeux vers la peinture en émail d'un noir mat sur l'arme.

— J'ai mis un revêtement parce que le vernis standard brillait trop.

J'acquiesçai aimablement. Juste deux fêlés d'armes qui discutaient entre eux. Le SPAS-12, ou fusil automatique à but sportif calibre 12 (le nom était destiné à tromper le Congrès en lui faisant croire que c'était une arme pour la chasse, ce qui était un mensonge complet, car c'était un fusil militaire, un « nettoyeur de rues » dans le sens le plus violent) avait figuré en bonne place sur ma liste des armes que j'aurais aimé proscrire avant l'Épidémie, mais je comprenais son utilité pour protéger la station de métro contre une attaque des morts-vivants.

— Vous tirez des balles standards ou bien vous les limez pour avoir une puissance tactique ?

— Tactique.

Jack ne me regarda pas pendant un moment. Manifestement, c'était un homme qui aimait les silences dans une conversation. Finalement, il fit un geste vers Ayaan avec son épaule (ses mains étant occupées avec son fusil à pompe).

— C'est une décharnée, hein ? Une Somalienne ?

— Une « décharnée » ? demandai-je vivement.

— Juste de l'argot de l'armée. Sans vouloir vous offenser. J'étais ranger dans le 75e.

Il ne semblait pas éprouver le besoin d'expliquer ce que cela pouvait signifier. À en juger par la façon dont Ayaan se crispa et laissa échapper une petite exclamation, je fus à même de remplir avec hésitation quelques blancs. Le 75e régiment de rangers, comme cela me fut confirmé par la suite, était la compagnie qui avait tenté de capturer Mohammed Aidid à l'Olympic Hotel à Mogadiscio en 1993. Le résultat de cette opération fut que, pour la première fois dans l'Histoire, le cadavre d'un soldat américain avait été traîné dans les rues d'une capitale étrangère.

— Elle a prouvé qu'elle était un allié de valeur, m'insurgeai-je.

Mais il me calma d'un regard. Apparemment, c'était une chose dont il avait envie de parler.

— Je ne faisais pas partie de ce commando à l'hôtel, j'étais à la base et j'ai joué aux cartes toute la journée. Toutefois, j'ai vu une multitude d'autres choses merdiques. Les décharnés étaient malins. Malgré notre formation et notre discipline, ils avaient le dessus sur nous. Ils étaient déterminés, également. J'ai vu des décharnés se faire descendre et d'autres types – même des gosses et des femmes – se précipiter malgré nos tirs nourris pour ramasser les armes tombées à terre et se mettre à tirer sur nous. (Il secoua la tête et sembla regarder à travers moi.) Nous occupions leur pays et ils voulaient que nous partions. Nous n'aurions jamais dû nous trouver là-bas et, quand Bill Clinton a ordonné le retrait de nos troupes, j'ai été foutrement content de rentrer chez moi.

Il regarda Ayaan comme s'il lisait en elle, comme si sa présence même constituait le rapport d'un autre endroit, qu'il pouvait examiner et analyser.

— Ce que je comprends maintenant, c'est que les décharnés ont tenu le coup en face de ce fléau, ils n'ont pas été anéantis comme nous. (Je hochai la tête en guise de confirmation.) Cela ne me surprend pas du tout. Faites-moi une faveur et gardez ça pour vous. Si ces gens ici savaient que notre seul espoir consiste à rallier la Somalie... je ne pense pas qu'ils seraient très nombreux à vouloir aller là-bas.

Je suppose que c'était tout ce qu'il avait envie de dire. Je continuai à l'aiguillonner, en me servant de ma connaissance démodée des sigles et de l'argot militaires pour essayer de le faire parler, mais, après cela, il répondit uniquement par monosyllabes. Finalement, il se leva sans un mot et s'éloigna. Marisol revint quelques instants plus tard avec deux couvertures pour nous et une boîte de maïs à la crème qu'Ayaan et moi dévorâmes avec reconnaissance. Manifestement, c'était le mieux que les survivants avaient à offrir. Ils avaient dû se nourrir de conserves.

—Je vois que vous êtes très impressionnés par nos aménagements, déclara Marisol en nous regardant manger. Il faut absolument que vous restiez pour le spectacle. (Quelque chose semblait avoir changé chez elle, un masque était tombé, et elle s'assit à côté de moi.) J'espère que Jack ne vous a pas blessés. Il peut être un vrai salaud, mais nous avons besoin de lui.

En fait, je m'étais posé des questions sur elle, et non sur Jack. À quoi pouvaient bien servir ici son attitude odieuse et ses plaisanteries minables ? Je lui demandai plusieurs choses.

—Il s'occupe de vos défenses ?

—Mon chou... (Elle battit des cils en une tentative sans enthousiasme de recouvrer son insouciance soigneusement étudiée.) Il s'occupe de tout. Il répare le générateur quand celui-ci tombe en panne. Il organise les groupes qui vont chercher notre nourriture. Vous savez la quantité de nourriture qui est nécessaire chaque jour pour deux cents personnes ? Sans lui nous serions morts. D'une manière horrible. (Elle prit la boîte de conserve vide de ma main quand j'eus fini de manger.) Bien sûr, je ne dois pas sous-estimer l'importance de mon petit mari. Ce cher homme fait un boulot de première, lui aussi. J'espère que vous resterez pour sa grande allocution.

La nuit tombait et nous n'avions plus aucun moyen de nous protéger contre les morts-vivants. Apparemment, nous n'avions pas le choix.

13.

— Vous… vous ne pouvez pas parler sérieusement, dit Gary.

Mael s'enfonçait à l'intérieur du musée plongé dans l'obscurité, traversant un jardin de sculptures éclairé indirectement par des fenêtres qui donnaient sur l'extérieur.

— Vous ne vous attendez tout de même pas que je vous croie ? Au fait que vous allez sortir parcourir la ville et vous mettre à tuer les survivants ?

Tandis que le druide s'avançait en boitillant, les momies commencèrent à émerger de l'aile de l'Égypte ancienne, étreignant des canopes et des scarabées. Ce fut un Gary suprêmement frustré qui dit à Sans Nez et Sans Visage de venir également, ne tenant pas particulièrement à être en infériorité numérique en ce moment.

— De toute façon, ce n'est pas ici que vous le ferez. Il reste peut-être une poignée de gens dans cette ville…

— Ils étaient plus d'un millier, la dernière fois que j'ai jeté un coup d'œil.

Mael poussa une porte et ils s'avancèrent à travers un nuage de lumière colorée. De hautes fenêtres au verre sale déversaient cet éclat sur eux, tandis que des arches gothiques les invitaient à poursuivre leur route. Mael s'arrêta et se tourna vers Gary.

— *Tous sont dans un piètre état, mon garçon. Ils sont affamés, terrés et coincés au point de ne pas pouvoir ressortir, ou encore trop terrifiés pour aller à la recherche de nourriture.*

— Alors laissez-les mourir de faim !

— *Ce serait cruel. Je suis la miséricorde même, mon garçon. L'espèce humaine est finie, personne ne peut contester cela. Cependant, elle met du temps à disparaître complètement. Représente-toi les souffrances que je leur épargnerai. Ici !*

Mael trouva une vitrine identique aux centaines d'autres que Gary avait vues. Avec l'aide de deux momies, il l'ouvrit et en sortit une épée. Elle avait été magnifiquement façonnée, autrefois, mais avec les siècles elle s'était corrodée et recouverte d'une patine d'un vert terne, et la lame s'était amalgamée avec le fourreau. La poignée ouvragée adoptait la forme d'un guerrier celtique en train de hurler. Mael fendit l'air d'un large geste tranchant.

— *Elle n'est pas la Réponse, mais elle fera l'affaire.*

— Vous allez tuer des gens avec ça ?

La tête de Mael s'affaissa en avant.

— *Essaie de ne pas être si littéral. Je veux juste être équipé comme il faut. Tu ne m'aides pas, alors. Ce n'est pas « ton truc ». Très bien. Veux-tu jouer à être mon ennemi, alors ? Est-ce que je vais être obligé de me débarrasser de toi afin de terminer le Grand Ouvrage ? Ou bien resteras-tu à l'écart et me laisseras-tu m'en charger ?*

Gary envisagea cette hypothèse un moment, mais c'était inutile. Il n'avait rien d'un combattant et il avait vu que Mael était très fort en dépit des apparences. Son énergie sombre était également énorme et puissante. Elle ressemblait à une planète sans soleil, vaste, ronde et autonome, quelque chose de si grand et de si mortel qu'elle possédait son propre champ de gravitation.

— Je… je n'imagine pas pouvoir vous arrêter. Je peux essayer de vous dissuader.

— *Il n'y a pas de discussion possible, Gary. C'est ce que nous sommes.* Des uamhas. *Des monstres. Il y a du bien dans ce monde et il y a du mal, et nous sommes le mal. À présent, soit tu viens avec moi, soit tu me laisses faire, mon garçon. Il y a du travail à accomplir.*

Utilisant l'épée comme une canne, Mael fit un bond en avant, traversa la salle consacrée au Moyen Âge, et arriva dans le grand hall du musée. Ne sachant pas quoi faire d'autre, Gary le suivit, son esprit saisi de vertige.

Refuser avait été sa réaction immédiate et il savait devoir s'y tenir, mais la conviction de Mael était un puissant argument en soi. Après tout, Gary était venu jusqu'au druide avec des questions. Avait-il le droit de faire le tri et de choisir parmi les réponses, en écartant celles qui ne lui plaisaient pas ?

Ce n'était pas comme si Gary éprouvait une fidélité particulière envers les vivants. Ils l'avaient traité d'une façon plutôt mesquine. Il se souvint de cet instant de reconnaissance quand il avait vu pour la première fois Sans Nez dans la 14e Rue, quand ils avaient semblé être le reflet l'un de l'autre. Gary s'était qualifié de monstre, alors, et l'avait vraiment pensé.

Il avait consacré tant de temps à essayer simplement de survivre. Il avait fait de lui-même un monstre mort parce que cela semblait la seule façon de continuer. Il avait essayé de se lier d'amitié avec Dekalb pour se tirer d'un mauvais pas. Néanmoins, dans quelle intention existait-il ? Le seul fait de poursuivre avait paru être une motivation acceptable auparavant, mais, à présent, s'il ne faisait rien de cette seconde chance qui lui était donnée, l'avait-il méritée, tout compte fait ?

Il ne croyait pas à ces conneries sur le jugement et le châtiment. Mais il y avait peut-être d'autres raisons d'accepter. La vengeance, notamment. Détruire tous les humains incluait tuer Ayaan, ainsi que Dekalb. Ces enfoirés ne l'avaient pas écouté et l'avaient abattu comme un chien, ne lui laissant même pas une chance.

Ensuite, il y avait la faim dans le ventre de Gary, un animal féroce en lui qui frappait contre les murs dans un besoin frustré. En travaillant pour Mael, il aurait de la viande fraîche en abondance.

— Comment avez-vous l'intention de commencer ? demanda Gary timidement.

Mael se tenait dans l'embrasure de la porte ouverte du Met, et le soleil ruisselait sur sa chair racornie.

— *J'ai déjà commencé,* répondit-il, et il sortit dans la lumière du jour.

Gary le suivit et aperçut des yeux innombrables qui le regardaient fixement.

Toute la 5e Avenue était obstruée de morts. Leurs corps remplissaient l'espace telle une forêt de membres humains. Leurs vêtements affichaient des couleurs ternies par la saleté et le temps. Certains perdaient leurs cheveux, d'autres se les étaient fait arracher, et d'autres encore arboraient des tignasses emmêlées. Ils étaient devenus une seule entité, une masse sans traits vraiment marqués. Blancs, noirs, latinos, hommes, femmes, tous des squelettes décrépits et des cadavres fraîchement égorgés. Ils étaient des milliers. De la bave dégouttait de leurs mâchoires flasques. Leurs yeux jaunes se tournèrent dans un même mouvement terrifiant vers le druide. Ils attendaient ses ordres. Mael avait rassemblé une armée : il les avait probablement appelés pendant que Gary posait ses questions et s'enlisait dans des dilemmes moraux.

Gary n'avait jamais imaginé réunir un si grand nombre d'entre eux en un seul endroit ; cela semblait impossible, comme si le monde était incapable de supporter un tel poids. Leur silence les faisait ressembler à des sphinx, énigmatiques, implacables. Aucune force ne pouvait leur résister.

Pour la première fois Gary se demanda si, de fait, Mael ne pouvait pas réussir. Il y avait tellement plus de morts que de vivants. Les quelques survivants étaient restés en vie en se montrant plus intelligents que leurs adversaires, mais si les morts-vivants étaient organisés, si une personne pouvait les conduire, alors quelle chance restait-il aux vivants ? Il était temps de choisir son camp.

Mael pointa son épée droit devant et les morts se mirent en marche telle une foule houleuse, d'un bout à l'autre de la rue, se divisant tandis qu'ils s'écoulaient de part et d'autre du musée et se dirigeaient vers Central Park. Le bruit de leurs pas martelant les dalles ressemblait à un tambour de guerre battant une marche sauvage. Mael et les momies se rangèrent derrière la foule et Gary les rejoignit comme ils passaient devant une statue en bronze représentant trois ours. Gary avait déjà vu la sculpture, mais il avait toujours pensé que cela avait quelque chose à voir avec un conte pour enfants. À présent, elle ressemblait à un totem, à l'emblème d'une force conquérante.

— *Pour le bien ou pour le mal, Gary, je fais ce que j'étais destiné à faire. Peu importe ce que nous choisissons. Tout ce qui compte, c'est ce que nous* sommes.

Mael se tenait à moins d'un mètre de lui, pourtant Gary fut surpris par l'irruption soudaine de ses pensées dans son esprit. À cause du bruit de tonnerre des pas cadencés des morts en marche, il s'était attendu à ce que toute parole soit recouverte.

Pourtant, les mots semblaient résonner. Pour le bien ou pour le mal : deux côtés du même devoir. *« Avant je me battais pour sauver des vies »*, avait dit Gary au survivant Paul. *Maintenant je les supprime.*

— *Est-ce que tu sens que tu as une autre cause à servir ? Qu'est-ce qui est plus important pour toi ? Qu'est-ce qui pourrait être plus important que la fin du monde ?*

La boue du parc bouillonnait sous les pas lourds des morts, giclait en de grandes mottes que Gary était obligé de traverser péniblement. Ils atteignirent un grand espace découvert et déboisé – cela avait dû être la Grande Pelouse, autrefois – et les morts se déployèrent pour former une large éclaircie circulaire au milieu d'eux, un espace dégagé où Mael se tint avec les momies. Le druide tourna plusieurs fois sur lui-même et traça finalement une marque dans la terre avec son épée. Il adressa un geste aux morts rassemblés autour de lui et ces derniers passèrent à l'action. Gary entendit au loin un grand fracas, un grondement, et une colonne de poussière s'éleva au-dessus des branches des arbres dénudés au sud. Une bombe avait probablement explosé ou une conduite de gaz avait éclaté ou bien... Gary n'avait aucune idée de ce que c'était.

— Que se passe-t-il ? demanda-t-il.

— *La construction a commencé. Je dois avoir un* broch *d'où je donnerai mes ordres. Une forteresse, avec une salle du trône.*

Ce n'était pas très explicite, mais Gary n'allait pas tarder à comprendre. La foule ondoya sur ses côtés puis le mouvement se rassembla. Les morts se passaient des briques, de main en main. Des morceaux de mortier venaient y adhérer, et certaines étaient ornées de fragments de graffiti. Les morts avaient dû démolir un immeuble – c'était cela le grand fracas – et, à présent, ils avaient l'intention d'utiliser les matériaux de l'immeuble détruit pour bâtir le quartier général de Mael. Les briques étaient posées une par une, et les morts les enfonçaient profondément dans la boue avec leurs mains maladroites. Ils grouillaient autour de l'endroit où Mael se tenait, complètement absorbés par leur tâche, formant comme une fourmilière. Ceci dépassait de loin ce que les morts étaient capables de faire, d'après l'expérience de Gary. En tout cas pas sans une intelligence pour les diriger de loin. Mael pouvait-il vraiment les contrôler tous en même temps ? Le pouvoir du druide devait être énorme.

— Donne-moi une chance, Gary. Travaille avec moi durant une journée. Cela pourrait te plaire. Tu te sentiras peut-être à l'aise en étant ce que tu es réellement.

Il avait ressenti une culpabilité si forte en mangeant Ifiyah, parce qu'il avait essayé de vivre selon les critères des vivants malgré ce qu'il était devenu. L'euphorie qui avait suivi, après qu'il eut dévoré Kev, avait été la chose la plus naturelle qu'il ait jamais éprouvée.

Gary voulut refuser mais en fut incapable. Devant tous ces efforts concertés, sans parler de la conviction de Mael, il semblait impossible de nier ce qu'il se passait.

— Un jour, dit-il. Le mot le plus provocant qu'il réussit à sortir de sa bouche. Je vais consacrer un jour à ceci et verrai ce que je ressens.

Mael hocha la tête, en veillant à ne pas exercer un trop grand effort sur son cou brisé.

14.

Shailesh nous conduisit vers un endroit dégagé où nous pouvions nous appuyer contre l'un des piliers de la station de métro. C'était la meilleure place pour écouter le discours, déclara-t-il. Je n'avais toujours qu'une idée très vague de ce qu'il se passait. Les lumières baissèrent et le bourdonnement des conversations autour de nous se réduisit à un murmure. Nous étions assis et regardions un espace vide de la station. Au-dessus de nos têtes nous avions un bon aperçu de la fameuse peinture murale de Roy Lichtenstein. Réalisée avec des couleurs primaires et des traits épais propres aux bandes dessinées, elle représentait un New York du futur : des rames de métro aérodynamiques décollaient sur des fusées au-delà d'une ville de flèches et de ponts aériens. Sur la droite, un homme à l'air sérieux et coiffé d'un casque radio supervisait les rames avec une fierté rayonnante.

Un homme apparut sous la peinture murale, souriant et saluant de la main des gens dans la foule. Des applaudissements retentirent et, quelque part, un violon se mit à jouer l'hymne américain.

L'homme avait une soixantaine d'années. Il avait une barbe grise broussailleuse et quelques touffes de cheveux sur son crâne. Il portait un costume gris anthracite avec un accroc à une manche et un badge d'identification qui indiquait

« Bonjour je m'appelle Monsieur le président ». Un insigne discret du drapeau américain brillait à son revers.

Marisol se leva d'un côté du hall et beugla une annonce.

— Mesdames et Messieurs, je vous présente l'homme de la situation, mon époux bien aimé et votre président des États-Unis d'Amérique : Montclair Wilson !

La foule devint hystérique. Wilson joignit les mains au-dessus de sa tête et rayonna comme un projecteur.

— Merci à vous, merci à vous, cria-t-il au-dessus du grondement.

Quand les gens se calmèrent finalement, il s'éclaircit la voix et croisa les bras derrière son dos.

— Américains, mes compatriotes, commença-t-il, cela a été un mois difficile. Pourtant nous devons nous souvenir que le printemps est arrivé et avec lui la promesse d'une nouvelle aube en Amérique.

Je saisis le bras de Shailesh. Il fut obligé de détacher son regard de Wilson.

— C'est sérieux ? lui demandai-je.

Il secoua la tête pour essayer de me faire taire, puis soupira :

— Sans un commandement fort, nous serions condamnés.

— Mais qui est ce type ?

— Il était professeur d'économie politique à Columbia avant le… vous savez quoi. Maintenant, est-ce que je peux écouter ? C'est important !

Je le lâchai et me tournai pour écouter le discours, dont nous avions raté une partie.

— … tenu ou dépassé toutes mes promesses de campagne. Je suis fier de vous annoncer que nous avons à présent suffisamment d'eau chaude pour que chacun puisse prendre une douche par semaine. Vous m'aviez demandé d'installer davantage de tubes fluorescents dans le hall du dortoir et avec l'aide de Jack j'ai apporté un millier de points de lumière à notre pays plongé dans la nuit. Nous avons également ajouté cinq autres volumes à la bibliothèque, dont un roman de Tom Clancy que je vous recommande personnellement.

Je regardai Ayaan avec un sourire sarcastique, mais elle était aussi captivée que tous les autres. Elle avait été élevée par des démagogues et des conseillers en endoctrinement politique, je pouvais donc supposer que ce n'était pas une réelle surprise qu'elle soit sensible à ce genre de rhétorique. Je m'adossai au pilier et examinai la peinture fulgurante, me plongeant dans la rêverie d'un futur qui ne serait jamais, finalement. Cependant, j'écoutai de nouveau quand le président en vint au résumé des événements récents.

—Nous avons tous entendu les rumeurs. Il semblerait que ce soit vrai : il y a un bateau dans le port. J'ai appris qu'il s'agit d'un chalutier de pêche à moteur diesel aménagé en transport de troupes. Bon, nous ne désirons pas utiliser le mot « délivrance ». Je sais que nous sommes tous fatigués et harassés et que nous voulons sortir d'ici, mais notre libération n'est pas quelque chose dont je parlerai ce soir. Je ne vous promettrai jamais que vous serez délivrés tant que je ne serai pas en mesure de vous le garantir. Je vais diriger moi-même une commission d'enquête pour voir quelles sont nos chances réelles d'être secourus. Mes résultats seront rendus publics dès qu'ils seront disponibles. Toutefois, je peux vous promettre une chose. Une fois que nous aurons été sauvés, nous irons tous sur cette nouvelle terre promise. Nous ne laisserons aucun enfant derrière nous.

» Bonne nuit, Amérique, et que Dieu vous bénisse !

La foule explosa en un rugissement surexcité tandis que Wilson quittait la « scène », en frappant l'air de ses poings, tandis que le violon se lançait dans une interprétation tapageuse de *C'est un magnifique vieux drapeau*. Marisol se précipita pour prendre la place de son mari, en tapant dans ses mains en mesure. Quand la chanson se termina, elle fit venir le violoniste pour qu'il joue des airs à la demande de la foule. C'était un adolescent svelte pas plus âgé qu'Ayaan, avec une acné très développée et un tee-shirt qui proclamait « *Weaponized 2004 World Autopsy Tour* ». Un groupe de nu métal à l'aspect menaçant regardait avec mépris le tissu de coton fané. Les gens demandèrent principalement des chansons de Sinatra et de Madonna, qu'il joua avec beaucoup de sensibilité.

C'était la première fois que j'entendais de la musique depuis que j'avais quitté la Somalie et je dois avouer que je fus ému, moi, ce vieux croûton de Dekalb, amer et cynique. Je chantai sur deux airs, me souvenant de ma jeunesse aux States. J'avais fui mon pays natal, j'avais demandé un travail sur le terrain à la seconde où j'avais été engagé par les Nations unies. Mais l'Amérique n'avait pas été si moche, non ? Dans mes souvenirs tout avait été cool. Une flopée de voitures m'avaient laissé continuellement en rade, comme je pouvais m'en souvenir, et j'avais poireauté des tas de fois devant des McDonald's en espérant que des jolies filles allaient s'amener, ce qui n'arrivait jamais… Et pourtant, cela avait des airs de paradis en comparaison de ce qui se passait au-dessus de nos têtes. Cependant, quand le gosse se lança dans un arrangement du tube d'Avril Lavigne *Complicated* pour violon solo, je me levai, les hanches endolories, et me dirigeai vers le fond du hall, où plusieurs tables de jeu proposaient des rafraîchissements. Je me servis un verre de punch (du Kool-Aid dilué avec de la vodka bas de gamme) et mangeai un cookie plein de gros morceaux de bicarbonate de soude.

Les survivants ne me parlaient pas. Je tentai diverses manœuvres pour engager la conversation, fis des compliments pour la collation, parlai de la pluie et du beau temps, me présentai même tout de go ; mais je suppose qu'ils ne tenaient pas à entendre quelles étaient leurs chances de partir avec nous. S'ils se contentaient de me regarder, ils pouvaient conserver l'illusion que j'étais un ticket gratuit pour la sécurité.

Ma foi, c'était peut-être le cas. L'*Arawelo* était toujours là-bas quelque part dans la nuit. Si nous parvenions à le rejoindre il restait une chance. Et j'avais peut-être bien une idée de la façon de le rejoindre.

Je partis à la recherche de Jack et me retrouvai dans un couloir désert, qui aboutissait sur un petit escalier. J'entendais des gens en bas, ce qui me poussa à aller voir. J'y trouvai Jack, ainsi que Marisol. Lui avait une main glissée sous le cordon de son pantalon à elle, et il lui caressait le cou de ses lèvres.

Elle m'aperçut et durant une seconde je ne vis que du défi dans son regard. *Pourquoi pas ?* semblait-elle demander, et de fait je pouvais difficilement la blâmer. La mort était toujours proche de nous. Qui plus est, cela ne me regardait pas. Elle sembla se ressaisir au bout d'un instant, et repoussa Jack avec colère.

— Putain d'enfoiré, lâche-moi ! cria-t-elle. Tu sais que je suis mariée !

Elle passa près de nous en trombe. J'observai Jack prudemment, me demandant s'il allait être furieux après moi de les avoir découverts. Mais il se contenta de se retourner, très lentement, et ouvrit les yeux.

— Que puis-je faire pour vous, Dekalb ? demanda-t-il.

Avant que je puisse répondre, nous entendîmes un glapissement, peut-être un cri – les carreaux blancs de la station rendaient l'acoustique infernale – et nous retournâmes précipitamment dans le hall.

Le chat était revenu. Le chat tigré galeux que Shailesh avait lâché pour servir d'appât et nous permettre à Ayaan et moi d'entrer. Il avait dû se débrouiller pour échapper aux morts, et revenir par une entrée cachée trop petite pour être surveillée. Il avait l'air sale et décontenancé comme il s'avançait dans le hall et remuait la queue d'un côté et de l'autre avec méfiance.

Une fille avec un appareil dentaire et des lunettes aux verres épais se baissa et tapota ses genoux.

— Viens, approche, minet, roucoula-t-elle.

Le chat se tourna vers la voix. Un instant plus tard, il se jetait sur elle et ses dents s'enfonçaient avec agressivité dans ses bras tandis qu'elle essayait de se protéger. Ce fut à ce moment que nous vîmes tous le trou dans le flanc du chat, une blessure inégale à travers laquelle ses côtes étaient parfaitement visibles.

Jack se précipita vers la fille tandis que les autres reculaient avec terreur, se piétinant presque les uns les autres comme ils essayaient de s'éloigner. Jack sortit un couteau de combat et frappa le chat à la tête. Puis il se tourna vers la fille, saisit brutalement l'un de ses bras et le dressa. Il était couvert de petites morsures – des piqûres d'épingle de sang – et de salive de chat.

— Viens, dit Jack.

Sa voix n'était ni cruelle ni douce, simplement neutre. Il ne lui restait rien en matière d'émotions à donner à la fille. Il l'emmena dans l'un des nombreux couloirs de la station.

L'air dans le hall sembla plus pesant et prit un goût infect, comme si on avait déversé du ciment caoutchouteux. L'atmosphère de réjouissance avait complètement disparu, ce qui, apparemment, donna à Marisol l'occasion d'occuper de nouveau le devant de la scène.

— Des séquences de film célèbres ! cria-t-elle.

Ces paroles semblaient fragiles, mais lui obtinrent l'attention de la foule.

— Des séquences de film célèbres ! Qui en connaît une ?

Les survivants, peut-être bien glacés d'horreur, se regardèrent entre eux, en essayant de penser à quelque chose, quoi que ce soit. Finalement, Ayaan se leva. Elle était visiblement sur le point de mourir d'embarras et sa maîtrise de l'anglais fut sérieusement diminuée par son trac, mais elle parvint à dire d'une petite voix flûtée :

— Pouvons-nous avoir la fameuse séquence avec Sandra Bullock et Keanu Reeves dans *Speed* ?

Marisol hocha la tête avec empressement et encouragea Ayaan à jouer la scène avec elle.

— Il y a une bombe dans le bus ! cria Ayaan avec un léger sourire. Je dois savoir, m'dame, si vous êtes capable de conduire ce bus !

Ainsi c'était pour *cela* qu'ils avaient besoin de Marisol. Je les laissai et me tournai pour rejoindre Jack dans le couloir.

15.

Gary s'agenouilla dans la boue exposée de Riverside Park et regarda de l'autre côté du fleuve vers la marina de la 79e Rue. Quelques voiliers étaient toujours ancrés là-bas, leurs mâts brisés et leurs coques inclinées dans l'eau. Au milieu, un hors-bord brûlait sans flammes, une fumée âcre s'échappant du compartiment de son moteur et dérivant dans l'air nocturne vers le nez crispé de Gary. Un bateau, un grand voilier de course au foc affalé, semblait toujours en état de prendre la mer. Deux énormes roues étaient installées à l'arrière, arrimées sur le pont. Une lumière électrique clignotait à sa proue à intervalles réguliers de quelques secondes. Quelqu'un avait hissé un drapeau américain à l'envers en haut de son mât.

Mael avait la certitude qu'il y avait des survivants à la marina. Les trouver ne serait pas difficile.

Gary ôta ses chaussures et plongea dans l'Hudson, suivi de près par Sans Nez et Sans Visage. Ils coulèrent comme des pierres vers le fond tandis que Gary était ballotté à la surface comme un bouchon de liège. Il se rendit compte qu'il retenait sa respiration. Il la relâcha – il n'en avait pas besoin – et dériva vers le fond. L'eau était froide, très froide s'il pouvait la sentir à travers sa peau épaisse, mais cela ne le dérangeait pas. Elle était sombre, également, boueuse et lugubre, et il voyait à peine à un mètre devant son visage.

Il serait facile de se perdre ici. Le peu de clair de lune qui pénétrait la surface de l'eau bougeait et miroitait à tel point qu'il était plus ou moins inutile. Il distinguait des courants de vase qui passaient près de lui et apercevait les légers contours des déchets jetés là depuis des siècles : des vieilles voitures, des bidons de dix litres qui avaient rouillé et s'étaient ouverts, des piles et des piles de sacs-poubelle en plastique noir fermés par des sertissures en métal. Le tout était recouvert d'un tapis d'algues visqueuses, dont des filaments dérivaient dans le courant du fleuve. Chaque pas de Gary exigeait un réel effort, mais cela ne le fatiguait pas. Ses pieds s'enfonçaient dans la vase du lit du fleuve, mais il progressait toujours, cherchant l'ancre du voilier.

Sans Nez apparut à travers l'obscurité juste sur la droite de Gary. Le mort semblait plus à l'aise sous l'eau qu'il ne l'était sur la terre ferme, chose blanche pulpeuse aux cheveux qui flottaient et aux vêtements qui ondoyaient. Des bulles argentées s'échappaient de sa chemise. Gary regarda avec approbation comme son compagnon attrapait un poisson surgi de l'eau sombre et enfonçait profondément ses dents dans son flanc. Des nuages de sang fleurirent autour de Sans Nez et le cachèrent temporairement à sa vue.

Le mort se comportait très bien. Après la récompense de la journée, le cadavre animé qui avait été autrefois incapable de se nourrir agissait de nouveau selon sa seule volonté, à présent. Sans Visage faisait des progrès plus lents, mais, au moins, elle avait réussi à se débarrasser de la faune d'insectes qui s'étaient nichés dans ses clavicules.

Ils s'étaient bien nourris en exécutant le projet de Mael. Gary avait découvert qu'il avait un réel talent pour tuer. Il exultait quand il tuait.

Leur première mission avait été une femme d'un certain âge cloîtrée dans un immeuble à Harlem. Elle s'était barricadée au premier étage, obstruant l'escalier avec des meubles brisés et des liasses de vieux magazines attachés avec de la ficelle. La partie difficile avait été d'escalader toutes ces ordures. Quand ils étaient arrivés à l'étage ils l'avaient trouvée dans sa salle de bains, blottie derrière un panier à linge en rotin. Gary s'était attendu à ce que des scrupules surgissent quand elle le supplierait de la laisser en vie, mais, en fait, elle avait tremblé si violemment qu'elle avait été incapable de parler. Il n'y avait eu aucun problème tandis que Gary s'était avancé pour la mise à mort. Aucune hésitation de sa part, juste un vieux mécanisme de résistance avant que la faim ait pris le dessus. Mais il aurait été incapable de résister s'il avait essayé.

Après cela, ils avaient continué, s'arrêtant à la gare de la 125e Rue. La station et les quais surélevés étaient déserts. À côté, il y avait un immeuble aux portes condamnées et abandonné depuis toujours selon les plus vieux souvenirs de Gary. C'était la carcasse calcinée d'un immeuble de bureaux de brique rouge orné d'armoiries compliquées. Une banderole proposant à la vente des ordinateurs portables d'occasion pendait mollement sur son côté. Depuis les quais, il voyait la lumière du soleil entrer par les fenêtres béantes de l'immeuble et des arbres qui poussaient entre les poutrelles du toit brisé. Il voyait également des volutes de fumée blanche qui provenaient du haut de l'immeuble, fumée qui disparut presque à l'instant où il la repéra. Quelqu'un là-haut avait fait du feu et avait dû l'éteindre précipitamment.

Les entrées au rez-de-chaussée étaient condamnées depuis des décennies, mais tous les trois eurent vite raison du contreplaqué qui recouvrait une fenêtre basse, concentrant la force de leurs épaules pour fracasser l'obstacle. Des pans triangulaires de lumière entraient deux étages plus haut pour illuminer l'intérieur de l'immeuble, totalement implosé, formant un labyrinthe en trois dimensions de lattes tombées sur le sol et de solives qui pendillaient. Ils grimpèrent, toujours plus haut, se déplaçant de madrier en madrier à l'aide de leurs mains, s'écartant quand les planchers cédaient, progressant quand ils ne cédaient pas. Avec la patience des morts, ils essayaient sans relâche et progressaient toujours. Celui qui s'était réfugié sur le toit aurait pu jeter des débris ou tirer sur eux à tout moment, mais quand ils arrivèrent au dernier étage ils ne rencontrèrent aucune résistance.

Quelqu'un avait eu la prévenance de laisser un escabeau sous le trou de la toiture. Ils montèrent à travers du papier goudronné déchiré et émergèrent dans la lumière éclatante du jour. Gary vit un appentis de fortune installé sur le dernier coin stable du toit. Les braises d'un feu de camp rougeoyaient à proximité, avec un rat embroché qui attendait d'être rôti. Il entendit quelque chose s'effriter et le crépitement de fragments de pierre qui heurtaient la rue en contrebas, et il se tourna pour apercevoir un homme vivant perché sur le rebord du toit. Il ressemblait à l'un de ces sans-abri, le visage maculé de saletés, les vêtements déchirés et sans couleur.

Gary fit un pas dans sa direction et l'homme sauta. C'était préférable, avait-il dû penser, à ce que Gary avait l'intention de lui faire. De son point de vue, c'était probablement bien pensé. Sans Nez et Sans Visage redescendirent en hâte pour le maîtriser avant qu'il puisse se relever. Gary prit tout son temps. Ce n'était pas de la viande qu'il voulait, c'était la force vitale, l'énergie dorée du vivant qui pourrait le fortifier.

Quatre heures plus tard, il se tenait sur le fond de l'Hudson, les mains posées sur la chaîne de l'ancre du voilier. Il ne laisserait pas ces survivants s'échapper, il se fit cette promesse. Il commença à grimper à la force du poignet, suivi de ses subordonnés. Quand sa tête creva la surface de l'eau, il leva les mains et se hissa sur le pont en bois du bateau, de l'eau ruisselant de son corps. Il se mit debout et sentit qu'il chancelait comme le courant faisait tanguer le bateau. Il y avait une cabine au milieu du pont, son écoutille encastrée dans le bois. C'était leur destination. Cependant, avant que Gary puisse parcourir la moitié de la distance qui le séparait de la porte, cette dernière s'ouvrit et un humain vivant se pencha au-dehors. Il tenait dans sa main ce qui ressemblait à un pistolet d'enfant, orange vif, avec un canon assez large pour tirer des balles de golf.

Le pistolet produisit un fort pétillement et de la fumée jaillit sur le pont. Sans Visage baissa les yeux vers son estomac où un cylindre de métal terne sifflait et crachotait. Dans un jet de lumière rouge comme celle d'un feu d'artifice le cylindre explosa, la projeta en arrière et la fit tomber dans l'eau.

— Un pistolet de signalisation ? demanda Gary à voix haute. Sans déconner, un pistolet de signalisation ? Et ensuite ce sera quoi ? Un pistolet de starter ?

— Nom de Dieu, fit le vivant. (Il portait un caban bleu au col relevé autour de son cou.) Vous pouvez... vous pouvez parler.

Il posa le pistolet de signalisation sur le pont et leva les mains en un geste de supplication.

— Je suis vraiment désolé ! Je croyais que vous étiez l'une de ces choses mortes !

Je le suis, pensa Gary, et il se prépara à se jeter sur cet imbécile. Mais avant qu'il puisse se mettre en position le marin bondit sur le pont et se pencha sur le bastingage pour regarder l'eau agitée.

— Bordel de merde, qu'est-ce que j'ai fait ! Je suis vraiment désolé… J'ai un gilet de sauvetage ici quelque part. Elle sait nager ?

Gary jeta un regard à l'eau. Il apercevait Sans Visage sous la surface. Illuminée par la fusée scintillante, elle tournoyait comme elle dérivait vers le fond, se démenait pour retirer le projectile incendiaire de son estomac.

— Elle va s'en sortir, déclara Gary du ton le plus menaçant qu'il pouvait tirer de sa voix. Vous, par contre…

— Oh. Vous êtes mort. (Le visage du marin eut une expression décontenancée.) Mais vous pouvez parler. Écoutez. Allons dans la cabine. Nous… eh bien, nous discuterons de la situation comme des gens raisonnables. Je vous en prie.

Gary eut envie d'éclater de rire, mais il se contenta de hocher la tête. Il descendit vers le ventre du bateau, laissant Sans Nez aider Sans Visage à remonter à bord quand elle en fut capable. Gary baissa la tête pour traverser une cuisine au plafond bas et suivit son guide vers une cabine exiguë à l'avant du bateau.

— Vous voulez un café ? demanda le marin en se versant un mug d'une toute petite cafetière électrique. Non, je suppose que vous n'en voulez pas. Je m'appelle Phil, à propos, Phil Chambers de… d'Albany, à l'origine. Les choses étaient très moches là-bas. Nous avons descendu le fleuve en espérant trouver un endroit sûr… Saugerties était en feu et à présent, New York, c'est terminé, enfin, il n'y a nulle part ailleurs où aller, excepté vers l'Atlantique. C'est le bout de la route.

— Oui, dit Gary.

Cela ne prendrait qu'un moment pour tuer cet homme. Une rapide morsure à la gorge. Une profonde lacération de la carotide.

Chambers sortit des cartes d'un casier et les étala sur une table basse. Il regarda fixement son mug comme s'il avait découvert un insecte à l'intérieur. Il semblait incapable de boire.

— Je vous en prie, ne faites pas ça, dit-il. Mes gosses sont à l'arrière du bateau. Ils n'ont personne d'autre. Oh, merde, non. Non, vous n'allez pas prendre mes gosses aussi. Je vous en prie.

Gary se rapprocha jusqu'à ce qu'il sente la chaleur du corps de l'homme. Chambers frissonna. Il empestait la sueur rance. Gary l'empoigna par les cheveux à l'arrière du crâne.

— Je vous en supplie, mec. Je vous en supplie. Je vous en supplie.

De vraies larmes roulèrent sur la joue de l'homme. Gary goûta leur saveur sur son cou quand il mordit dans la chair tendre.

Il avait pensé que ce serait difficile quand on le supplierait. Il avait appréhendé ce moment quand la vieille femme s'était mise à pleurer comme un veau. En fait, cela ne faisait aucune différence.

16.

Jack me regarda par-dessus son épaule comme je m'approchais. Il surveillait la jeune fille – celle qui avait appelé le chat et avait été mordue par un félin mort-vivant pour sa peine – qui se trouvait derrière une grille en acier verrouillée au bas d'un escalier. Elle semblait plus rembrunie qu'effrayée.

— N'avancez pas, Dekalb, dit Jack. Je dois m'occuper d'elle.

J'acquiesçai et m'assis sur un cageot. Nous nous trouvions à la dernière barrière de sécurité du quai numéro 7, d'après une pancarte écrite avec un stylo Sharpie et fixée sur le mur avec du ruban adhésif. On ne pouvait pas barricader les tunnels eux-mêmes, et les survivants avaient simplement isolé tous les quais, pour rester dans les halls et les couloirs qui les reliaient, là où ils étaient convaincus d'être en sécurité. Shailesh m'avait dit n'avoir en fait jamais vu de mort-vivant sur les voies, mais Jack refusait de prendre le moindre risque.

La jeune fille – son badge d'identification indiquait « Bonjour je m'appelle Carly » – avait été mise à l'écart sur le quai pour voir si elle allait mourir ou non. Si elle ne mourait pas, elle pourrait revenir. Si elle mourait, Jack lui tirerait une balle dans la tête. Dans les deux cas, il passerait la nuit assis à côté d'elle. Il faisait tout ce qu'il pouvait, et il lui passa une trousse de premiers soins à travers les barreaux. Elle se tamponna les bras avec du mercurochrome jusqu'à ce qu'ils deviennent orange vif.

— Tu avais oublié ce que je vous ai enseigné ? demanda Jack d'une voix terne. (Comme s'il l'interrogeait simplement sur des données basiques.) On ne touche jamais quelque chose qui est allé dehors. Pas jusqu'à ce qu'on l'ait vérifié.

— Il avait l'air si effrayé et je voulais juste... (Carly haussa les épaules.) Non que cela ait la moindre importance. Nous allons tous mourir, de toute façon.

— Tu ne peux pas céder à cet état d'esprit. Surtout maintenant, alors que nous avons une chance de partir d'ici. Tu n'as pas entendu parler du bateau ?

La jeune fille me regarda. Il n'y avait que de l'antipathie dans ses yeux, un refus complet de communiquer avec moi.

— Ah ouais ? Eh bien, merci de rendre ma mort vachement ironique, papy.

— On ne parle pas de cette façon à tes aînés, dit Jack. (Il n'éleva pas la voix, mais, en l'entendant, je sentis des fourmillements sur *ma* peau.) Tu m'écoutes ?

— Oui, m'sieur. Et j'en ai rien à cirer, m'sieur.

Elle se retourna et commença à s'éloigner de la grille.

— J'en ai marre de tout ça, cria-t-elle. Je vais à Brooklyn !

Un seul tube fluorescent continuait à fonctionner là-bas et elle fut rapidement engloutie par les ténèbres.

Jack ne l'appela pas. Il se contenta de s'asseoir sur le sol carrelé, et de s'adosser au mur, afin de garder un œil sur la grille. Il récupéra son SPAS-12 et le posa en travers de ses genoux. Il glissa la main dans sa poche et en sortit une cartouche, une balle au tungstène de douze centimètres, sauf erreur de ma part.

— Quelles sont ses chances ? demandai-je.

— Environ 90-10, d'après ce que j'ai vu. Parlez-moi, Dekalb. Expliquez-moi pourquoi vous me harcelez continuellement alors que j'essaie juste de faire mon boulot.

Les mots étaient trop francs et vulnérables pour appartenir à cet homme. À l'évidence, il subissait une tension nerveuse intense. Je songeai à le laisser seul et à revenir le lendemain mais j'avais le sentiment que toutes ses journées ressemblaient à celle-ci.

— Vous avez envoyé deux hommes dehors il y a deux jours, Paul et Kev, je crois.

Ray avait mentionné leurs noms à la grille de la station.

Il hocha la tête, appuya sur le bouton de fermeture du magasin de son arme et ouvrit la culasse. Il engagea la cartouche dans le canon d'un coup sec et la referma.

— Oui, confirma-t-il.

— Dans ce cas, vous n'êtes pas pris au piège ici. Vous pouvez envoyer des gens dehors quand vous en avez besoin, pour trouver de la nourriture, par exemple, ou autre chose. Je ne dis pas que ce n'est pas dangereux, mais cela peut être fait. Vous connaissez certainement des trucs pour rester en vie ici que nous ne connaissons pas.

Sans détourner son regard de la grille verrouillée devant lui, il releva les coins de sa bouche. Je n'aurais pas appelé cela un sourire.

— Bien sûr. Nous connaissons un truc très important. Cela s'appelle le désespoir. Quand nous devenons affamés quelqu'un se porte toujours volontaire pour sortir et aller chercher de la nourriture. Parfois des gens s'ennuient, tout simplement, et ils sortent de leur propre gré. Certains d'entre eux ne reviennent même pas. Nous sommes à court de tout, Dekalb. Je ne sais pas si vous l'avez remarqué, mais une ressource qui nous manque vraiment ce sont les célibataires, de dix-huit à trente-cinq ans. Ce sont eux qui se portent volontaires en premier.

— Waouh ! fis-je.

J'avais pensé qu'il devait y avoir un secret.

— Il n'y a rien à faire ici, à part attendre. Et certains ne le supportent pas.

Je comprenais, plus ou moins.

— J'ai une idée mais c'est dangereux. Très dangereux. Il faut que nous conduisions vos gens jusqu'au fleuve. Il y a un véhicule blindé de transport de troupe juste à l'ouest de Port Authority.

Jack hocha la tête.

— Je l'ai vu. En fait, j'y avais pensé moi-même. Il devrait être toujours en état de fonctionner, en supposant que le fioul ne se soit pas évaporé, que la batterie ne se soit pas déchargée, et qu'aucune des courroies de transmission dans le moteur n'ait pourri. Bien sûr, nous pourrions l'amener jusqu'à l'une des grilles et faire monter des gens à bord sans problème. Nous serions obligés de faire plein de trajets mais, ouais, cela nous permettrait d'arriver jusqu'à votre bateau sains et saufs.

M'animant à cette perspective, je fis remarquer le point faible.

— Toutefois, quelqu'un devrait aller là-bas, le faire démarrer, et le ramener jusqu'ici. Si le moteur ne démarre pas à la première tentative, il devra essayer de le réparer. Les morts seront là tout le temps. J'ai des soldats que je peux faire venir – des Somaliennes –, mais elles ne savent pas comment réparer un véhicule blindé de transport de troupe américain. Je pense que vous en êtes peut-être capable.

— Exact.

OK. Nous progressions.

— Il y a juste un os. Rien de ceci ne peut se produire tant que je n'aurai pas accompli ma mission d'origine. (Il me décocha un regard vif et je levai les mains pour lui demander de faire preuve de patience.) Écoutez, il y a des enjeux politiques. La Somalie est entre les mains d'un seigneur de la guerre, une femme. Il me faut une bonne raison pour la convaincre d'accueillir un groupe de réfugiés blancs, qui ne sont pas des soldats, et qui seront une véritable hémorragie dans ses ressources. Nous devons être réalistes.

Si j'avais cherché à le manipuler, c'était le terme à utiliser. Voilà un homme qui s'était débarrassé de tout semblant, de tout sentiment. Le réalisme était sa seule philosophie. Il hocha la tête une fois. Je m'efforçai de lui expliquer ce que je devais faire et de quelle façon il pouvait m'aider, mais il en avait assez de cette conversation. Il n'ouvrit plus la bouche, peut-être pour conserver toute son énergie. C'était un truc déconcertant, mais qui lui était très utile, cette capacité à ne pas tenir compte d'un autre être humain, même si celui-là se trouvait juste devant lui et essayait d'obtenir son attention. C'était l'homme le plus coriace que j'avais jamais rencontré. Cependant, cela me donnait de l'espoir. Si quelqu'un était en mesure de me conduire jusqu'au bâtiment des Nations unies, c'était bien Jack.

Nous restâmes silencieux un bon moment. Je songeai à retourner dans le hall, pour retrouver Ayaan et les autres survivants, mais j'en étais incapable. Je ne supportais pas leurs regards, ils me voyaient comme une plaisanterie insipide, leur espoir le plus cher qui miroitait devant eux après des semaines et des semaines pendant lesquelles on leur avait dit que rien de bon ne pourrait plus jamais se produire. J'étais incapable d'affronter leurs jeux bizarres fondés sur une culture populaire qui avait cessé d'exister.

Le silence commençait à vraiment me peser – j'étais prêt à parler tout seul, juste pour entendre quelque chose – quand il fut brisé par Carly. Nous ne pouvions pas la voir. Elle se maintenait dans les ombres, mais nous entendions le bruit de ses pas qui résonnaient sur le quai abandonné. Jack leva son fusil à pompe dans la direction du bruit. Je trouvai ce geste sans cœur, mais nous savions tous les deux qu'elle pouvait revenir complètement changée.

— J'ai vomi, dit-elle depuis l'obscurité. C'est moche, hein ?

— Probablement. C'est peut-être juste la nervosité.

Jack se leva lentement, l'arme toujours dans ses mains, mais pas nécessairement pointée sur elle désormais.

— Approche. Tu as probablement froid et faim. Je peux remédier à cela.

Ifiyah avait eu froid et faim après avoir été mordue. Je me demandai combien de fois Jack avait effectué cette horrible veille. Carly s'approcha des barreaux et nous vîmes immédiatement qu'elle allait mourir. Son visage était couvert d'une pellicule de sueur et ses yeux étaient complètement injectés de sang. Ses bras, où le chat l'avait griffée, étaient boursouflés et noirs de sang congestionné. Jack lui tendit une couverture et une boîte de corned-beef. Elle les prit sans rien dire. J'observai son visage tandis qu'elle mangeait. L'appareil dentaire mettait en lambeaux la peau interne et sensible de ses lèvres comme elle avalait la nourriture à grosses bouchées. Elle s'aperçut que je la regardais et s'arrêta pendant une seconde.

— Mate un bon coup, espèce de pervers, dit-elle. Je ne deviendrai pas plus jolie.

Je détournai les yeux en rougissant d'embarras. J'étais en train de penser à Sarah, me demandant si elle aurait bientôt besoin de consulter un orthodontiste. Cependant, il m'était difficile d'expliquer cela à Carly. Elle n'aurait pas compris.

Nous restâmes auprès d'elle toute la nuit. Je m'assoupissais de temps en temps, mais, quand je me réveillais, j'apercevais Jack assis et parfaitement immobile. Le fusil à pompe ne s'écartait jamais de sa position en travers de ses genoux. Chaque fois que je regardais Carly, son état s'était aggravé. Elle se mit bientôt à haleter, ses poumons luttant pour satisfaire la demande d'oxygène de son corps. Ses doigts se changèrent en des saucisses pénibles à regarder, si épais que la peau se fendait autour de ses ongles. Ils saignaient d'un sang foncé. Elle commença à délirer vers 4 heures du matin. Elle réclamait de l'eau, sa mère, et, de plus en plus fréquemment, de la viande.

À deux reprises, Jack lui proposa de mettre fin à ses souffrances, mais les deux fois elle refusa sans une hésitation.

— Je crois que je me sens un peu mieux, dit-elle la seconde fois.

De fait, sa respiration était plus calme. Ses yeux papillotèrent et se fermèrent, et je me pris à penser qu'elle allait peut-être vraiment s'en sortir, que son système immunitaire allait avoir le dessus.

— Allongez-vous si c'est plus confortable, lui dis-je. Gardez continuellement à l'esprit l'idée que vous vous sentirez mieux demain. Si vous pouvez dormir, vous devriez probablement le faire.

Elle ne me répondit pas. Nous attendîmes quelques minutes puis Jack frappa violemment la grille en acier de sa botte. Elle résonna suffisamment fort pour me faire mal aux oreilles, mais Carly ne tressaillit même pas.

— OK, dit-il. Je m'en occupe. Écartez-vous.

Je secouai la tête.

— Non. Non, elle est juste fatiguée…

Elle se leva lentement de l'endroit où elle avait été assise sur les carreaux. Elle avait les jambes mal assurées et les yeux toujours fermés.

— Regardez, elle va bien, dis-je.

Je savais que je me trompais, mais je le dis néanmoins. Elle se précipita vers nous violemment et, avec toute l'énergie qu'elle avait, plaqua ses mains boursouflées et son visage moite de sueur contre les barreaux, écrasant ses épaules et ses lèvres contre l'acier. Le cartilage de son nez céda comme elle percutait la barrière le visage en avant, sa pommette éclata, et les traits de son visage s'estompèrent. Je m'écartai à ce moment-là. Jack leva son SPAS-12 et tira. La balle entra dans son œil gauche et ressortit par l'arrière de sa tête en emportant une partie du crâne. Ensuite elle cessa de bouger. Le fusil à pompe produisit un bruit sec comme la culasse actionnée par le gaz engageait automatiquement une autre cartouche. Ce n'était pas nécessaire.

Je respirais bruyamment et mon corps bourdonnait sous l'action chimique de la panique que je ressentais. Jack tint l'arme contre sa poitrine et me regarda.

— Parfois, dit-il lentement, calmement, je pense que cela vaudrait mieux qu'ils meurent tous dans leur sommeil. Alors ils n'auraient plus peur. Certaines nuits, je reste éveillé et je réfléchis à la manière de le faire.

Il chassa cette pensée et quand il parla de nouveau, ce fut avec sa voix assurée habituelle.

— Nous commencerons votre mission demain, quand nous aurons dormi un peu tous les deux.

Puis il se détourna et se dirigea vers l'escalier.

17.

Gary pénétra dans l'enceinte de Central Park comme un héros au retour triomphal. Il avait l'impression qu'il aurait dû porter une cape. Derrière lui Sans Nez et Sans Visage avançaient avec aisance, réglant leur rythme sur ses enjambées.

La construction du *broch* de Mael se présentait bien. Deux charpentes de soutien triangulaires s'élevaient à une dizaine de mètres tandis qu'une courtine était déjà plus haute que la tête de Gary. Les ouvriers morts-vivants sur l'échafaudage semblaient peu assurés à tout le moins mais ils soulevaient et portaient les matériaux comme si c'était de précieuses reliques et plaçaient les briques si serrées que Gary aurait eu du mal à glisser une feuille de papier entre deux d'entre elles. Des groupes de morts se trouvaient dans des fosses autour du site et préparaient des briques, grattant avec leurs ongles l'ancien mortier. Certains se servaient de leurs dents.

D'autres équipes de travail érigeaient les échafaudages, grâce à des treillis de tuyaux métalliques arrachés aux façades d'immeubles de New York. Il n'y avait jamais eu de pénurie de ce matériau. Les échelles et les passerelles installées par les morts étaient branlantes et périlleuses : les accidents étaient fréquents, et, durant le bref laps de temps que Gary avait passé sur le site, il avait entendu plus d'une fois le choc sourd d'un corps mort-vivant qui chutait dans la boue depuis dix mètres de hauteur. Leurs os brisés et leurs membres inertes, ces victimes étaient remises au travail chaque fois que c'était possible : si elles pouvaient toujours marcher, elles tiraient des traîneaux remplis de briques, et quand elles pouvaient toujours se servir de leurs bras, on les mettait dans les fosses de nettoyage pour gratter le mortier.

Les quelques pitoyables infortunés paralysés à la suite d'accidents étaient néanmoins utiles à Mael : ils lui servaient de *taibhsear*, ou de voyants, dans le sens le plus littéral de ce terme. Hissés et attachés sur les murs du *broch* qui se dressaient, leurs yeux scrutaient le parc pour leur maître. En étant lui-même dépourvu, il dépendait de ces assistants, sans qui il aurait été aveugle. Des morts montaient à des échelles pour donner de petits morceaux de viande à ces guetteurs et les garder alertes.

Le druide était assis sur un monticule de pierres entassées au centre même du site. Sa garde d'honneur composée de momies était déployée derrière lui, affaissées les unes contre les autres, étreignant leurs amulettes et leurs scarabées telle une cour de magiciens mentalement déficients. Devant Mael était étalé sur le sol un plan pliable des stations-service de la ville avec des jetons qui indiquaient l'emplacement de tous les survivants connus. L'une des momies était agenouillée devant le plan comme Gary s'approchait, occupée à retirer les jetons pour les trois emplacements qu'il avait investis au cours de la nuit.

S'appuyant sur son épée couleur vert-de-gris, Mael chassa la momie et leva la tête pour accueillir son champion.

— *Mon* gowlach curaidh *est de retour ! Tu as l'air frais et gaillard, mon garçon. Le* Grand Ouvrage *doit te convenir.*

— J'ai le droit d'exister, fit valoir Gary avec hésitation. Ce qui signifie que je dois me nourrir.

— *En effet, et tu as bien travaillé.* (La tête du druide s'affaissa sur sa poitrine.) *Peut-être trop bien. Étais-tu obligé de te montrer si vicieux avec les jeunes enfants ?*

Gary fut seulement à même de hausser les épaules.

— Vous avez dit vous-même que nous sommes le mal, et que nous devons nous comporter comme tel. Je n'ai fait que suivre les ordres.

Gary s'accroupit et examina le plan. Il restait beaucoup de survivants, des centaines. Il pouvait continuer à les traquer pendant des mois et ainsi, ne jamais manquer de nourriture. Toute compassion ou sympathie qu'il avait pu éprouver autrefois pour les vivants avait disparu. C'était peut-être la conséquence du fait qu'on ait tiré sur lui chaque fois qu'il en avait rencontré. Ou peut-être devenait-il réellement la créature parfaite que Mael lui avait demandé d'être.

— C'est ce que je suis, non ? Un monstre. Ne me critiquez pas parce que j'y arrive si bien.

Mael le considéra un long moment avant d'acquiescer.

— *Oui. Pardonne à un vieux magicien son radotage sentimental. J'ai une autre tâche pour toi, mon garçon, une tâche que tu accepteras, j'imagine. C'est un travail important et cela nécessite un homme réfléchi pour le mener à bien.*

Gary hocha la tête. Il était prêt, quoi que cela puisse être. Mael lui avait promis qu'il se sentirait en paix une fois qu'il aurait accepté le rôle que le destin lui avait attribué, et comme d'habitude le druide avait raison. Il se sentait fort, infiniment plus fort que lorsqu'il s'était traîné depuis le sous-sol du *Virgin Megastore* avec un trou dans la tête. Plus fort même que lorsqu'il s'était réveillé dans sa baignoire remplie de glace.

Une morte vêtue d'un jean souillé et d'un débardeur décolleté qui découvrait ses seins bleus et flétris s'approcha en titubant et faillit marcher sur le plan. Elle devait avoir été très jolie, autrefois, une Latino avec une épaisse crinière de cheveux bouclés. À présent son visage présentait des plaies purulentes et des yeux voilés. Elle regarda Gary puis Mael et laissa finalement son regard dériver dans le vague. Un comportement qui n'était pas particulièrement étrange chez un cadavre animé, mais aux yeux de Gary elle était plus hébétée qu'elle n'aurait dû l'être. Comme si on l'avait droguée ou hypnotisée.

— *Ton escorte habituelle ne te sera pas suffisante pour ce travail. Tu dois apprendre à lire l'*eididh, *et à mener des troupes à la bataille. Celle-là a une connaissance que je veux dévoiler dans sa tête, si tu peux y accéder.*

Gary s'humecta les lèvres, très excité. Mael avait des pouvoirs qui dépassaient le sien, et de loin, mais jusqu'à présent le druide s'était montré mesquin en apprenant de nouveaux tours à son chien d'attaque.

— Comment dois-je…, demanda-t-il.

Mais il savait quelle serait la réponse.

— *Ouvre-toi, comme je te l'ai déjà dit.*

Gary acquiesça et tendit la main pour saisir la morte par la nuque. Il essaya de faire ce qu'il avait fait auparavant : caresser le réseau de la mort, exactement comme quand il avait pris le contrôle de ses compagnons, exactement comme quand il avait appelé la foule qui avait dévoré le survivant Paul. Il força jusqu'à ce que son cerveau batte très fort et que des dagues de lumière blanche pointent aux coins de sa vision mais il ne parvint qu'à attirer l'attention de la morte. Elle le regarda, les yeux grands ouverts, comme si elle était fascinée par les veines mortes de ses joues.

— *Tu peux faire mieux que cela, mec*, se moqua Mael. *Ce n'est pas quelque chose que tu vois ou entends ou goûtes. Oublie ces choses et essaie de nouveau !*

Un brin agacé, Gary fit une nouvelle tentative et réussit seulement à faire naître un bourdonnement dans ses oreilles. Il sentait le sang mort frissonner dans sa tête et il eut la certitude qu'il allait se faire un anévrisme. Puis – finalement – quelque chose céda et des ombres houleuses fleurirent dans son esprit, des bandes d'obscurité, d'énergie de mort sombre qui devinrent des rayons, des fils. Les brins d'une toile qui le reliaient à tous ceux qui l'entouraient : la morte, Mael, les voyants suspendus aux murs. Il percevait Sans Visage et Sans Nez derrière lui.

Puis il vit l'arrière de sa propre tête.

Il regardait par les yeux de ses deux compagnons, voyait ce qu'ils voyaient – alors même qu'il était toujours capable d'utiliser ses propres yeux. Il se tourna vers la Latino et sentit la connexion qui les reliait : l'unité de la mort. Il percevait des pensées et des souvenirs qui bouillonnaient autour d'elle, des informations auxquelles elle-même ne pouvait plus accéder parce que son cerveau avait été asphyxié au moment de sa mort.

Mais pas le sien. Il vit aussitôt ce que Mael avait voulu qu'il trouve. Quelque chose qu'elle avait vu pendant qu'elle fouillait dans des ordures à la recherche de nourriture, quelque chose d'important. Une rue, une place, une entrée de porte, une grille en acier. Des mains humaines, des mains vivantes qui étreignaient les barreaux. Du bruit sifflait et crépitait autour de lui, et il avait un goût de métal dans la bouche, de cuivre, de sang séché, mais il repoussa cela. D'autres humains vivants, de plus en plus nombreux, des centaines, même. Il voyait leurs yeux qui scrutaient depuis l'obscurité, leurs yeux effrayés. Des centaines ?

Des centaines. Leur énergie brillante le marquait au fer rouge. Il désirait leur prendre cette énergie.

Quand il reprit connaissance, il était à quatre pattes et un long filament de bave luisante oscillait de sa lèvre inférieure vers la boue en dessous.

— Maintenant ? demanda-t-il.

— *Oui.*

Gary pointa son doigt et des ouvriers morts descendirent de leurs échelles pour se rassembler autour de lui. Il étendit son esprit et en appela d'autres – toute une armée – à une distance aussi grande que celle qui le séparait du bassin de retenue. C'était facile quand on avait acquis le tour de main. Il n'eut pas besoin de leur donner des instructions détaillées, comme il l'avait fait avec Sans Visage et Sans Nez. Il n'avait pas besoin de faire de microgestion. Il leur dit simplement ce qu'il désirait et ils le firent sans poser de questions. Cela lui faisait du bien. C'était étonnant. Il en appela d'autres, le plus grand nombre qu'il pouvait atteindre.

— Laisse-m'en quelques-uns pour poser un toit sur ma tête, hein, mon garçon ?

Gary acquiesça mais il était trop occupé à rassembler son armée pour prêter beaucoup d'attention au druide.

— Ils sont si nombreux, dit-il.

Il ne savait pas très bien s'il faisait allusion aux vivants ou aux morts.

18.

Jack me tendit un téléphone cellulaire ressemblant à quelque chose venu du début des années 1990. Une véritable brique de cinq centimètres d'épaisseur avec des poignées en caoutchouc sur les côtés. L'antenne était presque aussi grosse que le téléphone lui-même, vingt centimètres de long, et aussi épaisse que mon pouce.

— Motorola 9505, dis-je, essayant de l'impressionner. Sympa.

La plupart des téléphones cellulaires devaient être inutilisables à New York – les pylônes qui parsemaient les toits de la ville n'avaient plus de courant à présent – mais ce monstre pouvait capter le réseau satellite Iridium. Il fonctionnerait n'importe où sur terre aussi longtemps que sa batterie serait chargée et qu'on aurait une bonne ligne de vue vers le ciel. Ce qui signifiait qu'on devait se tenir près d'une fenêtre ou de l'une des grilles d'aération supérieures des stations de métro. Les Nations unies utilisaient des Iridiums, mais avec parcimonie, les confiant à des agents sur le terrain comme s'il s'agissait d'œufs de Fabergé. En Amérique, ils étaient l'équipement standard pour les unités militaires et, de fait, Jack les avait récupérés sur un *check-point* de la garde nationale abandonné quelques blocs plus loin.

Deux autres téléphones étaient placés dans un chargeur à unités multiples conçu pour en contenir six. Les autres avaient été emmenés par des groupes à la recherche de nourriture qui n'étaient jamais revenus.

L'une des principales caractéristiques de ce modèle particulier était qu'il pouvait fonctionner comme un talkie-walkie, et j'avais ainsi la possibilité de contacter la radio de l'*Arawelo*. J'appelai aussitôt Osman, pour lui faire savoir que nous étions toujours en vie.

— C'est bien dommage, Dekalb, dit-il, le signal dégradé et saccadé par la voûte épaisse de la station de métro mais toujours audible. Si vous étiez morts, je pourrais rentrer chez moi.

Je coupai la communication pour économiser la batterie du téléphone.

— Prochain arrêt, l'armurerie, annonça Jack.

Il déverrouilla la porte de la billetterie de la station. Derrière le verre à l'épreuve des balles, il y avait de nombreux râteliers qui contenaient des fusils à canon long, certains toujours dans leur boîte. Malheureusement, ce n'étaient que des jouets. Carabines paintball, fusils à air comprimé, fusils à plombs, garantis pour ne pas pénétrer la peau humaine.

— Il y a plus de magasins de jouets à New York que de magasins où l'on vend des armes, m'expliqua Jack. (Cela ne ressemblait pas à une excuse.) Nous avons pris ce que nous pouvions trouver. Ils sont utiles comme armes de diversion. On atteint un cadavre avec l'un de ces joujoux et il sent le plomb. Il vous attaque, ce qui donne à votre coéquipier suffisamment de temps pour le dégommer.

Votre coéquipier, théoriquement, était armé d'un fusil de chasse à un coup – et il y en avait trois en tout et pour tout dans la cabine – ou d'un pistolet, et il y en avait des dizaines, mais seulement deux cartons de munitions pour eux. Toutefois, il y avait une multitude de couteaux, de marteaux à deux mains, et de matraques.

— Je suppose que vous n'êtes pas très à l'aise avec une arme à feu, de toute façon, fit Jack en regardant son arsenal.

Il me tendit une machette avec une lame de dix-huit pouces qui était à l'origine un outil de jardinage. Elle semblait parfaitement équilibrée dans ma main et la poignée était caoutchoutée pour plus de commodité, mais je ne tenais pas du tout à l'utiliser.

— Vous plaisantez, espérai-je.

— Je l'ai aiguisée moi-même. Vous me laissez me charger du combat, d'accord ? Vous serez mon opérateur-radio.

Il verrouilla de nouveau la cabine et nous partîmes à la recherche d'Ayaan. Elle était avec Marisol qui lui appliquait du vernis sur les ongles. La fille soldat se mit au garde-à-vous quand elle aperçut Jack, mais elle ne put s'empêcher de parler d'une voix surexcitée quand elle s'adressa à moi.

— C'était une star de cinéma, me dit Ayaan, et je dus réprimer une envie d'éclater de rire. Elle jouait dans *Just Married (ou presque)* avec Julia Roberts, mais ses scènes ont été coupées au montage. Je pense qu'elle est la plus belle femme au monde, maintenant.

Ayaan avait seize ans. Quand j'avais son âge, je m'habillais comme Kurt Cobain et j'avais appris par cœur les paroles de *Lithium*. Je suppose que nous choisissons nos idoles là où nous les trouvons.

— Nous partons chercher les médicaments, lui dis-je.

Cela rompit le charme. Immédiatement, elle entreprit de nettoyer et de vérifier son arme et de rassembler son équipement. Elle n'attendit même pas que ses ongles soient secs.

Je m'efforçai d'être discret tandis que Jack et Marisol se disaient au revoir, mais je brûlais d'envie de partir. Jack avait un plan, et même s'il ne m'en avait pas encore parlé, je savais que cela marcherait.

— Si tu ne reviens pas..., dit Marisol en repoussant les lunettes de Jack sur son nez.

Elle sembla incapable de terminer sa phrase.

— Alors vous êtes tous foutus.

Jack passa son bras autour de sa taille.

— Dekalb, dit-elle à mon dos tourné, vous commencez à comprendre pourquoi j'ai été obligée d'épouser un politicien ? Au moins Montclair sait mentir. Allez, filez. J'écouterai sur ce talkie-walkie. Non que je puisse faire quoi que ce soit si vous avez des ennuis, mais au moins j'entendrai vos cris quand vous agoniserez.

De fait, Jack éclata de rire à ces mots, chose qui avait semblé impossible la nuit dernière. Il donna à Marisol un dernier long baiser, puis nous conduisit dans les entrailles de la station de métro et vers le quai de la ligne S. Les entrées jumelles béantes des tunnels, semblables à l'extrémité du canon d'un fusil de chasse à deux coups, se trouvaient juste au-delà d'une grille en acier.

Il s'attendait à ce que nous soyons surpris, bien sûr, et il essaya de nous donner quelques explications tandis qu'il sortait de sa poche un énorme trousseau de clés.

— Le tunnel va directement jusqu'à Grand Central. Le courant est coupé, donc nous n'avons pas à nous préoccuper du troisième rail. D'accord, il fera noir dans le tunnel mais, de ce que je sais, il est également désert. Nous n'avons jamais vu de cadavre égaré sortir de ce tunnel.

— C'est un tunnel de métro abandonné et les morts doivent revenir à la vie, dis-je, comme s'il avait raté ce qui sautait aux yeux.

— Il va nous conduire jusqu'au centre-ville, insista Jack en déverrouillant la grille. Quasiment jusqu'aux Nations unies et il n'y a pas de sorties vers l'extérieur sur toute la ligne.

— Vous n'avez jamais vu de films d'horreur ? fit Ayaan.

Néanmoins elle franchit la grille après moi.

Jack la verrouilla derrière lui et s'éloigna à grandes enjambées sur le quai. Je hâtai le pas pour le suivre. Des lumières électriques brillaient depuis la voûte et les carreaux blancs des murs n'étaient pas plus sales que ceux de la station, mais le quai semblait sensiblement différent, plus froid, moins accueillant. Ici, il n'y avait aucune protection contre la ville en général.

Quand nous pénétrâmes dans le tunnel de droite, la sensation devint une crainte insidieuse. Jack s'arrêta pour sortir de leur étui un tube de lumière chimique pour chacun de nous. Il les plia au milieu et les secoua jusqu'à ce qu'ils commencent à briller, puis il les fixa sur nos chemises pour nous permettre de nous repérer les uns les autres dans l'obscurité du tunnel. Il avait une torche halogène fixée avec du ruban adhésif sur son SPAS-12 : il l'actionna et fit apparaître des voies qui s'étendaient en une ligne parfaitement droite, une définition de l'infini sortie tout droit d'un cours de géométrie à l'école primaire, si l'élève était convoqué en enfer.

Le temps perdit très vite toute signification tandis que nous progressions dans le tunnel. Nous marchions sur les rails, et nos pieds marquaient la cadence pour franchir chaque traverse. Pendant un moment, j'essayai de compter mes pas, puis cela m'ennuya et j'arrêtai. De temps en temps, je regardais par-dessus mon épaule et voyais la lumière éclatante de la station derrière moi rapetisser à mesure que nous nous en éloignions. Je souhaitais alors pouvoir faire demi-tour, mais, elle devint bientôt à peine plus brillante qu'une étoile lointaine. Nous faisions le moins de bruit possible, nous efforçant même de ne pas respirer trop fort.

Le tunnel révélé par la torche de Jack était uniformément noir, voire plus encore que cela. Une couleur terne et poussiéreuse absorbait la lumière et renvoyait peu de chose sur quoi accommoder. De temps en temps, nous arrivions à la hauteur d'une boîte de raccordement électrique sur la paroi ou d'un signal lumineux, mais ils semblaient flotter dans l'espace, sans aucune attache avec la réalité. Ce qui était réel, c'était les voies, le troisième rail s'étendant à côté de nous, d'innombrables niches, recoins et issues de secours dans les parois percées d'arches romaines servant à ventiler les tunnels jumeaux. Des trous où n'importe quoi pouvait se dissimuler.

Jack s'arrêta brusquement devant nous, et je faillis heurter du nez son tube de lumière chimique jaune-vert. Je le contournai pour voir ce qui l'avait amené à s'arrêter ainsi.

Une morte était à quatre pattes sur les voies et enfournait des blattes dans sa bouche. Quand elle leva la tête, ses yeux voilés ressemblèrent à des miroirs parfaits qui nous éblouissaient de lumière réfléchie. La plus grande partie de sa lèvre supérieure avait disparu, ce qui lui conférait un rictus permanent. Elle se mit debout et commença à avancer vers nous en clopinant, le motif en œil de bœuf de la torche de Jack formant d'étranges ombres liquides sur sa robe flétrie.

Elle était quasiment sur nous quand je me rendis compte que ni Jack ni Ayaan n'avaient l'intention de tirer sur elle. Je les regardai et vis qu'il tenait le canon du AK-47 d'Ayaan et le pointait vers la voûte. Il me regarda avec une expression de curiosité indifférente.

La morte tenait l'un de ses bras horriblement tordu sous ses seins mais tendait l'autre pour nous saisir. Sa bouche était grande ouverte comme si elle voulait nous avaler en entier.

— Exactement comme une batte de base-ball, dit Jack, me remémorant la machette que je tenais dans la main.

Elle était si près que sa puanteur m'agressa, pénétrant mes vêtements.

— Nom de Dieu ! couinai-je.

Et j'abattis la machette en la tenant à deux mains, mettant tout mon poids dessus. Je sentis son corps osseux heurter ma poitrine comme la lame traversait sa tête. Il n'y eut pour toute résistance qu'un choc violent contre mon épaule, comme si j'avais été heurté par une voiture. Puis elle fut sans vie, un tas inerte qui cliqueta et s'affaissa le long de la jambe de mon pantalon. Je haletai, cherchant à recouvrer mon souffle, puis je me penchai en avant et vis, à la faveur de la torche de Jack, que j'avais découpé le haut de la tête de la morte en une grosse tranche diagonale qui comprenait un œil. Elle ne se releva pas.

— Pourquoi ? demandai-je.

Jack se pencha à côté de moi et passa un bras autour de mes épaules.

— Je devais savoir si je pouvais compter sur vous. Maintenant je sais que vous êtes à la hauteur.

— Et c'est une bonne chose ?

Je crachai tout ce qui se trouvait dans ma bouche : ma peur, la puanteur de la morte, l'expression sur le visage d'Ayaan qui exprimait une véritable approbation pour la première fois. Une approbation, bordel de merde, je n'en avais pas besoin, si c'était ce que je devais faire pour l'obtenir. J'avais juste été victime d'une brimade, un point c'est tout.

Jack serra mon biceps et s'éloigna dans le tunnel. J'observai sa lumière chimique diminuer au loin pendant un moment, puis je le rejoignis au petit trot.

19.

Nous suivîmes la torche de Jack en haut d'une succession interminable d'escaliers et d'escalators. Cela devint plus facile de voir au fur et à mesure que nous progressions. Je pensai que mes yeux s'habituaient à l'obscurité, mais, en fait, nous étions simplement arrivés à Grand Central et la lumière – la vraie lumière du soleil – pénétrait à flots par les hautes fenêtres de la gare. Quand nous émergeâmes dans les couloirs aux parois de marbre qui amenaient au hall principal, je fus brusquement en mesure de tout voir de nouveau et je battis des paupières rapidement, des larmes aux yeux.

Ayaan se ramassa sur elle-même et scruta la gare déserte derrière son fusil. Jack restait près des murs, mais j'étais si content d'être sorti des tunnels que j'étais incapable de conserver ce niveau de paranoïa salutaire. Je les précédai au-delà des kiosques à journaux, des boutiques vides vendant des chemises pour hommes ou des CD ou des fleurs et passai devant une échoppe de cireur de chaussures désertée. Nous entrâmes finalement dans l'immense hall principal. Je fus en mesure de lever les yeux sur la voûte bleu-vert et les signes dorés du zodiaque, ainsi que sur les énormes fenêtres par où entraient des rayons visibles de lumière jaune. On ne voyait nulle part le moindre signe de vie ou de mouvement.

Le vide de Times Square m'avait bouleversé et ceci aurait dû me bouleverser également. Grand Central avait toujours été bondé, je le savais par expérience. Pourtant, quelque chose de cet endroit – ses dimensions de cathédrale ou son marbre brillant, peut-être – se prêtait à une sorte de paix maussade. Je n'avais vraiment pas le temps de jouer les touristes, mais j'avais du mal à m'arracher à la profonde quiétude de la gare. C'était un endroit construit pour des géants endormis et j'avais envie de me reposer un moment dans sa grâce mégalithique.

Je les conduisis dans le passage Graybar Building jusqu'à une rangée de portes vitrées. Elles étaient verrouillées en haut et en bas, mais Jack avait un crochet spécial de la police. Cela ressemblait à la crosse d'un pistolet avec une grosse aiguille qui dépassait là où le canon aurait dû se trouver. Ce crochet pouvait ouvrir quasiment n'importe quelle serrure dans la ville. Autrefois, les autorités civiles étaient les seules habilitées à posséder des objets de ce genre, mais Internet les avait rendus accessibles au grand public. Jack s'était procuré celui-ci sur le même site qui lui avait vendu le SPAS-12.

— Surveillez la rue, dit-il, tandis qu'il s'accroupissait pour s'occuper du verrou inférieur de la porte.

C'était une opération délicate : il fallait déclencher le pistolet pour faire se rétracter les broches du cylindre en même temps que l'on imprimait une violente torsion pour tourner le pêne.

Je jetai un coup d'œil à travers le verre vers Lexington Avenue et vis des voitures abandonnées, des buildings silencieux, mais rien d'animé nulle part, à l'exception d'une nuée de pigeons qui décrivaient des cercles entre les façades de verre de deux tours de bureaux désertés. Apparemment, notre chance tenait toujours. De là où nous nous trouvions, nous étions à quelques blocs seulement des bâtiments des Nations unies. Si nous ne faisions pas de bruit et n'attirions pas l'attention sur nous, nous pouvions probablement réussir. Cela donnait presque l'impression que quelque chose avait dégagé tout ce secteur de la ville. La garde nationale avait peut-être mis en place des barricades pour empêcher les morts d'entrer. Les soldats étaient peut-être toujours là-bas. Il y avait peut-être des soldats vivants qui protégeaient ce dernier bastion de New York et attendaient simplement que nous venions et les trouvions.

— Quelque chose ? demanda Jack.

La serrure se débloqua avec un fort tintement métallique qui effraya les pigeons au-dehors. Ils s'envolèrent, leurs ailes claquant comme ils montaient vers le ciel, les uns après les autres. Jack se leva et entreprit de se colleter avec la serrure du haut.

— Négatif, répondit Ayaan.

Elle regardait les oiseaux, captivée comme je l'étais, observant peut-être la façon dont ils se faisaient entièrement confiance entre eux, chacun imitant les mouvements de son voisin, si bien que, chaque fois que la bande changeait de direction, une onde de mouvement semblait se propager parmi eux, comme s'ils étaient une seule entité avec de nombreux corps.

La seconde serrure s'ouvrit brusquement et Jack rangea ses outils. Il poussa sur la barre du loquet et la porte pivota, laissant entrer une bouffée d'air frais de l'extérieur.

Un air qui empestait la décomposition et la pourriture.

— Couchez-vous ! cria Jack, comme les pigeons filaient dans l'air et pivotaient pour plonger droit sur la porte ouverte.

L'ex-ranger la claqua alors que des dizaines d'oiseaux heurtaient le verre, leurs yeux voilés montrant uniquement un désir ardent. La faim. L'un d'eux se contractait à quelques centimètres de mon visage, séparé de moi uniquement par une mince paroi de verre de sécurité, et je vis les marques sur son épine dorsale où il avait reçu des coups de bec mortels qui dérangeaient ses plumes iridescentes. Son bec claqua vers moi contre la porte vitrée, acharné à saisir un morceau de ma chair.

J'entendis des ailes battre dans mon dos et Jack roula sur lui-même pour s'asseoir, le fusil à pompe dans les mains. Il tira et la détonation se répercuta sur les parois de marbre. Des oiseaux tombèrent sur le sol à droite et à gauche tandis que les autres pigeons qui avaient réussi à entrer revenaient pour se jeter encore sur nous. Il tira de nouveau, puis une autre fois. Ayaan ouvrit aussi le feu et lança une rafale de tir automatique qui fit exploser les oiseaux morts-vivants en des nuages de plumes bleues et humides de sang. Mes oreilles étaient endolories par le vacarme et j'appréhendai qu'elles se mettent à saigner.

Je sentis une pression sur mon dos et me tournai pour apercevoir des pigeons qui percutaient la porte derrière moi, essayant de l'ouvrir de force avec leurs corps. J'appuyai mon épaule contre la porte tandis que Jack liquidait les derniers intrus en écrasant sous son talon les têtes de ceux que ses balles avaient seulement estropiés. Ayaan mit son fusil en bandoulière et m'aida, tandis qu'à l'extérieur les oiseaux redoublaient d'efforts.

— C'est insensé ! s'exclama-t-elle. Complètement dingue !

Jack verrouilla précipitamment la porte, les mains tremblantes. Même lui avait été surpris par cette attaque.

— Des animaux morts-vivants… On n'en voit pas beaucoup. La majorité de la faune de la ville a été mangée au cours des deux premières semaines. Je ne me rappelle pas quand j'ai vu un écureuil pour la dernière fois.

— On fait quoi ? demandai-je en m'éloignant de la porte comme un autre pigeon s'écrasait contre l'obstacle. (Le verre était obscurci par la graisse de leurs corps.) C'est absurde. On fait quoi ?

Jack secoua la tête.

— Si près du but. Si nous échouons maintenant...

— Personne ne renonce à cette mission, fit Aryaan en nous regardant d'un air menaçant. J'ai perdu mon commandant pour venir ici. J'ai perdu mes amies. Ce n'est pas le moment d'arrêter. Il y a certainement un moyen, si nous cherchons bien.

Comme pour défier ses paroles, une ombre se projeta sur le trottoir à l'extérieur. Je levai les yeux et aperçus une autre bande d'oiseaux qui approchaient. On aurait presque pu croire qu'ils étaient organisés, capables de combiner leurs attaques. Il s'agissait cependant uniquement d'un instinct, de quelque chose dans leurs os, pour lequel leurs minuscules cerveaux n'étaient même pas nécessaires. Les pigeons étaient des animaux sociables, prenant leurs repères les uns sur les autres, comme ils l'avaient toujours fait. J'imaginai comment ils en étaient venus à prendre possession de ce secteur de la ville. L'un d'eux avait probablement été mordu par un humain mort à la recherche d'un en-cas. Il s'était échappé mais était mort de ses blessures. Il était revenu vers son groupe et avait attaqué ses congénères qui avaient attaqué ceux qui se trouvaient à côté d'eux, lesquels à leur tour avaient fait de même. Le groupe qui vole de concert meurt de concert, je suppose. L'Épidémie avait dû se propager parmi la population avienne de New York encore plus vite qu'elle ne l'avait fait parmi les humains.

Je me demandai un moment ce qu'ils faisaient tous ici, si près de l'East River. Puis je compris et mon sang se glaça dans mes veines. Des créatures affamées allaient là où il y avait de la nourriture. Les humains morts avaient mangé à peu près tout ce qu'il y avait sur la terre ferme. La dernière source de nourriture importante obstruait le fleuve aussi loin au sud que le pont de Brooklyn. Je l'avais vue depuis le pont de l'*Arawelo*.

Avant l'Épidémie, il y avait eu des centaines de milliers de pigeons dans la ville et, à présent, ils avaient uni leurs forces dans un instinct plus fort que la mort.

— Si nous sortons, dis-je, nous serons attaqués et blessés à mort en quelques secondes. (Cela semblait hilarant, mais personne ne rit.) Toutefois, il y a des tunnels par ici. Il y en a un qui conduit au Chrysler Building, je le sais. Nous pourrions sortir du souterrain ailleurs, à un endroit auquel ils ne s'attendent pas.

Jack hocha la tête.

— Bien sûr. Et si le vent souffle dans la bonne direction, ils ne sentiront pas notre odeur. Et si nous retirons nos chaussures, nous marcherons silencieusement. Nous aurons parcouru un ou deux blocs avant que quelque chose change et qu'ils aient compris où nous étions.

Je regardai à travers les portes, entre les buildings. D'ici, je n'apercevais pas le bâtiment du Secrétariat des Nations unies. Mais je percevais presque sa présence, à dix minutes à peine de marche. Nous étions si près.

Le destin nous fit prendre une décision à notre place. Le téléphone cellulaire Iridium dans ma poche de derrière sonna, un carillon strident qui m'agaça à tel point que je le saisis et pris l'appel.

— Dekalb, dis-je.

Je m'attendais à entendre la voix de Marisol, mais ce fut un homme qui me répondit.

— Sans déconner ? Dekalb ? Je viens de trouver ce téléphone et j'ai tapé étoile 69. Je vous ai certainement raté de peu. C'est affreux ! Ayaan est avec vous ?

— Tout à fait. Qui est-ce ? demandai-je.

Osman ? Shailesh ? Cette voix ne ressemblait pas aux leurs, mais il me semblait la reconnaître, malgré toute la distorsion électronique sur la ligne. Puis cela me revint et mon dos se crispa d'une peur glacée.

— Qui je suis ? Je suis le type qui vient de manger le président de Times Square.

— Bonjour, Gary, dis-je.

Je tapai « FIN » précipitamment, comme s'il pouvait arriver par l'intermédiaire des satellites et se jeter sur moi.

— Jack, dis-je en essayant de faire preuve de tact, il y a un problème à la station. Les morts...

Il n'attendit pas que je termine ma phrase. Il tourna les talons et fonça vers l'entrée du métro aussi vite qu'il le pouvait. Je l'appelai, Ayaan fit quelques pas puis elle se retourna et me regarda. Son visage était une question à laquelle je n'avais pas envie de répondre.

20.

Gary escalada le côté du centre de recrutement de l'Armée à Times Square et se tint sur le toit. Une brise vagabonde agitait ses cheveux et ses vêtements. Il leva les yeux et vit les panneaux lumineux éteints, exactement comme je l'avais fait, mais, pour lui, les néons morts étaient moins un mauvais présage bouleversant qu'un monument à ce que le monde – et, par extension, Lui – était devenu. Mort, mais toujours debout. Un reflet dans un miroir déformé.

Il laissa son regard s'abaisser sur la rue. Sur ses troupes. Il avait emmené avec lui des centaines de morts-vivants et, même s'ils ne portaient pas d'uniformes et n'avaient pas d'armes, ils constituaient une armée. Ils attendaient ses ordres, silencieux et impassibles. Il parcourut du regard les rangées de leurs visages flasques et de leurs membres ballants et réfléchit à la façon de commencer.

Derrière la grille en acier de la station de métro, des visages vivants risquaient un coup d'œil vers l'armée. Le canon d'un fusil fut avancé à travers les barreaux et un coup de feu claqua. L'un des soldats de Gary tomba à la renverse sur une voiture abandonnée et la fit osciller sur ses pneus. Gary se contenta d'éclater de rire. Il mit ses mains en porte-voix autour de sa bouche et cria :

— Hé, vous là-bas, sortez donc et venez jouer !

Les visages derrière la grille reculèrent vers les ombres.

— Vous n'entrerez jamais, prévint l'un des vivants.

S'ils étaient surpris d'entendre un mort parler, ils ne le montrèrent pas. Le fusil retentit de nouveau et un autre cadavre animé s'affaissa sur la chaussée.

Gary étendit son esprit et le sol se mit à trembler. Le géant du zoo de Central Park – dompté à présent, et sous le contrôle de Gary – tourna au coin, s'approcha d'un pas pesant et saisit les barreaux de la grille avec ses mains massives. Le canon du fusil disparut. Avec un cri de fatigue, la grille se gondola sur ses gonds, puis se détacha avec un bruit métallique sonore qui fit chanceler le géant en arrière.

Des hordes de morts-vivants s'élancèrent et se dirigèrent vers la station. Gary voyait avec leurs yeux tandis qu'ils dévalaient les marches et se poussaient entre eux dans leur hâte d'arriver jusqu'à la viande vivante à l'intérieur. Il y avait des animaux en bas, des animaux vivants. Un gros chien enfonça ses crocs dans la cuisse de l'un des soldats de Gary, mais trois autres déchiquetèrent l'animal et le dévorèrent.

La foule se déversa dans le hall principal de la station, s'écoula en passant par-dessus et en dessous des tourniquets. Les humains s'étaient enfuis, mais ils avaient laissé derrière eux d'étranges traces de leur occupation. Une demi-douzaine de sacs-poubelle transparents étaient suspendus au plafond, semblables à des membranes d'œufs industrialisés. Visibles à travers le mince plastique, des milliers de clous, des morceaux de gravier et diverses fournitures de quincaillerie, ainsi que vis, écrous, boulons, rondelles. Une poudre noire grossière était mélangée à cette ferraille. Gary ne comprenait pas ce que cela signifiait.

De vieilles couvertures et des boîtes de conserve vides avaient été éparpillées sur le sol par les vivants. Au milieu de ces ordures se trouvait un quelconque sac en papier marron, simplement un autre déchet abandonné et froissé... jusqu'à ce que l'on remarque les fils qui sortaient de son extrémité ouverte. L'un des morts marcha sur le sac, sans même lui jeter un regard.

Une tempête de poussière jaillit dans le hall, et la vue de Gary se changea en une obscurité bleue qui hurlait et ferraillait cependant que la quincaillerie dans les sacs plastique fusait dans toutes les directions, clous et vis transperçant les carreaux blancs des parois, boulons et rondelles perforant les cerveaux desséchés des morts. Lorsque la fumée se fut changée en tourbillons de poussière et que Gary fut à même de voir de nouveau, son armée gisait sur le sol, parcourue de soubresauts et brisée.

À l'évidence les vivants s'étaient préparés à une telle invasion. Ils avaient étudié les morts pendant des semaines, avaient appris leurs faiblesses. De là, les grenades à fragmentation improvisées suspendues à la voûte, à hauteur de la tête, où elles pourraient causer les plus gros dommages. Des mines antipersonnel auraient été infiniment moins efficaces. Ce ne serait pas aussi facile que Gary l'avait pensé.

Aucune importance. Il appela une autre vague de troupes et les envoya plus profondément dans le labyrinthe. Elles grimpèrent par-dessus les corps des deux fois morts à l'aide de leurs mains et de leurs genoux en décomposition. Gary ferma les yeux et écouta avec leurs oreilles, huma avec leurs nez, là-bas. Sous l'odeur âcre de la poudre de fabrication artisanale et de la puanteur de merde des intestins déchiquetés, il sentait quelque chose de plus faible mais d'infiniment plus appétissant. La sueur, la sueur de la peur : la transpiration des vivants. Il envoya un ordre le long du réseau, l'*eididh*, et ses guerriers morts s'avancèrent d'un pas traînant vers un long couloir qui aboutissait à une rampe.

Le hall secondaire qui desservait les lignes A, C et E avait été autrefois une galerie marchande. Les magasins et les boutiques de cadeaux avaient été pillés depuis longtemps et transformés en de simples dortoirs. À présent, ils étaient vides et pitoyables sous les lumières fluorescentes, des rangées de petits lits pliants dépouillés de leurs draps, des monceaux de bagages onéreux abandonnés dans le départ précipité des vivants. Gary envoya ses troupes plus profondément et les fit se déverser vers les escaliers qui menaient aux quais.

Le second piège lui échappa complètement.

Près de l'entrée du hall se trouvait une porte ordinaire, sans écriteau, qui fermait autrefois un débarras où les femmes de ménage rangeaient leurs produits d'entretien. Les morts étaient passés devant et lui tournaient le dos quand elle s'ouvrit sur des gonds huilés. Trois hommes portant des outils électriques avec des rallonges en surgirent brusquement et se mirent à tirer.

Les morts tombèrent comme des épis de blé fauchés, abattus par-derrière par des projectiles qui produisaient un sifflement sec chaque fois que les hommes tiraient. Gary fit pivoter ses troupes pour faire face aux assaillants et vit que ceux-ci utilisaient des riveteuses de modèles très puissants, destinées à poser des toitures et qui tiraient comme des fusils automatiques. Les clous qu'elles crachaient étaient loin d'être aussi meurtriers que des balles, mais ce n'était pas nécessaire. Une seule perforation dans le crâne d'un mort-vivant était plus que suffisante. La goule moyenne était incapable d'encaisser un tir à la tête comme Gary l'avait fait. Il devait absolument éliminer ces trois hommes. Il lança ses troupes vers leur propre destruction, afin de mettre fin à cette menace aussi vite que possible.

Brusquement, d'autres vivants surgirent des escaliers, des fusils et des pistolets dans les mains. Les morts qui avaient fait volte-face pour attaquer les trois hommes étaient sans défense contre les survivants plus lourdement armés derrière eux. Les morts ne pouvaient pas bouger assez vite pour se jeter sur ces nouveaux assaillants et ils étaient des cibles faciles pour ces tirs croisés.

Cela se présentait mal – les survivants avaient créé une zone de destruction parfaite –, mais Gary appela des renforts et les fit se hâter aussi vite qu'ils le pouvaient vers le combat. En fin de compte, c'était une affaire de mathématiques élémentaires. Chaque vivant pouvait détruire dix de ses ennemis, mais il y en avait dix fois plus qui arrivaient par-derrière. Le dernier des défenseurs à mourir fut un homme d'un certain âge portant un complet déchiré et un nœud papillon. Il avait un badge d'identification à son revers – Gary se souvenait de ceux que Paul et Kev avaient portés – qui indiquait « BONJOUR JE M'APPELLE Monsieur le président ».

— Je ne négocierai pas avec les morts-vivants ! cria le survivant en brandissant sa riveteuse.

Aucune importance. Gary dit à ses soldats de déchiqueter le chef des vivants et d'avancer encore. Les morts descendirent assidûment l'escalier vers le quai, où leurs nez leur disaient que les vivants s'étaient enfuis. Gary donna l'ordre à ses troupes de sauter sur les voies et eut une surprise très désagréable qui donna des picotements à son cuir chevelu. Les vivants avaient branché le courant du troisième rail.

Ce fut visiblement un piège sans grande valeur car seulement deux de ses soldats touchèrent le rail électrifié. Leur chair grésilla et leurs corps furent parcourus de soubresauts frénétiques, mais une fraction seulement des morts fut ainsi affectée. Un moment plus tard, la fumée sortant de leur chair qui se consumait s'éleva vers la voûte et le système des extincteurs automatiques se déclencha, déversant des centaines de litres de liquide sur les têtes des soldats de Gary jusqu'à ce qu'il dégoutte de leurs visages et imprègne leurs vêtements crasseux. Bien sûr, les vivants avaient pris le temps de remplacer l'eau dans le système des extincteurs par de l'essence. Les vapeurs qui s'élevaient des morts atteignirent le troisième rail. En un instant, les soldats morts-vivants prirent feu comme autant de chandelles romaines. Gary battit des paupières violemment tandis qu'il les regardait brûler, avec leurs yeux qui fondaient.

— Merde ! dit-il, comme il comprenait brusquement.

La piste partait du quai et continuait vers le tunnel qui conduisait au centre-ville. Bien sûr. Celui qui avait conçu les pièges avait toujours eu une longueur d'avance sur Gary.

Ils avaient certainement su combien de soldats il pouvait faire venir, et combien d'entre eux il était prêt à sacrifier pour investir la station. C'était une bataille perdue d'avance, de toute évidence, aussi avaient-ils choisi de ne pas l'affronter frontalement. Les défenses de la station n'avaient pas eu pour but d'arrêter les morts, mais simplement de ralentir leur progression tandis que les survivants s'échappaient par les tunnels. Directement vers le sud, à un arrêt de métro plus loin, il y avait Penn Station, position de repli parfaite si jamais Times Square était sur le point de tomber.

Gary conduisit sa dernière vague de soldats à revers, les poussa en avant à travers la station dévastée, les pressa vers le tunnel sombre comme le Styx. Les morts ne voyaient pas mieux dans le noir que les vivants, ils trébuchaient et tombaient comme ils butaient sur des rails et des traverses, mais un nombre suffisant avançait toujours. Bientôt Gary aperçut des lumières qui dansaient : c'était une lueur verdâtre provenant de centaines de bâtons lumineux.

— Poursuivez ! entendit-il une femme crier. Nous pouvons les distancer !

Oh, ils auraient pu les distancer, en effet, si Gary le leur avait permis. Mais il envoya un ordre vers la 35e Rue. Il y avait un grand nombre de morts là-bas. Ce fut facile de les mobiliser et de les faire descendre dans les tunnels du métro. Bientôt Gary avait pris au piège les survivants entre deux hordes de morts affamés. Les survivants serrèrent les rangs et tentèrent de se battre – après tout, ils n'avaient rien à perdre –, mais leurs pistolets furent rapidement à court de munitions. Couteaux, marteaux et autres armes pour le corps à corps les remplacèrent, mais ils étaient fichus et ils le savaient.

Gary descendit de son poste de commandement et se hâta à travers la station dévastée aussi vite qu'il le pouvait pour rejoindre son armée. Il se fraya un passage parmi la foule des morts-vivants et arriva devant les survivants pour contempler sa victoire de ses propres yeux. Ils étaient des centaines, comme promis. Principalement des femmes, des enfants et des hommes âgés, portant des sacs à dos ou des sacs en bandoulière. Ils se serraient les uns contre les autres, terrifiés. Certains sanglotaient, d'autres gémissaient. L'un d'eux se tenait à l'écart de la foule. Une femme aux vêtements coûteux. Son badge d'identification indiquait

« Bonjour je m'appelle Allez vous faire foutre ». Elle était très, très enceinte, et appuyait ses mains sur son ventre.

— Tu as gagné, espèce de salaud, dit-elle. Allez, finissons-en. Mange-moi. Fais-moi une faveur !

Gary s'approcha d'elle. Il baissa les yeux et posa une main aux veines mortes sur son ventre. La force vitale vibrait en elle, une énergie brillante irradiant vers l'extérieur depuis le centre de son être comme un feu brûlant. Il la voyait rayonner à travers ses doigts : elle les colorait de rouge comme s'il levait sa main vers le soleil.

— En fait, répondit-il, j'ai une meilleure idée.

Troisième partie

1.

De la fumée et des vapeurs âcres tourbillonnaient sur la surface du quai noirci. Les carreaux sur les murs avaient éclaté et étaient tombés durant cet enfer. Ils gisaient désormais en des monceaux de fragments qui tintaient contre mes chaussures. La torche de Jack formait un cône de lumière pâle qui ne parvenait pas à pénétrer la poussière et la suie en suspension dans l'air. Des corps – des monceaux méconnaissables pour la plupart, mais avec une main révélatrice par ici ou une touffe de cheveux calcinés par là-bas – avaient été poussés sur les voies en de longs tas désordonnés.

— Brave fille, dit Jack.

Il s'élança dans un escalier en montant deux marches à la fois. Nous nous efforcions de le suivre, mais, dans l'air épaissi par la fumée, c'était à peine si nous pouvions respirer. Il nous distança jusqu'à ce que nous soyons abandonnés dans l'obscurité quasi totale, avec nos seuls bâtons lumineux pour éclairer notre chemin. Ayaan me lança le sien afin d'avoir les deux mains libres pour tenir sa Kalachnikov. Je brandis les deux bâtons au-dessus de ma tête comme des torches. Nous atteignîmes un endroit où les corps étaient entassés comme des barricades de morts-vivants et je m'avançai précautionneusement, terrifié à l'idée que l'un des deux fois mort se redresse derrière moi et me saisisse par le cou. Ayaan faisait pivoter le canon de son arme de gauche à droite, de haut en bas, le pointant tour à tour sur chaque tête perforée. Nous arrivâmes finalement dans le hall principal où nous avions vu Montclair Wilson faire son discours sur l'état de l'union. L'endroit était métamorphosé, alors que des centaines de personnes y avaient vécu. Les parois avaient été mises à nu, laissaient apparaître des fragments de béton. La voûte s'était effondrée par endroits, et des tonnes de plâtre étaient tombées sur la billetterie, tordue et abandonnée. Ici, les morts avaient été poussés sans ménagement sur les côtés, formant une large travée vers les escaliers qui menaient à la rue. La lumière émanant d'en haut nous appelait et nous ne nous attardâmes pas.

Arrivés sur la rue, nous trouvâmes Times Square désert, vidé de ses cadavres animés. Toutes les créatures mortes-vivantes du centre-ville avaient dû participer à l'invasion de la station de métro, mais elles étaient parties depuis longtemps. Seul Jack était là, il tournait sur lui-même et essayait de repérer des signes, des indices ou quelque chose. Je n'apercevais aucune trace de combat mais Jack se baissa et ramassa un bout de papier abandonné sur la chaussée. Il me le tendit sans un mot. C'était un prospectus pour un spectacle de Broadway, autrefois, mais quelqu'un avait griffonné des notes dans la marge, avec un stylo-bille :

« VIVANTS : CAPTURÉS

MORTS : ORGANISÉS !

CHEF : "GARY"

ALLONS VERS QUARTIERS RÉSIDENTIELS. »

— Jack, dis-je.

Je gardai le billet dans ma main parce que je ne voulais pas simplement le jeter, alors qu'il s'agissait peut-être du dernier lien entre Jack et les gens qu'il avait aidé à survivre.

— Vous ne pouviez absolument rien faire. Vous n'auriez pas pu les sauver.

Il me regarda fixement, sa bouche tordue par une grimace.

— Ils sont toujours vivants, dit-il finalement en chassant de la main mes protestations. Si les morts voulaient juste les tuer, ils l'auraient fait ici au lieu de les conduire à travers la moitié de la ville pour le faire. Ils ont été emmenés pour une certaine raison. Qui est ce « Gary » ? me demanda-t-il. C'est un survivant ?

— Il… c'est un mort-vivant, mais différent des autres. Il peut parler, et penser. Il était médecin et il a su comment éviter des dommages cérébraux quand il est mort, il… nous avions fait sa connaissance il y a quelque temps, j'aurais dû vous en parler, mais…

Jack me regarda au fond des yeux.

— Il y avait une menace que j'ignorais et vous avez oublié de m'en parler. (Il me prit le billet des mains.) Je suis trop occupé pour vous botter le cul maintenant, mais ce n'est que partie remise.

Cela lui ressemblait si peu de parler de cette façon que je restai sans voix. Heureusement, ce ne fut pas le cas pour Ayaan.

— Il est mort ! Gary est mort ! Je lui ai tiré une balle dans la tête. Je l'ai fait moi-même. Nous l'avons regardé mourir. Mais il est revenu maintenant, et il est très dangereux.

— Ouais, j'avais pigé.

Jack promena son regard sur Times Square. Il se tourna vers l'ouest, vers le fleuve, et commença à marcher d'un bon pas. Je courus pour le rattraper. Il avait des questions à poser.

— Cela a nécessité une armée pour franchir les défenses que nous avions mises en place. Cela a nécessité des outils à moteur et énormément d'électricité. Comment a-t-il réussi à franchir la grille… Vous savez comment il a pu faire ça ?

Je secouai la tête.

— Il était incapable de tenir des objets… il était médecin avant de… bon, avant. Il a essayé de soigner l'un de nos blessés, mais il n'a même pas réussi à faire un pansement lui-même, ses mains étaient trop maladroites. Je ne pense pas qu'il aurait pu manier des outils à moteur.

— Ces morts étaient organisés. Il est capable de faire ça ?

— Il n'a jamais… enfin, nous ne l'avons jamais vu organiser quoi que ce soit, répondis-je. Certainement pas. Il semblait désemparé quand nous l'avons rencontré.

— Ils ne se sont pas organisés tout seuls. J'ai l'impression que ce type connaît des trucs qu'il ne vous a pas montrés. Contrôler mentalement les morts. Survivre à une balle dans la tête. Arracher de ses gonds une grille en acier carbone sans outils. Maintenant, il a mes gens, mais apparemment il ne va pas juste les manger, sinon il l'aurait fait ici. Il engendre des faits nouveaux et nous ignorons comment il s'y prend.

En un rien de temps nous étions arrivés à l'ancienne barricade de la garde nationale, à proximité de Port Authority. Jack glissa la main sous le capot du véhicule blindé de transport de troupe abandonné, et débloqua le levier de verrouillage. Il jeta un coup d'œil au moteur du camion et poussa un grognement.

— Ils ont au moins une demi-heure d'avance sur nous et le temps passe pendant que je vous parle. Nous allons réparer ce véhicule, Dekalb. Nous allons partir à leur recherche et les trouver et je vais récupérer Marisol. Vous pouvez m'aider ou bien partir. À vous de choisir.

Il tendit la main vers le moteur et tordit quelque chose. Son bras se raidit sous l'effort pendant une seconde, puis il retira sa main en hâte comme le moteur démarrait et toussait. Il crachota puis se tut de nouveau.

— Jack, c'est un véritable suicide, tentai-je.

Je savais que si quelqu'un avait trop d'expérience pour se garder de jouer au cow-boy dans ce genre de situation, à armes inégales, c'était bien l'ex-ranger.

— Je ne suis pas stupide, Dekalb. Je vais effectuer une reconnaissance. Nous ne les attaquons pas tant que nous ne connaissons pas les faits : c'est la procédure classique. Pour le moment je vais là-bas juste pour jeter un coup d'œil.

Il ouvrit une trousse à outils fixée sur le nez du véhicule et prit une courroie de ventilateur longue et blanche. Il fut obligé de grimper sur le moteur pour l'installer, les bras plongés dans le mécanisme. Il fit une nouvelle tentative avec le starter et le véhicule gronda, gémit, et adopta finalement un vrombissement à faire vibrer les os. Il sauta sur la chaussée puis se hissa sur le siège du conducteur. Je voulus le suivre, mais il secoua la tête.

— Non. Juste moi. Ce véhicule va me rapprocher, mais ce sera difficile de ne pas se faire remarquer. À la fin, je serai obligé de l'abandonner et ensuite je poursuivrai à pied. Vous ne me serez d'aucune aide alors.

C'était tout à fait exact. Quand il s'agissait de se déplacer furtivement en milieu urbain, il avait reçu la meilleure formation au monde et je n'en avais aucune. Il fit s'emballer le moteur, répandant dans la rue une fumée noire, puis passa la première. Il fut obligé de crier au-dessus du vacarme.

— Emmenez Ayaan et retournez à votre bateau. Allez à Governors Island. Si je ne vous rejoins pas là-bas dans vingt-quatre heures, vous devrez vous débrouiller seuls.

Je hochai la tête, mais il n'attendit pas ma réponse. Il partit, se dirigeant vers le nord, vers les survivants. En supposant qu'ils soient toujours en vie.

2.

Deux momies attendaient Gary quand il revint au *broch*. Elles lui firent signe de les suivre, seul.

Des ennuis en perspective, bien sûr. Mael devait déjà savoir ce qu'il s'était passé. Comme ils pénétraient dans l'enceinte, les ouvriers sur les murs de la grosse tour s'étaient tournés pour regarder le cortège, leurs mains le long du corps, les briques qu'ils portaient posées sur le côté pour observer les centaines d'humains vivants s'avançant craintivement au beau milieu de la masse des morts-vivants. Les morts eux-mêmes ne manifestaient aucune curiosité : tous les regards étaient rivés sur Gary et son corps expéditionnaire, et il n'y avait qu'une seule intelligence qui regardait par leur intermédiaire.

Gary comprenait parfaitement la surprise de Mael. L'armée des morts avait reçu l'ordre formel de ne pas laisser une seule créature vivante pénétrer dans Central Park, encore moins toute une foule. Gary transgressait un interdit très sérieux.

Il ordonna à son armée de garder les prisonniers, puis pénétra dans les espaces sombres du site en construction. Les murs se dressaient de façon régulière. Les morts ne se reposaient jamais, et Mael en avait une multitude à sa disposition pour poursuivre le travail. Au centre du bâtiment, le druide l'attendait sur son trône, semblable à un cairn. Il avait l'air furieux.

—Bon, mon garçon, je sais que tu es quelqu'un d'intelligent, tu n'auras donc aucune difficulté à m'expliquer ceci : pourquoi mon serviteur le plus zélé ne tient aucun compte de mes instructions. Tu n'as pas oublié ce que nous voulons faire, n'est-ce pas ? Le massacre et tout le reste ?

—Je n'ai pas oublié.

Gary s'approcha jusqu'à ce qu'il soit devant la momie de la tourbière, et regarda directement dans les cavités sombres de ses orbites. Le druide ne releva pas la tête mais les *taibhsearan* suspendus aux murs tendirent le cou pour suivre Gary du regard comme il s'avançait.

—Peut-être es-tu redevenu tout mou. C'est cela ? Tu es devenu tout pâle lorsque tu as eu l'occasion de passer à l'action ? Je ne te blâme pas d'éprouver un peu de compassion, fils, pour être franc. Si tu le désires, j'enverrai mes propres créatures faire la sale besogne.

Mael se leva de son siège et se dirigea en claudiquant vers la sortie. Comme il s'approchait de Gary, il perçut visiblement quelque chose. Il s'arrêta et leva la main pour la passer lentement sur le visage de Gary.

—Ce n'était pas de la compassion, alors, oh, non.

Gary comprit ce que le druide percevait : c'était l'énergie qui le parcourait telles les vagues d'un océan, massive, profonde et forte. Elle bourdonnait, frémissait en lui, et il avait l'impression d'être sur le point d'éclater à tout moment.

—Tu en as mangé combien, vingt ? Trente ?

—J'avais besoin de forces. Autrement, je les aurais épargnés.

Les hommes qu'il avait massacrés étaient vieux ou inaptes d'une manière ou d'une autre. Ils ne pouvaient l'aider à atteindre le but qu'il s'était fixé.

— Mael. J'ai réfléchi.

— *Vraiment ? Et quelle grande idée as-tu trouvée ?*

— Je dois savoir... Je dois savoir quel est ton projet pour moi. Pour moi et pour tous les morts-vivants comme moi, ceux qui sont affamés. Quand l'ouvrage sera terminé et que tous les survivants seront morts, qu'adviendra-t-il de nous ?

Le druide se caressa le menton et retourna vers son fauteuil tandis que les *taibhsearan* observaient les gestes nerveux de Gary.

— *Tu seras récompensé, bien sûr. Je te donnerai la paix, la paix et la satisfaction qu'un homme ressent quand il a terminé son travail.*

— La paix ? La seule paix que je connais désormais, c'est un estomac rempli, fit Gary timidement.

— *Oh, mon garçon, ne sois pas si obtus. Je sais où tu veux en venir et c'est contre-nature. Aucune créature ne devrait vivre éternellement. C'est une malédiction. Accepte la paix que je t'offre. J'aimerais qu'il en soit autrement, mais il n'y a que deux possibilités dans cette affaire. Soit tu es avec moi, soit tu es contre moi.*

Gary tourna lentement autour du trône. Les voyants sur les murs allongèrent le cou pour le suivre du regard tandis qu'il réfléchissait à ce qu'il allait faire.

— Vous parlez de la paix de la tombe. Quand il ne restera plus personne là-bas, il n'y aura plus de nourriture pour nous. Vous nous laisserez mourir de faim jusqu'à ce que nous nous desséchions et tombions en poussière. Ou plutôt, non... Non, vous ne serez pas insensible à ce point. Quand le travail sera terminé, quand le dernier homme vivant sera mort, vous nous supprimerez. Vous aspirerez notre énergie sombre et vous nous laisserez tomber sur place comme autant de viande.

— *Tu vois une autre option, alors ?*

— Oui ! s'écria Gary. Cela commence avec ces gens, ces vivants, là-dehors. Nous cessons de les tuer, ceux-là au moins. Nous cessons de les tuer tous. Nous éliminons certains d'entre eux pour qu'ils servent de nourriture, mais nous gardons en vie les autres, à l'abri des morts. C'est une ressource renouvelable, Mael : ils continueront à faire des enfants. Peu importent les choses horribles qu'ils endureront. Même au beau milieu d'un putain d'Armageddon, ils feraient toujours des enfants. Je peux veiller à ce qu'il en soit ainsi, tant que cela m'intéressera.

— *Et si tu fais cela, mon garçon, mon sacrifice sera vain. Ma vie et ma mort n'auront servi à rien. Non ! Je ne te laisserai pas me rendre vide de sens. À présent fais ce qu'on t'a dit !*

— C'est terminé, Mael. Je ne travaille plus pour vous, dit Gary en baissant les yeux sur ses pieds.

Les deux momies s'approchèrent de Gary les mains levées : à l'évidence elles avaient reçu l'ordre d'attaquer. Gary se baissa sous les bras de l'une d'elles et vit une amulette, glissée dans ses bandelettes au milieu de sa poitrine, en forme de scarabée. Il l'arracha et la lança au loin de toutes ses forces.

Dans sa tête il entendit la momie gémir après son talisman. Elle courut pour le récupérer, laissant son acolyte s'occuper de Gary. Ce fut très facile de bloquer les bras entourés de bandelettes que la momie essayait d'utiliser comme des fléaux. Gary lui donna un coup de tête suffisamment fort pour faire craquer le crâne antique de l'Égyptien et la momie s'affaissa en un tas informe.

Alors Mael lui-même se lança dans la bataille. L'épée verte s'abattit sur l'arrière de la tête de Gary, mais il s'y attendait et évita le choc : il feinta sur le côté et chercha une occasion. Il savait qu'il disposait de quelques secondes seulement avant que Mael pense à appeler des renforts : des milliers de morts-vivants. Malgré l'énergie qui embrasait les veines mortes de Gary, il ne pourrait pas tenir tête à toute une armée de morts. Il savait également que Mael était très robuste et que, s'il en avait l'occasion, le Druide pouvait lui briser la nuque d'une seule main. Il avait besoin d'un avantage, et il en avait besoin très vite.

Mael fit tournoyer son épée : elle heurta violemment le sol, brisa des briques, les réduisit en poudre, et manqua Gary de quelques centimètres comme il se rejetait en arrière.

— *Reçois ce que tu mérites, mon garçon !*

Gary se couvrit le visage de ses bras, mais il savait que si Mael se connectait à l'épée le coup lui fracasserait les os.

Un autre moulinet força Gary à s'écarter vivement et il sentit son dos heurter un mur de pierre. Il ne pouvait plus reculer. Mael vint vers lui, le regardant avec les yeux des *taibhsearan*.

L'arme se leva de nouveau puis s'immobilisa en pleine course.

— *Au nom de Balor*, glapit le druide, *tout est devenu noir comme la nuit ! Qu'as-tu fait, mon garçon ?*

Gary laissa ses mains plaquées sur son visage tandis qu'il manipulait l'*eididh*. Sa voix fut plus douce qu'il en avait eu l'intention quand il parla.

— Je viens de dire à toutes les goules dans le parc de fermer les yeux, annonça-t-il.

Mael lâcha son épée. Il leva les mains pour toucher ses orbites vides. Il se mit à gémir, d'une plainte basse, lugubre, qui fit grincer les dents de Gary à tel point qu'il faillit perdre son emprise sur les morts. Il pouvait sentir Mael tentant d'annuler son ordre : percevoir les cris mentaux qui invoquaient les *taibhsearan* sur les murs, les hurlements éperdus qui allaient vers les ouvriers au-dehors et leur disaient d'entrer et de servir leur maître avec leurs yeux.

Mais Gary était devenu trop fort. Il avait mangé un si grand nombre de vivants.

Gary se remit debout lentement, en veillant à ne pas faire trop de bruit, et s'approcha pour se placer derrière son ancien bienfaiteur. Ce n'était pas facile avec les yeux fermés mais il avait pris soin de mémoriser l'endroit où se tenait le druide.

— J'ai le droit d'exister, Mael, chuchota-t-il.

— *Oh, mon garçon, tu es devenu une créature merveilleusement intelligente.*

Gary percevait l'émotion qui irradiait du corps du druide comme de la chaleur. Elle contenait de la peur, un peu de haine, et énormément de fierté envers son élève apostat. En grande partie, cependant, c'était aussi du chagrin, un chagrin véritable dû au fait que son œuvre soit terminée.

Gary tendit des mains tremblantes et agrippa la tête de Mael sous les oreilles. Elle pendait de son cou brisé, retenue seulement par un pan de peau membraneuse. D'un mouvement rapide, Gary l'arracha. Le corps émacié de Mael s'affaissa sur le sol, aussi mort qu'il l'avait été quand il avait dérivé dans l'eau froide sous une tourbière en Écosse. La tête de Mael bourdonnait dans la main de Gary comme quelque chose sur le point d'exploser. Au toucher, elle était chaude et froide, mouillée et sèche, tout cela à la fois, et il éprouvait une réelle envie de la jeter au loin, mais cela aurait été de la folie : le druide n'était pas encore tout à fait mort. Ne sachant pas si ce qu'il avait l'intention de faire à présent allait marcher, il approcha la tête de ses lèvres comme s'il s'agissait d'une citrouille et mordit dedans avec force. Le très vieux crâne se brisa en morceaux entre ses dents, puis un flot noir de fluide hurlant et émettant des étincelles se déversa à travers le monde et emporta la conscience de Gary dans son courant implacable.

3.

Nous n'eûmes aucune difficulté à retourner au fleuve. Apparemment, toutes les personnes mortes dans le centre de Manhattan avaient été enrôlées dans l'armée de Gary. Les filles furent ravies de revoir Ayaan. Elles riaient, essuyaient des larmes dans leurs yeux, et pressaient leurs joues contre les siennes. Elles avaient plein de questions à lui poser, dont je comprenais seulement «*See tahay?*» et «*Ma nabad baa?*», les salutations habituelles. Ses réponses furent accueillies avec une grande attention et un plaisir évident.

Quant à moi, Osman jeta un regard à mes vêtements crasseux et à mon visage hagard, et secoua la tête.

—Au moins, personne n'est mort cette fois, déclara-t-il.

Il prit un vieux pot à lait en plastique rempli d'un liquide hydraulique vert et redescendit dans la salle des machines pour que nous soyons prêts à appareiller.

Ce n'était pas un très long trajet jusqu'à Governors Island, mais nous prîmes notre temps. L'île en forme de larme est située juste au sud de Battery, à la pointe de Manhattan, à proximité des îles Ellis et Liberty. Cela avait été une base pour les garde-côtes durant la plus grande partie de ma vie, avant d'être mise hors service par le gouvernement en 1997. Ce que Jack espérait trouver dans cet endroit, je n'en avais aucune idée.

Cependant, cela ne me dérangeait pas d'aller là-bas. New York. C'était si bon de se trouver de nouveau sur l'eau, où je n'étais pas continuellement en danger. Dans une situation de combat prolongée, on finit par oublier à quel point on est nerveux. On se met à penser qu'il est normal d'avoir des crampes musculaires sans aucune raison, ou la sensation que quelque chose s'approche furtivement de vous par-derrière, même quand vous êtes adossé à un mur. C'est seulement une fois que vous êtes revenu en lieu sûr que vous comprenez que vous étiez en train de devenir complètement fou.

Ce qui explique peut-être pourquoi je demandai à Osman de faire un grand circuit. Il fit ralentir l'*Arawelo*, réduisant la vapeur de moitié, et fit le tour complet de l'île minuscule tandis que j'observais son rivage bordé d'arbres. Des docks et des jetées bordaient la plus grande partie de l'île, tandis que des allées avaient été aménagées dans d'autres secteurs, dominant le port. Les hublots à canons de Castle Williams aux murs circulaires étaient vides et j'apercevais à travers eux une cour intérieure abandonnée qui brillait dans la chaleur de la journée. Les filles étaient fascinées par le bâtiment le plus important de l'île, une tour en acier perforée qui était posée dans l'eau juste au large de la rive, telle la carcasse d'un gratte-ciel. Elle fournissait la ventilation pour le tunnel reliant Brooklyn à Battery. Je n'y fis pas attention et continuai à scruter le rivage. Finalement, Ayaan me rejoignit près du bastingage et me demanda ce que je cherchais.

— Les morts, répondis-je.

— Et tu en as vu ?

Je secouai la tête. Je n'en avais pas vu. Cela paraissait impossible qu'un endroit dans ce monde puisse être si tranquille, non affecté par l'Épidémie, mais Governors Island semblait non seulement déserte, mais également prospère. Le feuillage qui descendait sur la rive pour effleurer l'eau frémissait dans la chaleur de la journée, et les brises agréables qui venaient du port n'apportaient aucune odeur de mort. Le soleil se reflétait sur des fenêtres intactes et prêtait à toute chose un chatoiement de bonne santé tout à fait anormal.

Jack nous avait envoyés dans un endroit sûr, apparemment. Dans un endroit paisible où nous pourrions élaborer des plans. Je fis signe à Osman de se diriger vers le quai de chargement du ferry. Les docks là-bas étaient les seuls sur l'île assez grands pour accueillir l'*Arawelo*. Nous accostâmes entre deux digues de retenue garnies de vieux pneus et sentîmes le bateau faire une embardée avec un craquement plaintif comme il s'arrêtait complètement. Fathia et moi lançâmes des cordages sur le quai, et deux autres filles les attachèrent solidement autour de deux gros bacs remplis de chenilles poussiéreuses et de choux marins. Nous nous apprêtions à abaisser la passerelle quand une détonation nous fit tous sursauter.

Un homme portant un ciré bleu marine et une casquette de base-ball s'avança sur la rampe de chargement du ferry et nous examina prudemment. Je n'aurais pas dû être si bouleversé de voir un survivant à ce moment-là, pas après tout ce que j'avais vécu à Times Square, mais ce type retenait toute mon attention. Pour commencer, il avait un badge métallique brillant sur le devant de son ciré et les lettres « DHS [1] » peintes en jaune dans son dos ;

1. *Department of Homeland Security* (*NdT*)

ensuite, il tenait une mitraillette M4-A1 avec une lunette de vision nocturne semblable à un énorme téléobjectif et un lance-grenades M-203 fixé sous le canon. Il n'était pas très grand et cela donnait l'impression que tout cet armement allait le faire basculer et tomber dans l'eau, mais je n'éclatai pas de rire. L'arme était pointée sur mon front. Je voyais directement son cache-flamme.

— Nous sommes vivants, dis-je. Cette arme est inutile.

La mitraillette pivota vers ma gauche et je me baissai par réflexe.

— Et si tu restais où tu es, l'enturbannée, annonça le survivant.

Il visait Ayaan, qui avait commencé à tendre la main vers sa Kalachnikov. Génial, pensai-je, il ne manquait plus que ça. La géopolitique de merde s'invitait au pire moment possible.

— Vous appartenez au Département de la sécurité nationale, exact ? lançai-je.

Le survivant ne se tourna pas, mais gratta sa barbe de plusieurs jours avec sa main gauche.

— Je suis l'agent spécial Kreutzer du DHS, ouais, et je vais réquisitionner votre bateau conformément aux dispositions du Patriot Act. Vous pouvez avancer et commencer à jeter vos armes par-dessus bord, tout de suite. Vous n'en aurez plus besoin.

Je respirai à fond.

— Écoutez, je m'appelle Dekalb. Je fais partie de l'Unité mobile d'inspection et de désarmement des Nations unies. Je pense que nous avons tous besoin de parler en gens raisonnables.

— Je ne reçois pas d'ordres de ces connards mondains à la tête ramollie, merci beaucoup. Maintenant obéissez à mes putains d'instructions. J'ai un objectif à atteindre !

— Quel est votre objectif ?

J'essayais de garder le dialogue ouvert. Ce type allait tirer sur quelqu'un si je ne le calmais pas.

L'agent leva les bras au ciel comme s'il implorait un sort favorable.

— Sortir mon cul blanc et poilu d'ici ! À présent, jetez vos armes, bande d'enfoirés !

C'était l'occasion qu'attendait Mariam. À mon insu (et, heureusement, également à celle de Kreutzer), la fille sniper était montée sur le toit de la timonerie et ajustait un tir parfait. Quand Kreutzer leva les bras et ne visa plus directement quelqu'un sur le bateau, elle bloqua sa respiration et appuya sur la détente de son Dragunov. La mitraillette M4 tomba bruyamment sur le béton comme Kreutzer étreignait son index droit.

— Putain de merde ! cria-t-il. Elle m'a bousillé le doigt ! (Il considéra sa main ensanglantée, les yeux écarquillés, puis me regarda de nouveau.) Putain de merde !

En une seconde, j'avais franchi le bastingage. Je récupérai l'arme qu'il avait laissé tomber, dans l'intention de le mettre en joue pendant que les filles sécurisaient le périmètre. Ayaan eut une idée similaire, mais plus simple. Cela consista simplement à frapper le survivant au visage avec la crosse de son AK-47. Il s'écroula sur le sol et se recroquevilla en une boule fœtale.

— Nom d'un chien, Ayaan, ce n'était pas nécessaire, criai-je. Et c'était également dangereux. Et s'il avait un coéquipier ou tout un peloton caché derrière ces arbres ?

Ayaan acquiesça d'un air pensif. Puis elle donna un coup sec à l'estomac de Kreutzer avec le canon de son fusil.

— L'enturbannée veut une information, *futo delo*. Est-ce qu'il y a un peloton d'imbéciles comme toi caché là-bas ?

— Oh, merde, non, oh Seigneur. Je suis tout seul ici, Jésus, protégez-moi en mon heure d'infortune, je le jure, je le jure !

Elle me regarda en souriant et haussa les épaules.

Je dis aux filles de venir et de mettre un pansement sur le doigt de cet abruti (Mariam ne l'avait pas du tout bousillé, elle l'avait simplement entaillé pour l'obliger à lâcher son arme) et j'entrepris de chercher un endroit sûr pour mettre en place les opérations. Apparemment, Governors Island était à nous. J'examinai l'arme que Kreutzer avait laissé tomber et mis le cran de sûreté, puis je la tendis à Ayaan.

— Tu veux un armement perfectionné ? lui demandai-je.

Elle s'accorda environ une seconde pour examiner l'arme, visa dans le récepteur en surcharge et soupesa son poids considérable. Elle sortit la crosse composite sur toute sa longueur puis la referma d'un coup sec. Ensuite son regard alla du plastique noir et des machins électroniques du M4-A1 au bois en merisier verni et à l'acier compact de son fusil. L'arme de Kreutzer ressemblait à un jouet futuriste. La sienne à une arme venue du haut Moyen Âge.

— Tout le monde connaît ce M4. La version de la guerre urbaine du M16, oui ? Il est connu pour s'enrayer au mauvais moment. Le canon chauffe quand on tire tout un chargeur. (Elle me le lança et je chancelai comme il heurtait mes bras.) Je ne le prends pas, Dekalb.

4.

L'une des momies amena la femme enceinte à Gary. Ils l'avaient attachée sur un fauteuil roulant après qu'elle eut tenté de frapper avec une brique le crâne de l'un de ses ravisseurs. Une tentative courageuse, certes, mais Gary se demandait comment elle avait pu espérer s'enfuir dans une ville remplie de morts alors qu'elle était incapable de courir et qu'elle ne pouvait pas faire autrement que de marcher rapidement en canard. Son ventre gonflé reposait sur ses genoux comme si elle avait glissé une boule de bowling sous sa chemise.

La momie poussa le fauteuil roulant jusqu'à l'endroit où Gary était assis sur un tas de briques et attendit patiemment son ordre suivant. Il prit son temps pour le donner. Il avait été d'une humeur paisible toute la matinée, se contentant de contempler le ciel, le *broch* inachevé derrière lui et les nouveaux bâtiments qu'il avait ordonné de construire sur la Grande Pelouse, en ne pensant pas vraiment à grand-chose. Après la nuit précédente, il estimait avoir mérité une occasion de se reposer.

Après avoir mangé Mael, son corps était resté engourdi par des spasmes pendant des heures, car l'énergie sombre qu'avait libérée le druide à ce moment s'était répandue en un mouvement de va-et-vient dans son ventre, sa tête et ses doigts, jusqu'à ce qu'un éclair noir jaillisse de ses yeux et de sa bouche. Au moins une centaine de morts à l'extérieur des murs du *broch* avaient été consumés tandis que lui se démenait et essayait de conserver son étincelle de vie. L'énergie de Mael menaçait de le briser, de le détruire physiquement, et il puisa dans leur force vitale afin de soutenir son corps légèrement brûlé et meurtri. Tant bien que mal, il réussit à ne pas exploser. Après quelques heures passées à frissonner dans un coin, ses bras enserrant ses genoux tandis que son cerveau était la proie d'hallucinations sans fin, ses yeux devenus aveugles sous l'éclat de phosphore de la lumière sombre qu'il avait subie, il fut finalement à même de se tenir debout et de tenter quelques pas.

— Vous avez pris du poids, déclara la femme enceinte. (Marisol, elle s'appelait Marisol.) Je suppose que c'est ce qui se produit quand on s'empiffre et qu'on oublie de se purger.

— Hmm ?

Gary leva les yeux. Il se frotta les tempes et essaya de se secouer. Ces moments figés où il s'absorbait dans la contemplation de son nombril ressemblaient beaucoup trop à la mort, à la vraie mort, pour que ce soit réconfortant.

— Je vous demande pardon. J'étais dans la lune, lui dit-il.

Il avait besoin de faire quelque chose, quelque chose de concret, sinon il allait probablement retomber dans sa rêverie.

— Nous faisons un petit tour ?

La momie poussa le fauteuil roulant de la femme tandis que Gary longeait d'un pas tranquille le mur de quatre mètres de haut qui entourait son nouveau village.

— Vous avez aimé votre petit déjeuner ? demanda Gary.

Il avait veillé à ce qu'on donne aux prisonniers de la nourriture en abondance. Il y avait énormément de boîtes de conserve dans la ville déserte, mais elles étaient inutilisables pour les morts-vivants, qui étaient dépourvus de la dextérité manuelle pour se servir d'un ouvre-boîte.

— Oh, ouais, répondit la femme, en frottant son ventre comme s'il lui faisait mal. J'adore la soupe aux clams froide à la première heure le matin. Il nous faut des installations pour cuisiner si vous voulez que nous mangions. Vous avez déjà entendu parler du botulisme ?

Gary sourit.

— Non seulement j'en ai entendu parler, mais je l'ai constaté. J'étais médecin autrefois. Vous ne pouvez pas faire du feu parce que je ne peux pas prendre le risque que vous vous blessiez.

— Vous ne pouvez pas nous surveiller tout le temps. Si nous avons envie de nous suicider, nous le ferons. Nous cesserons de manger, tout simplement, ou bien… ou bien nous grimperons en haut de ce mur et nous sauterons.

La femme évita de croiser son regard.

— Vous avez raison. Je ne peux pas vous en empêcher.

Gary l'emmena vers un lopin de terre creusé de sillons. La boue de Central Park allait tout faire germer après des décennies de fertilisation, d'aération et de soins attentifs prodigués par des jardiniers professionnels ; le sol était riche et sombre. À présent que Gary était là pour empêcher les morts de consommer toute chose vivante qu'ils voyaient, des rangées d'herbes folles poussiéreuses commençaient déjà à sortir de la terre dénudée.

— Ce secteur sera votre potager. En fin de compte, nous espérons que vous serez à même de produire toute votre nourriture. Des légumes verts, Marisol. Vous pouvez avoir des légumes verts de nouveau. Représentez-vous cela.

— Vous êtes sourd ? J'ai dit que nous préférons nous suicider plutôt que de vous aider !

La femme se débattit contre les liens qui la maintenaient sur le fauteuil. La momie avança la main pour l'en empêcher, mais Gary secoua la tête. En se balançant d'avant en arrière et en se jetant contre ses sangles, Marisol réussit finalement à renverser le fauteuil roulant et tomba sur le côté dans la boue humide, qui lui macula le visage et aplatit ses cheveux.

Gary l'aida à se redresser en mettant ses mains sous ses aisselles.

— Je vous ai entendue. Et je crois que *vous* seriez probablement capable de le faire. Mais d'autres feront leur propre choix.

Il l'emmena le long d'une allée étroite entre deux rangés de maisons de brique rudimentaires qui étaient en cours de construction. Il lui montra la double épaisseur des murs et l'installation en fibre de verre posée entre les deux couches. Ces maisons seraient confortables en hiver et fraîches en été, lui expliqua-t-il. Et, surtout, ils y seraient en sécurité : le mur d'enceinte empêcherait les morts d'entrer.

— Comment pourriez-vous ne pas être heureux ici ? demanda-t-il.

— Pour commencer, il y a la puanteur, répliqua-t-elle.

Gary sourit et s'accroupit afin de regarder son visage. Elle refusait toujours de croiser son regard mais cela n'avait pas d'importance.

— Quand je travaillais à l'hôpital, j'ai vu beaucoup de gens mourir. Des personnes âgées dont l'heure était venue, des jeunes gens victimes d'accidents qui comprenaient à peine où ils étaient. Des gosses, j'ai vu des gosses mourir parce qu'ils n'avaient pas trouvé mieux que d'avaler du Drano et de sauter d'une fenêtre.

Juste avant d'y passer, ils m'appelaient toujours pour me demander une dernière faveur.

— Vraiment ? ricana-t-elle.

— Oui. C'était toujours la même chose. « Je vous en prie, docteur, donnez-moi une heure de plus avant que je parte. Donnez-moi une minute de plus. » Les gens sont facilement effrayés par la mort, Marisol, parce qu'elle est si longue et nos vies si courtes. J'offre à vos gens une chance d'avoir une vie longue et remplie. Je ne peux pas faire revenir le monde que nous avons perdu. Je ne peux pas leur donner des dîners de gastronome ou des vacances de luxe ou l'émission *American Idol*. Mais je peux leur donner une chance de ne pas avoir peur tout le temps. Une chance de repartir de zéro. Une chance d'avoir une famille, une famille nombreuse. C'est infiniment plus que ce que vous leur offriez dans votre trou d'araignée.

— Et en échange de tout ceci ? Qu'obtiendrez-vous ? Mon bébé ? Vous avez déjà mangé mon enfoiré de mari !

Ses cheveux étaient tombés sur son visage et elle souffla dessus pour les écarter, en gonflant ses joues empourprées de colère.

— Chaque chose a un prix. Il me faut seulement un repas par mois, peut-être même moins si je fais attention. Ce n'est pas demander beaucoup.

Il songea à Mael et à sa tribu dans les Orcades. Ils avaient accepté à tour de rôle d'être des sacrifices humains. C'était quelque chose que des gens pouvaient accepter si vous leur en prouviez la nécessité.

— Marisol, je vais vous laisser le choix à présent. C'est votre grossesse qui a inspiré toute cette générosité que je ressens, aussi je veux vous donner quelque chose de très spécial. Je peux faire de vous le maire du dernier village humain sécurisé sur terre. (Il se pencha vers elle et la laissa sentir son haleine fétide.) Ou bien je peux dévorer votre visage sur-le-champ. Ne répondez pas tout de suite, ce n'est pas fini ! Je peux faire cela de façon indolore. Vous ne sentirez absolument rien. Je peux même veiller à ce que vous ne reveniez pas. Vous serez juste morte. (Il saisit les poignées de son fauteuil roulant et la fit tournoyer de nombreuses fois. Il adorait ça.) Morte, morte, morte pour toujours et à jamais, à jamais, à jamais et votre corps se décomposera sur le sol jusqu'à ce que les mouches arrivent et déposent leurs œufs d'asticot dans vos mignonnes petites joues.

Quand il s'arrêta, elle respirait péniblement. Son corps frissonnait violemment comme si elle avait très froid et il sentait quelque chose de croupi et d'aigre sortir de ses pores. Rien de spécial, vraiment. Juste la peur.

— Alors, ce sera quoi, hmm ? demanda-t-il. Je prends un déjeuner de bonne heure aujourd'hui… ou dois-je commencer à vous appeler madame le maire ?

Elle étrécit ses yeux en de minces fentes.

— Espèce de salaud. Je veux l'écharpe la plus grosse et la plus soyeuse qui indique « MAIRE » en faux diamants. Je veux que les gens sachent qui les a vendus.

Gary arbora un large sourire pour lui permettre de voir ses dents.

5.

Kreutzer nous conduisit à travers un parc luxuriant où des arbres s'agitaient au gré de la brise, leurs branches abritant des maisons aux murs revêtus de planches à clin aux couleurs vives et des allées de gravier. C'était les anciens quartiers des officiers quand Governors Island était une base militaire. L'emblème des garde-côtes était partout, sur des monuments, des plaques, des clôtures à mailles losangées, même sur les écriteaux des rues.

L'agent du DHS affirma que les maisons étaient vides et qu'il les avait inspectées lui-même.

— Je vous assure, il ne reste pas un seul meuble à l'intérieur et aucune putain de nourriture.

Guère convaincu, j'envoyai des équipes de filles dans tous les bâtiments devant lesquels nous passions.

— Il y a certainement eu d'autres personnes ici, dis-je. On ne poste pas un agent de terrain dans un endroit comme celui-ci s'il n'a absolument rien à faire.

— Il y en avait d'autres, répondit Kreutzer en tenant sa main bandée. Il y avait toute une foutue garnison. Quand l'Épidémie a éclaté, nous avions besoin d'un endroit fortifié pour des opérations de gestion de crise. Nous avons réactivé la base ici et avons fait venir ponctuellement des spécialistes de ce genre d'opérations. Des types qui sont habitués à décoller et à atterrir sur des terrains d'aviation sans se faire remarquer. Un putain de débile au Pentagone a pensé que l'on pouvait combattre ces enfoirés de morts avec des hélicoptères et des avions de la police.

Je parcourus du regard les arbres qui bruissaient dans le vent, les maisons peintes en jaune.

— Cela nécessitait une infrastructure très importante.

Kreutzer montra de la tête la partie opposée de l'île.

— De ce côté. Tout ça, c'est des conneries pour les touristes. Quand la ville a récupéré l'île en 2003, ils ont tout retapé ici et ont permis aux touristes de la visiter. Mais ils ont gardé le vrai truc à l'abri des regards.

Je hochai la tête et fis signe aux filles de se regrouper. Nous traversâmes une pelouse d'un vert luxuriant et passâmes à la hauteur de l'édifice en pierre en forme d'étoile de Fort Jay.

— Comme je le disais, moi et Morrison, mon équipier, on nous a affectés ici pour gérer les ordinateurs et les systèmes, pendant que les pilotes de la Garde s'occupaient de leurs zincs. Nous étions des directeurs de systèmes avant de rejoindre la sécurité nationale. Au début, ça m'a foutu en boule d'être bloqué dans cet endroit de merde pendant que des types qui étaient mes subordonnés faisaient un vrai boulot d'homme dans la ville. Puis les hélicoptères ont commencé à être portés disparus – des équipages entiers ne sont jamais revenus – et je me suis dit que peut-être que je m'en sortais bien, tout compte fait. Finalement, nous avons reçu un appel de Washington parce qu'ils avaient besoin de toutes nos unités pour une intervention tactique sur les rives du Potomac. Morrison et moi, on est restés ici afin de garder le site en état de fonctionnement pour le moment où les gars reviendraient.

Kreutzer nous avait conduits sur le côté de Liggett Hall, un énorme bâtiment-dortoir de brique qui partageait l'île en deux. Une rangée d'arbres, derrière, dissimulait une clôture à mailles losangées surmontée de barbelés. Une grille était ouverte et laissait apparaître un sentier de terre battue de l'autre côté.

— Je suppose qu'ils ne sont jamais revenus, dis-je.

— Deux bons points pour vous, enfoiré. Ils ont été massacrés, d'après ce que nous avons entendu dans le haut-parleur. Ils ne servaient à rien en l'air, et quand ils se sont posés, ils ont été royalement baisés. (Kreutzer s'arrêta devant la grille.) Je ne sais pas ce qu'il y a ici. C'est une zone interdite.

Je l'écartai de mon chemin d'une poussée et pénétrai dans la véritable base. Une large pelouse centrale s'étendait quasiment jusqu'à la rive opposée, ponctuée ici et là de terrains de base-ball. Une piste de fortune en béton avait été aménagée sur cette pelouse, flanquée de bâtiments en préfabriqué et délabrés semblables à ceux que j'associais aux bases militaires américaines. Le temps et la rouille n'avaient guère été cléments avec la plupart de ces constructions, mais j'apercevais des hangars qui semblaient toujours opérationnels, ainsi qu'une tour de contrôle du trafic aérien.

— Nous avons tenu le coup de notre mieux. De temps en temps l'un de ces connards de morts sortait de la tour de ventilation mais nous les dégommions en pagaille. Finalement, nous avons réussi à boucher les prises d'air et il n'y a plus eu de problèmes.

J'acquiesçai distraitement, trop occupé à évaluer les atouts de l'île. Quelques vedettes des garde-côtes dansaient sur l'eau, mais ne nous étaient d'aucune utilité. Gary n'allait pas s'approcher du fleuve pour nous laisser lui exploser la tête avec une mitrailleuse calibre.50. Je repérai plusieurs choses qui pourraient nous servir, notamment une armurerie bien fournie avec des M4 et des armes légères, et fis une check-list mentale à parcourir avec Jack quand il arriverait. *S'il* venait.

Nous installâmes notre campement sur la pelouse. Je fus tenté tout d'abord de dormir dans l'une des maisons jaunes des officiers ou même dans l'un des baraquements ; mais quand la nuit tomba, les bâtiments prirent un aspect infiniment inquiétant. Cela procurait une sensation étrange qui préoccupait mon âme moderne de me trouver dans une pièce sans fenêtres et sans électricité. Cela ne dérangeait pas du tout les filles de dormir à la dure : c'était ce qu'elles faisaient dans leur pays. Elles maintinrent Kreutzer sous bonne garde toute la nuit, mais le laissèrent tranquille. Nous fîmes un grand feu de camp et mangeâmes du pain et de la bouillie d'avoine, notre nourriture de base.

— Il ne restait pas un seul haricot ou une seule putain de carotte sur cette île de merde, nous informa Kreutzer tandis qu'il attaquait les pains plats de *conjeero* que les filles lui tendaient à contrecœur. C'est ce qui est arrivé à Morrison.

— Je me demandais quand nous aborderions ce sujet, dis-je.

Kreutzer hocha la tête.

— Morrison est devenu affamé plus vite que moi. C'était un type costaud, il adorait soulever de la fonte quand il n'était pas de service et il avait davantage besoin de calories, je suppose. Il a pris un canot pneumatique Hull et est parti dans la direction de Staten Island pour se réapprovisionner. Cela remonte à deux semaines. Je ne m'attends pas à le revoir.

— Et pour vous ? Vous comptiez juste mourir de faim ici ?

Kreutzer piocha avec un doigt de la bouillie d'avoine dans un pot et l'enfourna dans sa bouche.

— Je préfère ne pas manger plutôt qu'être mangé. J'aurais pu partir quand je le voulais, mais où je serais allé ? Jusqu'à ce que je vous aperçoive près de la rampe du ferry, je pensais foutrement que j'allais mourir ici. (Il rendit le pot à Fathia.) Merci.

Je me réveillai avec le bruit de l'eau qui clapotait contre le flanc d'une vedette et une brise fraîche qui s'amusait à soulever mes cils. Je souriais bêtement parce que je me sentais bien. Puis, je me redressai et me souvins de tout. J'enfilai mon pantalon, et je commençais à chercher du regard des latrines quand j'entendis un bourdonnement qui venait de l'eau.

C'était Jack.

J'ignore où il avait trouvé un Jet-Ski dans New York, mais il fendait les vagues vers la côte. Je courus vers l'eau, agitai les bras et sifflai, il m'aperçut finalement et vira dans ma direction. Je tendis une main et l'aidai à monter sur le ponton. Il ôta son gilet de sauvetage et tira la fermeture à glissière du grand sac où il gardait au sec ses armes et son équipement, puis finit par me dire bonjour.

— Il les a emmenés à Central Park. Je n'ai pas pu m'approcher trop près. Le vent soufflait dans leur direction et ils auraient senti mon odeur, mais je les ai vus entrer dans le parc. Il se passe quelque chose là-bas, quelque chose d'énorme, et je n'ai aucune idée de ce que c'est. Je ne pouvais pas m'amener en tirant dans tous les sens et espérer sauver quelqu'un. Cependant, c'est ce que j'ai l'intention de faire.

Je hochai la tête prudemment. J'avais une envie pressante d'uriner, mais je voulais également lui montrer quelque chose, quelque chose qui pouvait résoudre son problème. Je l'emmenai derrière un hangar et lui fis voir la caravane longue de dix mètres et surmontée d'antennes radar paraboloïdes, et les quatre cercueils, terme d'argot désignant les caisses de stockage des drones.

— Parfait, dit-il, et il entreprit d'ouvrir les cercueils.

— Jack, demandai-je, parce que cette question m'avait taraudé, pourquoi nous aviez-vous envoyés ici ? Comment saviez-vous que Governors Island était déserte ?

Il me regarda fixement.

— Je l'ignorais. Pour ce que j'en savais, cet endroit pouvait très bien grouiller de morts. Mais je savais que vous pourriez les éliminer sans problème.

— Nous aurions pu tomber droit dans un piège ! m'écriai-je.

Jack regarda d'un côté puis de l'autre.

— Apparemment, tout s'est bien passé. Maintenant donnez-moi un coup de main pour porter cette caisse.

6.

Les commandes du drone Prédateur RQ-1A étaient relativement simples. Elles avaient été conçues pour le soldat moyen du XXIe siècle et étaient quasiment semblables à celles de la PlayStation de Sony. On se servait d'un stick pour ouvrir et fermer les gaz et d'un autre pour piloter le drone tandis que les systèmes de transmission étaient élaborés par une série de boutons servant à relever le train d'atterrissage, faire pivoter les caméras installées sur le nez, et ainsi de suite. *Un jeu d'enfant*, pensai-je. J'avais étudié le pilotage du drone autrefois, quand j'avais une vie et une carrière. Je me sentis confiant et attentif comme mon petit avion décollait de Governors Island et filait vers Manhattan.

— Faites attention aux courants ascendants, me dit Kreutzer. Ils peuvent être une vraie chierie.

Il avait le second siège dans la caravane exiguë et surchauffée. En tant que spécialiste des systèmes, il devait veiller à ce que les données avioniques et télémétriques arrivent clairement et de façon lisible. Il avait en face de lui trois énormes moniteurs où il pouvait visualiser et manipuler son « produit ».

Le Standard Oil Building apparut sur ma droite et je fis un léger virage pour éviter sa flèche. Puis quelque chose alla de travers. Le Prédateur se retournait continuellement, l'extrémité de son aile droite se redressant chaque fois que j'essayais de l'abaisser. J'augmentai un peu les gaz pour essayer d'échapper à ce que je pensais être une légère turbulence et brusquement un mur de vent heurta le drone sur le nez, et l'aspira dans une descente en spirale très rapide que l'on pouvait appeler plus justement « une chute libre ».

Le drone atteignit Broadway de biais et ricocha comme une pierre sur les toits de plusieurs voitures garées, pour s'arrêter finalement au milieu de Bowling Green en glissant sur le dos. La caméra nous montra une vue tremblante de la statue de Charging Bull et un ciel partiellement nuageux.

Le visage de Kreutzer arbora une expression de suffisance infinie tandis qu'il me montrait ce que j'avais fait de mal. Sur son écran, il afficha les dernières secondes du vol du Prédateur comme une projection de diapositives PowerPoint. Je vis la flèche du Standard Oil Building et la colonne d'air au-delà, où Morris Street rejoignait Broadway. Puis il agrandit au maximum la vision infrarouge de la même scène et me montra un faux remous d'air en couleur qui tournoyait follement à l'angle des deux rues, un cisaillement du vent produit par la différence de température entre les côtés ensoleillés et ombragés des buildings.

— OK. Leçon retenue, dis-je.

Excité par le pilotage du Prédateur, je sentais mon cœur palpiter. Quand Jack entra pour voir ce qui se passait, je laissai Kreutzer lui expliquer. Je poussai brusquement un cri strident. Tous deux se retournèrent et me regardèrent d'un air étonné.

Un mort qui n'avait pas de peau sur le sommet de sa tête s'était approché pour examiner le Prédateur posé dans Bowling Green. Son nez inversé se fronça tandis qu'il reniflait les instruments d'optique de l'avion. J'étais si absorbé par le vol du drone que j'avais oublié qu'il se trouvait à un kilomètre environ de distance et que le cadavre animé ne pouvait pas m'atteindre à travers l'écran.

J'éteignis ce dernier et frottai mes mains l'une contre l'autre.

—Allons en assembler un autre, dis-je. Je suis prêt à recommencer.

Une heure plus tard, l'équipe d'Ayaan avait un Prédateur 2 prêt à décoller. Il avait une envergure de trente-cinq mètres et les instruments logés dans son nez ressemblaient à la tête de l'un des aliens que Sigourney Weaver avait coutume d'affronter dans les films. J'effectuai mon inspection avant le vol et branchai les systèmes d'optique. Je mis les gaz à fond – nous utilisions une piste d'envol plus courte que la dimension réglementaire – et fis s'élancer le Prédateur sur la pelouse, l'image sur mon écran cahotant tandis qu'il prenait de la vitesse. Juste au bon moment, je tirai en arrière le stick et l'avant se redressa. Le drone décolla vers le ciel et évita facilement le sommet de Ligget Hall. Je n'oubliai pas de rentrer le train d'atterrissage et nous partîmes.

J'amenai le drone à une vitesse de croisière et le laissai voler tout seul, me contentant la plupart du temps de l'incliner légèrement sur l'aile pour le faire survoler Castle Clinton à Battery Park. Je gardai mon altitude très basse, préférant la possibilité qu'un ou deux espions morts-vivants entendent l'hélice plutôt que de voler très haut et permettre à des millions d'eux de le *voir*. Cela signifiait slalomer entre les buildings. le Prédateur était conçu pour faire cela, même s'il était censé avoir un pilote très expérimenté aux commandes. Quand il arriva devant les murs de brique du bas de Manhattan, je le guidai vers un entonnoir étroit en haut de Battery où Bowling Green s'ouvrait sur le large canyon de Broadway.

— En douceur cette fois, n'essayez pas de le brusquer.

Kreutzer se pencha sur moi et je sentis son haleine comme j'approchais du remous d'air qui avait fait s'abattre le premier drone. Cette fois, je lâchai les gaz au moment décisif et le Prédateur le traversa comme un bouchon de liège flottant sur une vague, filant à la lisière du cisaillement du vent au lieu d'essayer de le franchir de force. Je passais au-dessus des voitures abandonnées de Broadway quand le téléphone cellulaire Iridium se mit à gazouiller.

— Qu'est-ce que je fais ? demandai-je. Qu'est-ce que je fais ?

Jack se précipita à l'intérieur de la caravane et mit en route un terminal de pilotage annexe. Il savait qu'une seule personne avait mon numéro de téléphone. Il prit les commandes du drone. Je me ruai au-dehors vers la lumière du soleil et l'herbe verte, et je pris l'appel.

— Vous m'espionnez maintenant ? demanda Gary.

Je fus abasourdi.

— De quoi parlez-vous ?

L'homme mort éclata de rire dans mon oreille.

— Je vois tout, Dekalb. Chaque cadavre animé dans Manhattan peut être mes yeux ou mes oreilles. Je suppose que c'est vous qui venez de faire tomber un avion sur mon île si parfaite. Vous avez des idées lumineuses, hein ? Vous projetez de venir ici et de délivrer les prisonniers. Cela ne marchera pas.

J'essayai de bluffer.

— Nous cherchions uniquement les médicaments. Repérer les hôpitaux, trouver un moyen d'accomplir la mission d'origine.

— Bien essayé. Mon cerveau est mort, pas endommagé. Vous voulez me tuer. Je sais que je ferais la même chose à votre place. Je représente une menace – une menace sérieuse – et vous voulez me neutraliser. À l'évidence, je ne désire pas cela. Je suis disposé à faire un marché.

Je m'assis lourdement sur la pelouse.

— Répondez-moi. Les survivants…

— Sont à moi maintenant, m'interrompit-il. L'heure n'est plus aux négociations. Ce que je vous offre, c'est un passage en toute sécurité. Je sais que vous avez eu des ennuis avec des pigeons l'autre jour. Ils sont partis à présent. Je vous laisserai entrer dans Manhattan juste assez longtemps pour vous permettre d'aller au bâtiment des Nations unies, de prendre vos pilules, et de repartir. Personne ne s'approchera de vous : je peux les retenir. Je peux vous protéger. Vous faites cela et ensuite vous retournez à votre bateau et vous partez d'ici pour toujours. Cela vous paraît faisable ?

— Et si, néanmoins, nous tentons de récupérer les prisonniers ?

— Alors vous découvrirez pourquoi un million de morts ne peuvent pas tous être mauvais. C'est ce que je vous propose, Dekalb, et rien d'autre. Vous prenez les médicaments et vous partez. Oh, une dernière chose. Ayaan.

Je regardai la fille en question. Elle prenait la pose pour des photographies. Fathia avait trouvé un Polaroïd dans l'un des baraquements et toutes voulaient un souvenir de leur visite de New York. Elle se tourna pour me regarder et sourit.

Gary ronronna dans mon oreille.

— Ayaan reste ici. Je veux découper sa peau en petits morceaux et les manger un par un. Je veux passer un moment délicieux avec ses viscères. Elle m'a tiré une balle dans la tête. Personne ne s'en tire impunément après cela.

Je plaquai une main sur ma bouche pour retenir ce que j'avais envie de répondre. *Putain de merde, il n'en est pas question, enfoiré.* Puis j'attendis un moment et dis :

— Il faut que je vous rappelle.

Je tapai « Fin » et rangeai le téléphone.

— Dekalb, dit Kreutzer depuis la porte de la caravane. Nous avons des images.

Je le suivis à l'intérieur de l'espace confiné mal ventilé pour voir ce que Jack avait trouvé.

7.

Gary volait avec les pigeons morts-vivants sur la 1re Avenue. Par leurs yeux, il les regardait tomber, par bandes entières en même temps, tournoyant dans l'air, l'extrémité de leurs ailes sans vie frissonnant. Gary était un homme de parole, et si Dekalb était disposé à accepter son offre généreuse, la voie jusqu'au bâtiment des Nations unies serait libre. Gary n'avait pas particulièrement peur de Dekalb lui-même. Mais même si son équipe de tueuses somaliennes n'était guère en mesure d'inquiéter les défenses de Gary, elles pouvaient très bien faire quelque chose d'irréfléchi qui mettrait en danger l'élevage à visée reproductive de Gary. Si elles tiraient des missiles sur le *broch*, par exemple, Gary survivrait à peu près certainement, mais les gens de Marisol pouvaient être blessés dans le chaos et les dégâts qui s'ensuivraient. Un millier de scénarios similaires avaient traversé l'esprit de Gary et aucun d'eux ne lui plaisait. Faire partir Dekalb de New York le plus vite possible était le bon sens même.

Gary aspira la vie des oiseaux jusqu'à ce qu'il n'en reste plus qu'un, celui-ci virant avec indifférence au-dessus des grands amoncellements de ses anciens congénères, leurs masses graisseuses aux plumes bleues iridescentes obstruant les rues. Gary fendit l'air sur une paire d'ailes qui voletaient et se dirigea vers le fleuve et Long Island. Il plongea avec les rémiges de l'oiseau et plana jusqu'à apercevoir Jamaica Bay qui miroitait au soleil et avoir l'impression de voir la terre s'incurver sous lui mais… c'était suffisant. Il pressa durement l'oiseau et sa vue diminua. Une étincelle d'énergie sombre à peine perceptible s'écoula dans l'être de Gary.

Il changea de place dans son énorme baignoire pour un endroit moelleux et ombragé et le fluide s'infiltra dans le creux de sa clavicule. Il se redressa, le liquide saumâtre coulant de lui à flots, et saisit sa robe de chambre. Il avait du travail à effectuer.

Marisol vomit bruyamment sur le sol de brique.

— Les nausées du matin ? demanda Gary en relevant la femme par un coude.

Elle se dégagea d'un geste brusque.

— Je suffoque ici. C'est quoi, ce truc, du jus de pickles ?

— Du formol, répondit Gary en regardant la mare de liquide jaune paille dont il venait de s'extirper. Je me préserve pour les générations futures. Vous devriez être reconnaissante. Plus je me préserve de la décomposition bactérienne, moins je serai obligé de manger vos gens. Sortons prendre l'air, si cela vous incommode à ce point.

Tandis qu'il la conduisait en haut de l'escalier en spirale dissimulé dans le mur double de la tour, il appela l'une des momies pour qu'elle nettoie le vomi. Cela lui procurait un réel plaisir – bien que mesquin – d'obliger la précédente garde d'honneur de Mael à faire ce travail subalterne, mais de fait, quelqu'un devait bien nettoyer le *broch*, et seules les momies avaient toujours la dextérité manuelle nécessaire pour s'en acquitter. Les mains de Gary se comportaient comme si elles étaient engoncées dans des mitaines doublées de fourrure et il ne pouvait même pas boutonner sa chemise. Au moins, les Ptolémées du musée étaient capables d'utiliser des outils simples.

— Comment se comportent vos gens ? demanda Gary.

Les morts continuaient à travailler assidûment à la construction du mur autour du village-prison mais les vivants avaient déjà été conduits dans leurs maisons rudimentaires. Gary leur avait apporté toute l'aide qui lui était possible en matière de livres pris dans la bibliothèque municipale de New York sur la 42e Rue et d'outils archaïques provenant du musée de la Ville de New York (connu pour ses salles consacrées aux époques anciennes), mais c'était difficile pour des gens du XXIe siècle d'être brusquement contraints de vivre comme au XVIIIe. Gary n'avait aucune possibilité de leur fournir l'électricité ou l'eau courante, encore moins la télévision et les achats en ligne. Une survie rude était tout ce qu'il offrait. Toutefois, c'était préférable à l'autre option.

— Ils ont peur, bien sûr. Ils n'ont pas confiance en vous.

Gary se rembrunit.

— Je suis une goule de parole. De toute façon, les garder en sécurité est dans mon intérêt.

Marisol lui adressa un sourire proche du défi.

— Ils n'avaient pas confiance en Dekalb, et il avait un bateau dans le port. Merde, est-ce que vous savez à quoi vous ressemblez, à présent ? Ce n'est pas une chose logique, d'accord ? Ils voient un type mort qui dégage une odeur de pickles et qui a encore des petits bouts de peau dans les dents, et ils ont envie de courir dans l'autre sens. Donnez-leur une chance. Avec le temps, je suppose… je suppose qu'on peut s'habituer à tout, mais, pour le moment, ils ont été rassemblés comme un troupeau dans un corral au milieu d'une armée de morts assoiffés de sang et ils sont dorénavant gouvernés par un cannibale en robe de chambre. Ils ont peur. La majorité d'entre eux. Quelques-uns pensent néanmoins qu'ils vont être délivrés.

Gary se gratta.

— Délivrés ? Hein, par Dekalb ? S'il veut faire quelque chose d'intelligent, il ferait mieux de me foutre la paix.

Monter jusqu'en haut du *broch* était pénible, probablement trop pour une femme enceinte sujette à des nausées (elle semblait haleter énormément quand ils arrivèrent au sommet), mais Gary montait l'escalier sans peine et gravissait presque deux marches à la fois.

— Bien sûr, il ne se comportera pas intelligemment, dit-il à Marisol.

Sans Nez et Sans Visage les attendaient sur les remparts inachevés de la tour. Sans Nez leur présenta un plateau en argent avec une dizaine de bâtonnets de viande de bœuf séchée disposés en éventail pour le plaisir de Gary. Il en prit un et mâcha énergiquement. À contrecœur, Marisol en prit un autre et le regarda dans sa main un long moment avant de prendre une bouchée. Elle se demandait peut-être si ce n'était pas de la viande humaine séchée. Ce n'était pas le cas, Gary n'était pas un sauvage.

— Dekalb est un idéaliste. Il viendra ici même s'il doit venir seul, même si cela signifie sa mort.

— On lui donnera peut-être un coup de main, suggéra Marisol. Vous n'avez pas encore fait la connaissance de mon Jack.

Gary lui fit signe de regarder le parc. En contrebas, déployés par milliers, les morts attendaient, leurs épaules affaissées, leurs corps dévastés. Mais ils étaient si nombreux. Ils recouvraient le sol telles des sauterelles, leurs mouvements constants ressemblant aux vagues d'une mer.

Il sonda l'*eididh*, saisit les gorges et les diaphragmes des milliers de morts dans son poing spectral. L'air soupira avec leurs spasmes tandis que, pour la première fois depuis des semaines ou des mois, leurs œsophages s'ouvraient et que de l'air s'écoulait en eux. Gary l'exhala comme de l'air s'échappant du col d'un ballon.

— Bon… jour…, gémirent les morts.

Le vacarme ressembla à des plaques tectoniques qui se déplaçaient, à un océan qui se vide par une crevasse dans le monde. Un véritable son de fin des temps, une symphonie pour une apocalypse solo. Les lèvres de Gary se distendirent comme il arborait un sourire dur.

— Bonjour… Marisol…

— Je n'ai plus besoin de mâles, lui dit Gary. Si votre Jack vient ici, il mourra.

8.

La caravane de dix mètres de long pouvait à peine contenir une équipe de trois personnes. Avec toutes les filles qui se bousculaient pour entrer et jeter un coup d'œil aux moniteurs, l'air à l'intérieur devint rapidement trop confiné et quasi irrespirable. J'épongeai la sueur sur mon front et acquiesçai quand Kreutzer me demanda si j'étais prêt. Jack maintenait toujours le Prédateur dans les airs, lui faisant décrire de larges cercles autour de Manhattan à environ vingt mille pieds d'altitude, pourtant, même lui était incapable de refréner sa curiosité. Nous voulions tous savoir ce que l'avion espion avait vu.

Je battis des paupières rapidement tandis que l'écran de visualisation m'envoyait en un tir rapide des images de buildings qui défilaient bien trop près et bien trop vite des deux côtés. Je faillis faire une embardée en avant dans mon fauteuil comme l'image s'élargissait de façon spectaculaire, alors que le Prédateur passait au-dessus de la tête de la statue de Christophe Colomb dans la 59e Rue. Au-delà de la barrière de Central Park Sud, la vue changea de nouveau significativement pour devenir un paysage de boue parsemé de débris. Le parc était méconnaissable, même l'herbe verte avait été arrachée par les bouleversements de l'Épidémie. Jusqu'à cet instant je n'avais même pas envisagé que les morts puissent manger la végétation, là-bas, et je sentis mon cœur s'agiter d'un côté et de l'autre sous le coup du doute et du dégoût tandis que je voyais ce qu'était devenu l'un de mes endroits préférés au monde.

En silence, nous observâmes l'avion filer vers les quartiers résidentiels. Jack le faisait voler à basse altitude pour nous permettre d'avoir une meilleure vue, à peut-être cinq cents pieds du sol. À cette hauteur, quand nous aperçûmes les premiers morts dans le parc, ils ressemblaient à des morceaux de pop-corn éparpillés sur un dessus de table foncé. Kreutzer figea l'image et tapa un algorithme d'agrandissement pour zoomer sur l'un d'eux. Ses cheveux étaient tombés par touffes entières et sa peau était devenue d'une sorte de blanc mou et crémeux. Ses vêtements pendaient en lambeaux de ses membres tordus. Nous étions incapables de dire si c'était un homme ou une femme.

Kreutzer, qui n'avait vu qu'une poignée de morts jusque-là, fut obligé de se détourner un moment. Nous autres n'accordâmes aucune attention au cadavre et examinâmes le terrain, cherchant des endroits où se retrancher, des positions fortifiables d'où lancer un assaut.

Puis la caméra sur le nez du Prédateur pivota pour nous montrer la ligne d'horizon et nous ouvrîmes de grands yeux.

Les morts remplissaient la moitié du parc. Ils étaient suffisamment près les uns des autres pour avoir des difficultés à bouger les bras tandis qu'ils se pressaient de plus en plus vers quelque chose de rond et de gris au milieu du parc. Ils remplissaient ce qui avait été la Grande Pelouse, la Promenade, et la Pinède. Ils recouvraient le sol telle une mer agitée aux vagues moutonneuses. Non. C'était une image infiniment trop agréable. Ils ressemblaient davantage à une masse d'asticots. Aussi répugnant que cela puisse être, c'était la seule comparaison qui me vint à l'esprit ; leur chair incolore et molle, leurs mouvements continuels sans intelligence pouvaient seulement évoquer des larves de mouche grouillant sur la peau sèche et distendue d'un animal mort.

Estimer leur nombre était impossible. Des milliers, sans aucun doute. Des centaines de milliers, à coup sûr. J'étais allé à une manifestation pour la paix dans le centre-ville juste avant la première guerre du Golf. D'après les médias, mes collègues contre la guerre et moi avions été au moins deux cent mille et nous avions rempli seulement quelques dizaines de blocs des 1re et 2e Avenues. Pour recouvrir complètement la moitié de Central Park de cette façon, ma foi…

Gary avait parlé d'un million de morts. Apparemment, il n'était pas loin du compte.

— C'est quoi, ce truc ? demanda Jack.

Son fauteuil grinça sur le plancher de la caravane comme il se déplaçait pour regarder de plus près. Il tapota l'écran de l'index, produisant un léger son mat qui me poussa à me secouer. Il montrait la forme ronde et grise au centre de la foule.

Les doigts de Kreutzer se déplacèrent rapidement sur son clavier comme il effectuait un rendu en trois dimensions de l'objet, extrapolant des détails à partir des centaines d'images du film vidéo en deux dimensions. Les disques durs cliquetèrent et ronronnèrent pendant une minute, puis il fit apparaître son produit sur l'écran de visualisation. Ce que nous vîmes était une sorte de tour trapue, une construction circulaire dont les murs se dressaient en diminuant jusqu'à un sommet inégal. Elle ne devait pas être terminée. Elle s'élevait à au moins trente mètres du sol et était plus large que le Met qui se trouvait à côté. Ce que Gary pouvait bien rechercher en construisant un tel bâtiment, c'était un mystère.

L'édification des bâtiments annexes était un peu plus compréhensible. Les morts avaient érigé un mur d'environ quatre mètres de haut qui entourait un espace de la dimension de la Grande Pelouse. Le mur était rattaché directement au principal édifice et formait un genre de corral. À l'intérieur de cette zone fermée, il y avait ce qui ressemblait à un tout petit village de bâtiments en pierre aux toitures en terre cuite rouge. Cela ressemblait à quelque chose surgi de l'Europe du Moyen Âge. La seule façon d'entrer ou de sortir du village était de passer par le bâtiment principal.

— Pourquoi Gary a-t-il voulu reconstruire ici le village de Williamsburg au temps des colonies ? demandai-je, complètement déconcerté.

Ayaan me regarda avec curiosité.

— Ces maisons… (je les lui montrai du doigt). Je suppose que c'est là qu'il garde les prisonniers, mais elles ne ressemblent guère aux cellules d'une prison.

— Non, en effet, dit Jack. Elles ressemblent à des étables.

Des étables… où on met son bétail. Je compris ce qu'il voulait dire. Gary avait besoin de garder les prisonniers en vie et en bonne santé – voire heureux – pour une durée extrêmement longue. Pendant combien de temps pouvait-il survivre en mangeant la viande enfermée dans ce corral, personne ne pouvait le dire, mais, à l'évidence, il avait l'intention que ce soit le plus longtemps possible.

Je me levai de mon fauteuil et me dirigeai vers la porte pour prendre l'air. Au passage, je serrai l'épaule d'Ayaan. Elle me suivit dehors sur l'herbe et hors de portée de voix.

— Il y a quelque chose, commençai-je, ne sachant pas très bien quoi dire. Quelque chose que tu dois savoir. J'ai l'intention d'éliminer Gary. Je ne peux pas retourner en Afrique tant qu'il n'est pas mort. Ce qui signifie pénétrer à l'intérieur de cette tour. En même temps, j'essaierai de libérer les prisonniers, mais mon objectif principal est de séparer son cerveau de son corps.

Elle inhala bruyamment.

— C'est impossible.

Je hochai la tête.

— J'ai vu tous ces morts qu'il a sous son contrôle. Néanmoins je vais essayer. Tu es d'accord pour m'aider ?

— Oui, bien sûr. (Elle m'adressa un étrange sourire.) Nous n'avons pas vraiment le choix, hein ? Il ne nous laissera pas nous approcher du bâtiment des Nations unies, tant qu'il contrôle la situation. Si nous voulons terminer notre mission, alors il faut le liquider.

Allais-je lui dire ? Cela ne ferait que la perturber et, franchement, elle n'avait pas besoin de savoir qu'en fait elle avait le choix, ça lui donnerait trop de pression. Mais finalement, j'estimai connaître suffisamment Ayaan pour savoir qu'elle voudrait être mise au courant.

— Il m'a téléphoné, lui dis-je. Il a dit qu'il nous laisserait la voie libre. Qu'il nous laisserait un corridor sécurisé. Mais cela a un prix. Il veut te manger personnellement. C'est sa vengeance pour la fois où tu as tiré sur lui.

Ses yeux s'agrandirent, mais juste un instant. Puis elle hocha la tête.

— Entendu. Quand dois-je y aller ?

Je m'avançai et posai mes mains sur ses épaules.

— Je crois que tu n'as pas compris. Il veut te *torturer. À mort*. Je ne permettrai pas que cela se produise, Ayaan.

Elle me repoussa. J'ai la certitude que le fait de l'avoir touchée ainsi avait enfreint la charia, mais aussi qu'elle n'aimait surtout pas ma manière de penser.

— Pourquoi me refuses-tu ceci ? C'est mon droit ! Tant d'autres ont trouvé la mort ! Ifiyah est morte pour nous permettre de retenir la leçon. Cette fille – celle avec le chat –, elle est morte parce qu'elle avait été stupide ! Tu m'empêcherais de mourir pour mon pays ? Tu ne me laisserais pas mourir de la mort la plus honorable qui soit ? Même si cela signifie que notre mission est un succès ? Même si cela signifie que tu pourras revoir ta fille ?

J'ouvris la bouche, mais me tus. Et merde. Il n'y a pas de mots après quelque chose de ce genre. Pas un seul.

9.

Kreutzer gratta énergiquement ses cheveux sales.

— Bien sûr, dit-il. C'est logique. Elle est chiite, d'accord ? Ils *désirent* tous devenir des martyrs. C'est un excellent deal pour eux : une mort rapide et, ensuite, vous êtes dans un putain de paradis avec vos soixante douze vierges. (Il réfléchit à cela une seconde.) Ou peut-être qu'elle sera l'une des vierges de quelqu'un d'autre. Regardez les choses en face, se faire exploser, c'est ce qu'ils font de mieux.

Je lui jetai un regard furieux.

— C'est la chose la plus stupide que j'aie jamais entendue. Pour commencer, la branche somali de l'Islam est fondée sur les préceptes du mouvement soufi, pas sur ceux du mouvement chiite. Et de toute façon, il n'y a qu'une toute petite fraction de chiites qui souscrivent à ce genre d'absurdités. (J'agitai mes mains en l'air.) Ayaan est une adolescente, c'est tout. Elle ne comprend pas ce que mourir signifie vraiment, mais elle sait avec certitude que la vie vous aspire. Elle a toutes ces hormones, cette énergie, cette sexualité à la masse, complètement tordue, créée culturellement, qui sont projetées en des idées radieuses de la mort vue comme une transcendance…

— Ayaan est un soldat.

Jack arracha un brin d'herbe de la pelouse et le porta à ses lèvres. Il souffla avec force et le brin d'herbe produisit un son flûté, comme un basson mélancolique entonnant un hymne funèbre.

— Ayaan est une enfant, répliquai-je.

Mais, bien sûr, elle était beaucoup plus que cela. En ce moment Jack la comprenait mieux que moi. Ce qui signifiait qu'elle était à même de se plonger dans une idée plus large, un contexte de la communauté que l'on devait servir, son identité nationale en tant que Somalienne, sa place en tant que combattante *kumayo* au service de Mama Halima. Pour le bien de l'humanité.

C'était un sentiment nettement non-américain, mais je l'avais éprouvé moi-même. Quand nous étions revenus de ce raid malheureux à l'hôpital, en traînant avec nous ce qu'il restait d'Ifiyah, je l'avais éprouvé. Mes propres besoins, mes lacunes et mes défauts n'avaient plus cours. Lorsque nous avions regagné le bateau et qu'Osman avait commencé à faire de l'esprit, je m'étais senti si déconnecté de lui et de sa lâcheté égoïste.

Il nous faut des années pour apprendre cette soumission à ce qui est plus grand que nous-mêmes. Jack avait passé une grande partie de sa vie à s'enfoncer cela dans la tête. Les parents étaient censés adopter instinctivement cette attitude à la naissance d'un enfant, mais certains n'apprenaient jamais complètement à faire passer leur famille avant eux.

Ayaan avait assimilé cela à l'école primaire. C'était insultant, sans même dire inutile, de lui nier cette conviction qu'elle tenait accrochée à son âme même.

Elle nous avait certainement entendus – j'avais à peine baissé la voix après que Kreutzer eut commencé à débiter ses conneries – mais elle était occupée et n'éprouvait pas le besoin d'intervenir dans la conversation. Elle se préparait, bien sûr. Elle se préparait à être mangée vivante.

De toutes les choses dingues que j'avais vues depuis que les morts étaient revenus à la vie et que le monde prenait fin dans une horreur avide et affamée, la pire était une jeune fille de seize ans qui touchait avec son front l'herbe verte par une journée ensoleillée et communiait avec son dieu. Je pouvais comprendre sa motivation de se sacrifier inutilement – je pouvais même l'accepter, si je le devais, en grinçant des dents –, mais je savais que cela me hanterait pour toujours.

Cependant, nous en étions arrivés là. Tout ce que je pourrais jamais espérer accomplir. J'allais trouver mes médicaments et je retournerais en Afrique et je verrais Sarah. Je la tiendrais dans mes bras et je prierais pour qu'elle n'ait jamais à prendre des décisions comme celle-ci, qu'elle n'ait jamais à regarder des gens se supprimer au profit de politiciens corrompus à la moitié d'un monde d'ici. Nous construirions une certaine vie et je m'obligerais à oublier ce qu'il s'était passé. Pour Sarah.

Ma mission était sur le point de se terminer. Le prix : une jeune fille de seize ans. Mais j'aurais accompli ma mission.

— Je ne pensais pas que ce serait si facile, marmonnai-je en me frappant la cuisse avec un poing crispé.

— Dekalb, dit Jack. Vous oubliez quelque chose.

Oh, non, je n'oubliais rien. Je savais parfaitement que Marisol et les autres étaient toujours gardés pour servir de nourriture dans ce château à Central Park. Je savais qu'il m'incombait personnellement de tuer Gary.

Je savais également qu'Ayaan venait de me sortir d'un mauvais pas. Elle avait rendu ces choses peu importantes. Négligeables. J'étais en mesure d'achever ma mission en ayant à peine besoin de remuer le petit doigt. Le prix à payer : deux cents vies humaines. Deux cent une, si l'on comptait Ayaan. Toutefois, je doutais fort que les deux cents soient si excités par cette perspective.

Jack n'avait pas terminé.

— J'ai plusieurs idées, mais j'ai besoin de tous les hommes que je peux trouver pour celle-ci. J'ai besoin de vous, Dekalb.

Il me regarda fixement, même si je refusais fermement de croiser son regard.

Finalement, je le suivis à l'intérieur de la caravane sans un mot et me laissai tomber dans l'un des fauteuils confortables. Kreutzer resta en retrait, se frottant les mains avec nervosité, tandis que Jack examinait les images agrandies de Central Park et des choses que Gary avait fait construire là-bas.

— Nous devons commencer par deux ou trois suppositions, déclara-t-il finalement.

Ce dernier mot ressemblait à une chose trop pleine de pattes qui venait de s'engouffrer dans sa bouche. C'était un homme qui estimait que des données difficiles nécessitaient l'achat d'une brosse à dents électrique. Organiser une tentative de sauvetage suicidaire exigeait des attestations en bonne et due forme de la part d'agents de renseignements sur le terrain et une lettre signée par tous les chefs d'état-major décrivant dans le moindre détail en quoi consistait cette mission. Il ne disposait pas de ce luxe en ce moment, bien sûr.

— Nous commençons par supposer que ceci est *possible*. Ensuite nous supposons que nous avons le matériel et le personnel pour la mener à bien.

J'acquiesçai, refusant toujours de regarder l'écran.

— Nous devons supposer qu'il est toujours suffisamment humain pour partager certaines de nos limites. Qu'il ne peut se concentrer que sur une seule chose à la fois.

Je frottai l'arête de mon nez.

— Vous voulez utiliser le sacrifice d'Ayaan comme un moyen de diversion.

Cela tenait la route, bien sûr. Gary avait très envie d'une chose, et c'était sa vengeance. Si on la lui offrait sur un plateau d'argent, pourquoi nous remarquerait-il tandis que nous nous approcherions furtivement par-derrière avec une tronçonneuse pour lui trancher la tête ?

Je pouvais penser à une multitude de raisons pour qu'il s'en aperçoive. Il n'était pas stupide. Nous l'avions sous-estimé auparavant et cela nous avait coûté très cher. Toutefois, Jack envisageait le domaine des possibilités, non pas en terme de ce qui se passerait peut-être mais de ce qui *pouvait* se passer. Même moi, je savais que c'était un territoire dangereux.

— Nous devons supposer une autre chose. Qu'il ignorait, quand il a construit ses fortifications, que ceci se trouvait ici.

Cela m'amena à lever les yeux. Quelque chose que Gary avait laissé passer ? Quelque chose qui allait régler tous nos problèmes ? Jack donnait de petits coups sur l'écran, montrant une forme rectangulaire sans traits bien marqués juste à l'intérieur des limites du parc. Elle était située exactement dans le centre-ville depuis l'allée transversale de la 79e Rue, autrefois une route bien pavée et à présent un ruban d'eau boueuse. Je n'avais aucune idée de ce que c'était.

Quand Jack me le dit, je fus obligé de réfléchir sérieusement à ce que nous nous apprêtions à faire. À la manière dont nous allions nous glisser à l'intérieur de la forteresse de Gary et nous débrouiller pour en ressortir vivants avec deux cents personnes vivantes à la traîne. C'était impossible.

Nous allions le faire.

— On commence par quoi ? demandai-je.

10.

Ils marchaient dans le jardin entre les bâtiments-dortoirs, les momies se tenant à une distance discrète des vivants, quand quelque chose de blanc et de rapide brouilla la vue de Gary et lui heurta la tempe, faisant trembler ses yeux dans leurs orbites. Il sentit son cerveau s'agiter sous son crâne cependant qu'il envoyait une dizaine d'ordres simultanément, appelant des groupes de soldats pour couvrir son angle mort, chargeant Sans Nez de grimper en haut de l'escalier du *broch* pour avoir une vue dégagée, disant à Sans Visage de se précipiter vers l'endroit où le mur d'enceinte n'était pas tout à fait terminé.

Cependant, ses propres yeux élucidèrent ce mystère. Baissant le regard, toujours secoué par le choc, il vit le projectile qui l'avait frappé si violemment. C'était un ballon de softball, souillé et bosselé du fait d'une longue utilisation. Relevant les yeux, il aperçut une petite fille figée qui se trouvait une dizaine de mètres plus loin, les yeux écarquillés. Elle portait un gant de receveur et son nez coulait. Son énergie brillante vibrait en elle tandis que l'adrénaline se répandait dans ses veines.

Gary s'agenouilla devant la petite fille de huit ans, terrifiée, et s'efforça de sourire. Étant donné l'état de ses dents, ce n'était peut-être pas une très bonne idée. La petite fille tremblait visiblement, des vagues de peur successives lui donnant la chair de poule.

— Approche, trésor. Je ne vais pas te mordre.

Pas celle-ci, en tout cas. Elle avait encore beaucoup d'années devant elle en tant que reproductrice avant d'être éliminée du troupeau. Si elle représentait une menace, il devrait peut-être manger son père ou quelqu'un d'autre pour lui donner une leçon.

À côté de lui, il sentait que Marisol avait du mal à se maîtriser. Elle voulait lui faire du mal. Un acte violent avait été commis envers elle et elle se demandait si elle pouvait considérer cela comme un signe pour commencer une rébellion violente contre sa captivité. Il savait également qu'elle n'était pas stupide à ce point. Les autres qui se tenaient autour de lui en un large cercle donnaient l'impression d'être prêts à se sauver à la moindre provocation. Il n'y aurait pas de mutinerie aujourd'hui.

— C'est toi qui as lancé ceci ? demanda-t-il en levant le ballon. (Ses deux mains furent nécessaires pour le tenir fermement.) Tu l'as lancé sur moi exprès ? N'aie pas peur, je ne suis pas en colère. Est-ce que tu l'as lancé exprès ?

Peut-être trop rapidement, la petite fille tourna la tête de droite à gauche en signe de dénégation. Gary sourit de nouveau.

— Jouer avec un ballon est amusant, mais nous devons être prudents, dit-il. Tu te souviens peut-être qu'il y avait des médecins et des hôpitaux, mais ils ont disparu maintenant. Si l'un de nous est blessé ou tombe malade, il n'y aura personne pour le soigner. Est-ce que tu…

Il s'interrompit au milieu de sa phrase. Ses sens engourdis par la mort avaient capté quelque chose, de lointain et de faible, un genre de grondement qu'il ressentait plus qu'il ne l'entendait. Comme un tremblement de terre au loin. Gary interrogea les *taibhsearan* suspendus aux murs du *broch* et ses propres éclaireurs dans le parc. Une impression générale d'agitation émanait de la foule des morts à l'extérieur mais ne fournissait aucune information.

Un homme vivant s'avança et emmena la petite fille en hâte. L'éducation de cette dernière devrait attendre jusqu'à ce que Gary sache ce qu'il se passait.

— Qu'est-ce que c'était ? demanda vivement Marisol.

Les vivants autour d'eux secouèrent la tête, déconcertés. Gary ne perdait pas la boule, il y avait eu un son, sans aucun doute. Il contacta l'esprit de Sans Nez et lui dit de scruter les arbres morts de Central Park et les immeubles au-delà. Là-bas, une bouffée de fumée brune et grise tourbillonnait au-dessus des arbres à la lisière ouest du parc. Là-bas, à proximité du Muséum d'histoire naturelle, quasiment à l'opposé du Met où Mael était revenu à la vie. Gary se connecta à l'*eididh* et envoya une vague de ses soldats morts dans cette direction. Ceux qui se trouvaient le plus près du muséum furent engloutis dans un nuage de poussière qui se dissipa rapidement. Ils pénétrèrent dans l'enceinte du bâtiment et trébuchèrent sur des morceaux de briques et de pierres tombées sur le sol. Ce n'était pas vraiment surprenant : les morts avaient démoli une bonne moitié du Muséum d'histoire naturelle dans leur recherche de briques pour construire la tour de Mael. Le reste du bâtiment était peut-être en train de s'effondrer, tout simplement.

Un son strident, sonore, retentit à travers le parc. Les morts les plus proches du musée se couvrirent les oreilles pour se protéger du vacarme. Le son monta, retomba, enfla en un cri suraigu qui meurtrit le crâne de Gary. Quand cela s'arrêta finalement, il ordonna à ses morts de s'avancer, de cerner l'endroit. Ce son avait été produit par l'homme. Un feed-back sur des haut-parleurs, peut-être.

Ou provenant d'un mégaphone.

— Ohé ! Monsieur l'Enfoiré *Xaaraan* !

Ce mot n'était pas anglais, mais lui semblait familier. Oh, oui, bien sûr. L'une des Somaliennes l'avait utilisé pour le décrire. Elle avait plongé une baïonnette dans sa poitrine à ce moment-là.

— Ohé, homme mort, tu es là ?

Il y avait toujours de la poussière à proximité du Muséum d'histoire naturelle. Elle vibrait chaque fois que la fille parlait. Gary prit possession des gorges de son armée.

— *Oouuiiiii*, les fit-il glapir avec leurs cordes vocales pourries. *Je ssuuuiiis làààààà.*

Une silhouette apparut sur le toit du muséum, au sommet du planétarium Hayden aux parois en verre. Sans Nez pouvait juste la distinguer avec ses yeux voilés, en jupe écossaise, blazer, foulard sur la tête. La fille soldat porta de nouveau le mégaphone à sa bouche et ses mots résonnèrent à travers Central Park, se répercutant sur les réverbères en fer tordus.

— Tu as dit que tu me prendrais en paiement pour les médicaments. Je suis venue.

Ayaan… c'était Ayaan, la garce qui avait tiré sur lui. Gary sentit ses glandes salivaires desséchées se gonfler d'excitation. Il ne s'était pas vraiment attendu à ce que Dekalb accepte son offre. Il fit s'avancer rapidement ses éclaireurs morts vers les ruines du muséum. À l'intérieur de l'espace indistinct, une poussière chaude tourbillonnait en de grands nuages qui réduisaient la visibilité. Des monceaux de moellons disloqués obstruaient les couloirs et les grandes salles d'exposition. Ayaan avait dû détruire tous les escaliers et il était impossible à présent de monter jusqu'au toit, d'après ce que Gary pouvait voir. La seule partie du muséum qui n'avait pas été endommagée était le planétarium lui-même, une sphère revêtue de métal suspendue à l'intérieur d'une structure autonome en verre trempé. On ne pouvait pas entrer à l'intérieur du cube sans passer par le corps principal du muséum, et le verre était incassable.

Gary retira ses troupes du bâtiment en ruine et les fit se déployer sur des côtés. Les soldats tendirent les bras sur le verre mais ne trouvèrent pas de prises pour les mains, absolument rien pour les aider à grimper. Ayaan avait choisi une position défensive parfaite pour son dernier combat. Il n'y avait aucun moyen de monter, mais il lui était également impossible de s'échapper.

— Je suis ici ! cria-t-elle, ses mots répercutés en des échos caoutchouteux. Venez me chercher !

À l'évidence elle n'avait pas l'intention de mourir sans se battre. *Entendu*, pensa Gary. *Entendu*. Ça pourrait être amusant. Il fit s'avancer son armée, leur grande masse houleuse. Ils bougèrent silencieusement tel un vent qui passe à travers de hautes herbes, mais leurs pas faisaient trembler le sol. Gary exultait du pouvoir qu'il exerçait, mais son ego fut ébranlé un moment plus tard.

De derrière les cheminées de ventilation et les gaines d'ascenseur, le reste de la compagnie d'Ayaan surgit, une dizaine, deux dizaines, avec de lourds paquetages sur le dos et des fusils d'assaut dans leurs mains. Certaines d'entre elles portaient de grands cartons. Celles-ci coururent vers le rebord du toit du planétarium et renversèrent leurs fardeaux sur les têtes de l'armée de goules qui survenaient.

Les cartons étaient remplis de grenades à main dégoupillées. Elles tombèrent comme des fruits dans un verger au cours d'un orage, chutèrent depuis vingt mètres de haut pour rebondir autour des pieds des soldats de

Gary. Elles explosèrent en des jets cadencés de fumée pâle qui cachèrent l'armée aux regards de Sans Nez et firent tressaillir Gary, tandis qu'il ressentait la douleur lointaine de chaque mort déchiqueté.

—Nom de Dieu ! hurla Gary.

Il rebroussa chemin vers le *broch*, en disant à ses momies de le suivre. Apparemment, Dekalb lui réservait encore des surprises, tout compte fait.

11.

Six heures auparavant.

Osman me tendit une cigarette de *kif* molle et une pochette d'allumettes avant de remonter à bord de l'*Arawelo* et de se mettre à aboyer des ordres à l'intention de Yusuf.

— Cela vous calmera les nerfs, me dit-il.

Je suppose que je devais ressembler à un fantôme : on m'avait dit durant toute la matinée que j'étais très pâle. Je ne pensais pas que le haschich léger d'Osman m'aiderait beaucoup, aussi je mis le joint dans ma poche après l'avoir remercié de la main.

Le bateau s'éloigna du quai des garde-côtes dans un cliquetis de pistons et un souffle de gaz chaud. Osman le fit virer lentement, en marche arrière, et exécuta une série de manœuvres au ralenti. Les filles sur le pont se tenaient au bastingage ou aux caisses d'armement arrimées et regardaient avec envie l'herbe verte de Governors Island. J'avais espéré ne pas voir Ayaan avant son départ mais elle se tenait sur le toit de la timonerie telle une reine qui revient dans sa patrie, sur un char de parade particulièrement rouillé. Elle baissa les yeux sur moi et je levai les miens vers elle. Nos regards se croisaient peut-être pour la dernière fois et nous donnions l'impression de communiquer à un niveau non verbal, sur une longueur d'onde de respect que j'étais incapable de définir vraiment. Finalement, elle m'adressa un sourire qui me donna la nausée, puis se tourna vers le port.

Je repartis au petit trot vers les hangars des avions. Le timing était capital pour le plan de Jack et je n'avais pas l'intention d'être celui qui le ferait capoter. Le gros hélicoptère tubulaire Chinook – un CH-47SD, l'hélicoptère cargo le plus récent et le plus sophistiqué que possédaient les forces armées – était posé sur la pelouse et m'attendait. Je gravis en hâte la rampe de chargement à l'arrière et j'actionnai la manette pour la fermer derrière moi, puis je traversai rapidement l'habitacle, profond à présent que nous avions enlevé tous les sièges et cliquetant comme l'intérieur d'une bétonnière. Kreutzer faisait déjà tourner les deux rotors du Super-D pour prendre de la vitesse et il était prêt à partir. Il avait protesté, bien sûr, quand nous lui avions demandé de nous emmener à Central Park, mais Jack avait certains moyens de persuasion. Il lui avait notamment dit que s'il refusait de se charger de ce travail, nous le laisserions sur Governors Island où il mourrait de faim. Quand Jack disait quelque chose de ce genre, les gens étaient enclins à supposer qu'il ne bluffait pas.

Dès que je fus arrivé dans le cockpit, Kreutzer nous emmena à cent pieds de hauteur, puis poussa en avant si violemment que je basculai en arrière et tombai sur les fesses. Il me regarda depuis son siège de pilote comme s'il allait éclater de rire.

— Combien d'heures de vol avez-vous sur cet engin ? criai-je au-dessus du grondement des moteurs.

— Plus que vous, enfoiré, grogna-t-il en retour.

Je l'avais bien cherché.

Je m'installai précautionneusement dans le siège du navigateur. Jack, dans celui du copilote, me tendit une barre de chewing-gum pour m'aider à me déboucher les oreilles.

Nous filâmes au-dessus du port et arrivâmes dans l'espace aérien de Brooklyn. Nous volions à basse altitude et avancions très vite. Nous prenions le premier de la longue série de risques stupides qu'exigeait cette mission. Même si nous avions la certitude que Brooklyn grouillait de morts et que certains d'entre eux nous verraient, nous pouvions seulement espérer que la capacité de Gary à utiliser les morts comme espions ne s'étendait pas jusqu'à cette distance ou qu'il ne prêtait pas attention aux quartiers périphériques.

La position de mon siège m'empêchait de voir les rues en contrebas, aussi le spectacle de morts à l'air surpris qui nous avaient peut-être repérés me fut miséricordieusement épargné. Tout ce que je voyais, c'était un building de temps en temps, passant rapidement d'un côté à l'autre de ma fenêtre. J'aperçus successivement le Palais de Justice, la tour de l'Horloge de la Williamsburg Savings Bank, le siège central des témoins de Jéhovah. Comme nous arrivions dans Queens, Kreutzer monta cent pieds plus haut et vira vers le fleuve.

— Dernière chance, dit-il.

Je me rembrunis, déconcerté, puis je regardai par la verrière du cockpit le sol en contrebas. Nous étions arrivés au niveau du complexe des Nations unies : le bâtiment du Secrétariat était aussi blanc et brillant qu'une pierre tombale, là où il dominait l'East River obstruée par des cadavres. Mon cerveau effectua une inversion de perspectives et je compris ce que Kreutzer voulait dire. Nous pouvions nous poser là-bas, tout simplement, trouver les médicaments, et repartir. Je pouvais appeler Ayaan et annuler cette mission suicide. Je n'apercevais pas de pigeons. Gary avait peut-être tenu parole et dégagé le passage pour nous.

Si près. C'était juste là-bas. Juste là-bas!

Jack posa une main sur mon épaule et la serra. Il ne me menaçait pas, ne me rappelait même pas mes responsabilités. Juste un soutien émotionnel, de la part d'un type que j'aurais pensé incapable de ce genre de chose. Je me tournai pour hocher la tête à son intention, puis je me renversai dans mon siège.

Peu de temps après, Kreutzer effectua un vol stationnaire au-dessus du pont de Queensboro, à l'endroit où il traversait Roosevelt Island. Il nous était impossible d'arriver plus près de Manhattan avec notre bruyant moyen de transport. Je me levai de mon siège et regardai par les hublots. J'apercevais les morts tout en bas, ils fourmillaient autour des pylônes du pont, leurs têtes levées et leurs mains tendues vers nous.

Kreutzer se tourna de côté dans son siège.

—Je ne sais pas si l'un de vous deux a accepté Jésus-Christ comme son sauveur personnel, mais, ce pourrait être le moment.

Nous ne fîmes pas attention à lui et nous dirigeâmes vers l'arrière de l'habitacle. Jack et moi nous aidâmes mutuellement à enfiler nos combinaisons de protection, semblables à celles qu'Ayaan et moi avions utilisées quand nous étions venus à Times Square quelques jours plus tôt... ou toute une vie plus tôt. Celles-ci étaient conçues pour les garde-côtes, utilisées pour les nettoyages de déchets toxiques, et elles étaient plus épaisses et encore plus encombrantes, mais j'avais essayé la mienne et je savais que je pouvais toujours marcher en la portant. Une fois que nous les eûmes revêtues, Jack me rappela les rudiments de la descente en rappel. Il m'équipa d'un harnais en nylon qui s'enroulait autour de mes cuisses, puis attacha un descendeur – un huit en aluminium – à mon entrecuisse avec des mousquetons. Quand il eut terminé, il ouvrit un panneau d'évacuation dans le ventre du Chinook dans un flot de lumière blanche et accrocha un treuil pour nos cordes. Une extrémité de la corde passait par mon descendeur en une boucle compliquée. Jack en attacha une autre de sécurité au dos de mon harnais, et je fus fin prêt à y aller.

— On se retrouve en bas, dis-je en m'efforçant de prendre un air de dur à cuire.

Jack ne répondit pas, aussi je retins ma respiration et franchis le panneau d'évacuation.

On appelle cela « descente en rappel » parce que « tomber comme une pierre » ne fait pas très militaire. Je pouvais me freiner si cela ne me dérangeait pas de brûler mes gants – la friction sur les cordes était intense –, mais je passai la plupart de la descente en chute libre, exactement comme Jack me l'avait appris. Des objets qui tombent le font tous à la même vitesse – Galilée l'a démontré –, mais quand on porte un paquetage de vingt-cinq kilos, à coup sûr cela donne l'impression de tomber encore plus vite. Je ralentis ma descente en approchant du sol, m'agrippai fermement à ma corde jusqu'à ce que mes gants commencent littéralement à fumer, puis je pliai les genoux au moment où je touchais la chaussée en béton, et je roulai sur moi-même pour amortir le choc et ne pas me briser les chevilles.

En une seconde, j'étais debout et je tins la corde tandis que Jack me rejoignait en bas. Nous nous débarrassâmes de nos harnachements et fîmes des signes à Kreutzer, mais il virait déjà sur le côté en décrivant un large cercle qui l'emmènerait hors de vue de Manhattan. Quelques secondes plus tard, il était caché derrière une rangée de buildings et le monde devint brusquement silencieux, avec pour seule compagnie ma respiration et le crissement de ma combinaison. Jack m'avait formellement interdit de parler durant cette partie de la mission, pour plus de précautions. Il suffisait qu'un mort nous remarque pour que nous échouions, et nos vies seraient fichues.

Le pont s'élevait de chaque côté de nous, une vrille en béton flanquée de hautes tours en fer. À l'est il y avait Manhattan, l'Upper East Side, et ensuite Central Park. Une longue marche nous attendait. Nous nous mîmes en route sans un mot.

12.

Notre progression à travers l'Upper East Side faisait souffrir mes os et de la sueur s'était accumulée dans le creux de mes reins, mais nous ne fûmes pas repérés, ce qui était l'essentiel. Les rues étaient désertes. Gary avait probablement retiré tous les morts de ce secteur pour grossir les rangs de son armée. Cela ne signifiait pas que nous nous montrions négligents. Nous avancions dans les rues de Manhattan en utilisant une stratégie de couverture que Jack appelait « une progression par petits bonds », ce qui voulait dire que je me dissimulais dans le renfoncement sombre d'une porte pendant que Jack franchissait l'espace découvert aussi vite qu'il le pouvait. Ensuite il prenait position derrière un abri ou un autre et je faisais exactement ce qu'il venait de faire, bien qu'infiniment plus maladroitement.

Nous vîmes un grand nombre d'immeubles qui avaient été démolis par la force brute, probablement pour les briques destinées à la construction de la tour de Gary. Des mains et des pieds dépassaient des amas de moellons qui en résultaient. À l'évidence, Gary ne se préoccupait pas beaucoup des mesures de sécurité de son chantier quand il envoyait ses troupes chercher des matériaux de construction. Nous aperçûmes un seul mort actif, ce qui fut suffisant pour me donner des palpitations cardiaques : si Gary avait utilisé ses yeux à ce moment-là, nous aurions été cuits et il nous était impossible de le savoir, pas avant que nous ayons atteint le parc où Gary nous attendait. Cette idée me faisait paniquer, aussi m'efforçai-je de ne pas y penser. Cela ne marcha pas.

Le mort se tenait au milieu de Madison Avenue, un secteur en grande partie vide de voitures. Il nous tournait le dos et regardait la devanture d'un magasin recouvert par une palissade qui avait été transformée en un gigantesque panneau d'affichage. « OUVERTURE EN 2005 : LA PERLA », nous certifia l'annonce. En dessous, il y avait l'agrandissement de la photographie d'une jeune femme qui portait uniquement un soutien-gorge et un slip, le dos cambré, le visage tourné vers l'objectif avec une expression indifférente. Même agrandie de dix fois sa taille normale, sa peau semblait sans défaut, sans pores.

Celle du mort était décolorée et tachetée, couverte d'écorchures se détachant de blessures sur ses mains et son dos. Sa tête bougeait d'avant en arrière, et son cou produisait chaque fois un bruit sec. Que pouvait-il bien regarder sur cette affiche ? Pensait-il que la femme gigantesque était une sorte de nourriture ? Je n'avais jamais vu la moindre preuve que les morts s'intéressaient au sexe.

Jack et moi patientâmes pendant un quart d'heure sur le côté d'un immeuble, attendant que le cadavre s'en aille, mais il devint évident qu'il ne comptait pas partir. Finalement, je jetai un regard à Jack et sortis un poignard de combat de mon paquetage. Il hocha la tête. J'avais l'intention de lui donner l'arme, mais apparemment c'était mon tour. Il porta un doigt à sa visière, me signifiant par là d'agir silencieusement.

J'estimai qu'il était préférable de faire ça rapidement. Je courus vers la goule aussi vite que possible avec ma combinaison volumineuse, le poignard levé afin de le planter dans le sommet de sa tête. Pourtant, je m'arrêtai brusquement, comme le mort pivotait sur une cheville peu stable et se retournait. Ses yeux étaient si obscurcis par une sclérotique blanche que ses pupilles étaient complètement obstruées. Il devait être quasi aveugle. Sa mâchoire pendait mollement sous sa peau, détachée du reste de son crâne. Je n'avais encore jamais vu un mort dans un état si lamentable. Un sentiment de pitié monta en moi, mais pas avant que j'aie abattu le poignard, lui transperçant la tête. Il s'affaissa sur la chaussée en un tas disgracieux.

Nous atteignîmes la lisière de Central Park moins d'une heure plus tard. Nous parcourûmes du regard le paysage dévasté, fait de boue séchée en grande quantité, et d'énormément d'arbres dénudés pouvant servir d'abri. Nous apercevions quelques-uns des morts qui allaient et venaient, mais ils étaient suffisamment loin pour ne pas nous repérer. Nous l'espérions. Jack me conduisit vers l'une des allées transversales, les voies transurbaines traversant le parc. Nous avançâmes entre les murs de pierre qui transformaient l'allée en un canyon miniature artificiel et nous eûmes bientôt une eau marron jusqu'aux chevilles. Quand les morts mangeaient l'herbe et les plantes de Central Park, ils enlevaient la seule chose qui séparait les jardins publics entretenus de l'érosion. La première grosse pluie avait changé Central Park en une série d'arroyos, propices à des inondations éclair et aux effritements dus à une eau blanche. Désormais les allées étaient des rivières peu profondes et les anciens bassins de retenue de l'eau – les étangs, les lacs, le réservoir Jacqueline Kennedy Onassis – étaient réduits à de petites mares huileuses. Marcher silencieusement dans une eau stagnante est impossible, mais, heureusement, nous n'avions pas à aller très loin. Au bout d'une cinquantaine de mètres, nous arrivâmes devant de hautes grilles en fer encastrées dans le mur de soutènement. Au-delà, c'était l'obscurité : une obscurité totale.

Jack sortit son crochet de la police de son sac volumineux. La serrure des grilles semblait assez rudimentaire, pourtant il fallut énormément de tension et de torsion pour l'ouvrir. À un moment, il prit une lime métallique et gratta bruyamment la surface de la serrure. Elle était peut-être bloquée par la rouille. J'étais occupé à guetter des morts éventuels, aussi serais-je incapable de le dire avec certitude. Finalement, la serrure céda avec un bruit métallique et nous entrâmes.

Le tunnel au-delà des grilles avait un sol sablonneux (à présent submergé sous quelques centimètres d'eau, et je voyais le sable, devant mes pieds, qui luisait ici et là d'éclats de mica et s'élevait en des nuages tourbillonnants chaque fois que je déplaçais le poids de mon corps) et une voûte de brique blanche. Il y avait des ampoules électriques, mais elles ne fonctionnaient pas. Une fine brume d'eau remplissait l'air du tunnel et obscurcissait la visibilité à moins de quatre mètres devant nous. Nos ombres se découpaient dans cette brume et flottaient sur la vapeur. Chaque mouvement que je faisais semblait grossi, amplifié au-delà de toute signification. Les ombres se multipliaient tandis que nous progressions dans l'obscurité, leurs formes tourbillonnantes venant vers moi ou s'éloignant rapidement sur les reflets de nos torches électriques dans l'eau. N'importe quoi aurait pu se trouver dans ce tunnel ; une armée de morts se dirigeant droit sur nous sans même que nous le sachions. Les parois proches et la voûte arrondie du tunnel semblaient s'étendre au loin, menaçant à tout moment de disparaître et de nous laisser brusquement dans une obscurité infinie.

Nous arrivâmes finalement dans une salle remplie de turbines, à l'arrêt depuis longtemps – heureusement, sinon nous aurions été électrocutés. Les grosses machines rondes étaient alignées, semblables à des œufs ou à des formes endormies entre nous et un escalier en fer forgé en spirale qui conduisait vers une obscurité brumeuse. Nos bottes en caoutchouc ne faisaient pas trop résonner les marches, mais l'eau qui s'écoulait des replis de nos combinaisons tandis que nous montions produisait un gargouillis et un clapotement bruyants. En haut de l'escalier se trouvait une pièce aux murs de brique contenant seulement quelques meubles brisés et un matelas taché dans un coin. Il y avait des fenêtres ne montrant que des briques disjointes. Une porte coupe-feu en acier massif faisait aussi partie du décor, et était notre prochaine destination. En supposant qu'elle menait quelque part.

Gary avait fait construire sa tour sur une grande étendue de Central Park, apparemment sans se soucier outre mesure de ce qu'il y avait dans cette direction. Il avait fait abattre de nombreux immeubles du parc pour récupérer les briques, mais d'autres – ceux proches de la Grande Pelouse – avaient été simplement incorporés tels quels dans la structure. Belvedere Castle, l'un de mes endroits préférés à New York, était devenu un simple contre-boutant pour une énorme courtine. Sur le côté opposé de la tour, la salle des turbines sud avait trouvé une fonction similaire. Elle avait été intégrée dans la tour, une chose que Jack avait vue sur les images vidéo prises par le Prédateur. Ce que Gary ignorait, nous l'espérions, c'est qu'il y avait un tunnel conduisant de la salle des turbines sud vers l'une des allées. Le tunnel que nous venions d'emprunter.

Il était possible que la porte devant laquelle nous nous trouvions à présent ait été condamnée durant la construction. Il était également possible qu'elle donne directement dans les appartements privés de Gary. Ou sur une salle de garde remplie de cadavres violents. Il n'y avait aucun moyen de le savoir sans essayer.

C'était notre plan. Ayaan détournait l'attention des morts, attirant vers elle autant de milliers des soldats de Gary qu'elle le pouvait, les occupait le plus longtemps possible en se battant sur le toit du Muséum d'histoire naturelle. Simultanément, Jack et moi allions pénétrer dans la forteresse de Gary, tuer tous les morts-vivants que nous trouverions à l'intérieur (y compris Gary) et emmener les prisonniers jusqu'à un endroit où Kreutzer pourrait venir les récupérer avec le Chinook. C'était la meilleure idée que nous avions trouvée. J'étais résolu à le faire, prêt à donner ma vie pour que cela réussisse. Nous étions tous les deux prêts à donner notre vie.

Jack ne perdit pas de temps. Il saisit la poignée de la porte et la tourna. Elle s'ouvrit en pivotant sur des gonds bien huilés et laissa apparaître au-delà un couloir sombre aux murs de brique. Aucun mort ne surgit brusquement pour nous attaquer. Un air sec souffla sur nous et emporta tout à part quelques vrilles de brume qui montaient de l'escalier en spirale. Il referma la porte. Nous n'étions pas tout à fait prêts pour organiser notre raid.

Jack se défit de son lourd sac et le laissa tomber sur le sol, puis m'aida à faire de même. Il tira la fermeture à glissière du mien et entreprit d'en sortir de longs cylindres en argent avec des becs à leur extrémité, le genre qu'on utilise pour emmagasiner du gaz comprimé.

Je les voyais pour la première fois.

— Qu'est-ce que c'est ? chuchotai-je, ma voix semblant inaudible à l'intérieur de mon masque, même pour moi.

Jack leva les yeux vers moi, la fenêtre carrée de plastique transparent encadrant parfaitement son visage calme.

— Il y a un changement dans notre plan, répondit-il.

13.

Les corps se voûtaient et soulevaient, des dos se cambraient, des têtes étaient repoussées vers le bas par des pieds qui cherchaient des appuis. Un millier de cadavres animés se tendaient avec leurs bras et leurs jambes, se poussaient entre eux vers le haut, les membres de ceux en dessous se brisant comme des bâtons secs. Celui tout en haut, une jeune Asiatique vêtue d'une salopette Sanryo rose tachée de sang tendit une main et toucha le rebord du toit du planétarium. Une Somalienne avec une baïonnette fixée au bout de son fusil s'élança et transperça la tête de la morte comme un ananas. Quand elle dégagea la baïonnette, la jeune Asiatique roula au bas de la pyramide humaine des morts-vivants et heurta l'asphalte de Central Park Ouest. Un homme en costume Armani avec une jambe qui pendait en lambeaux se hissa lourdement pour la remplacer. L'une des Somaliennes ouvrit le feu avec une mitrailleuse calibre.40 montée sur un trépied et son corps éclata en de gros morceaux de chair putréfiée qui arrosèrent les corps en dessous telle une pluie immonde.

La pyramide non humaine ne réussirait pas. Aussi Gary revint-il à son plan initial et regarda avec les yeux d'un mort qui se trouvait à l'intérieur des ruines du Muséum d'histoire naturelle. Une petite équipe qui nécessitait une attention constante avait trouvé un passage à travers les décombres, passant maladroitement par-dessus des statues renversées et se faufilant à travers des brèches dans des monceaux de briques fracassées. Maculés de poussière rouge, leurs yeux se desséchant dans leurs orbites, trois d'entre eux avaient escaladé une rampe d'éclairage tordue et brisée jusqu'au troisième étage. Gary les avait laissés se débrouiller tout seuls pendant une minute ou deux seulement tandis qu'il essayait d'assembler la pyramide, mais entre-temps deux de ses éclaireurs morts avaient réussi à basculer d'un balcon et à retomber sur le sol en contrebas. L'un d'eux avait les jambes brisées et était inutilisable. Gary éteignit sa vie par principe. L'autre ne nécessitait pas son attention. Elle avait empalé sa propre tête sur une poutrelle métallique à nu. Le troisième cadavre qui fonctionnait toujours s'était arrêté brusquement, incapable de continuer. Il se tenait parfaitement immobile, les bras le long du corps, sa tête bougeant d'avant en arrière. Il essayait d'analyser ce qui se trouvait devant lui, une forme se dressant depuis la froide obscurité du muséum : un crâne assez grand pour qu'il puisse grimper à l'intérieur, avec des dents comme des poignards de combat et des orbites plus grosses que sa tête.

C'était un crâne de *Tyrannosaurus rex*. Le mort essayait de déterminer si c'était de la nourriture ou un ennemi ou les deux. Ce n'était ni l'un ni l'autre, bien sûr, car il n'y avait même pas de moelle à sucer dans les os, le crâne étant une simple reproduction en résine de polymère. Gary poussa un grognement et prit le contrôle direct des bras et des jambes de la goule. Ses soldats avaient toujours été stupides, bien sûr, mais ils n'avaient pas été nourris depuis le jour où Mael avait pris leur contrôle. En conséquence, ils étaient incapables de lutter contre les formes les plus insidieuses de la pourriture du corps. Leurs yeux étaient blancs de décomposition, leurs doigts noueux et déformés. En obligeant le mort à avancer d'un pas alerte, Gary endommageait irrémédiablement ses tissus vitaux. Dans quelques heures, cet objet-là, sur lequel il fixait son attention, tomberait complètement en morceaux. Aucune importance, se dit-il. Il avait besoin de lui seulement pour quelques minutes supplémentaires. D'après le plan du muséum, la salle des dinosaures saurischiens était adossée au niveau supérieur du planétarium. S'il y avait un moyen d'accéder au toit, ce devait être tout près.

La pénombre régnait dans la salle des dinosaures, mais l'obscurité n'était pas totale. Gary s'efforça de reposer les yeux défaillants du cadavre et perçut d'où venait la lumière. Après plusieurs tentatives, il parvint finalement à guider le mort dans la bonne direction, vers une brèche notable dans le mur, un endroit où des briques étaient tombées et où le plâtre s'était détaché à tel point que la lumière du soleil pouvait, en même temps qu'un courant d'air frais. Gary fit s'approcher le mort du trou et le *poussa*. La chair du mort se prit dans des conduites brisées et des madriers – se prit et se déchira – mais il avança, centimètre par centimètre, et se rapprocha de l'extérieur. Finalement, son visage émergea vers la lumière, et durant un moment Gary ne vit que du blanc tandis que les pupilles dégradées de son avatar essayaient éperdument de se contracter. Quand sa vue finit par s'éclaircir, il regarda en bas et vit exactement ce qu'il voulait voir : le toit du planétarium, à moins d'un mètre en contrebas, du papier goudronné, des ventilateurs d'aération, et des enfants soldats somaliens. Il avait trouvé un passage ! Gary transféra immédiatement son attention pour appeler des centaines de ses troupes – non, des milliers – et les dirigea vers le muséum. Il avait l'intention d'exploiter à fond cette faille.

Puis il réintégra le cerveau endommagé de son éclaireur, juste pour examiner la situation, et s'aperçut qu'il regardait le visage d'une adolescente qui souriait. Elle tenait dans une main une petite grenade sphérique verte. Gary essaya d'amener le mort à lui happer les doigts avec les dents mais il ne put empêcher la fille de pousser sa grenade dans la bouche du mort. Il en sentit la rondeur, le poids inconfortable dans sa bouche. Il perçut le goût du métal.

Il n'avait guère besoin de s'attarder sur ce qui allait se produire ensuite. Ainsi, la brèche dans le mur était inutilisable. Les filles en seraient informées et pourraient facilement repousser les troupes qu'il enverrait par là.

— Bordel de merde ! cria-t-il, et il se détourna des remparts du *broch*.

Regagnant son propre corps pour la première fois depuis que le siège avait commencé, il descendit l'escalier à pas bruyants, suivi de près par les momies. Il laissa Sans Nez au niveau supérieur pour observer la bataille en cours. Sans grand enthousiasme, il continua à porter son attention sur les combats à l'ouest où ses soldats étaient fauchés les uns après les autres, mais il ne s'intéressa pas tout de suite aux détails. Ayaan n'arrivait à rien, et lui non plus. Il avait juste besoin d'un peu de temps pour se ressaisir, pour réfléchir.

Il atteignit le niveau principal de la tour et se glissa avec gratitude dans son bain de formol. Cela devenait plus difficile de se déplacer lui-même dernièrement, et peut-être passait-il tant de temps dans l'*eididh* que ses muscles s'atrophiaient. Il devrait s'en préoccuper quand il en aurait l'occasion. Quand tout ceci serait terminé et qu'il pourrait…

« PHWHAM. » « PHHHWHAMP. » « PHHWHAM. »

De la poussière de brique tomba des galeries au-dessus et saupoudra son bain comme du paprika. Gary se redressa dans un grand clapotis et chercha des informations. Le côté ouest du *broch* était recouvert d'une fumée qui restait en suspension dans l'air en de grands panaches. Sans Nez était tombé vers les madriers de la galerie supérieure, renversé par les impacts. Gary le força à se relever et à regarder.

L'une des filles avait un lance-grenades propulsé par une fusée, la même arme que Dekalb avait utilisée sur les flics antiémeutes morts. Elle tirait directement sur le *broch*, et les grenades se rapprochaient du champ de vision de Gary, semblables à des ballons de football qui tournoyaient dans l'air et laissaient derrière elles des traînées de vapeur blanche parfaitement droites.

« PHHHHHHHHHHHWHAMP. »

Gary écumait de rage tandis qu'il appelait davantage de ses soldats – qu'elles aillent se faire foutre, toutes ! – et les lançait vers le muséum. Il allait mettre un terme à tout ça, par tous les moyens dont il disposait. S'il devait abattre tout le planétarium avec la seule force brutale d'un million de morts, il le ferait. S'il était obligé de détruire l'endroit lui-même, il le ferait ! Il chargea son géant de s'avancer à grandes enjambées à travers la marée des morts-vivants, propulsant ses longues jambes à un rythme plus rapide que celui des autres. Il chargea Sans Visage d'être ses yeux, car elle avait mangé récemment et sa vue n'était pas voilée par la putréfaction. Cela n'allait pas durer, putain de merde !

L'armée des morts entourait le planétarium, leurs rangs se comptaient par centaines. Les épaules voûtées pour pousser sur la carcasse du bâtiment jusqu'à ce qu'ils se piétinent entre eux, quand Gary entendit le coup de feu. De ses propres oreilles. Son attention se reporta immédiatement sur ses propres sens.

Le bruit était venu de l'intérieur du *broch*.

14.

Jack se mit au travail, éclairé par une poignée de tubes de lumières chimiques. Nous enlevâmes nos combinaisons de protection pour travailler plus facilement et j'attendis patiemment les instructions de Jack. Il ouvrit le grand sac que j'avais apporté dans la forteresse de Gary et en sortit deux paquets enveloppés de feuilles en aluminium et couverts d'étiquettes d'avertissement imprimées en petits caractères. J'examinai le paquet moi-même et je n'eus aucune idée de ce que je regardais. À part les cylindres métalliques de gaz, il y avait des piles soigneusement rangées de composants électroniques et de briques de quelque chose à l'aspect mou et de couleur blanc cassé. Je remarquai qu'il n'y avait pas d'armes. Pas une seule arme à feu. Pas de pistolets, pas de fusils d'assaut, pas de fusils à pompe. Pas de lance-grenades ni de fusils de précision ni de mitraillettes.

Pas de poignards de combat, non plus. Celui qui était attaché par une sangle à la jambe de ma combinaison était la seule arme que je pouvais trouver. J'ouvris le sac de Jack, en pensant qu'il avait porté tout l'armement parce qu'il redoutait que je me tire par mégarde une balle dans le pied (une crainte assez fondée, si c'était effectivement ce qu'il avait pensé. Il n'en était rien). Il tendit le bras et arrêta ma main.

— Je vais le faire, dit-il.

— Vous voulez bien me dire ce que nous faisons ? demandai-je prudemment.

— Non, répondit-il.

Du Jack tout craché. Juste non, négatif, hon, hon. Il sortit le téléphone cellulaire Iridium de mon sac et le posa sur le sol après avoir vérifié, probablement pour la troisième fois, qu'il était réglé sur vibreur et non sur sonnerie. Il y avait peu de chance que le téléphone puisse capter un signal à travers tous ces murs de pierre, mais Jack ne voulait prendre aucun risque.

— Une seule à la fois, et très lentement, commencez à me tendre ces briques, dit-il en montrant mon sac.

J'en sortis une. Elle semblait légèrement friable, comme une barre de savon qui s'effrite, et était enveloppée dans une fine feuille de plastique qui ressemblait à du film transparent pour la conservation des aliments. Je sentis un creux dans la brique là où je la tenais avec mon pouce, mais cela ne sembla pas préoccuper Jack. Il défit le plastique puis il prit l'un des cylindres de gaz comprimé et appliqua la substance semblable à du mastic autour du cylindre, la lissant très précautionneusement. Durant cette opération la substance perdit sa consistance friable et devint caoutchouteuse et malléable.

J'en avais déjà vu. Elle était très répandue et relativement bon marché pour figurer régulièrement dans les arsenaux de la plupart des pays en voie de développement. Sans parler des camps d'entraînement des terroristes.

— C'est du semtex, exact ?

Jack me jeta un regard furieux.

Stupide de ma part. Je me dis qu'il était en colère parce que j'avais employé le terme européen.

— Désolé. Du C-4. Explosif plastique. Vous voulez faire sauter Gary.

— Quelque chose de ce genre.

Il retourna à son travail et façonna une charge autour de l'extrémité d'un second cylindre.

Il fallait que je sache. J'en pris un. Il comportait un autocollant décoloré près du bec qui présentait deux symboles. L'un était un triangle contenant une éprouvette brisée. Des vapeurs de bande dessinée s'élevaient du point de fracture. L'autre symbole était une tête de mort croisée de deux tibias.

Les paquets enveloppés d'une feuille métallique contenaient deux auto-injecteurs d'atropine. Les premiers soins après une contamination d'armes chimiques.

— Qu'y a-t-il dans ces cylindres, du sarin ? demandai-je, très, très calmement.

— Du VX. (Il renifla, comme si j'avais blessé son amour-propre professionnel.) Il contient une DM-50 de dix milligrammes, soit inhalé soit par voie cutanée.

Une dose mortelle d'un trente millième d'once. Une petite gouttelette suffisait. J'en savais infiniment plus sur les DM-50 et les taux d'exposition cutanée ou oculaire que je l'aurais souhaité. Cette substance avait été mon pire cauchemar quand j'étais inspecteur aux armements. Elle aurait été le pire cauchemar de n'importe qui, si quelqu'un avait été assez cinglé pour l'utiliser. Même Saddam Hussein, quand il avait voulu exterminer les Kurdes, avait utilisé des agents innervants moins dangereux que le VX. Les Britanniques l'avaient inventé. Ils l'avaient fourgué aux États-Unis en échange des plans de la bombe atomique. C'était mortel à ce point.

— Les militaires ont tout tenté quand l'Épidémie a éclaté, me dit Jack. Une rumeur a couru selon laquelle ils allaient lâcher une bombe atomique sur Manhattan, mais je suppose qu'ils n'ont pas eu le temps de le faire. Ils *ont* essayé de gazer Spanish Harlem. C'est tout ce qui restait à leur disposition pour mener à bien ce projet.

— Ils ont utilisé des gaz innervants contre les morts-vivants ? m'exclamai-je, incrédule.

Je suppose que si je m'étais trouvé dans la même situation, je me serais probablement raccroché à n'importe quoi, moi aussi, mais à l'évidence il s'agissait là d'extermination.

— Est-ce que… est-ce que cela a marché ?

— Cela aurait dû. Un type mort est juste un système nerveux qui se balade, et le VX est un agent innervant. Il court-circuite le cycle de l'acétylcholine. Cela aurait dû marcher.

Manifestement cela n'avait pas marché. À tout le moins, les militaires avaient probablement réussi à exterminer uniquement les survivants qui se terraient dans le quartier, mais en laissant les morts-vivants indemnes. Les choses que nous faisons dans les meilleures intentions… Je secouai la tête.

— Alors vous n'êtes pas du tout ici pour tuer Gary.

Jack glissa la main dans son sac et en sortit une arme de poing, un Glock 9 mm. Il ne le pointa pas sur moi, il ne me menaçait pas du tout. Très précautionneusement, le canon dirigé vers le mur, il le posa sur le sol.

— Je vous ai déjà parlé de mon plan de rechange. Comment j'avais songé à les tuer dans leur sommeil.

Il continua à placer les charges autour des cylindres. Je ne faisais rien. Je me rappelais parfaitement ce qu'il avait dit. Cela m'avait terrifié sur le moment et cela me terrifiait encore plus à présent, parce que je savais désormais que c'était réellement son intention. Il poursuivit.

— Il n'y a aucun espoir de sauvetage, Dekalb. C'est impossible, tout simplement. J'ai repassé un million de scénarios dans ma tête et il n'y a aucun moyen pour que tous les deux nous nous en sortions vivants.

— Vous n'en savez rien, contrai-je.

Il battit des paupières et détourna les yeux.

— Dekalb, dit-il, combien de personnes un hélicoptère Chinook dont les sièges ont été retirés peut-il transporter ?

J'ouvris la bouche et la refermai spasmodiquement.

— Vous ne…

Au contraire. Il connaissait la réponse. Tout comme moi. Peut-être une centaine si on n'allait pas très loin. Nous ne pouvions sauver que la moitié des survivants, même si nous réussissions à les délivrer.

À l'évidence, Jack n'avait pas envie de choisir lesquels il abandonnerait ici.

— Nous n'avons rien à gagner en mourant de cette façon. Toutefois, nous pouvons faire quelque chose pour les survivants. Nous pouvons leur éviter d'être le repas de Gary. Ou plutôt, moi je le peux.

Il me lança l'un des étuis d'injecteur d'atropine. Si j'étais exposé à des gaz innervants, la seule chose qui pouvait me sauver – la seule – c'était de me planter la seringue hypodermique dans la fesse ou la cuisse. Si je n'avais pas été exposé à des gaz innervants, mais me faisais une injection quand même, l'atropine me tuerait.

— Vous pouvez partir. Retournez par où nous sommes venus. Rejoignez Kreutzer et dites-lui de vous emmener aux Nations unies. Allez chercher les filles sur ce toit. Vous pouvez encore accomplir votre mission. Mais laissez-moi mener à bien la mienne.

Ce qui signifiait condamner à une mort certaine deux cents hommes, femmes et enfants.

— Dekalb… j'avais besoin que vous veniez jusqu'ici uniquement parce que je ne pouvais pas porter seul tout ce matériel. Maintenant faites-moi une fleur. Tournez les talons et partez.

Je ne savais pas quoi dire. Je ne savais absolument pas quoi faire. Une chose était sûre, je n'imaginais pas quelle allait être ma réaction. Si j'avais pu sortir de mon corps et me parler à moi-même, je l'aurais probablement déconseillée.

Ce fut un genre d'impulsion du moment.

Le téléphone cellulaire Iridium bourdonna, un petit son discret. Il vibra sur les dalles, oscilla et dansa. Il glissa de quelques centimètres sur le sol et cessa de bourdonner. Avant de recommencer une seconde plus tard. C'était le signal d'Ayaan pour nous, le message comme quoi elle avait attiré l'armée des morts-vivants de Gary vers sa position. Loin de nous. Jack et moi regardâmes fixement le téléphone.

Nous levâmes les yeux au même moment. Je tenais mon poignard de combat dans ma main, pointé sur son estomac. Lui tenait le Glock dans sa main, pointé sur mon cœur.

Je me jetai sur lui.

Il tira.

15.

Le meilleur plan de Jack – celui qu'il avait élaboré pendant des jours, imaginant les façons dont il pouvait être mis à exécution – consistait à tuer toutes les personnes vivantes dans la forteresse de Gary. Il allait fabriquer huit bombes, chacune contenant suffisamment de gaz innervants VX pour exterminer la population de tout un quartier d'une ville. Il allait attacher ces bombes sur son corps. Ensuite il foncerait dans la forteresse, un détonateur à la main. Soit il réussirait à sortir et à rejoindre la ferme de Gary, où étaient gardés les survivants – et de ce fait, peut-être voir Marisol pour la dernière fois –, soit il serait stoppé par des goules se trouvant sur son chemin. Dans les deux cas, il actionnerait le détonateur. Le nuage de gaz toxique qui en résulterait se répandrait dans ce secteur de la ville. Il ne se dissiperait pas avant plusieurs heures. Tous ceux qui seraient exposés au gaz, même pendant quelques minutes seulement, mourraient. Il n'y avait aucune immunité contre le VX. On ne pouvait même pas retenir sa respiration et espérer qu'il s'en irait. Une fois qu'il touchait votre peau, on était mort. On n'avait pas le temps de se nettoyer pour l'enlever.

Il estimait qu'en utilisant un gaz innervant, il serait certain que les morts ne reviendraient pas à la vie. Le VX agissait en court-circuitant tout le système nerveux, en rendant le corps incapable de fonctionner. Cela empêcherait peut-être Marisol et les survivants de Times Square de revenir à la vie, eux aussi. Nous ne le saurions jamais.

Nous essayâmes de nous entretuer durant cette dernière seconde horrible, avec tout ce que nous avions. Je le frappai avec le poignard de combat, en me jetant sur lui. Il se servit de toute l'adresse qu'il avait avec une arme à feu et essaya de me loger une balle dans le cœur. Tirer sur un être humain n'est pas la même chose que tirer sur une goule. Quand on tire sur un vivant, particulièrement sur un être humain qui bouge, viser la tête est très difficile même à bout portant, comme Jack aurait pu me le dire, et surtout quand on tire de la hanche avec un pistolet. Même si on réussit à toucher la partie la plus osseuse de l'anatomie humaine, la balle sera très probablement déviée. Vous pouvez juste écorcher le cuir chevelu de votre cible, ce qui ne sert qu'à la mettre en colère. Vous pouvez l'atteindre à la mâchoire, ce qui fait une vilaine blessure, mais du fait de la commotion de l'impact, la plupart des gens ne le sentent même pas. Toutefois, un tir dans la poitrine perforera un poumon, à tout le moins. En termes de force d'arrêt, il faut toujours viser le torse.

Je n'avais reçu aucun entraînement pour me battre avec un poignard. Je ne connaissais pas les mouvements spéciaux. Et je ne savais absolument pas comment tuer efficacement un être humain vivant avec un poignard. Je me contentai de bondir, de pointer mon arme, et d'avoir bon espoir.

Il me manqua. Il est possible, je suppose, qu'il n'ait pas eu vraiment l'intention de me tuer, qu'il voulait juste me faire reculer. Mais nous parlons de Jack, je pense donc que l'on peut écarter cette possibilité à coup sûr. Bien plus vraisemblablement, il ne me voyait pas très bien. Tout cela se passait dans la lueur de quatre tubes de lumières chimiques. Des bâtons lumineux. J'étais une ombre qui venait vers lui dans une pièce remplie d'ombres. Il me manqua.

Pas moi.

Il y avait du sang – tant de sang – sur nous deux que je ne compris que plus tard ce qui s'était passé, lorsque j'eus l'occasion d'examiner mon corps et ne trouvai pas de trous fumants. J'avais réussi à lui transpercer plusieurs artères et de grosses veines. Son sang ne se contentait pas de couler, il giclait de son ventre. La sauvagerie de mes coups était telle que je plantai le poignard dans son corps et l'y laissai. C'était comme de percer un châteaubriant cuit à point avec un couteau à steak. C'était comme de vider un poisson.

Je repenserais à cela très longtemps par la suite. Pour le moment, j'étais juste allongé sur lui, je respirais péniblement, totalement inconscient de ce qui se passait autour de moi. Je savais uniquement que j'étais toujours vivant, avec la certitude que cela n'allait pas durer.

La détonation avait été entendue à travers toute la forteresse. Un fait qui en disait long.

Quand la porte fut ouverte, je n'entendis rien, même si elle avait été certainement claquée très violemment. Quand les mains mortes se tendirent et m'empoignèrent, je m'en rendis à peine compte. J'étais davantage conscient du fait que mon poids me faisait glisser de leur prise de temps en temps. J'avais l'impression d'être l'objet inamovible originel, et qu'aucune force dans l'espace ou le temps ne pourrait me déplacer.

Finalement, les morts me prirent par les chevilles et me traînèrent hors de la station de pompage. Ils procédèrent de même avec Jack. Il vivait toujours. Plus ou moins. Ses yeux étaient ouverts et brillaient. Il me regardait sans aucune émotion sur le visage tandis que nous étions emmenés dans un long couloir. Nos pantalons descendaient tandis que nos fesses étaient traînées sur des bosses dans le sol, les miennes me brûlaient à cause de la friction avec les dalles.

Puis le temps redémarra et j'essayai de résister. Je me redressai et mes mains attrapèrent les doigts putréfiés qui s'enfonçaient dans mes chevilles. Les morts me lâchèrent et je roulai sur moi-même pour me mettre dans une position assise avant qu'ils puissent me frapper à mort. Et ils essayèrent, pas de doute. Je parvins à mettre mes jambes sous moi, à me tenir debout. Ensuite, cinq d'entre eux s'appuyèrent contre moi, leurs épaules venant au contact de ma poitrine et de mon dos. Ils me cognèrent contre un mur simplement avec le poids de leurs corps en décomposition. La puanteur était horrible, surtout mélangée à l'odeur huileuse du sang de Jack partout sur ma chemise.

Ils ne m'attachèrent pas les mains : ils n'avaient pas la coordination nécessaire pour le faire. Ils se contentèrent de me pousser devant eux avec leurs mains et leurs pieds comme des gosses qui tapent dans une boîte de conserve. Chaque fois que je me retournais pour les attaquer, ils me poussaient de nouveau contre un mur jusqu'à ce que je me calme.

Ils avaient tout le temps du monde. Ils n'allaient pas se fatiguer. Finalement, je les laissai me conduire. Nous arrivâmes à un endroit où le couloir donnait sur une pièce plus grande, et ils me firent tomber à quatre pattes. Je levai les yeux.

Six morts se tenaient en un cercle le long des murs de la salle. Ronde et haute, elle n'était pas aussi vaste que j'aurais pu m'y attendre. Elle était rendue plus petite par le fait que la plus grande partie de son sol avait été évidée et transformée en une énorme cuvette, en un baquet. Une baignoire. Ce creux était rempli d'un liquide à l'odeur infecte. Je reconnus la puanteur du formol, un produit chimique précurseur, l'ingrédient d'un grand nombre d'armes chimiques. J'avais reçu une formation pour identifier cette odeur. Quelque chose de la grosseur d'un énorme chou flottait sur la surface mais je ne le distinguais pas très bien, la lumière du jour pénétrant à flots à travers le plafond à ciel ouvert et m'aveuglant de son éclat intense après être resté si longtemps dans le tunnel et la station de pompage.

Une momie – une vraie momie égyptienne, des bandelettes sales pendant de ses membres – saisit Jack par un pied et passa une paire de menottes de police autour de sa cheville cependant qu'il le suspendait en l'air. Je pris une note mentale : les momies étaient très, très fortes. Non que je m'attende à vivre assez longtemps pour tirer profit de cette information. L'autre extrémité des menottes était attachée à un crochet relié à une chaîne qui s'étendait vers la lumière. La chaîne fut tirée sur plus d'un mètre et Jack se retrouva suspendu comme un quartier de viande pendu à un croc de boucher. Il ne bougeait pas du tout. Du sang tombait de lui en un épais ruisseau qui coulait le long de son bras gauche et éclaboussait le sol. J'étais incapable de le regarder. S'il était toujours vivant, il devait souffrir atrocement. S'il était mort, il ne le resterait pas très longtemps.

Je reportai mon regard sur la chose de la grosseur d'un chou dans le bassin. Elle ouvrit deux yeux complètement injectés de sang. Elle me sourit. C'était la tête de Gary.

— Salut, dit-il.

Je regardai à ma droite et à ma gauche. Les morts s'étaient écartés de moi, comme s'ils présentaient un repas à leur maître. Je me jetai en avant, mes mains semblables à des griffes, dans l'intention d'arracher les yeux de Gary ou quelque chose. De lui faire mal, de toutes les façons que je pouvais. J'avais fait un long chemin, je n'étais plus le fonctionnaire pacifiste qu'il avait connu à Times Square. Il allait découvrir jusqu'à quel point.

Gary se leva dans sa baignoire en produisant un bruit de vagues déferlant sur une plage et tendit une main pour me gifler et me projeter sur le sol. Mon souffle fut expulsé de mes poumons et des taches dansèrent devant mes yeux. Je levai le regard et vis la main qui m'avait fait tomber. Elle ressemblait à l'une de celles que l'on utilise lors de rencontres sportives, couvertes de mousse. Elle était énorme, les doigts aussi épais que de jeunes arbres. Gary était nu. Son corps était une masse ondoyante de graisse et de veines mortes. De la gélatine à la senteur de cadavre fourrée dans des boyaux de saucisse grumeleux qui menaçaient d'éclater d'un instant à l'autre.

Il faisait deux mètres trente de haut. Un peu moins de deux mètres de large. Il devait peser presque cinq cents kilos. Sa tête n'avait pas grossi du tout. Elle paraissait minuscule, une verrue poussant de ses épaules, son cou disparaissait sous des bourrelets de graisse. Il baissa les yeux sur son corps.

— Le grignotage entre les repas, expliqua-t-il.

16.

L'infâme Jack pendait depuis les galeries, son corps immobile oscillant lentement d'un côté, puis de l'autre. Le sang qui avait giclé de ses artères dégouttait à peine à présent. Dans son imagination, Gary voyait l'énergie dorée de sa vie, autrefois ardente et autonome, se changer en des rubans de fumée blafarde, son corps à peine plus chaud que l'air autour de lui.

Une goutte de sang tomba de sa main gauche qui pendait et heurta les dalles avec un son mou d'éclaboussement.

— Ainsi… j'ai gagné, dit Gary, pas tout à fait sûr de ce que cela signifiait.

Il se replongea dans l'étreinte bienvenue de son bain. Son poids était devenu une gêne récemment, et ses os se plaignaient quand il se levait et les obligeait à s'accommoder de tous ces tissus graisseux en surplus. C'était infiniment plus agréable de rester allongé sur le dos dans le formol et de laisser sa flottabilité naturelle le porter.

— C'est terminé.

Quinze minutes s'étaient écoulées depuis que la dernière grenade propulsée par une fusée avait touché le *broch*. Ayaan devait être à court de munitions. Dekalb et Jack en étaient responsables. Les prisonniers, selon Sans Nez, étaient effrayés mais calmes. Dans toute la ville de New York il ne restait plus personne pour le défier.

— J'ai gagné, répéta-t-il.

Cependant, il voulait entendre cela. Il voulait que Dekalb y croie, lui aussi.

Une autre goutte de sang tomba. « Ploc. »

La mâchoire de Dekalb trembla comme il ouvrait la bouche pour parler. Il dut visiblement se faire violence pour sortir ces mots :

— Je le suppose, en effet. Alors achevez-moi maintenant. Mangez-moi tout de suite et mettez fin à mes souffrances.

Gary grimaça un sourire et posa ses mains sur son ventre gonflé.

— Non, dit-il.

— ... non ?

— Non. (Gary montra de la tête Jack. L'ex-ranger était devenu d'une pâleur mortelle.) Il est sur le point de mourir. Quand il sera mort, il reviendra à la vie pour être l'un des miens. Alors je le laisserai, *lui*, vous manger. (Gary eut un sourire ravi.) Ce sera grandiose.

« Ploc. »

L'estomac de Dekalb se crispa, et les muscles sous sa chemise trempée de sang bougèrent violemment comme sa poitrine se soulevait de peur. *Il doit avoir du mal à contrôler ses intestins*, pensa Gary. *Il va peut-être se chier dessus. Ce serait amusant.* Voilà un homme qui n'avait même pas protesté quand Ayaan avait tiré une balle dans la tête de Gary. Il allait souffrir énormément.

Dekalb passa les mains sur son estomac, essaya de calmer les tremblements. Ou peut-être essayait-il d'essuyer la sueur sur ses paumes. Il glissa ses mains dans ses poches et donna l'impression d'y trouver quelque chose. Son portefeuille ? Quelque chose de sûr, d'agréable, de rassurant.

Un faux espoir. Cependant, ses yeux étaient réduits à des fentes, et il était blessé, perdu et désemparé.

— Vous… vous n'êtes pas obligé de faire ça. Vous n'êtes pas du tout obligé de faire ça… Gary, il y a encore une possibilité. Vous pouvez changer la situation. La redresser.

— Oh, vraiment ? ricana Gary.

— Ouais. (Dekalb s'assit en tailleur sur le rebord de la baignoire de Gary et se frotta le visage.) Vous pourriez… vous pourriez contrôler les morts. Vous pourriez les faire marcher tous vers l'océan et se noyer si vous le vouliez. Vous pourriez nous sauver. Vous pourriez sauver l'espèce humaine.

« Ploc. »

Gary plongea sa tête sous le fluide de conservation pendant un moment. Le sentit remplir sa bouche, son nez, le labyrinthe de la cavité de ses sinus. Il se redressa et laissa le liquide dégouliner de son visage avant de poursuivre.

— L'espèce humaine. Les vivants, vous voulez dire, les gens qui me haïssent. Qui ne supportent pas de me regarder. Pour quelle raison, Dekalb ? Pourquoi est-ce que je vous dégoûte à ce point ? Donnez-moi au moins une réponse franche à cela.

L'ennemi réfléchit avant de répondre, ce qui était tout à son honneur.

— Parce que vous êtes exactement comme nous. Vous pouvez parler, vous pouvez penser… Les morts sans repos là-bas, votre armée, nous pouvons les regarder et ne les voir que comme des monstres. Ils ne savent pas ce qu'ils font. Mais vous avez choisi ceci.

— Je l'ai choisi, répéta Gary.

Il n'avait pas envisagé cela : il s'était toujours considéré comme une victime des circonstances. Emporté par les événements jusqu'à ce qu'il finisse par les dominer.

— Vous êtes un être humain et vous pourriez vous comporter également comme un être humain. Et vous mangez d'autres êtres humains. Cela n'a rien de compliqué. C'est le plus vieux tabou au monde. Vous êtes un cannibale.

L'estomac de Gary s'agita à cette pensée. Une dizaine de justifications pour ses actes surgirent dans son esprit mais il les rejeta immédiatement, elles étaient erronées. Dekalb avait raison : Il avait choisi d'être ce qu'il était. Cela ne changeait rien. La colère se fraya un chemin dans la poitrine de Gary et monta vers sa bouche. Il eut envie de cracher.

— Vous n'avez toujours pas compris, Dekalb. Je ne suis pas le méchant ici. Je ne suis pas un putain de *monstre.* Des gens ont essayé de me tuer depuis le jour où je suis né de nouveau, comme Ayaan et ses scouts surgies de l'enfer. Marisol, et à cause de Marisol, Jack là-bas. Vous êtes venus ici aujourd'hui pour me tuer. Il y en a eu d'autres que vous ne connaissez même pas, dont un type que je croyais être mon ami, ou du moins mon professeur. Il a essayé de me tuer, ouais. Mais pourquoi ? Parce que je suis impur, anormal ? Parce que je suis mauvais ? Je ne suis rien de tout ça. Je suis juste *affamé*, tempêta Gary. J'ai le droit d'exister, ou le droit de rester en vie aussi longtemps que je le peux et cela signifie que je dois manger. Cela signifie que j'ai le *droit* de *manger*.

« Ploc. »

— Vous pouvez me juger tant que vous le voulez mais c'est fait. J'ai gagné. Je vais vivre éternellement et vous allez mourir.

« Ploc. »

Le corps de Jack commença à se convulser : les muscles entreprenaient une ultime protestation. Il frissonna au bout de sa chaîne, son épaule heurta le mur et le fit tournoyer sur lui-même. Sa bouche s'ouvrit et un cri d'horreur liquide jaillit, un son animal, brut et humide, qui se prolongea en un râle. En partie la symphonie des damnés et en partie le vagissement d'un nouveau-né.

Du vomi s'écoula de son nez et de sa bouche. Sa poitrine eut un dernier soubresaut puis il ne bougea plus. Tous ses systèmes s'arrêtèrent. Il mourut.

— Vous disposez d'une minute environ avant qu'il se réanime, déclara Gary, tandis que nous regardions tous deux fixement le cadavre tout récent. Une dernière requête ?

Dekalb éclata de rire, un son amer, détonant. Il glissa la main dans sa poche et saisit quelque chose. Gary bougea mais se détendit quand il vit ce que Dekalb avait trouvé. C'était une cigarette roulée à la main et une pochette d'allumettes.

— J'ignorais que vous fumiez, gloussa Gary.

— Si je veux commencer maintenant, je ferais mieux de me dépêcher. (Il ficha la cigarette entre ses lèvres et releva le rabat de la pochette.) Osman – vous ne le connaissez pas – m'avait donné cette cigarette avant que je quitte Governors Island. Il avait dit que cela me détendrait. Elle rendra peut-être moins douloureux le fait d'être mangé vivant. Mais cela gâcherait votre plaisir, non ?

Gary leva un bras ruisselant de fluide en un geste péremptoire de la main.

— Je ne suis pas un enfoiré *total*. Faites donc. Un dernier acte de miséricorde.

— Merci. (Dekalb détacha l'une des allumettes en papier et tint l'extrémité contre la bande de frottement du rabat de la pochette.) Au fait, quelqu'un vous doit des excuses.

— Oh ?

Dekalb hocha la tête, son joint ridicule dodelinant entre ses lèvres.

— Ouais. Vos professeurs à la fac de médecine. Ils ont oublié de vous dire que le formol est très inflammable.

Il gratta l'allumette et elle s'enflamma avec un minuscule sifflement. Puis il la lança d'une pichenette. Elle décrivit un arc de cercle et tomba directement dans la baignoire de Gary.

17.

Le liquide inflammable prit feu immédiatement dans un grand « FFFHWOOMP ! », cependant que tout l'air dans la pièce était aspiré vers l'embrasement. Une boule de feu d'une lueur et d'une chaleur incroyables jaillit à travers le plafond à ciel ouvert, tandis que tout ce qui se trouvait dans la pièce essayait de prendre feu en même temps. Je levai les bras pour protéger mon visage des flammes qui grondaient vers moi au moment même où j'essayais de retenir ma respiration. Mes pieds furent soulevés du sol et tout se renversa sur moi, je sentis les poils sur mes avant-bras se ratatiner et grésiller. Je baissai les bras et m'aperçus que j'étais étendu sur le dos.

Je me redressai péniblement jusqu'à être en mesure de voir Gary de nouveau. Il était devenu une colonne de flammes en fusion. Son énorme corps boursouflé était secoué de soubresauts, la graisse enflammée suintait de sa peau éclatée et dégouttait le long de ses membres comme de la cire de bougie.

Tandis que je regardais – et croyez-moi, je regardais, l'horreur devant moi avait une qualité hypnotique et brutale qui retenait mon attention –, il se démenait pour se ressaisir, pour reprendre le contrôle de son corps. La douleur… je suis incapable de décrire la douleur qu'il éprouvait. Personne ne le pourrait, personne de vivant.

Les êtres humains ne connaissent pas le fait d'être brûlé vif, pas comme cela se passait pour Gary. Même quand quelqu'un est brûlé sur un bûcher, le pire lui est épargné. Il inhale un peu de fumée et meurt par asphyxie.

Les morts ne respirent pas. Ils ne perdent pas connaissance, non plus. Gary mourait de la façon la plus atroce qui soit, mais la miséricorde de l'évanouissement lui était refusée. Je le voyais essayer de reprendre le contrôle de son corps rebelle, lutter malgré la douleur. Ses mains se fléchirent, ses bras se baissèrent. Il essayait d'agripper quelque chose. N'importe quoi. Moi.

Je m'écartai en roulant sur moi-même juste au moment où un bras massif heurtait violemment les dalles près de moi. Je sentis le vent chaud qui venait de Gary. Je sentis l'air surchauffé déplacé par son coup. Mes pieds poussèrent durement pour se mettre sous moi ; mes bras fléchirent pour me relever du sol. Si je ne me mettais pas debout dans une seconde, j'étais fichu.

Gary pivota, ses bras tendus comme des massues. La lumière qu'ils émettaient m'éblouit comme je me glissais sous sa prise et me redressais, le dos contre le mur. Il ramena un bras en arrière et essaya de me frapper avec un énorme poing embrasé, mais je parvins à l'éviter. Son poing heurta le mur et brisa des briques.

Je disposais d'un moment de répit. Gary était aveugle, le feu avait changé les globes de ses yeux en des pâtés en gelée cuits. Il abattait son poing d'un côté et de l'autre, essayait de me trouver dans sa propre obscurité. Je décidai de ne pas lui laisser cette occasion.

Je tournai les talons, glissai et courus vers un couloir qui partait de la pièce de la baignoire pour me retrouver en face d'un mort vêtu d'une salopette en jean roussie. J'avais complètement oublié la garde personnelle de Gary.

Celui-ci ne semblait pas content du tout de ce que j'avais fait à son maître. Ses mains brisées agrippèrent ma chemise, sa bouche s'ouvrit et ses dents s'avancèrent en oblique vers mon épaule. Je me rejetai en arrière et essayai de me dégager de sa prise mais en vain, son index s'était pris dans l'un des passants de ma ceinture. La meilleure stratégie qui me vint à l'esprit consistait à le faire tomber dans la baignoire de Gary, en espérant qu'il prendrait feu. Mais si j'avais essayé de faire cela, il m'aurait entraîné à sa suite.

Les mâchoires du mort s'ouvraient largement, se préparant à me mordre, quand quelque chose de tout à fait surprenant se produisit. Quelle que soit l'étincelle qui l'animait, quelle que soit la force de vie que je trouvais dans les yeux de Salopette (et il n'y en avait pas beaucoup), cela le quittait. Ses yeux se révulsèrent dans ses orbites et ses genoux fléchirent. Sans vie, mort deux fois, il s'affaissa près de moi et faillit me faire tomber.

Une morte avec des dreadlocks surgit pour le remplacer, mais elle s'écroula, morte, avant même de pouvoir me toucher. Une bonne chose. J'étais toujours occupé à essayer de dégager le doigt de Salopette du passant de ma ceinture.

J'y parvins enfin et je courus aussi vite que je le pouvais, sans aucune idée de l'endroit où j'allais. J'arrivai au bas d'un escalier et essayai de me rappeler si les morts m'avaient traîné vers le bas ou vers le haut quand ils m'avaient sorti de la station de pompage. J'étais toujours là, indécis, désirant éperdument m'échapper de la sombre forteresse, quand j'entendis des bruits de pas qui venaient dans ma direction. Deux séries de pas. L'une lente, mesurée, rythmée, l'autre confuse et chaotique comme si quelqu'un sans aucune coordination s'efforçait de suivre. J'avais déjà entendu des pas de ce genre, à l'hôpital dans le secteur des abattoirs. Cela ne s'était pas très bien terminé.

Il n'y avait aucun endroit où se cacher et je n'avais pas d'armes. Je serais mort à coup sûr, si les créatures descendaient l'escalier et voulaient me tuer. Heureusement pour moi, ce n'était pas le cas.

Une momie avec un pendentif en céramique bleue suspendu à son cou surgit de l'obscurité. Elle – je distinguais des formes anguleuses grossières comme des seins et des hanches sous ses bandelettes de lin emmêlées – précédait l'un des morts, un homme sans nez. Juste un trou rouge béant au milieu de son visage.

Trois marches au-dessus de moi, ils s'arrêtèrent à l'unisson, d'une façon qui suggérait qu'ils étaient en étroite communication. Elle posa ses mains sur les côtés de la tête de l'homme tandis qu'elle approchait son front du sien. Le mort produisit un bruit de succion étrange, desséché, rauque et pénible à entendre, ce devait être lui qui respirait par sa plaie. Quand il parla, il fut évident pour moi d'une manière ou d'une autre que ce n'était pas sa voix que j'entendais, mais celle de quelqu'un d'autre, qui parlait par son intermédiaire.

— Il n'est plus dans son état normal, notre Gary. Il ne supporte pas sa fin, si vous voyez ce que je veux dire. Cet endroit va grouiller de morts dans un instant. Je suppose que vous ne tenez pas à être là à ce moment.

J'humectai mes lèvres.

— Ma foi, non, répondis-je.

— Alors suivez-moi, mon garçon. Nous avons du travail, dit-il.

La momie passa près de moi en traînant son mort familier derrière elle. Quand il fut incapable de la suivre, elle le prit dans ses bras et le porta, ses membres morts ballants, sa bouche édentée flasque et ouverte. Elle se déplaçait rapidement, bien plus vite que tous les morts que j'avais vus jusque-là, et c'était difficile de la suivre dans certains des couloirs plus étroits où nous devions nous faufiler. J'avais certainement couru dans la mauvaise direction quand je m'étais enfui de la pièce baignoire de Gary. Sans mon guide égyptien, je n'aurais jamais trouvé la sortie.

Nous atteignîmes finalement la lumière vive du jour et l'air frais. Ce fut seulement quand de l'air pur entra dans mes poumons que je me rendis compte de la quantité de suie que j'avais inhalée. La forteresse de Gary brûlait et le panache de fumée qui montait du sommet de sa tour était strié de flammèches. Cela ne me préoccupait pas outre mesure. Retourner à l'intérieur était inutile.

Je me souciais beaucoup plus du fait que la momie m'avait conduit au-dehors vers un parterre de plantes rachitiques entouré de maisons de brique d'aspect suranné. Le parc à bestiaux de Gary, où vivaient les prisonniers. Je criai le nom de Marisol jusqu'à ce que je me mette à tousser, mon œsophage irrité protestant vigoureusement contre des paroles supplémentaires.

Des portes et des fenêtres s'ouvrirent dans les maisons, et des visages terrifiés me regardèrent. Alors que je restais là, me demandant quoi dire à ces gens, Marisol accourut vers moi avec une tasse à thé ébréchée. Elle était remplie d'eau que je bus avec gratitude.

Marisol décocha à la momie un regard rapide et se remit de la surprise qu'elle avait probablement ressentie en apercevant la femme égyptienne. Je suppose qu'elle avait dû voir beaucoup de morts durant sa captivité.

— Où est Jack ? demanda Marisol.

Jack. Bien sûr. Jack, lequel, autant que je le savais, était en ce moment suspendu par un pied la tête en bas dans la pièce baignoire de Gary. Mort. Affamé. Incapable de descendre.

— Il ne s'en est pas sorti, lui dis-je.

Inutile de rentrer dans les détails.

Elle me gifla violemment.

— D'accord.

Je m'assis lourdement sur l'herbe rachitique.

— Ça, c'est pour l'avoir fait tuer. Bon. Que se passe-t-il, bon sang ? Est-ce que Gary est mort ? Je vous en prie, dites-moi que Gary est mort.

Je hochai la tête. À quoi bon lui dire que je n'en étais pas sûr. Enfin, je n'avais pas envie qu'elle me gifle de nouveau.

— Ouais, il a brûlé vif.

— Parfait. Quel est le plan ?

Je réfléchis un moment avant de répondre. Il y avait eu un plan, puis le plan s'était écroulé. Si ce n'est que, maintenant, cela pouvait encore marcher.

— Nous avons un hélicoptère qui va arriver. Ce feu devrait être un signal largement suffisant pour notre pilote. Il sera là dans une dizaine de minutes. Ensuite, nous vous ferons partir d'ici. Mais il y a un problème.

— Un problème ? Il n'y a qu'un seul problème ? demanda Marisol. Génial !

— Calmez-vous, d'accord ? (Je me levai et lui rendis la tasse, j'avais recouvré mon souffle.) Il n'y a pas assez de place dans l'hélicoptère pour que nous puissions tous monter à bord en une seule fois. Mais regardez, nous sommes protégés par ce mur.

Je montrai le mur de brique haut de quatre mètres qui faisait tout le tour du parc à bestiaux. Il était adossé au côté de la forteresse et avait été conçu manifestement pour les protéger d'une attaque des morts-vivants.

— Nous prendrons d'abord les femmes et les enfants, puis nous reviendrons et ferons un second voyage pour les hommes.

Marisol se mordit la lèvre si fort que sa lèvre saigna. Je voyais le sang. Puis elle hocha la tête et m'attrapa par une oreille. Elle tira durement et je fus seulement en mesure de la suivre, en protestant désespérément.

Elle m'entraîna au-delà de l'une des maisons avant de me lâcher. Je la regardai, j'étais furieux, j'avais pris tous les risques pour la sauver de Gary, après tout. Puis je levai les yeux et vis ce qu'elle essayait de me faire comprendre.

Il y avait une brèche de quatre mètres cinquante de large dans le mur, un endroit où la construction n'avait pas été entièrement terminée. Il y avait des piles de briques soigneusement placées à proximité, prêtes à être posées, mais aucune équipe de travail pour finir cette tâche.

Pendant ce temps, de l'autre côté du mur, il y avait peut-être un million de morts. Un million de morts qui n'avaient pas mangé depuis des jours.

18.

Les morts ne courent pas. Ils clopinent. Ils boitillent. Certains se traînent sur le sol. Les plus rapides piétinent ceux qui ont les jambes fracturées ou qui n'en ont plus. Les plus forts repoussent les plus faibles sur le côté.

Ils ne font pas de bruit quand ils marchent, aucun bruit du tout.

Ils vinrent vers nous comme une vague, une vague de membres et de visages déformés, yeux grands ouverts, voilés et vides, mains, doigts venant vers nous comme l'écume sur le sommet d'une vague déferlante, doigts, griffes, ongles. Visuellement, ils étaient difficiles à regarder, leurs détails difficiles à discerner, les morts se ressemblent tous. Leurs bouches étaient ouvertes, toutes les bouches. Ils étaient trop humains et sans passion pour qu'on les considère comme un troupeau d'animaux saisis de panique, trop bestiaux et insatiables pour qu'on les considère comme une foule de gens. Tous ne voulaient qu'une seule chose : nous.

Quand une foule déchaînée se jette sur vous, il n'y a pas d'autre émotion que la peur.

L'un d'eux – une femme portant une robe qui avait été souillée, maculée de sang, et même brûlée – était plus rapide que les autres. Elle les précédait à grandes enjambées et comme elle s'approchait, nous vîmes qu'il n'y avait pas de peau sur son visage ou son cou, juste des bandes élastiques de muscles qui se prenaient dans ses dents à nu à l'air agressif. Ses yeux étaient des puits sombres sous une épaisse couche de sang figé semblable à de la sauce spaghetti froide. Ses mains se tendaient vers nous. Les doigts se crispaient à maintes et maintes reprises, ses cheveux flottaient derrière elle en de grandes cordes emmêlées.

Marisol ramassa une brique cassée. Elle la serra dans sa main à deux reprises puis avec un petit hurlement : « Hyah ! » elle la lança de toutes ses forces vers le visage de la morte. La brique l'atteignit au milieu du front, sur son crâne mis à nu. La morte s'écroula en un tas informe, sa tête ressemblant à une poterie fracassée.

Cela mit fin à la peur, un peu. Suffisamment.

Marisol et moi commençâmes à ramasser des briques et à les enfoncer dans la boue, essayant de boucher le trou durant les quelques minutes dont nous disposions avant que les morts arrivent sur nous. C'était une besogne vaine, bien sûr, mais cela valait mieux que de céder à la panique.

— Marisol… allez chercher… les autres… pour nous aider, haletai-je tout en prenant des briques.

Elle hocha la tête et se retourna pour se diriger vers les maisons derrière nous. Cependant, elle ne fit guère plus qu'un pas ou deux. Quand je vis pourquoi, je lâchai la brique que je tenais.

La momie qui m'avait conduit hors de la forteresse était là. Elle serrait contre elle l'homme sans nez, comme une femme berçant un enfant malade.

— Que voulez-vous ? demandai-je vivement. Qu'êtes-vous ?

La voix qui parla sortit en gargouillant de la gorge du mort, un grognement sans affectation qui n'appartenait ni à lui ni à la momie qui l'étreignait. Elle appartenait à Mael, bien sûr, le professeur de Gary, mais je n'avais aucun moyen de le savoir à ce moment-là. Il ne prit pas la peine de se présenter.

— Ce que je suis ? Juste des pièces et des morceaux, c'est tout, des petits bouts et des bribes qui ne sont pas suffisants pour que je puisse les assembler. Je ne représente aucun danger pour vous. Je suis tout à fait impuissant. Par contre, je pourrais vous aider.

Je regardai au fond des yeux du mort.

— Écoutez, je n'ai pas le temps de discuter avec vous.

Je fis un geste à Marisol pour qu'elle aille chercher les autres, pour continuer à combler le trou. Elle ne tint aucun compte de mon geste et regarda fixement la momie.

— Moi, si. J'ai tout le temps du monde, mon garçon. Plus de temps que je ne le désire, à dire vrai. J'ai un certain arrangement avec la belle dame d'Égypte que vous voyez ici. Avec elle et ses compagnons. Bon, je ne peux pas bouger un doigt pour vous aider, étant donné que je n'en ai aucun. Je suis tout à fait sans corps à présent, à tel point que je suis obligé d'emprunter la bouche de ce pauvre bougre. Toutefois, madame est très douée pour fracasser des têtes l'une contre l'autre. Cela vous intéresse-t-il d'en entendre davantage, ou bien dois-je foutre le camp et vous laissez continuer à poser des briques ?

J'avais vu que les momies étaient très robustes. Cependant, combien pouvait-il y en avoir ici ? Certainement pas assez pour contenir la foule des morts à l'extérieur du mur. Mais elles pouvaient ralentir les cadavres animés. Cela pouvait nous aider.

Encore. Je m'en étais sorti jusque-là en sachant qu'on ne devait pas faire confiance aux morts.

— À l'évidence, vous voulez quelque chose en échange. Aidez-nous et nous en parlerons plus tard.

Marisol me donna un coup de pied dans le tibia.

— Il veut dire qu'il fera tout ce que vous demandez.

Elle me regarda et forma avec les lèvres les mots « Espèce d'abruti ». Puis elle montra de la tête la foule des morts, à cinq minutes environ de nous à leur vitesse normale.

Je suppose qu'elle avait bien fait comprendre son argument.

Le mort sourit.

— Vous ne devez pas vous en préoccuper. Il faut juste terminer ce que vous avez commencé. Je suis un perdant pour la deuxième fois. Je me suis sacrifié pour sauver le monde, et j'ai échoué en mourant. J'ai essayé de superviser la fin du monde, mais je n'étais bon à rien, étant mort. Qu'y a-t-il après cela ? Qu'est-ce qui est plus important que la fin du monde, j'aimerais bien le savoir. Pourtant il doit y avoir quelque chose pour moi, parce qu'on ne me permet pas de mourir tout simplement. Est-ce que vous comprenez maintenant ? J'ai été brisé en des morceaux de ce que j'étais. Je ne peux trouver le repos tant qu'ils n'ont pas été réunis. Et je pense que vous savez qui détient le meilleur de moi.

— Non, je n'ai aucune idée de ce que vous racontez, avouai-je.

Les yeux du mort roulèrent dans leurs orbites. L'un d'eux se coinça et seul le blanc fut visible.

— Gary, espèce de lourdaud ! Achevez-le ! Tant qu'il ne sera pas bel et bien mort, je ne dormirai pas paisiblement ! Il m'a mangé, il a happé ma tête comme s'il mordait dans un melon, et, maintenant, il a la moitié de mon âme dans son ventre. Délivrez-moi et je sauverai tous vos amis.

— Gary est toujours vivant ? demandai-je.

— Vous aviez dit qu'il était mort, s'insurgea Marisol.

Entendu, je l'avais dit. Je l'avais également cru, en grande partie. Je haussai les épaules.

Je l'avais enflammé. Brûlé vif, ou mort-vivant, ou quoi que ce soit. Mais encore une fois, je l'avais également vu se prendre une balle dans la tête et il s'en était sorti.

Je jetai un regard vers la forteresse de Gary. Elle continuait à fumer, mais je n'apercevais plus de flammèches s'échapper de son sommet. Je n'avais pas d'armes et j'étais déjà exténué. Mais si je ne faisais pas cela, il reviendrait. Encore et encore, pour toujours, jusqu'à ce que tous ceux que je connaissais et aimais et qui m'étaient chers soient morts. Y compris moi-même.

— Ne m'attendez pas si je ne suis pas revenu à temps, dis-je à Marisol.

— Entendu.

Elle hocha la tête avec enthousiasme.

Alors que je commençais à m'éloigner, la momie donna un coup de poing au visage du mort si violemment que sa tête s'affaissa. Je poussai peut-être un petit cri en voyant cela. La momie ne s'intéressa pas à moi. Je suppose que ma conversation avec le fantôme était terminée. Elle enjamba nos tentatives dérisoires pour combler le trou dans le mur et se tint à l'extérieur, les bras croisés, attendant l'arrivée des morts. D'autres momies surgirent de l'intérieur de la forteresse, une dizaine au total. Elles se déplaçaient infiniment plus vite que des morts ne devraient le faire. Je les évitai précautionneusement tandis que je retournais à l'intérieur.

Une fois entré dans la forteresse, ce ne fut pas très difficile de trouver la pièce baignoire de Gary. Je suivis tout simplement l'odeur de bacon trop cuit. De la fumée remplissait l'espace ouvert au centre de la tour, une fumée huileuse, infecte, qui salit mes vêtements là où elle m'atteignait. Tout dans la grande pièce était recouvert d'une fine couche de suie graisseuse. Les êtres humains n'étaient pas chez eux dans un endroit comme celui-ci, pourtant j'étais là. Il fallait que je sois là. Je m'avançai et scrutai l'obscurité de la baignoire vide. Les briques avaient été craquelées par la chaleur intense du feu, certaines pulvérisées par le souffle. Une mare de graisse fondue au milieu de la baignoire continuait à dégager des bulles et scintillait de flammes minuscules.

Ce qui restait de Gary était appuyé contre le rebord, une épaule affaissée pressée durement contre les briques. Ses jambes n'étaient plus que des bâtons d'os roussis qui dépassaient de la masse carbonisée de son abdomen. Cela ressemblait vaguement aux pattes d'une cigogne. Une partie de son torse subsistait et ses bras, des appendices semblables à des gourdins, étaient crispés sur sa poitrine. Sa tête continuait à brûler lentement. Elle avait subi moins de dommages que le reste car c'était la seule partie de son corps qui n'était pas faite en grande partie de graisse inflammable. Ses yeux avaient disparu, ainsi que ses oreilles et son nez, mais je percevais néanmoins qu'il était toujours là-dedans.

— Dekalb, toussa-t-il. Venu savourer le spectacle ?

Sa voix n'était qu'un grincement rauque, desséché.

— Pas exactement.

— Approchez. Je suis ravi d'avoir un peu de compagnie pour les dernières minutes qui me restent, je suppose. Venez, je ne mords pas. Plus maintenant.

J'estimai qu'à présent je pouvais m'occuper de lui tout seul. La voix – le fantôme, ou quoi que cela ait été – m'avait dit que Gary ne pouvait plus contrôler les morts. Ce serait juste lui et moi. Du moins c'est ce que je pensais tandis que je m'approchais de la baignoire. Puis j'entendis un cliquetis, comme une longueur de chaîne tombant d'une certaine hauteur. C'était exactement cela, en fait. Jack avait dû se hisser en haut de sa chaîne, puis il avait attendu, en embuscade, que quelqu'un, n'importe qui, passe en dessous de lui.

Il sauta sur mon dos, ses jambes enserrèrent ma taille, ses dents s'enfoncèrent dans ma nuque. Ses doigts agrippèrent mon visage, l'un d'eux se glissa dans ma narine gauche et lacéra, arracha la chair qui s'y trouvait. Je me secouai d'arrière en avant, essayant éperdument de le déloger tandis qu'un sang chaud coulait sur ma chemise déjà maculée. Je me redressai en arrière, incapable de recouvrer mon souffle, mon corps encore étourdi par la force de l'impact. *Non*, pensai-je. *Non*. Je m'en étais sorti jusque-là sans être gravement blessé, sans avoir été tué...

— Espèce de bonne poire ! gloussa Gary, sans lever la tête.

19.

Je me rejetai en arrière, cognai Jack contre le mur, et essayai de lui briser la colonne vertébrale, de dégager mon visage de sa prise. Cela ne servit qu'à le rendre encore plus déterminé. Jack avait été bien plus robuste que moi de son vivant. Dans la mort, il était robuste et implacable. Il passa un bras autour de ma gorge et tira, essayant de me briser la nuque. Il parvint à comprimer violemment ma trachée-artère.

Je me balançai frénétiquement, mes mains tirant sur les jambes qu'il avait passées autour de ma taille. J'aurais aussi bien pu essayer de plier une barre de fer. Le peu d'air dans mes poumons se changea en du dioxyde de carbone, mais j'étais incapable d'exhaler. Brusquement, des étoiles sombres tournoyèrent devant mes yeux, des étincelles de lumière semblables à des feux de signalisation, chacune d'elles correspondant à un neurone qui mourait dans ma tête tandis que j'étais asphyxié. Je perdis la boule, je perdis toute raison à ce moment-là et je cédai à la panique. Sans la moindre pensée consciente, je me jetai en avant pour m'éloigner de la chose qui était sur mon dos, mon subconscient incapable de comprendre qu'elle était toujours attachée à moi. La prise de Jack se durcit simplement comme mes pieds se plantaient dans le sol de briques pour trouver un point d'appui. Telle une mule tirant une charrue, j'essayai de me dégager de lui.

L'anoxie déformait mon audition et le bruit des battements de mon cœur était infiniment plus fort que celui des vertèbres de Jack qui craquaient dans sa nuque. Il me lâcha d'une façon soudaine et inattendue et je tombai en avant, me recevant sur les mains, de la salive ruisselant de ma bouche tandis que mon corps se soulevait pour inhaler de l'air. J'en avalais plus que j'en respirais, à grandes goulées. J'essayai de toutes mes forces de ne pas vomir. Sinon, j'aurais certainement aspiré quelque chose et je me serais noyé dans mon propre vomi.

Mes yeux me faisaient mal, les minuscules vaisseaux sanguins en eux ayant éclaté à la suite de la fureur de l'attaque de Jack. Je battis des paupières désespérément pour faire couler des larmes puis je me tournai pour m'asseoir et toucher ma gorge délicatement, essayant d'apaiser la chair qui me brûlait. Je levai les yeux.

Je ne compris pas tout de suite ce qui m'avait sauvé. Jack était suspendu au bout de sa chaîne, les anneaux serrés autour de sa gorge. Suffisamment serrés pour être enfouis dans sa chair déliquescente. De façon ou d'autre, tandis qu'il attendait pour se jeter sur moi, il s'était emmêlé dans la chaîne. Cela ne l'avait probablement pas préoccupé – il n'avait pas besoin de respirer – jusqu'à ce que la constriction lui ait brisé les os de la nuque. Son corps pendillait mollement dans les replis de la chaîne comme un tas de vieilles frusques.

Sa tête était toujours animée. Ses yeux étaient rivés sur moi. Ses lèvres bougeaient dans l'attente d'une autre bouchée de ma chair. Je détournai les yeux.

Puis je me rendis compte que je saignais abondamment. Je baissai les yeux sur ma poitrine et le sang frais qui me recouvrait. Je levai deux doigts tremblants et palpai les contours de ma blessure. Jack m'avait mordu tout près d'une artère principale. Il avait arraché un gros morceau de ma chair, sur ma nuque. Je pouvais mettre deux doigts dans la blessure. Je déchirai une bande de tissu de ma chemise et l'enfonçai dans le trou béant, utilisant n'importe quoi à portée de main pour arrêter l'hémorragie.

—Oh, mon vieux, c'était trop bon, dit Gary en éclatant de rire tandis que je pressais le pansement sur ma nuque. Vous comprenez maintenant, Dekalb ? L'espèce humaine est fichue et vous autres, les types vivants, êtes venus au dernier endroit ! Vous ne pouvez pas concourir, mon vieux. Vous n'êtes même pas qualifiés.

Je me relevai en chancelant, m'appuyant sur le mur de brique rugueux. J'eus le tournis simplement en me tenant debout. Un très mauvais signe. Je m'avançai vers la baignoire et descendis vers le sol craquelé.

—Vous ne pouvez pas me détruire, enfoiré. Vous pouvez me tirer une balle dans la tête, vous pouvez me cramer complètement, mais cela n'a aucune importance. Je peux me réparer, me reconstruire ! (La tête mutilée de Gary oscilla contre les briques comme il parlait.) Je suis invincible !

Je lui donnai des coups de pied dans le cou jusqu'à ce que sa tête se détache de son corps et roule sur le sol.

Je n'avais pas encore terminé. Cela me prit un moment pour trouver le chemin jusqu'à la station de pompage mais c'était nécessaire. J'avais besoin d'un sac et je devais être certain que les cylindres de VX n'allaient pas exploser tout seuls. Dans la lumière des bâtons lumineux qui diminuait j'ôtai les charges de plastic autour des cylindres. Je démontai le détonateur et brisai les parties, les dispersai dans la pièce. J'enterrai les cylindres sous des briques disjointes. Je ne pouvais pas faire grand-chose d'autre. On ne peut pas simplement déverser des agents innervants dans un collecteur d'égout ou les balancer dans une décharge publique, mais au moins de cette façon aucun mort errant ne déclencherait les armes chimiques par mégarde.

Il y avait une autre arme de destruction massive à prendre en compte. Cela ne me plaisait pas du tout, mais je serais obligé de l'emporter avec moi. Je vidai l'un des lourds sacs que Jack et moi avions apportés à la forteresse et je fourrai la tête de Gary à l'intérieur. Je le croyais quand il avait dit qu'il pouvait se régénérer, qu'il pouvait survivre à n'importe quoi. J'aurais pu lui broyer la tête et la réduire en une fine pâte mais même cela risquait de ne pas être suffisant, car après tout, il avait survécu à une balle tirée dans le cerveau. En gardant la tête avec moi je savais que je serais à même de le tuer de nouveau s'il revenait à la vie. Autant de fois que ce serait nécessaire.

Je mis le Glock 9 mm de Jack dans ma poche. Cela ne représentait pas grand-chose, mais c'était une arme et, d'une manière plutôt obscène, sa présence me faisait me sentir en sécurité. C'était quelque chose dont j'avais besoin. Mes blessures me donnaient l'impression que j'allais m'écrouler d'une seconde à l'autre.

Le temps que je sois prêt à quitter la forteresse, ma respiration était devenue laborieuse et ma vue imprécise. Quand je sortis en chancelant à la lumière du jour, je fus aveuglé un moment. Ce que je vis, finalement, me remonta considérablement le moral. Une tache orange et blanche était en vol stationnaire dans le ciel. Les couleurs des garde-côtes... Ce devait être Kreutzer. Oh, Dieu merci. Il était venu. Je m'étais à moitié attendu à ce qu'il emmène le Chinook au Canada. Quelque chose de jaune était suspendu sous l'hélicoptère, mais j'étais incapable d'adapter suffisamment ma vue pour distinguer ce que c'était.

Quand j'atteignis la pelouse entre les maisons, Marisol avait déjà fait mettre en file les survivants pour monter à bord de l'hélicoptère. Le souffle des rotors du Chinook dissipa le flou dans mes yeux et je vis sur le visage de Marisol une expression d'incrédulité totale et d'espérance. Je ne l'avais encore jamais vue ainsi.

Je courus vers le trou dans le mur et vis des milliers de morts juste de l'autre côté, impatients dans leur désir de nourriture, retenus par six momies. Seulement six. Les Égyptiens se donnaient le bras et se tenaient côte à côte dans l'ouverture, me tournant le dos. Le poids collectif de centaines de morts, hommes et femmes, pesait sur eux mais ils tenaient bon, repoussant à coups de pied ceux qui essayaient de se glisser entre leurs jambes. J'aperçus la momie de sexe féminin – celle à qui j'avais parlé – donner un coup de tête à un jeune garçon et le projeter au loin.

Cependant, là-bas au milieu des morts, l'un d'eux dépassait les autres de la tête et des épaules. Littéralement. Un géant qui se frayait un chemin vers la ligne des momies. Il écartait les autres goules en les tapant comme si c'étaient des mouches tandis qu'il s'approchait. Les momies pourraient-elles résister à son assaut, la question restait entière.

Assez... Je n'avais plus le temps de me préoccuper de cela. Cette ligne tiendrait. Elle devait tenir. Je me retournai et vis distinctement l'hélicoptère tandis qu'il entamait sa descente. En l'occurrence, la tache jaune était un car scolaire attaché sous le ventre du Chinook par trois câbles d'acier. Kreutzer déposa le car doucement – bon, il oscilla énormément comme ses pneus éclataient un par un, mais au moins il ne se retourna pas – puis il se posa huit mètres plus loin sur la droite, les câbles traînant sur le sol.

Il actionna la rampe d'accès à l'arrière de l'hélicoptère et les vivants s'engouffrèrent à l'intérieur. Marisol leur criait de rester en bon ordre et de respecter la file d'attente.

— Les femmes et les enfants d'abord ! criait-elle, et on ne pousse pas, bordel de merde !

D'autres personnes grimpèrent dans le car par la porte de secours à l'arrière. La file des survivants qui attendaient de trouver un siège semblait sans fin, mais, sans vraiment réfléchir à ce que je faisais, je me surpris à faire avancer les derniers et j'appelai Marisol pour savoir si elle avait fait le décompte.

— Ils sont tous là ! me cria-t-elle en réponse au-dessus du vacarme de l'hélicoptère. Jusqu'au dernier !

(Plus tard je demandai à Kreutzer comment il avait su où aller pour trouver le car, comment il avait su qu'il n'y aurait pas assez de place dans l'hélicoptère pour tout le monde.

— Je dirigeais ces putains de systèmes pour les garde-côtes, vous avez oublié ? déclara-t-il, comme si cela expliquait tout. Les techniques de l'informatique. Nous sommes très forts en maths !

Il avait calculé combien de personnes pouvaient tenir dans un Chinook vide et avait conclu que nous ne pourrions pas les prendre toutes. Ce type ne m'avait jamais plu, mais je dois avouer que c'était très bien pensé de sa part.)

J'observai Marisol grimper à l'arrière de l'hélicoptère, puis je montai dans le car, en utilisant l'entrée à l'avant. J'avais tout juste la place de me tenir sur les marches. Un couple de survivants très aimables proposa de me laisser leur espace dans le couloir central mais je refusai. Tandis que le car était soulevé en l'air, sa carcasse métallique craqua de façon inquiétante et sa suspension se détacha et tomba en morceaux comme si le plancher allait céder d'un instant à l'autre, mais je voulais être à même de regarder au-dehors.

Je voulais contempler la ville une dernière fois, c'est tout. Je regardai à peine la foule houleuse des morts en contrebas comme les momies cédaient et qu'ils se déversaient vers la forteresse, deux millions de mains qui se levaient pour essayer de nous saisir tandis que nous nous envolions. Ce n'était pas cela que je cherchais. Je voulais les châteaux d'eau. Je voulais les escaliers de secours et les jardins luxuriants sur les toits, les pigeonniers et les hottes d'aération semblables à des toques de chefs. Je voulais les buildings, leur grande solidité carrée, leurs innombrables pièces cubiques vides où personne ne reviendrait plus jamais, et je voulais également les rues obstruées par des voitures et des taxis abandonnés qui poussaient partout tels des champignons brillants. Je voulais un long regard chargé de sens sur New York. Ma ville natale.

Je savais que c'était ma dernière chance de bien la contempler. Mon corps brûlait déjà de fièvre, mon front était moite de sueur même si des frissons parcouraient continuellement mon dos comme des glaçons qui tombent. J'avais le cerveau vide, la langue pâteuse.

J'étais en train de mourir.

20.

« Sarah chérie,

Je suppose que je ne reviendrai pas vers toi.

Je suppose que je ne te reverrai jamais. Cette pensée est trop accablante pour que je la prenne en considération maintenant.

Il ne me reste peut-être pas assez de temps pour terminer cette lettre. »

Hier, Ayaan m'a serré dans ses bras sur le toit du Muséum d'histoire naturelle, mais j'ai senti l'hésitation dans son étreinte. Elle pouvait voir dans mes yeux ce qui allait se passer.

— Aucune importance, lui ai-je dit. Nous avons presque terminé.

Ma fièvre avait baissé. Elle venait et repartait par vagues, et je me sentais parfaitement lucide. J'avais développé un nouveau symptôme, un genre de borborygmes nauséeux dans mes intestins mais je pouvais garder ça pour moi. Je demandai à Ayaan à quoi cela avait ressemblé, là-haut sur le toit du planétarium, et elle me montra.

Durant les dernières minutes du siège, juste avant que Jack tire sur moi et que Gary comprenne qu'il avait été floué, le Muséum d'histoire naturelle avait été attaqué par un million de cadavres avec leurs mains nues. Beaucoup, beaucoup d'entre eux avaient été écrasés comme ils plaçaient leurs bras sur la carcasse métallique du bâtiment, leur poids ajouté à la masse. Je ne pris pas la peine de regarder en contrebas et voir ainsi à quoi ressemblaient des goules piétinées. Les morts avaient causé des dégâts si importants au planétarium que le toit où nous nous tenions penchait d'un côté et c'était à peine si Kreutzer parvenait à empêcher le Chinook de basculer par-dessus le rebord. Nous fîmes monter les filles à bord en toute hâte et nous partîmes, abandonnant même des armes lourdes et du matériel. Nous fûmes en l'air en cinq minutes et nous nous dirigeâmes droit sur le complexe des Nations unies de l'autre côté de la ville.

— Gary est mort, lui annonçai-je.

J'appris à Ayaan ce qu'il s'était passé durant son absence, en criant à cause des moteurs du Chinook. Je laissai de côté la plupart des détails horribles.

— Je ne sais toujours pas si les momies me conduisaient vers un piège tendu par Gary ou si elles étaient sincères. Dans les deux cas, elles ont sauvé la situation. Nous avons emmené les survivants à Governors Island et Marisol va bâtir quelque chose là-bas, quelque chose de sûr et de significatif.

Ayaan acquiesça, pas vraiment intéressée par mon récit, et regarda par l'une des fenêtres qui ressemblaient à des hublots. Je glissai ma main dans un passant en nylon cousu dans le toit de l'habitacle pour ne pas perdre l'équilibre et me rapprochai d'elle pour ne pas être obligé de hurler.

— Je suis vraiment désolé.

— Pour quelle raison ? demanda-t-elle, ses pensées ailleurs.

— Tu n'es pas morte en martyre.

Cela fit naître un petit sourire lumineux sur son visage.

— Il y a de nombreuses façons de servir Allah, déclara-t-elle.

J'aimerais me souvenir d'Ayaan ainsi. La lumière émanant du hublot qui illuminait son épaule. Assise, les mains posées sur ses genoux, l'un d'eux agité d'un tic nerveux à cause de l'attente. Quand Ayaan devenait vraiment surexcitée, elle était incapable de tenir en place. Elle estimait que c'était une faiblesse, mais pour moi cela signifiait infiniment plus. Cela signifiait qu'elle était un être humain, et non un monstre.

Nous nous posâmes dans le jardin nord des Nations unies, un pan de verdure à proximité de la 1re Avenue qui avait été fermé au public depuis le 11 septembre. Les filles descendirent par la rampe arrière du Chinook et se déployèrent en ordre de bataille standard, mais Gary avait apparemment tenu parole, ce qui me surprenait un brin. Il n'y avait même pas de pigeons morts-vivants pour nous inquiéter. Je conduisis les filles vers la tente blanche de la sécurité devant l'entrée pour les visiteurs, passai devant la sculpture *Non-Violence* qui revêt la forme d'un énorme pistolet dont le canon est plié en un nœud. Elles ne savaient pas quoi en penser. Pour elles, un monde sans armes est un monde incapable de se protéger. Avant le commencement de l'Épidémie, j'avais combattu cet état d'esprit.

— *Oh mon Dieu… Il y a une douleur, merde! Enfoiré! Une douleur dans ma tête et je…*

— *Désolé… Je suis de retour.*

Cela me prit une heure pour rétablir le courant : je ne suis pas un ingénieur électricien. En sueur, contusionné et à moitié aveugle dans l'obscurité d'un bunker sous la tente de sécurité, je mis en marche les générateurs de secours et tout le complexe s'anima. Un motif erratique de lumières apparut sur la surface du bâtiment du Secrétariat, et le jet d'eau sur le devant cracha un panache d'écume verdâtre de quatre mètres de haut. Dieu merci, il restait du fioul dans le réservoir. J'avais appréhendé la perspective de chercher les médicaments dans une obscurité totale, comme cela avait été le cas à St. Vincent.

Une fois entré dans le bâtiment de l'Assemblée générale, je m'arrêtai et fus obligé de respirer profondément. C'était étrange de revenir dans un endroit où j'avais eu un bureau que la vie m'ait été retirée, non seulement dans l'espace et le temps, mais également dans une dimension psychologique que je ne pensais pas être à même de mesurer. L'architecture Jet Age vertigineuse du hall d'accueil avec ses galeries et – combien c'était inutilement déchirant désormais – son modèle de Spoutnik suspendu par des câbles au plafond, ne parlait pas simplement d'une ère différente, mais d'une sorte différente de l'espèce humaine, celle qui avait pensé que nous pouvions tous nous entendre, que le monde pouvait ne faire qu'un.

Bien sûr, les Nations unies que j'avais connues étaient gangrenées par la corruption et le snobisme de classe, mais parvenaient néanmoins à faire un peu de bien. Son organisation donnait à manger aux affamés, s'efforçait d'empêcher des génocides. Au moins s'était-elle sentie coupable quand elle avait échoué au Rwanda. Tout cela avait disparu à présent. Nous étions revenus à l'état de nature, rouge, avec des dents et des griffes.

Nous passâmes devant la boutique de timbres personnalisés pour nous diriger vers le bâtiment du Secrétariat, un endroit où les touristes pouvaient avoir leur portrait imprimé sur une planche de timbres légaux et utilisables. Je lui jetai à peine un regard, mais Fathia cria un avertissement perçant et brusquement l'air froid du hall explosa de bruit et de lumière. Je plongeai derrière une banquette en cuir. Quand je levai les yeux, je compris ce qui s'était passé. L'appareil photo de la boutique était réglé pour projeter une image vidéo des gens qui passaient devant, afin d'attirer le public. Quand les filles étaient passées, elles avaient vu leur propre image inversée sur l'écran, qui semblait s'avancer vers elles. Naturellement, elles avaient supposé le pire : des goules animées. L'écran vidéo n'était plus qu'un monceau de débris scintillants quand elles s'arrêtèrent de tirer.

« Sarah, est-ce que tu te souviendras même de la télévision quand tu auras grandi ? J'aurais dû te permettre de regarder davantage de sitcoms américaines si j'avais su que cela ne deviendrait pas une habitude.

Ma main tremble quasi spasmodiquement et je ne suis pas sûr que tu puisses lire mon écriture. Je sais que tu ne verras jamais ceci, de toute façon. J'écris pour moi-même, pas pour ma fille si lointaine. Faire comme si c'était une lettre pour toi m'aide à te garder dans mon imagination, c'est tout. Cela me donne une raison de tenir bon.

Je vous en prie. Laissez-moi vivre assez longtemps pour terminer cette lettre. »

De toute façon. Il n'y a plus grand-chose à dire.

Au quatrième étage du bâtiment du Secrétariat, nous trouvâmes les produits pharmaceutiques exactement où j'avais pensé qu'ils seraient. Il y avait une officine complète là-haut, ainsi qu'une salle d'interventions chirurgicales miniature et un cabinet de consultations parfaitement fonctionnels. Les pilules dont nous avions besoin étaient soigneusement disposées sur une étagère, des rangées et des rangées de flacons en plastique. Epivir. Ziagen. Retrovir. Il y en avait un si grand nombre que les filles furent obligées de les emporter à la manière des sapeurs-pompiers : une à une, elles prenaient l'ascenseur et sortaient du bâtiment. Fathia prit les quatre derniers flacons dans ses bras et se tourna pour s'adresser à Ayaan, qui ne les avait pas aidées.

— *Kaalay!*

— *Dhaqso.*

— *Deg-deg!* l'implora Fathia.

Puis elle partit à son tour. Ayaan et moi étions seuls.

J'entendais ma respiration oppressée dans l'officine exiguë.

— J'espère que cela ne semblera pas condescendant si je te dis à quel point je suis fier…

Je me tus comme elle prenait son arme.

L'un de ses yeux était grand ouvert. L'autre était caché derrière la hausse de son AK-47. Le canon était pointé sur mon front. Je distinguais chaque bosse minuscule et chaque rayure luisante sur la gueule. J'observai le canon osciller d'arrière en avant comme elle réglait le fusil de « SÛRETÉ » sur « TIR COUP PAR COUP ».

— Je t'en prie, range ça, dis-je.

Je m'y étais attendu plus ou moins.

— Sois un homme, Dekalb. Donne-moi l'ordre de tirer. Tu sais que c'est le seul moyen.

Je secouai la tête.

— Il y a des médicaments ici – des antibiotiques –, cela pourrait m'aider. Même des pansements stérilisés et de la teinture d'iode pourraient tout changer. Tu dois me donner une chance.

— Donne-moi l'ordre ! cria-t-elle.

Je ne pouvais pas permettre que cela se passe ainsi. Je ne le supportais pas, partir de cette façon. Comme l'un d'*eux*. Son arme devait servir à abattre des morts-vivants, et non à prendre une vie humaine.

Non, il ne s'agissait pas de cela. Je serai franc. Je n'avais pas envie de mourir. Gary avait parlé à Marisol de l'époque où il était médecin, des gens à l'agonie qu'il avait vus et qui le suppliaient et l'imploraient, lui demandant juste une minute de vie supplémentaire. Je comprenais ces gens et je ne comprenais pas Ayaan ou Mael et leur acceptation de tout sacrifier pour ce en quoi ils croyaient. La seule chose en quoi je croyais en ce moment, avec ce fusil pointé sur moi, c'était moi-même.

« Ma génération était ainsi faite, Sarah. Égoïste et effrayée. Nous nous étions persuadés que le monde était plus ou moins sûr et cela nous a conduits à faire de mauvais choix. Je ne suis plus aussi inquiet pour toi maintenant, ou pour ta génération. Vous serez des combattants, forts et ardents. »

Je tendis la main et touchai le canon avec un doigt. Elle rugit vers moi, littéralement, comme un lion, faisant appel à son courage pour me tuer sans se soucier de mes souhaits. Je saisis le canon dans ma main et le détournai de moi.

Quand je regardai ses yeux de nouveau, elle pleurait. Elle partit sans un mot.

Je ne la suivis pas, bien sûr. Je ne retournerai pas en Somalie. Je n'irai nulle part. Il était trop tard pour les antibiotiques, trop tard pour tout. Néanmoins, je n'étais pas prêt à capituler. Je m'assis sur le sol et me frottai le visage avec les mains, et je pensai à ce qui s'était passé, et à ce qui allait se passer, pendant très longtemps.

À un moment, ma jambe devint engourdie et je me démenai pour me tenir debout avec un grand nombre de jurons, de chutes, et quelques pleurs. Je continuais à espérer que je pourrais faire disparaître l'engourdissement. J'attendais cette sensation de fourmillements que l'on éprouve quand la circulation du sang revient. Elle ne revint pas.

Juste pour avoir quelque chose à faire, je trouvai un bloc-notes et un stylo et je commençai à consigner ceci par écrit. Je consignai tout ce qui s'était passé, depuis que je t'avais laissée là-bas, Sarah. Cela m'a pris des heures. Ma jambe est toujours engourdie. Les lumières se sont mises à clignoter pendant un moment, et j'ai redouté d'être plongé dans l'obscurité pour mes dernières heures. Jusque-là ça va, mais, argh, tenir bon…

Je viens de vomir du sang. Mon corps se détraque.

Je vous en prie, docteur. Juste une heure de plus. Juste une minute de plus.

Juste…

« OK, j'ai récupéré, Sarah. J'ai dû perdre connaissance pendant un moment. Maintenant j'ai récupéré et je me sens beaucoup mieux, un peu étourdi et insouciant, peut-être. Plutôt affamé. Suffisamment mieux pour être en mesure de terminer cette lettre, même si j'ai beaucoup de mal à tenir le stylo maintenant. J'ai la tête de Gary posée sur la table basse devant moi, elle m'observe pendant que j'écris. Elle ne bouge pas ni rien, mais elle n'a pas besoin de le faire. Il est là-dedans et il me hait, il hait Ayaan, il hait Mael. Il blâme tout le monde pour sa chute, excepté lui-même. Il est exactement comme moi, Sarah. Nous avons tous les deux regardé la mort en face, une mort opportune, confortable, appropriée, et tous les deux nous avons dit non parce que nous avions peur.

Tu te demandes probablement quelque chose, ou tu te le demanderais si tu lisais effectivement ceci. Tu te demandes probablement comment je peux savoir ce qu'il pense. Comment j'ai pu écrire tous ces passages selon son point de vue, et décrire des choses que je n'ai pas vues ou vécues.

Tu penses peut-être que j'ai tout inventé.

Ou peut-être le sais-tu déjà. Tu sais peut-être que la pièce à côté de l'officine est une salle des urgences. Une salle remplie de lits d'hôpital et de tout l'équipement médical d'urgence nécessaire pour maintenir quelqu'un en vie jusqu'à ce qu'on puisse le transporter dans un véritable hôpital.

Un équipement comme des appareils à respiration artificielle et des appareils de dialyse. »

Je vous en prie. Donnez-moi juste une minute de plus.